春山谣

张柠 著

人民文学出版社

图书在版编目(CIP)数据

春山谣/张柠著.—北京:人民文学出版社,2021
ISBN 978-7-02-016697-8

Ⅰ.①春… Ⅱ.①张… Ⅲ.①长篇小说—中国—当代 Ⅳ.①I247.5

中国版本图书馆 CIP 数据核字(2020)第 210441 号

责任编辑　于文舲
装帧设计　刘　远
责任校对　韩志慧
责任印制　任　祎

出版发行　人民文学出版社
社　　址　北京市朝内大街 166 号
邮政编码　100705
网　　址　http://www.rw-cn.com

印　　刷　三河市航远印刷有限公司
经　　销　全国新华书店等

字　　数　233 千字
开　　本　890 毫米×1290 毫米　1/32
印　　张　11.375　插页 3
版　　次　2021 年 3 月北京第 1 版
印　　次　2021 年 3 月第 1 次印刷

书　　号　978-7-02-016697-8
定　　价　45.00 元

如有印装质量问题,请与本社图书销售中心调换。电话:010-65233595

吃不得是不饿

做不得是偷懒

日日相逢心生嫌

三朝不见想断肠

　　　　　——老农谚

我们用青春的铧犁

耕耘古老的土地

我们用忧伤的眼泪

洗净女人的妆容

　　　　　——新歌谣

楔　子

　　初夏的春山岭,正是野花盛开的季节。长江南岸湖滨县春山镇的春山岭景区,比往常更热闹一些。几辆轿车停在大路边。江东市湖滨县文化局局长王力亮,还有春山镇镇长马欢笑,正在主持"春山岭林垦文化和知青文化纪念馆"的落成典礼。王力亮将县政协文史和学习委员会主持、自己担任主编的文史资料《上海人在春山》摆进玻璃柜。资料厚厚两大本,足有近百万字,内容包括征集而来的个人回忆、最近这一年补写的记者访谈、当年省市各级报刊杂志刊登过的新闻报道,还有记工分的表格、分配账目、请假条、检讨书,以及大量的新旧照片。马欢笑镇长的三姐马欢畅,把自己在林场劳动时的几件装备捐给纪念馆:土黄色人字呢军装,是妈妈李瑰芬年轻时在部队里穿过的;破旧的草绿色军用水壶和腰子状铝饭盒,是爸爸马约伯的遗物,曾经跟随他从苏北到皖南,从长江到南海,辗转千里,后来又跟随马欢畅在春山岭多年。现在它们都成了纪念馆里的陈列品。

　　这一天,还来了一位特殊的嘉宾,曾在春山岭林场生活近十年的上海女人,当年春山岭林场的团支部书记陆伊。纪念馆同时得到了一份珍贵的礼物,那就是陆伊自费出版的诗集《春山谣》。诗集的作者不是陆伊本人,而是同样在春山岭生活了十年,如今长眠地下的顾秋林,他是陆伊的恋人!《春山谣》里的诗,写在春山岭,写的也是春山岭。陆伊遵照顾秋林的遗愿,出版诗集,并将其中的一本葬在春山岭。

此言一出,山岭寂静。

王力亮翻开诗集,第一首他就非常熟悉。当年自己还是个孩子的时候,顾大哥就让他读过这首诗。当时他说,有些懂,有些不懂。现在也一样,有些懂,有些不懂。

杉树林里的小鸟——春山谣1号

杉树是我们种的

小鸟不是我们种的

杉树在长高

小鸟在变老

杉树的根越扎越深

小鸟的梦越来越沉

小鸟说它想飞高飞远

杉树上的老鹰

抓住小鸟飞翔的影子

狠狠地摔在地上

她在哭泣

我在发呆

老鹰在咯咯地笑

　　读着读着,会拉手风琴的长发哥哥顾秋林的笑脸出现在眼前,长发哥哥给王力亮解释这首诗的声音,也在空中响起来。王力亮眼前一片模糊……

第 一 章

初春早晨,初升的太阳还在云团背后躲闪,寒风尖锐地从脸上划过。春山村的村口红旗招展,锣鼓喧腾,大路两旁挤满了人,春山小学秧歌队也在其中。他们正在欢迎即将到来的上海知识青年。

乡村简易公路坑坑洼洼,布满一个个小坑,积在坑里的雨水,结了一层薄冰,像呵了热气的玻璃泛出乳白色。年龄和个头都最小的三年级学生王力亮,走在秧歌队的最前面,红绸带在肚子前的棉袄上绑了一个蝴蝶结,双手抓住长长的红绸带两头,上下左右交叉挥舞,双脚踩着十字舞步。王力亮一边扭秧歌,一边去踩小坑上那层乳白色的薄冰。脚踏冰块发出的嘎嘎声,和锣鼓咚咚锵的声音,奇妙地汇合在一起,平添了不少乐趣。但并不是每一次舞步都能够跟结冰的坑儿巧遇,为了踩到冰块,王力亮会左右摇摆地偏离队伍,甚至后退踩到王力婉的脚。身后王力婉的埋怨和叫骂声,伴随着高音喇叭的喊叫声:排头兵注意,排头兵注意,不得乱扭,保持队形!不得乱扭,保持队形!王力亮闻声赶紧收住脚,眼看一个又一个小坑上的冰块从脚下错过,心里懊恼不已。

锣鼓声还在咚锵咚咚锵地响着,王力亮双手挥动红绸带,颠簸着往前跳去,偏大的解放鞋要掉下来的感觉,系棉裤的白纱布绷带也越来越不管用了,已经卷过两卷的棉裤腿在潮湿的地面上拖扫。挤在公路两旁瞧热闹的社员好像都在冲自己笑,不知是赞许还是嘲笑,王力亮强打起精神继续前行。他盼着锣鼓声赶紧停下来,自己就可以抽空把裤带和鞋带紧一紧。但不知疲倦的锣鼓声,一阵高过一阵,并没有停歇的意思。

　　突然,背后传来尖锐的喊叫:"王力亮!你耳朵聋了吧?还跳!跳得好看啊?!"王力亮停下来回头一看,姐姐王力婉正在龇牙咧嘴朝他高声咒骂。尽管锣鼓还在响,但秧歌队所有的人都停在路边的一块空地上,只有他一人拖着鞋子和棉裤,扭动腰肢,踩着十字舞步,滑稽地跳着,身后几十米之内空无一人。他顿时有一种赤裸裸暴露在光天化日之下的感觉,羞得满脸通红。站在路边的人都露出诡秘的表情,包括打横幅标语的同班同学兼邻居马欢笑。

　　寒风从短棉袄和肚皮之间吹进来,王力亮打了个寒战,提着往下溜的棉裤,往秧歌队伍中走。担任欢迎知识青年到农村插队落户活动总指挥的,是春山小学体育老师帅东华。他恶狠狠地对王力亮说:"后面人都停下来了,没听见吗?长两只耳朵干什么,赶苍蝇啊?耳朵塞了糠啊?"帅老师骂人的时候,腮帮子上的咬肌高高突起,一边一块疙瘩肉,凶狠有力,令人胆战心惊。帅老师原名帅福生,后改名帅东华。他以善于骂人而著称,一旦开口,他就难以自控,满嘴喷着唾沫星子,目光中充满杀气。

　　通往县城的公路跟平时一样,空空荡荡地没有动静,无比寂宽。大路蜿蜒向前伸去,由黄色变成灰白,跟白云融为一体。眼看快到正午。突然听到有人喊,来啦,来啦!几个小黑点从远处飘来,像从云雾中钻出来一样,像从天上掉下来似的。只见一小几大数辆汽车,排着长阵,缓缓驶近,这条很少有汽车出现的乡村公路上,顿时开了锅,伴随着阵阵惊呼声。帅老师一挥手,锣鼓急促响起,咚咚锵,咚咚锵,咚锵咚锵咚咚锵。秧歌队在路中间跳起来,不再前行,而是原地踏步地跳。车队前面是一辆草绿色的军用吉普,司机边上坐着一位好几层下巴的胖子。后面跟着三辆解放牌大卡车,挤满了年轻的男女和他们的行李,车身两边的铁架和木板上,挂着红布条幅,"广阔天地,大有作为""滚一身泥巴,炼一颗红心""农村是座大学校,贫下中农是老师"。

负责举横幅的马欢笑和另一位同学张着大嘴看傻了,红布都快要拖到地上。帅东华大吼一声:"马欢笑,你们张着嘴干什么?你的横幅呢?举起手来!"马欢笑吓得一抖,赶紧收拢嘴巴,高举双手擎起横幅,上面写着"贫下中农欢迎上海知青",边上还有几个小字"春山小学宣"。

春山公社革命委员会主任徐水根看着红布横幅,心里有了想法:明明是我让你们小学代表公社搞接待,为什么不写"春山公社宣"?你小学"宣"什么狗屁!徐水根正在恼怒,吉普车上的胖子下了车,老远就伸出双手奔了过来。他紧紧握住徐水根的手,使劲地上下摇晃,下巴上的肉也跟着晃动。徐水根连忙从恼怒中回过神来,赶紧用蹩脚的普通话说:"欢迎欢迎,刘主任辛苦了,您还亲自押送啊?"湖滨县革命委员会副主任兼"五七大军办公室"主任刘登革笑着说:"欢送,欢送,哈哈哈哈,第一批上海下放知青嘛,我必须亲自把他们送到你手上。"刘主任将一份花名册交到徐水根手上说:"我们县接受了五十八个知青,全部都安置在你们公社。你们这里的条件,更加适合锻炼知识青年吃苦耐劳、艰苦朴素,一不怕苦、二不怕死的革命精神。徐主任,你任重道远啊。你验收一下吧,个个都完好无损,出了问题我可要找你的麻烦啊。"徐水根说:"刘主任放心,名额早就分到了生产大队,欢迎仪式结束后,我就让大队长把他们领走。"刘主任朝卡车那边一挥手,三辆卡车上的男孩和女孩呼啦一下全都跳下了车,迅速在路边排成方阵,动作麻利得像军人。他们年龄大约十六七岁、十七八岁,却一个个跟大人一样严肃,仔细看,还是有难以掩饰的稚气。

这边帅老师手一挥,锣鼓就停了。他也让二十几位同学五人一行排成小方阵,启动拉歌仪式,自己亲自担任指挥,唱起了革命歌曲。刘登革主任听到歌声,朝知青方阵那边示意,知青方阵中马上走出一位女孩。只见女孩扎着一对齐肩小辫,灰色双排扣列宁装上衣,米黄色细腿九分长裤,黑色丁字皮鞋,腰里系着一条咖啡色人造革军用皮带,皮肤白净,忽闪着大眼睛,嘴角紧绷,表情异常严肃。跟着女孩走出队列的,是一位长发齐眉的瘦高个儿男孩,眼神有些含混迷离,穿一件蓝灰色劳动布工装上衣,脚蹬白色回力鞋,肩上背着一架手风琴。男孩甩了一下头发,肩膀一耸,右臂向外缓缓地伸展,哆咪嗦哆,哆嗦咪哆,长方形手风琴拉成了圆弧形。女孩双手往上一举,嘈杂的方阵立刻静悄悄,清亮的声音从女孩嗓子里飘出来:"我们共产党人,一、二!"其他人就跟着齐声高唱起来。唱到最后"生根！开花！"几个字时,伴随着女孩的右手从右上方朝自己胸前一收,声音和动作同时结束,整齐干脆有力,让王力亮大开眼界。人家不说"预备,唱",人家说"一、二"！多新鲜,像解放军战士一样。人家指挥的时候,胳膊比画得又有力又漂亮,而帅老师的指挥,只有力,不漂亮,手臂僵硬像两根搅屎棍。王力亮这样想着,开始有点俯视帅老师的感觉。

王力亮还在想心思,被王力婉一掌推了个趔趄。王力婉气呼呼地说:"你又在发呆,等一下又要丢丑！"欢迎的锣鼓已经敲起来,队伍开始缓慢地朝公社办公楼方向移动。前面走着上海知青方阵,都背着行囊,胸前斜挎着黄色帆布书包,模仿军人走路的姿势。一位留着小分头的高个儿男孩举着红旗走在方阵前排,刘主任和徐水根走在红旗的两边,指挥唱歌的女孩和拉手风琴的男孩紧随其后。锣鼓队和秧歌队跟在知青方阵后面,但被挤到路中间凑热闹的群众隔断,已经不像欢迎队伍的一部分,跟不断插进来的人混在一起。

公社秘书季卫东不断地朝群众示意,让他们鼓掌,但掌声一直不够热烈。大家没有注意到季卫东在做手势、使眼色,他们看"西洋景"看呆了。惊奇的妇女们嘴巴里发出啧啧啧啧的赞叹声,嘈杂的议论声压住了稀稀拉拉的掌声,季卫东急了,突然跳到公路中间,涨红着脸振臂一呼:"热烈欢迎上海知青！""响应伟大领袖的号召,扎根农村干革命！""消灭帝修反,解放全人类！"围观群众跟着呼喊起来。

秧歌队的人越来越少,都偷偷地溜回家去了,王力亮还在坚持。他一边扭秧歌,一边朝人群挤眉弄眼做鬼脸。突然,王力亮吓得收回表情,因为父亲王毅华出现在人群中,穿一件醒目的白大褂,戴着近视眼镜,嘴唇紧绷,四处张望。父亲王毅华是公社医院老院长,如今正"靠边站"。他受医院临时负责人、护士李瑰芬指派,担任这次活动的医疗保健工作。他背着一只棕色牛皮药箱在巡逻,长方形药箱前面深红色圆圈正中,白色十字架显得特别威严。王毅华用警惕的目光扫视人群,随时准备抢救那些因过分激动而晕倒的人。王毅华发现季卫东站在路边,嘴唇发白,双手颤抖,便过去打招呼:"季秘书,没事吧?""没事,王医生,我有点激动。"王毅华从药箱里拿出一个小瓶塞在季卫东手里说:"这个药现在就可以吞几颗,有病治病,没病安神。"

王毅华背起药箱往队伍前面赶去,突然又折回来,走到王力亮身边说:"人家吃完中饭就下乡去,你也跟着下乡去?去吧去吧,不要回来!"说完转身走了。王力亮的确打算继续送知青一程,把指挥唱歌的女孩、扛大旗的高个儿大哥哥,还有那个拉手风琴的男孩,送到他们落户的乡下去。王力亮继续扭着秧歌往公社方向去。王力婉突然在后面大喊起来:"王力亮,你还跳!爸爸说'不要回来',就是叫我们不要再跟着,赶紧回家,你没听见啊!拖着鼻涕跳得很好看是吧?!"整个上午,王力婉都在对王力亮大喊大叫,颐指气使,盛气凌人,王力亮忍耐她很久了,此刻他突然大声喊叫起来:"芦花鸡,要回家你回啊,管我干什么!"芦花鸡是王力婉的绰号,她有一条裙子花纹很像芦花鸡的花纹,而且整天唧唧喳喳的,父亲说她的声音像母鸡下蛋后邀功的叫唤声。王力婉听到王力亮当众叫她的绰号,哇的一声就哭起来了,一边哭一边往家里跑。

知青队伍已经走进了公社食堂。王力亮还站在路边,心里充满快意,王力婉喜欢当众耍威风,其实跟反动派一样,是纸老虎。季卫东走过来对王力亮说:"你想不想跟着下乡去啊?"王力亮犹豫了一下,点了点头。季卫东说:"跟着我走,你父亲就不会打你骂你。"

季卫东有一个爱好,没事喜欢到医院开药吃。在医术上,他原本就不信任有历史问题的名医马约伯,而是更信任院长王毅华,所以成了王力亮家常客。如今王院长"靠边站"了,马约伯的妻子、护士李瑰芬执掌医院,李瑰芬又不懂得治病,弄得季秘书不知所措。李瑰芬名义上是负责人,召集大家开开会,念念报,管一些杂事,业务上还得靠王毅华。只是季秘书再也不便到王毅华家串门。但他对王力亮还是很友善。季卫东二十六七岁,县师范毕业之后,分配到春山公社当秘书,是公社里的"大秀才",本事很大。别人写大字报,是写好了再往墙上贴,他写大字报,是先将白纸贴在墙上,然后站在墙边,拿起毛笔直接往墙上写。每次写大字报,身后都跟着一群人,拿纸的,端墨的,提糨糊的,围观的,喝彩的,阵仗很大。季卫东在大字报上的署名也很古怪,什么"长枕戈"啊,"农奴戟"啊,还有"千钧棒""射天狼",这些古怪的名字,让王力亮感到既刺激又害怕。

季卫东领着王力亮走进由礼堂改成的临时餐厅,里面摆着十几张大圆桌。公社领导陪着刘主任和知青们在吃饭。季卫东举目四望,好像在找座位。有人用普通话喊:"季秘书,这里有位子。"公社广播站的播音员徐芳兵，正朝季卫东这边挥手。季卫东说："好的，芳兵同志，我马上过来。"徐芳兵是徐水根的侄女，曾经在湖滨县中学读书，两年前学校停课闹革命，她便回乡务农，因为有文化，又会说普通话，被安排担任公社广播员。她芳龄二十，尚未婚配，这在他们老家徐坊村，算是老大难了，但在公社里工作，则另当别论，所以她整天唱啊跳的，充满了革命乐观主义精神。徐芳兵不大愿意说本地土话。在公社机关里，除了叔叔徐水根，遇到其他人，她一律用普通话聊天。

徐芳兵用花手绢在后面扎住短发，远看后脑勺多出一个把儿，脑袋像熬中药的瓦罐。草绿色军装里面是红色鸡心领毛衣，带暗花纹的浅色衬衫的尖领，翻在军装领子的外面。她长得眉清目秀，皮肤白净，都说她像大城市里的人，加上又是徐主任的侄女，很少有人敢追求她。季卫东钟情于徐芳兵，但不知道徐主任的想法，心里忌惮，不便公开，表面上只能跟徐芳兵维系着同事关系。反正每天都能跟徐芳兵见面，经常在一起聊天，谈谈学习的体会。徐水根主任也让季卫东多帮助自己的侄女学文化。季卫东觉得这样很好，没有谈恋爱也跟谈恋爱差不多，并没有多强大的竞争对手，所以就耐心等待瓜熟蒂落。

徐芳兵第一次注意到季卫东是两年前的事，那天，季卫东正站在公社办公楼外，直接往墙上写大字报。只见季卫东挥舞着毛笔，行草写得特别漂亮："口蜜腹剑野心狼——批倒批臭刘传仁"。刘传仁是前任公社党委书记兼社长，后来被打倒了，现在"靠边站"，在离公社最远的一个大队下面的村子里监督劳动。季卫东身后跟着好几个帮手,围观群众站在旁边喝彩。季卫东长得不起眼,但在写大字报的时候,却显出了大将风度,形象似乎高大起来了。从那以后,徐芳兵就经常想起季卫东,尽管跟她想象中的男人相比还有距离,个头小,眉目不清,但季卫东的确是自己目光所及最有才华的,又是吃商品粮的公家人。如果他能够主动地、勇敢地发起进攻,自己也不是不可以缴械投降。无奈季卫东迟迟不肯发起冲锋,似乎没有什么战斗力,一直躲躲闪闪、鬼鬼祟祟、暧昧不明,不知道葫芦里卖的什么药。

季卫东在徐芳兵边上坐下,拦住正在端菜的炊事员游师傅,吩咐他多送点饭菜过来。还专门给芳兵要了一盘她最爱吃的油炸小泥鳅。

徐芳兵说:"我见你在东张西望找位子。为什么不到那边主桌去坐啊?"

季卫东说:"徐主任是叫我去那边坐,我觉得有徐主任陪着就行,就不去凑热闹。还是在这里自在,咱们边吃边聊。"

徐芳兵说:"那些上海女孩,真洋气啊,白得像瓷器人,衣服也好看。为什么她们的头发丝又细又软?我的头发丝又粗又硬,真恨不得把我的头发剪掉。"

季卫东说:"你的头发粗吗?没看出来。漂亮衣服可以买到的。长得白净也是会变的。劳动改造人哪,她们就是来锻炼改造的嘛,要不了多久,她们就会晒成小黑人了。"

听了季卫东的话,徐芳兵很开心。她用不着下地干活晒太阳,所以不用担心会晒黑。她问季卫东:"等一会儿你还要送他们下乡吧？你去哪个大队？"

季卫东说："知识青年分到了十个生产大队，吃完饭就要跟大队长下乡去，我们不用管。我们另外精心挑选了十八个知青，直接送到横山那边的春山岭林场，我去送这十八个知青。你先写一条欢迎知青的简讯，广播一下，详细的消息稿我晚上回来再写。"

徐芳兵说："好的，下午第一次新闻时间就播。春山岭林场在哪里？我还没去过呢。"

季卫东说："那个地方比较偏僻，在我们公社跟隔壁砚坑公社交界的武山上，属于横山大队的范围。我也只去过一次，刚成立不久，房子还没盖起来，不过，本地员工和本县知青已经去了一批打前站的，搭了一些茅棚。接下来就要开始基建。一切都得靠他们自己去建设，白手起家闹革命，那才叫典型和样板呢！"

王力亮突然插嘴说："我大哥就是那个林场的。我跟我父亲送他去的。"

季卫东说："这是王医生的小儿子。他大哥王力熊是第一批到春山岭的本地知青。"

外面响起集合的哨声。季卫东领着王力亮来到办公楼前操场上，把他交给帅东华老师，说让他加入去春山岭的锣鼓队。帅老师笑着答应季秘书，转过脸对王力亮说："大鼓小鼓，大锣小锣，大镲小镲，都有人了，你想打什么？"王力亮说他想打大鼓，帅老师眼一瞪说："什么？人没鼓高，还想打大鼓！大鼓是你打的吗？大鼓是锣鼓队的指挥，你来指挥啊？"王力亮吓得不敢说话了。帅老师塞给他一个饭碗大的小铜锣。王力亮觉得，有锣打就不错。在锣鼓队的声音中,除了他自己,谁也听不见小锣的声音,但他很起劲地敲打着。

春山村离春山岭林场大约十五六里路程。先要沿着简易公路和机耕道,走大约十里地,然后翻过茶山坳豁口,再往西走四五里山路就到了。徐水根主任要派拖拉机把知识青年送到茶山坳下面的公路边,下车后再步行,路程不多。可是,春山岭林场负责人彭击修婉言拒绝了徐水根主任的方案。他对刘主任和徐水根说:"刘主任,徐主任,我们不需要拖拉机,我们可以行军过去。红军长征二万五千里,爬雪山过草地,抛头颅洒热血,为革命吃尽苦头,我们走这点路算得了什么!"

彭击修穿着草绿色军装,腰间扎着酱色塑料军用皮带,斜挎一个印有"为人民服务"五个红漆字样的黄帆布书包,大约二十七八岁的样子,看上去比实际年龄要大一些,两片向外凸起的厚嘴唇,给人一种憨厚的感觉,眼神里却流露出一丝难以觉察的精明。他是土生土长的春山人,在家排行老三,大哥彭孟修,二哥彭仲修。前两年,他嫌自己的名字有封建气息,便改名"彭击修",意思就是"打击修正主义"。不过,家里人,村里人,所有老熟人,还是习惯称他"季修"或者"老三"。父亲彭健懿,辛亥年生人,读过几年私塾,他希望三个儿子有"修治齐平"的理想,至少要做有修养的人。无奈老大和老二都不爱读书,好不容易熬到了小学毕业,打死也不肯上学。彭健懿便把希望寄托在自己最疼爱的小儿子身上。彭击修是三兄弟中唯一愿意读书的,老师夸他作文写得好。他立志要成为"人类灵魂的工程师",可是中考成绩不理想,没考上县里唯一的高级中学，只好进了黄埠区的农业中学"黄埠农中"，学了些珠算、簿记、应用文、氮磷钾之类的知识技能，毕业回乡后又去参军，在部队里待了两年，担任过侦查班班长。退伍后回乡务农，兼职担任春山大队的基干民兵连连长，偶尔会被公社武装部长兼治保主任殷贵生请过去，帮忙训练一下基干民兵。

父亲彭健懿很不满意，说我家季修，读了十几年书，当了两年兵，不奢望什么功名，可也不应该回家扛锄头啊！每每想起，便唉声叹气。彭击修对父亲的想法不以为然，他说，扛锄头怎么了？劳动光荣！话虽如此，但干农活儿是很累的，犁地耙田、挑粪担水，几年下来，人也磨老了，年轻时那点理想和激情，慢慢被扁担磨得没有了踪影。1966年下半年，彭击修自作主张地脱离了农业生产战线，没事就往公社里跑，开始是给季秘书帮忙，刻钢板、印文件、提糨糊桶，后来又认识了革委会主任徐水根。有一阵，传说彭击修要进公社革命委员会，但一直没有动静，最终不了了之，他只好重返农业生产第一线。

彭击修为人乖巧，又有文化，给公社主任徐水根留下不错的印象。徐水根一度还想撮合他跟自己的侄女徐芳兵。彭击修看出来了，便极力讨好徐芳兵，托复员的福建战友买龙眼，托上海的战友买外套。徐芳兵只是在收到礼物的时候冲他笑一下，其余时间一概不理。彭击修感到有些委屈，有点郁闷，便每天晚上坐在徐芳兵窗户对面的小树林里拉二胡，自拉自唱，唱完《八角楼的灯光》，接着唱《亚非拉人民要解放》。吵得徐芳兵失眠，便告到徐水根那里。徐水根对彭击修说："小彭啊，唱革命歌曲当然很好，但也不能影响革命群众睡觉啊,芳兵每天早晨四五点就要起床播音呢,你可以到公社后面的小山上去唱嘛。"彭击修听了很受伤,他还以为自己的歌声很动听,以为徐芳兵很爱听,没想到人家嫌弃他。说到底,徐芳兵看不上彭击修的农民身份。徐芳兵说,连个县中都考不上,也叫有文化?

彭击修感到前途渺茫,便听从姐姐彭秀枝的劝说,跟姐夫的本家堂妹游仙桃订了婚。游仙桃的家庭出身是上中农,但在游家坳算是个美人。彭击修原本打算自暴自弃,跟游仙桃结婚生子,在家耕田种地,混日子拉倒。他还把自己心爱的书堆在院子里,一把火烧了。没想到书刚烧完,徐水根主任就通知他去新成立的社办林场工作,并担任春山岭林场负责人,成了公家的人。彭击修给父母一笔钱,让他们准备些酒菜,把两对哥嫂和侄儿还有姐姐和姐夫全部叫到一起,设宴庆贺。彭击修对彭秀枝说:"姐啊,你回去,跟游仙桃说,我们订婚那件事情不算数,我要重新来过。"说完,端起一大碗白酒,一饮而尽,然后趴在桌上哭起来。母亲过来摸着他的头说:"儿啊,莫哭,总算熬到头,不再吃农业粮。"说完也跟着老泪纵横。父亲彭健懿听说儿子要悔婚,张嘴便要开骂,说社会地位变了,诚实守信的品德怎能变?但一看彭击修醉倒在桌边,老伴又在边上啼哭,只好暂时忍住。

徐水根主任看着站在知青队伍排头的彭击修,听到他的豪言壮语,走过去紧紧地握着他的手说:"很好!击修同志,这支队伍就交给你,准备出发吧!"彭击修走到队伍前面,用含混不清的普通话喊起了口令:"立儿(立正)!""襄衣(稍息)!"这是彭击修从部队学来的通行的时髦喊法。站在边上瞧热闹的理发匠何师傅说:"彭老三在喊什么鬼啊?口里像含了烧熟的萝卜,哩哩啰啰,谁听得懂!"奇怪的是,十八个上海知青好像都听懂了,彭击修喊"立儿",他们双脚并拢,昂首挺胸。彭击修喊"蓑衣",他们就往前伸右腿,双肩往下沉。

王力亮的目光在十八个人的脸上扫过,他在寻找给自己留下深刻印象的几个人,有指挥唱歌的穿列宁装漂亮姐姐,有扛大旗的高个儿男孩,唯独不见拉手风琴的长发男孩。他为什么不在这十八个人当中?他被分到哪个生产大队去了?王力亮又仔细察看了一遍,真的不见他的身影。他急着向季卫东打听,季卫东也不知道。王力亮很失落。他暗下决心,一定要找到那位拉手风琴的大哥哥。

第 二 章

春山岭林场除了荒山野岭、野兔豪猪、野鸡鹧鸪,什么都没有。但它毕竟是个单位,公社红头文件写得分明:"任命彭击修为社办春山岭林场负责人,主持全面工作。"几个月前,第一批本县知青和回乡知青,已经到林场落户,眼下正加紧烧荒,清场,伐木,盖房子。现在又来了十八个上海知青。彭击修顿时觉得肩上责任重大。他踌躇满志,准备大干一番,同时也盼着转正成为正式场长的那一天。

下午阳光开始西斜。彭击修领着十八个上海知青上了大路,帅东华老师领着锣鼓队紧随其后。知青们每个人背后都驮着一个行囊,像行军部队的战士。大件行李已经分装在几辆胶轮大板车上,由春山村的壮年汉子拉着,跟在队伍后面。彭击修喊着口令,他的喊声不像从喉咙里出来,像直接从肺里蹦出来的:"一、二、一!"那仿佛不是声音,是枪管里射出的子弹,急促,干脆,有力。

队伍沿简易公路朝北走了两三里,转向西北,拐上一条不到十米宽的机耕道。路中间被拖拉机轮子碾出的约二三十厘米深的两条沟槽,像两条透迤蜿蜒的蛇。只有夹在两沟之间几尺宽的平路可供行人，原来两人并排的队伍，被迫改成单人长阵。

伴随着行军口令，黄色帆布书包在彭击修屁股上欢快地跳跃。擎旗的高个儿是上海知青姜新宇，他渐渐感到疲乏，偶尔收回伸直的双臂，让旗杆在肩上歇一歇。女孩陆伊，就是那位唱歌的指挥，伸手戳了一下姜新宇的后背，让他把旗杆举起来，不要像溃败的队伍似的。锣鼓队兴奋劲儿过去了，敲击声断断续续、稀稀拉拉，只有王力亮的小锣一直在当当当地响着，像收鸡毛和牙膏皮的货郎。陆伊听着很不舒服，无奈她管不了贫下中农。锣鼓一停，大路上便静悄悄的，只有脚踏泥土的沙沙声。

大路两边是起伏的山丘。路旁刚从冬眠中苏醒过来的灌木蓄势待发。水田里的泥巴和野草根茎，在中午的阳光照射下，散发出一种躁动不安的气息。栗树林里不知名的野鸟咕咕地叫唤。田埂上放牛的孩子，骑在牛背上慢悠悠地走着。秧田里已经开始长出绿苗，大片等待耕种的水田里，长满了即将成为绿肥的紫云英。

对于陆伊而言，眼前这些景物和人物，此前只是在书本上见过，如今却近在咫尺。她简直不敢相信自己的眼睛。陆伊举目朝大路两边望去，劳动的农人都停住手脚，脸上露出疑惑的表情，似笑非笑的，惊奇地看着这支队伍。他们真的像是绘在图画之中一样啊！陆伊想，自己终于来到了人民中间，见到了贫下中农老师。她发誓，要好好向老师学习劳动技能，认真改造思想，克服掉在城里养成的坏毛病，特别是小资产阶级习气，要在灵魂深处闹革命。

钻进山里的机耕道越来越窄，道路两旁的山丘越来越高，蓝灰色山脊上烟雾缭绕，山岚蒸腾。陆伊背上的行囊，跟她瘦小的身躯不大相称,远看像一只在山道上挪动的蜗牛。但她在极力挺直腰板,咬牙紧跟。背包越来越沉,脑子里闪过歇一歇的念头。每当此时,彭击修的嗓子眼里就射出子弹般的声音:"一、二、一!"听到行军口令,陆伊立刻变得精神起来。机耕道坡度明显地陡了。陆伊的皮鞋右脚鞋口磨得脚踝生痛。她想停下,换上放在大包里的球鞋或解放鞋,可根本没有机会。她也不打算因为自己的一点小困难而拖大部队的后腿。都怪妈妈,说路上要穿丁字皮鞋,劳动的时候才穿解放鞋。

离家之前,妈妈梅绣文带陆伊去南京东路上的第一百货大楼购物:蚊帐、床单、枕套、毛巾、内衣、袜子、手绢、香皂、洗衣皂、万金油、花露水、饼干盒、蜡烛、手电筒……妈妈恨不得把整座百货大楼都买给女儿。陆伊不耐烦地说:"好了好了,妈,不要再买了,乡下那边没有商店吗?"梅绣文反驳道:"你以为那个乡下是上海的乡下?有商店也没啥卖的。去年,我跟你爸去了一趟你那个穷老家射阳,离陆家村好几里路,才见到一个小卖部,啥东西也买不到,只有盐随便买。"陆伊说:"贫下中农怎么生活我就怎么生活,不要搞特殊,否则叫什么锻炼啊!"

妈妈不理睬陆伊,继续购物。她还在生陆伊的气,因为陆伊不听劝阻,坚持要下乡去。陆伊说,下乡接受贫下中农再教育,是每一个革命青年的必然选择。陆伊几乎不假思索,就决定报名下乡。她的革命行为得到了爸爸陆志钢的大力支持。

梅绣文对陆志钢说:"陆伊十八岁还没满呢,还是个小孩子呢。她应该跟父母生活在一起。她这个年龄应该读书,而不是到乡下去干农活！一想到她这么小就要离开父母独自生活,而且要去千里之外,我的心就像被刀子割了一样。"

陆志钢原来是第九轧钢厂的车间主任,"文革"开始后,被派到梅绣文工作的那家医院任工宣队队长。听了梅绣文的话,陆志钢不以为然,他用带苏北口音的普通话说:"十八岁还小啊？我十六岁就离开家乡干革命,参加新四军,扛枪打鬼子,把国民党赶到了台湾。他们这一代人,从小就娇生惯养,饭来张嘴,衣来伸手,四肢不勤,五谷不分,再不去锻炼,我看他们都快要变修了！"

梅绣文不爱听这些话,本要发作,想想还是忍住。她说:"在家里不要讲那么多大道理。陆斌还小。陆蕾满了十六岁再说。当务之急是把陆伊留下来。"

陆志钢提高嗓门儿说:"年轻人都下乡了,她留在家里干什么？陆伊自己的革命积极性很高,你不要节外生枝。赖在家里也不是办法,下去是迟早的事,大势所趋,历史的潮流浩浩荡荡,谁也阻挡不了,螳臂挡车不自量,都将被历史的车轮碾得粉碎。"

梅绣文继续耐着性子说:"能留一年算一年嘛。谁知道明年后年政策怎么变呢,说不定不用下乡去呢。听说只要医生开出患有慢性病的证明,就可以留在上海。要不你到医院里去帮陆伊开一张疾病证明？"

陆志钢闻言,突然翻了脸,生气地说:"梅绣文,你满脑子资产阶级思想,永远只想自己个人的利益,从来就不懂得顾全大局。开假证明？欺骗组织？教孩子撒谎？这样的坏主意亏你想得出！你要让我跟你一起走到资产阶级的邪路上去吗？"

梅绣文再也不能忍受,终于爆发了,她高声说道:"陆志钢,你真是蛇蝎心肠,你好像是在说别人家女儿的事情一样。我问你,谁欺骗?谁撒谎?你忘了当初,你是怎么撒谎把我骗到手的吗?你才是个骗子!谁是资产阶级思想?你才是,你还满脑子剥削阶级思想。自从你当了我们医院的工宣队长,就开始变脸,说话盛气凌人,一副做官当老爷的架势。回到家里什么事都不干,你才是饭来张嘴衣来伸手呢。群众的眼睛是雪亮的,我早就发现了你的伪君子嘴脸!你说你爱我,其实都是假的,如今你不爱听我说话,回家也不看我一眼,只顾对着镜子欣赏你自己,一会儿刮胡须,一会儿抹发蜡,臭美得不行,你想到医院里去勾引谁?你去啊,你不要回来啊!"

陆志钢被梅绣文突如其来的子弹般的语言击中,他措手不及,晕头转向,摔门而去,搬到医院办公室里去住了。

离陆伊下乡的日子越来越近,梅绣文哭泣的频率也越来越高。她天天抹着眼泪为陆伊收拾行装。一只印有"上海"二字的黑色人造革大提包,一直摆在房间中央,梅绣文不停地往里面放东西。她仿佛要将自己的心掰碎,变成一个个细小的物件,钻进陆伊的行囊中,伴随着女儿行走天涯。

梅绣文领着陆伊在百货大楼不停地买、买、买。陆伊急得叫起来:"妈,不要买了,需要什么我会写信来的,那时候你再寄包裹好吧?"梅绣文说:"寄?往哪里寄?你确定乡下一定有邮电局吗?"鞋柜售货员,一位跟梅绣文年纪相仿的女子,将一双黑色丁字皮鞋从玻璃柜里取出来,放在梅绣文面前说:"阿囡要下乡?"梅绣文点了点头,又要开始抹眼泪。陆伊皱了一下眉头,嫌售货员话多。售货员没有留意陆伊的表情,继续对梅绣文说:"做娘的也只好给她多买些东西。侬买这个,猪皮的,不要买牛皮的,太硬,下乡去不合适。很多人都给下乡的女儿买这种鞋。喏,这一双就比较好,猪肚上的皮,比较软,牛筋底,穿着轻便、结实、好洗,价格也合适。她平时能穿,劳动的时候也能穿。关键是样子好看。下乡劳动就可以穿得随随便便啊?就可以不讲体面啊?就可以土里土气啊?阿拉上海人就是上海人,不能让阿囡穿得像乡下人一样,对吧?"梅绣文说:"就是,就是。"

售货员和梅绣文两人一唱一和,陆伊恨不得堵住售货员的嘴,可是她偏偏话多:"嘎小的小人,就要离开娘,老可怜啊!还要跟乡下人一起劳动,挖土、挑担,小身子骨受得住吗?"说着,两个女人都哭了起来。陆伊对她们的小布尔乔亚趣味特别反感。她坚持要买一双草绿色的解放鞋,一双白色网球鞋。售货员主张买白色网球鞋,坚决反对买解放鞋,说:"买它做啥,那么宽的鞋头,老难看,女孩子就要讲究一点。"售货员把妈妈想说而没说的话全说了。妈妈让售货员多拿一双浅咖色皮鞋,说节假日穿。在陆伊的坚持下,最终还是买了一双草绿帆布面的解放鞋。

队伍在山路上不急不缓地走着。陆伊的脚踝被新皮鞋的鞋帮来回摩擦,疼痛难忍,脚步越来越慢。姜新宇回头看她一眼,目光里隐含着关切,陆伊立刻用严厉的目光挡回去。她暗暗地紧咬牙关,强作镇定往前走。姜新宇发现陆伊走路姿势不正常,猜她的脚可能出了问题,无奈陆伊一直拒绝他的帮助。眼看着陆伊越走越慢,表情有些异常。姜新宇突然回过身来,从陆伊背上抢过她的背包,背在自己肩上。

机耕道在一个小村边上到了尽头,这个位于茶山坳脚下的小村叫游家坳。几个月前,王力亮和父亲一起送哥哥王力熊去春山岭林场时曾经途经此地。彭击修让队伍在村子里停下来,吩咐大家休息一下。他让老乡们把大板车寄存在村里,准备绳索和扁担挑知青们的行李,待会儿还要走山路。帅老师指挥锣鼓队敲起来,咚咚锵的锣鼓声,把寂静的山庄唤醒了,把村民都招来了,孩子们围了过来,鸡鸭鹅狗猪也闻风而动,几条狗恶狠狠地朝知青队伍高声喊叫。其中有一条黑白相间的花狗,显得特别激动,它领着一黄一黑两条狗,冲着陌生人龇牙咧嘴地狂吠。女知青们吓得大呼小叫,胆小的褚小花受了惊,狂奔起来,花狗正打算朝她扑过去,被彭击修喝住了。

一位慈眉善目的中年男子笑眯眯地朝这边走来,黄色门牙中有一颗特别长,露出来一大截。彭击修喊他姐夫。他对彭击修说,山上林场要的蔬菜和大米,都交给挑担的人了。身后一位长得老相的女人,就是彭击修的姐姐彭秀枝。她叫弟弟进屋歇,并小声提醒他,别忘了去游仙桃家里坐坐。彭击修不耐烦地说:"你老记得这事,你喜欢你去。"彭秀枝转身对知青说:"到屋坐,去吃茶。天哪,都是伢儿啊!还有女伢儿啊!上海,天哪,那么远,她们的娘老子还不要想死啊!"她盯着身边的陆伊看了一阵,亲切地说:"快进屋歇歇。"

彭击修坐在一个石碾子上,用小纸片和自制黄烟丝儿卷喇叭烟抽，同时给姐夫递过去一支飞马牌烟卷。姐夫突然转过脸大声问姐姐彭秀枝："仙桃呢？怎么不过来一下？"彭秀枝说："仙桃到菜地里摘菜去了，马上就回来。"彭击修闻言慌了神，连忙站起身，拿起挂在脖子上的口哨嘟嘟嘟地吹起来，命令队伍立刻整队出发。

队伍重新上了山路。路上的青石板被行人的脚步磨得光溜溜的，中间有一条被独轮车碾出的深槽。在通往邻县的公路修通之前，这是一条繁忙的大路。茶山坳上有一间凉亭，由游家坳的一位单身老头儿守着，为往来行人提供茶水。上次王力亮跟父亲送王力熊去林场的时候，就曾在这里歇脚喝茶。守凉亭的人五十多岁，独眼，血红色的下眼睑往外翻出来，怪吓人的。孤单的人话特别多，听说是公社医院的王医生，便像老熟人一样聊了起来。他叫游三仂，是游仙桃的三叔。游三仂说，春山村的老三是个"假佬"，假模假式，吃农业粮不愿干农业活，白天黑夜都穿一件军装。又不打仗，整天穿军装做什么？他经常到他姐姐彭秀枝家里混吃混喝，还骗走我们游家的女儿。最近公社里让他管林场，他就开始翘尾巴，就想不理我们游家人。什么林场？就是一块荒山。你儿子到那个鬼地方去做什么啊？以后有苦头吃哟。游三仂在臧否人物的时候，一只眼睛闪烁着光芒。

十八位上海知识青年接受贫下中农再教育的学校，他们人生一个重要的落脚点——春山岭林场——终于出现在眼前。春山岭，是怀玉山余脉武山的一个分支，自东北向西南倾斜，海拔并不高，但在长江中游丘陵地区，算是有一定高度的山区了。近年来封山育林，荒山变成植被茂盛的深林，主要生长着杉树、松树、枫树、柘树,还有一些栎树、柞树、苦槠树等杂树。荒郊野地里不时地能见到飞禽走兽,山鸡野兔,山獾豪猪。

半山坡新整出的一大片平地上,整齐地趴着一排地窝子式的茅棚,还有一些正在建设之中的房屋。王力亮发现,原来只有四五个茅棚,现在有十几个,像一排埋伏在地上的士兵,显得很有气派。茅棚是由两短一长三根粗大的杉树交叉在一起架起来的,横断面呈三角形,整体形状是卧倒在地上的三棱锥。每个茅棚里并排摆着十几个铺着稻草的床位。靠近入口处的横断面积最大,可以站着走进去,住在最里面的人得爬进去。王力熊就住在茅棚里面那个最矮的地方。当时王毅华就表示不满,说那就是一个狗窝,一米七几的大儿子又不是狗,钻进钻出。春山岭林场筹建办公室的游德宏说:"这是暂时的,王医生,很快就有新房住了。"王力亮钻进茅棚,躺在王力熊的床上,他很喜欢这种隐蔽的地方。

上海知青队伍暂停在空地上。林场的老员工都围过来看热闹。游德宏赶紧端着一碗水迎了上去,对彭击修说:"彭场长辛苦了,喝口水吧。"游家坳的游德宏,原本是春山岭的兼职护林员,现在自然就成了林场员工,因为他对周边的环境和人事都很熟悉,就安排他负责筹建办公室的日常事务。问题的关键在于,他是彭击修的未婚妻游仙桃的族叔。他的存在,就像游仙桃安插在林场里的一个密探,致使彭击修一见游德宏,就想起了游仙桃,心里就不爽快,就琢磨着怎么把他弄走。但一时又找不到这么熟悉工作的人选。假如游德宏走了,林场的日常工作就要面临瘫痪,甚至连柴米油盐都不知道去哪里弄。此外,游德宏还是远近闻名的作田能手,林场田地的耕种,还有知青们的农耕学习,都要依赖他。想到这些,彭击修只能暂时忍着。此刻,彭击修本不想搭理游德宏,但看见装水的碗口还沾着饭粒,顿时火冒三丈,大声呵斥:"你用这么脏的碗装水给我喝?我是狗还是猫啊?你整天忙得很的样子,做好了哪一桩?"说完,气呼呼地转身走到队伍前,喊了一声"立儿",看样子他还要整队训话。

王力亮远远看见王力熊,跟一群同龄男孩在一起,站在空地尽头的山坡脚下,正朝这边张望。他们肩上搭着毛巾,手里拄着竹杠和木棍,脚边躺着一根从山坡上面滚下来的巨大的松树。他们都是提前进驻春山岭林场的本县知青,正在参与林场宿舍和办公室的建设工程。焦康亮是分管科教文卫的副县长焦伟明的儿子,祝晓明是文化局局长的儿子,周传阳是水利局总工程师的儿子。都是"靠边站"干部的子弟。在本地人眼里,他们属于特殊人群。此刻,他们被上海知青的阵势和气派震住了。

焦康亮说:"神气什么?明天就看他们哭吧。"

周传阳说:"上海人就是洋气,那个穿列宁装扎小辫的,真漂亮。"

祝晓明说:"其实就是缺少劳动锻炼,显得白净而已,等到明天晒黑了,也不见得比范梅英漂亮。"说着,眼睛朝搬砖瓦的本地女知青堆里瞟。

周传阳说:"范梅英漂亮?我看不如马欢畅漂亮……"

范梅英是春山小学陈蓉屏老师和黄埠区农业中学校长范得培的女儿。马欢畅是公社医院马约伯医生的三女儿,王力熊的邻居,王力亮的同学马欢笑他三姐。王力熊、马欢畅和范梅英是黄埠农业中学的同班同学,其他几位本地知青都是县中的。

王力熊发现王力亮挤在人群中,一边敲小锣,一边东张西望,觉得很滑稽,就朝王力亮这边微笑了一下,算是打招呼,随即就收回表情,好像在节省体力,生怕把力气笑跑了。

游德宏在彭击修面前讨了个没趣,转身就走到大松树旁边,把气撒在正在干活儿的本地知青身上。他突然朝焦康亮和王力熊他们龇牙咧嘴喊叫起来:"看够了没有?歇够了没有?你们就知道偷懒,照这样下去,办公室和宿舍什么时候才能建起来啊?彭场长只知道骂我,我骂谁啊?"林场第一期基建,其实也就大小两三栋房子,都快要封顶了,上梁后就铺瓦,砖瓦匠的工作即将结束,屋内木匠活也在同步进行。

正在干活的王力熊他们几个,莫名其妙被人呵斥了一顿,心里也不爽快。焦康亮回敬游德宏说:"场长骂你活该!"周传阳说:"反正我们不着急。"说归说,活儿还得干。那根躺在地上的大松树,有王力熊的腰那么粗,十几米长。他们八个人分成两拨,松树两头各四人。先将短木棍穿进套在松树两头的粗麻绳里,然后在短木棍两头套上绳圈,再将两根竹杠穿进两头的绳圈里,四根竹杠八个人,一起发力。王力熊跟他的搭档焦康亮半蹲着,肩扛竹杠,屏息憋住劲,要站起来。王力熊的脸渐渐变成了猪肝色,脖子上的血管在变粗,仿佛要爆裂,腰也在摇晃。王力亮好像听到了王力熊腰椎骨的骨节磨得嘎嘎作响。他不由自主地屏住呼吸,暗暗地替王力熊使劲,也替他捏把汗,他担心王力熊的腰椎骨会折断。在王力亮的眼里,王力熊就像个大人,一米七几的个头,王力亮看他的时候还得仰视,实际上王力熊才刚满十六岁。八个人抬起那根巨大的松木,一步三摇地往前移动。"嘿咗、嘿咗"的号子协调了身体节奏,八个人的力量合在一起,步伐也慢慢地流畅起来,从空地中间稳健地走过。王力亮松了一口气,不由自主地跟了几步。突然,王力亮后脑勺挨了一巴掌,打得他往前走了好几步。帅东华老师站在他跟前,唾沫四溅地说:"为什么不敲啊?不要你敲的时候,你想死了要敲,现在让你敲,你又偷懒不敲。你活在这个世上,就是跟人作对来了吧?"吓得王力亮把小锣一阵乱敲,险些搅乱了王力熊他们的步伐。

王力熊他们把那根大松木抬到了搭建房屋的地方,各自拿着绳索和竹杠往回走,边走边让腰和肩放松休息。路过王力亮身边的时候,王力熊停了一下。他脸上刚才的猪肝红已经消失,变回了原样,白净的脸显得文静而和善。

王力亮说:"哥,你的腰没有断吧?"

王力熊说:"没有啊,哪有那么容易断。"说着,他来回扭动腰身。

王力亮说:"我听到你的腰椎骨嘎嘎响。"

王力熊说:"那根树是湿的,有点重,压得骨头碰骨头。"

王力亮说:"石头碰石头也会嘎嘎响,就是那种声音。"

王力熊说:"那不一样。石头跟石头中间是空的。骨头跟骨头中间隔着筋和肉。"

王力亮说:"刚才我也暗暗地在帮你使劲。"

王力熊伸手捋了一下自己的"螺旋头"长发,笑着说:"你使劲有屁用。……抬重东西的时候,半蹲着起身是有点难,站直之后就好了。"王力亮忽然觉得,王力熊一头从前面往后旋转的长发很酷,跟他上午见到的那位长发哥哥的发型相像。他不在这里,不知分到什么地方去了。王力熊摸了一下弟弟的小平头说:"跟大家一起回去吧。记住,千万不要跟妈妈说'听到王力熊的腰椎骨嘎嘎响'这句话啊。我自己都没听见,你怎么就听见了?是你害怕我的腰断,耳朵里才出现了那种声音。"说完,他转身就朝自己的同伴走去。山风把王力熊的螺旋头长发吹得飘了起来。

季秘书跟彭击修打了个招呼,就领着欢送知青的锣鼓队回春山。王力亮跟着往回走,心还被春山岭牵扯着,他担心王力熊的腰椎骨,哥哥的腰千万不要断了啊!黄昏的风掠过山坡,把低矮的荒草吹倒在地,荒草挺腰直立起来,接着又被风吹倒在地。王力亮想到王力熊他们抬着粗大的木头,一边喊着号子往前挪动的背影,忍不住心里一酸,蹲在路边呜呜呜地哭了起来。

医院隔壁理发店何师傅的儿子何缽得走过王力亮身边,对他说:"鼻涕鬼,你流猫尿干什么?想留在林场里跟那些上海洋婆子睡茅棚吧?我知道你喜欢钻狗窝。"何缽得说得没错,王力亮喜欢在稻草堆里做像狗窝一样的洞,然后钻进去,躲藏起来,父亲王毅华、母亲尹慧梅,还有姐姐王力婉、同学马欢笑,以及何家所有的人,谁都找不到他。但此刻王力亮不想搭理何缽得,他站起来,拖着双脚往前走,一路忧心忡忡,他又想起那些上海来的哥哥姐姐们,晚上吃什么?住在哪儿?特别是那位突然消失不见的拉手风琴的长发哥哥,不知道他在哪里。

春山岭林场的空地上一片寂静,空气仿佛凝结了。彭击修站到队伍前面,从上衣口袋里摸出一张纸,上面写着《春山岭林场上海知青花名册》,开始点名:陆伊、程南英、童秀真、褚小花、林俪、刁蓝瑛……,九个女同志入住第六号棚。姜新宇、李承东、孙礼童、谷维世……,九个男同志入住第八号棚。彭击修叫他们赶紧把行李放到各自的住处,安顿一下,6点准时开饭,晚上7点钟,召开全体员工大会和联欢晚会,热烈欢迎上海知青到春山岭林场插队落户。上海知青陆伊和本地知青马欢畅担任报幕员,并负责组织节目。

厨房也是临时的,一个用毛竹支撑起来的大草棚,足有几十米见方,四周没有围墙,完全敞开。炊事员彭健彪,将一只巨大的木饭甑放在茅棚中央,米饭散发出新鲜杉木的香味,那香味钻进肠胃捣乱,弄得大家肚子都在咕咕叫。本地的老员工各自拿碗打了饭菜蹲在一旁吃。新来的十八个知青和彭击修,围在一块平放在地上的大案板前面吃。几只装满菜和汤的搪瓷脸盆摆在案板中间,白底上描着大朵红色牡丹花的脸盆显得喜庆热闹。主菜是一大盆野兔肉,还有一盆炒红薯丝儿,一盆炒白菜,一盆蛋花汤。彭击修夸彭健彪,说他兔肉做得好,又说他头天半夜去山上安放地炮,第二天摸黑去捡野兔,辛苦了。彭健彪听到场长的夸奖,乐得露出半截大门牙。彭健彪是彭击修的族叔,跟彭击修的父亲彭健懿是同一个祖父。彭健彪五十岁左右,读过两年私塾,能写字记账,做事也利索,为人稳妥,属于那种有主见但话不多的人。彭击修就安排他到林场来做炊事员,平时并没有过多的接触,但心里有亲疏。彭健彪明里暗里照顾着彭击修。

姜新宇见陆伊蹲在一旁,便凑过来说,自己是第一次吃野兔肉,觉得味道真好。陆伊不想评价,低头吃饭。姜新宇发现,陆伊碗里一点兔肉都没有,只有一点炒得黏糊在一起的红薯丝,还有白菜。姜新宇问陆伊为啥不吃肉。陆伊说不喜欢吃。姜新宇不知道,陆伊除了猪肉,其他连牛肉羊肉都一概不吃,更何况野兔肉。没人知道这个秘密,陆伊也不声张,她不想自己显得很特殊似的。

褚小花吃着吃着就开始笑,说红烧野兔的味道很好,水平快赶上她在锦江饭店当厨师的爷爷了。褚小花接着说,蛋花汤不好喝,青菜叶子也煮黄了。她说她想吃爷爷做的罗宋汤,汤里面的红肠最好吃,酸酸的胡萝卜和包菜叶也很好吃,说着就哭起来。这一哭不打紧,另外几个年纪小的女孩,童秀真、林俪、刁蓝瑛也跟着哭起来。林场职工中的本地妇女,见几个女孩子哭着叫妈妈,嘴巴发出啧啧啧的同情声,心软的也跟着一起流眼泪。彭击修很恼火,又不知怎么办,手足无措。

陆伊走过去压低声音说:"别哭了,丢人不丢人!"几个女孩哪里听得进,哭声更大了。彭击修发现,陆伊在关键的时候能够挺身而出,表现不错,只是方法简单了一点。程南英也赶过来,用上海话对褚小花说:"侬勿要哭,边吃边哭不健康,影响消化对身体不好,等肚皮消化一阵再哭吧。"这样一说,褚小花和其他几个女孩子的哭声戛然而止,她们被程南英的科学道理征服了。彭击修不知道程南英用了什么招数,一下子就把那几个啼哭的女孩子控制了,觉得这个程南英很不简单。

天色暗了下来,脸盆里的菜都看不清了,人脸的轮廓也开始模糊。彭击修冲着本地女员工呵斥道:"你们也来哭,哭丧啊?真是瞎起哄!快帮着收拾啊!"接着又对游德宏喊叫:"天都黑了,汽灯呢?什么事都要我管!还有健彪叔,赶紧把饭甑和案板撤走。"

游德宏一挥手,两个青年农民拎着两盏汽灯过来,将玻璃瓶里的汽油,往汽灯中间的圆肚子形状的容器里灌。接着抓住圆肚子上的气泵把手,使劲儿打气加压。然后拿出石棉网做成的汽灯罩,安在汽灯的头上。汽灯头上的针孔里发出滋滋滋的响声。加压后的液体汽油变成了气体,把石棉网汽灯罩吹成一个椭圆形气球。两只汽灯分别挂在茅棚两头的竹竿上。游德宏站在小板凳上,举起划着了的火柴接近汽灯罩。只听见噗的一声,汽灯着了,像两只闪闪发亮的大蚕茧。茅棚顿时亮得睁不开眼。

彭击修宣布,春山岭林场员工大会,暨欢迎上海知识青年插队落户春山岭联欢晚会正式开始。在两盏雪亮的汽灯照耀下,四十多人席地而坐,每个人的屁股下垫着一块用稻草包着的砖头。上海知青前女后男分成两排。后面坐着本地知青。其他本地员工随意坐在四周。

彭击修说:"十八个来自上海的知识青年,扎根农村干革命,成了我们林场的正式员工,大家鼓掌欢迎。……今后大家都要帮助他们,教育他们。我们能教他们什么呢?教他们劳动、植树、种庄稼,教他们不怕脏、不怕累、不怕苦,改掉身上的小资产阶级知识分子的毛病,最终成长为革命事业的接班人。本地知青,也要跟他们一起成长,不要像老油条一样。"彭击修说后面这句话的时候,脸是朝着焦康亮那边的。焦康亮朝彭击修翻白眼,转过身去不理他。

彭击修突然改用本地土话说:"你们,上海知青,要学习贫下中农的语言,慢慢地少说或不说上海话,一说上海话,你们就记挂着你们那个'十里洋场',就影响扎根农村的决心,影响跟贫下中农打成一片的信心。从明天开始,上海知青要开始学说本地话,不会说没关系啊,拜贫下中农为帅嘛。"十里不同音,百里不同俗,彭击修的春山土话,不要说上海知青,就是本地知青中的县里人也不能百分之百听得懂。

王力熊小声对焦康亮说:"让上海人说我们这里的话?那会笑死人啊。马欢笑和马欢畅的妈妈,李瑰芬,我父亲医院里的护士,好像就是上海那边的人,她也想冒充本地人,说出来的话,既不是上海话,也不是本地话,很难懂,要多难听就多难听。她喊我妈妈尹慧梅叫'因为埋',喊游建煌医生叫'油煎汪','吃饭'叫'掐娃'。上海人洗脸叫'打面',我们这里叫'洗面',李瑰芬叫'洗米'。每次听到她说话,我都忍不住想笑。"

彭击修还在激情演说。游德宏坐在那里睡着了,一边打呼噜一边放屁。彭击修皱着眉头大吼一声:"游德宏,吃完就睡,你是猪啊!"把游德宏吓得从砖头上溜到了地上。

彭击修说:"说到吃的问题,我还要多说几句。这一阵子我们吃的油和米,都是从山下游家坳村赊账赊来的。公社给了我们山林和土地,给了我们名额和指标,给了我们建住房和办公室的钱,关键是给了我们精神上的支持。但公社没有给我们油和米。这要靠我们自力更生,尽快种菜种稻子,解决嘴巴和肚子问题。……要干好活,就要有住和歇的地方,所以还要加快速度建宿舍和办公室。"

彭击修说完油和米,接着就说革命。他从林场建设和锻炼革命意志,扯到中国革命和世界革命的关系,还扯到非洲草原上的战鼓,拉丁美洲丛林里的战火。他还说,世界革命的中心已经转移了,移到了北京,我们必须提前把自己锻炼成具有国际主义理想的革命战士。他严厉地说:"谁要是搞破坏,革命群众是不会轻饶他的。"说这句话的时候,他朝游德宏那边看,发现游德宏又开始打呼噜了,而且彭健彪和其他几位本地农村招来的汉子,也加入了打呼噜的行列。彭击修不知道该骂谁,只好宣布员工大会结束,联欢晚会开始。

员工们围成一圈。附近村庄一些喜欢凑热闹的年轻人也赶了过来,把茅棚都挤满了。晚会主持人陆伊和马欢畅站到了茅棚中央。陆伊还是那身打扮,马欢畅戴一顶草绿色军帽,穿一件洗得发白的带人字花纹的黄色旧军装,那是她爸爸马约伯从部队退伍时带来的,显得特别有历史感,革命风度十足。

陆伊:"春山岭林场的全体员工,各位观众,革命同志们,你们好!"

马欢畅:"春山岭林场联欢晚会现在开始!"

陆伊:"东风吹,战鼓擂,现在世界上究竟谁怕谁。"

马欢畅:"不是人民怕美帝,而是美帝怕人民。"

陆伊:"得道多助,失道寡助,历史规律不可抗拒。"

马欢畅:"不可抗拒!美帝国主义必定灭亡。"

陆、马合:"全世界人民一定胜利!"

陆伊:"请听小合唱,《全世界人民一定胜利》,演唱者,上海知青合唱队。"

上海知青排成两排,指挥还是陆伊,只是少了手风琴伴奏。好在有姜新宇和李承东几个浑厚的男声掺在中间,才算压住了阵脚。接下来的独唱和小合唱等节目,都由孙礼童的胡琴和姜新宇的口琴伴奏。孙礼童的爸爸妈妈是京剧团的演员,他从小就跟着学拉二胡、京胡、板胡,胡琴拉得接近专业水准。姜新宇的口琴也吹得不错,舌头会打复合音,模仿手风琴左键盘。

程南英的女声独唱很出彩,她唱的是《见到你们格外亲》:"小河的水清悠悠,庄家盖满了沟,解放军进山来,帮助咱们搞秋收。拉起了家常话,多少往事涌上心头。看见了解放军,想起了老八路。……"唱着唱着,程南英流下了眼泪,弄得彭击修也眼睛发酸。彭击修想起自己在部队时的生活,起早贪黑,摸爬滚打,跋山涉水,负重行军,吃了不少苦,脱了几层皮,好在年轻,每天晚上像死猪一样瘫在床上,第二天早起又是好汉一条。

接着是童秀真领着褚小花、林俪等几位小女生上场,她们的节目是表演唱《洗衣歌》。姜新宇扮演解放军战士,端着洗脸盆,蹲在河边洗衣服。几个女孩子边唱边从茅棚外的暗处跳了出来:"是谁帮咱们翻了身哎,是谁帮咱们得解放哎,是亲人解放军,是救星共产党……"她们扮演的是几位藏族姑娘,抢走了解放军战士装衣服的脸盆,要帮他洗衣服。她们一边跳舞一边唱:"军民本是一家人,帮咱亲人洗呀洗衣裳。"女孩子唱得好听,跳得优美,姜新宇也不含糊,尽管他是女孩子边上的陪衬角色,却大有喧宾夺主之势,他纵身跃起,一个跟斗翻过来,差一点踩在彭击修的身上。

彭击修发觉,上海知青个个才艺超群,本地知青却没有一个露脸的,便对马欢畅说:"你们本地知青呢?你们没节目吗?"马欢畅让他不要着急。她缓缓地走到中央,"请听女声独唱《毛主席来到了咱们农庄》,演唱者范梅英。"马欢畅报完幕,走过去拽住范梅英的手往中间拉,回乡知青游平花在后面推,范梅英这才站在中间,羞羞答答不好意思。孙礼童拉完过门,她却接不上,只好重新来。第二次,孙礼童还没拉完过门,范梅英就唱起来了:"麦苗儿青来菜花儿黄,毛主席来到了咱们农庄,千家万户齐欢笑,好像春雷响四方。"

彭击修听完范梅英演唱,觉得很不错,带一点本地腔,听着亲切,便带头鼓起掌来:"梅英,唱得不错啊,可以跟上海知青比一比啊。"说完,又转过身四处找王力熊他们几个。彭击修问马欢畅:"还有人呢?那几个家伙躲到什么地方去了?干正经事他们总是躲躲闪闪,歪门邪道的事情他们上手快得很。"

马欢畅没有回答彭击修,接着报幕:"下一个节目,笛子独奏《扬鞭催马运粮忙》,演奏者王力熊。"王力熊喜欢吹笛子,吹得也不错,但独奏却是第一次,还没吹三下,笛膜就被口水弄湿了,好在有一根预备笛子。王力熊满头大汗,磕磕巴巴地吹完了,悔不该选择难度这么大的曲子。彭击修说:"不错,有大无畏的革命精神。其他几个人呢?"

马欢畅又开始报幕:"请看'三句半'《知青下乡》,表演者焦康亮等。"三位表演者上了场,各自拿着不同的乐器,用本地土话表演。

祝晓明(咚咚咚敲小鼓):锣鼓家伙使劲敲,
周传阳(当当当敲中锣):登上舞台乐陶陶,
王力熊(哚哚哚打小钹):三个缺一怎么办,
焦康亮(从旁边小跑上场,手锣噔的一声):还有小焦。

祝晓明:主席思想光芒照耀,
周传阳:革命形势越来越好,
王力熊:知识青年来到农村,
焦康亮:思想改造!

"三句半"博得了阵阵喝彩,群众都在喊"好啊""再来一个"!

最后一个节目是革命现代京剧样板戏《红灯记》唱段《痛说革命家史》,演唱者上海知青陆伊,京胡伴奏孙礼童。

陆伊最擅长的是芭蕾舞,她是市少年宫芭蕾舞班的学员。她本来想跳芭蕾舞《红色娘子军》经典片段《常青指路》中的"琼花独舞"部分。前天晚上,在长江大轮船的知青联欢晚会上,陆伊跳的就是这段,关键是有顾秋林的手风琴伴奏,引得满堂喝彩。今天只能放弃这个节目了,二胡伴奏很难调动情绪,加上脚踝还在渗血,疼得厉害,地面又不平。京剧唱段配孙礼童的京胡,也很合适。

京胡响起,陆伊精神一振便开唱。"二黄散板",自由飘逸散漫,但有内在的力量感和节奏感垫底,声音高昂,情绪饱满:

十七年风雨狂怕谈以往,怕的是你年幼小志不刚,

姜新宇和谷维世带头鼓掌喝彩。孙礼童琴声变奏,转"慢三眼",节奏感渐渐明显,陆伊的声音如诉如歌:

看起来你爹此去难回返。奶奶我也难免被捕进牢房。

彭击修一边听一边点头表示理解和赞许,每个人都要勇于为革命挑重担啊!他越发觉得自己肩上的担子也蛮重的。孙礼童突然用短弓加快节奏转"垛板":

说明了真情话,铁梅呀,你不要哭,莫悲伤,要挺得住,你要坚强,学你爹心红胆壮志如刚!

掌声伴随着孙礼童咿咿呀呀的过门,陆伊右手抓住小辫儿往脑后一甩。孙礼童拉"二黄原板"。陆伊"老旦"转"小旦",开始铁梅的唱段,起音平缓从容,情感逐步加强:

听奶奶讲革命英勇悲壮,却原来我是风里生来雨里长,

陆伊把全场的女人都唱得眼泪涟涟。孙礼童突然加快节奏,拉起了"快板":

> 我爹爹像松柏意志坚强,顶天立地是英勇的共产党,我跟你前进决不彷徨!

彭击修激动得拍着巴掌说:"唱得好,革命样板戏真不愧是'样板',写得好,太感人了!一场晚会,也是一场革命理想教育的大会啊!"

晚会散了,弯月挂在山巅,照着依依不舍的人离开。茅棚在月光下整齐地匍匐着。知青们各自睡下。演唱时的兴奋情绪还笼罩着陆伊,美中不足是顾秋林不在,否则他的手风琴一定会为自己的歌唱增添色彩。顾秋林的脸庞在陆伊脑海里浮现出来,她轻叹了一声。这是离家的第三个夜晚。头两个晚上是在长江大轮船上度过的,一船人全是上海知青,像旅游一样。今天,才是真正的"第一个夜晚",一个值得纪念的夜晚啊!晚风掠过山脊和树林,发出沙沙的响声,不知名的山鸟在呜呜叫唤,夜显得更寂静而幽深。

陆伊打了一个寒战。她睡在茅棚靠里比较低矮的那一边,最里面还有褚小花和林俪。两个小家伙,一钻进被窝就开始哭。蜡烛的微光,照着茅棚顶部的柴草,还有捆绑在圆木头上拇指粗的草绳。盖棚顶用的芭茅草,散发出一股青涩的苦味。陆伊想起了家,爸爸和妈妈,上海的街道和商店,夜晚闪烁的霓虹灯,突然有一种被抛到世界角落的感觉,眼泪哗啦哗啦地流。陆伊赶紧起身,将摆在脚下地面砖头上的蜡烛吹灭。黑暗中,大家都在偷偷地哭着,啜泣声一片,一直到凌晨时分,才各自疲乏地睡去。

第 三 章

顾秋林原本在去春山岭林场的十八个知青的名单中,最后审核的时候被徐水根换掉了。徐水根发现,顾秋林的履历表"家庭成分"那一栏,填的是"职员",说明他父亲或祖父,曾经为国民党办事。顾秋林的祖父是药店老板,父亲顾星奎是花旗银行科员,解放军即将进城的时候加入了国民党,还是一个基层支部的负责人,这是典型的"天快亮还尿床",以至于在历次政治运动中都是被审查的对象。彭击修对顾秋林印象不错,觉得他会拉手风琴,以后林场搞个宣传队什么的,也用得上,就有想留下顾秋林的意思。徐水根说:"县里刘主任说过,春山岭林场是县里知青下乡试点单位,以后说不定还要成为省里的试点单位,所以人选要严,如果你想用他,可以临时借调。我也不想把他分得太远,就留在你们春山村吧。"徐水根把顾秋林的登记表抽出来,换成城市贫民出身的褚小花。顾秋林就留在了公社所在地春山村。这里面的周折,顾秋林并不知道,只是觉得自己突然变成孤单一人。

就在陆伊一行十八人准备前往春山岭林场的时候,顾秋林被春山生产大队的队长何罐得接走了,直接送到理发匠何师傅家,也就是何罐得自己家,何家院子。何师母说:"来了个男伢儿啊?也好也好,前几天通知说要来一个女伢儿啊,怎么又变戏法一样,变成了男伢儿?"何师傅说:"你这个女人就是话多,什么变戏法?你变一个来我看看。公社派了什么人来,我们都欢迎。"何师母说:"是啊是啊,谁来我们都欢迎。"何家的狗大黄冲顾秋林狂叫,何师傅骂了几句,它只好冲顾秋林摇起尾巴来。

顾秋林感到了热情和友善,连忙向何师傅和何师母鞠躬致意。何家的女儿,十四岁的何啰婆,吓得躲到厨房里不敢出来。何师傅朝厨房里喊道:"你躲什么啊?他是一个人,又不是一条狗,怕什么?"何师母说何师傅的比喻不好,她打量着顾秋林说:"你看人家伢儿,长得细皮嫩肉,白白净净。就是头发太长,该剪一剪了。……哎呀,还背了个风箱。"何师傅说:"什么风箱啊?那是手拉琴,唱歌用的。你这个女人越说越不像话。"

何家院子,独门独户,离春山村大约一里路的样子,孤零零地藏在幽静的竹林里。不远处就是春山公社医院。医院与村庄之间是一片空闲荒地,有三两家零星的住户。何家院子原来是一个废弃的磨坊。当年何师傅何大国沿途乞讨来到春山村的时候,曾经栖身其间,遇到同样以乞讨为生的夏向娥。那时候,正好赶上划分阶级成分,一无所有的流浪汉何大国,一贫如洗的夏向娥,被划为雇农,分到了那间看上去破旧不堪,空间却不小的青砖碧瓦磨坊。后来经过翻修,房子焕然一新。就是在这间屋子里,何大国跟夏向娥结为夫妇,志同道合同命相怜的一对,在春山安家落户。何家是理发世家。何师傅在家里开了一家理发店,养下了大儿子何罐得,二儿子何缽得,小女儿何啰婆,可以说是生意兴隆,人丁兴旺。春山人改称磨坊做何家院子。当初何大国遇见夏向娥的时候,一个手持瓦罐、一个端着瓷缽,两个落难者,一对苦命人。为了铭记自己的要饭生涯,为了铭记两人的爱情,生了两个儿子,就取名"罐得"和"缽得"。小女儿"啰婆"中的"啰"字,意思是小舌有问题,声音在喉咙与上颚交界的地方转,声音发不出来,据说是因为何师母怀孕的时候高烧,打了青霉素的后遗症。"何啰婆"的意思就是何家说话不清楚的女孩儿。

春山村的人觉得,何家小孩的名字很古怪,跟他们家的人一样古怪。村里人称他们为何师傅何师母,不会用叔叔婶婶这种称谓,也没有人跟何家通婚。按照当地的习俗,作为理发世家,何姓人只能跟何姓结婚,或者跟夏姓家族结婚。夏姓人的职业是红白喜事仪式的抬杠轿夫。听到顾秋林喊何师傅为何叔叔的时候,春山人都在偷偷地发笑,但不敢公开,因为他们忌惮何家的两个儿子。

何家在春山的地位,随着他们的儿子长大而提高。罐得和缽得都长大成人了,两个人都是大队基干民兵连的骨干。何罐得担任了春山大队的大队长,不久前又接替彭击修担任民兵连长。二儿子何缽得,脾气很大,具有敢于革命、敢于造反的精神,有一股"敢把皇帝拉下马"的气概。春山村再也没人敢瞧不起何家了。今年春节,何罐得跟何师母娘家远房侄女夏松珍订了婚,打算年底办喜事。上海知青顾秋林分配到何家来住,也是何家的荣耀。但从旧时代带来的"贱民"身份感,并不是说消除就能消除的,它变成了一种心理阴影,印在何家人心上。听到顾秋林喊他们叔叔婶婶,何师傅跟何师母的心情很复杂,既惊喜又感激,同时又觉得有些害羞。他们恨不得提醒顾秋林,不要这样叫,又不知怎么开口。

何缽得送完知青,从春山岭林场回家,见到顾秋林,打了个招呼,但不怎么热情。他知道顾秋林是被公社淘汰下来的。本来家里安排一位上海知青,是一件荣耀的事,可为什么是他呢?为什么低人一等的人就打发到我们何家来?难道我们何家低人一等吗?想起春山人对自己家庭那种古怪的眼神,何缽得心里不痛快。

何家院子正中的大厅堂,以天井为界分成前后两半,前半是起居室和公共空间,现在被何师傅的理发店占用了。后面一半是客厅,摆着八仙桌,正面是两把太师椅,其他三面是三张条凳。大厅堂后面的木板墙上,挂着毛主席像,两边对联是毛主席诗词"四海翻腾云水怒,五洲震荡风雷激"。木板墙背后还有一个空间,叫"拖铺",摆着饭桌和杌子,还有一架石磨和一架谷砻,挨墙是木板谷仓,几只大瓦缸,地上堆满锄、锹、犁、耙、箩、筐、簸、箕等日常用具。拖铺北墙上开了一个小门,通往后面的竹园,厨房和厕所都在竹园里。竹园的篱笆门外有一条小路,通往春水河边。一块又长又厚的木板,一头架在岸上,另一头伸进春水河,由两根插在水里面的交叉着的木头支撑,像个小码头。那是何师母和女儿何啰婆洗衣洗菜的地方。春水河沿岸,还有不少这种用木板架起来的小码头,离何家最近那个由多块木板架起来的大码头是医院的。再往东去的那个小码头,是马欢笑家的。

厅堂和天井的两边,两大两小四间卧房,清一色雕花窗格,铺着木地板,很有气派,令春山人羡慕又嫉妒。每年除了两个儿子农业上的进账之外,理发也有不少收入。何师傅还会抽空到周围十来个村庄去上门服务,每个男丁每人每年两元钱的包年费。何师母为小学教师陈蓉屏看孩子,每月也有几元收入。雇农出身的何师傅,快要成富农了。四间卧房,何氏夫妇住西南大间,罐得钵得两兄弟合住东南大间,啰婆一人一间小的,还有一间小的,既可以做杂物间,也可以腾出来做客房。何氏夫妇指挥两个儿子收拾房间,腾给顾秋林住。何钵得一边收拾,一边嘟嘟囔囔表示不满,说自己想这间房,就是不给,硬要让他跟哥哥住一间,每天晚上都要忍受何罐得打呼噜的声音。现在来了个陌生人,就要腾给他住。何师傅说:"小子,你给我闭嘴!你不想想,这些年我们家什么时候待过客?我警告你,你不许对着人家甩脸!"何师母也开了腔:"钵得啊,你不要那么小气嘛,人家那么小的年纪就离开了家,离开了父母,怪可怜的,要多关心他才是。"何钵得只好将牢骚往肚子里吞。

顾秋林也觉察到,何家弟弟何钵得跟哥哥何罐得脾气不大一样。何罐得一张笑罗汉的脸,无论你说什么、问什么,他都笑眯眯地点头。弟弟何钵得恰恰相反,他的表情显得很严肃,无论跟他说什么、问什么,他都绷着脸摇头。兄弟性格不一样,也很正常,顾秋林的性格跟弟弟顾秋池就不一样。顾秋池喜欢说话,外面朋友多,在家里坐不住。顾秋林则少言寡语,交朋友追求少而精,喜欢躲在屋子里读书,或者拉拉手风琴。

顾秋林和顾秋池兄弟俩相差不到三岁,一个初中肄业,一个高中肄业。他们俩同一天离开上海去外地插队落户,方向却是两个,一个南,一个北。弟弟顾秋池去的是黑龙江省的兴凯湖农场。本来顾秋林也要去北大荒的,但报名去北大荒和新疆生产建设兵团的人太多,其他地方却少有人报,政府就动员大家分散一点。有人发现,顾秋林和顾秋池兄弟两人都在去北大荒的名单里,就动员他们让出一个名额。顾秋林争不过顾秋池,只好让步,心里有些遗憾。更遗憾的是不能跟弟弟一起劳动锻炼,兄弟俩天南地北。母亲李欣慈得知这个消息后,每天都在家哭泣,兄弟俩离家的头天晚上,她更是哭了一宿。两个儿子都要离开家,丈夫顾星奎在崇明岛劳动,身边只有一个还在上小学的女儿顾秋红。李欣慈流着眼泪说:"秋池那么小,怎么会照顾自己啊?你们两个在一起也有个照应。现在天各一方,叫我怎么放心?"顾秋林说:"妈妈放心,我们都不小了,而且是这么多知青一起下乡,不会有问题。只是你一个人在家里,我们不放心。妈妈多保重身体。"母子三人度过了一个不眠之夜。

顾秋林不能跟弟弟顾秋池一起插队落户,却遇上了陆伊,这是一个不小的补偿。尽管一路上并没有太多言语,但跟陆伊在一起,顾秋林觉得很愉快。顾秋林跟陆伊相识在市少年宫。陆伊既是舞蹈队的,又是合唱队的。顾秋林是手风琴班的,经常选去为独唱和小合唱伴奏。刚入初中那两年,他们每个周日上午都在少年宫相遇,客客气气地点头打招呼,偶尔还会寒暄两句。顾秋林只知道陆伊是女子中学的,没有更多了解。1966年下半年少年宫暂时关闭,他们就没再见过面。有一次,顾秋林路过长宁路口,见到一群中学生,身穿草绿色军装,带着军帽,扎着咖啡色的塑料腰带,正在举手高呼革命口号。他觉得有一个侧脸很像陆伊,凝眉瞪眼的,却依然很秀气的样子。他没来得及细看。这是顾秋林害怕的场景,让他联想到不久前父亲顾星奎游街的场景。顾秋林两腿发软,一溜烟跑回了家。

没想到这次会在长江轮上相遇,陆伊比顾秋林记忆中的样子更漂亮,还多了几分成熟的魅力。后来竟然分在同一个县,还是一个公社,这让顾秋林感到惊喜。尽管最终他们并没有分到一个林场,顾秋林也很满足了。他觉得,跟远在千万里外的弟弟顾秋池相比,到春山岭的十几里路,简直就是零距离了。

顾秋林的房间被何师母收拾得很整洁,有桌子和椅子,墙角摆着一只漆成朱红色的双门木衣柜,杉木床架和木床板,铺上了厚褥子。顾秋林打开行李,铺好棉被和床单,把一些书籍和学习用具摆在桌上。一支心爱的黑色派克笔,是父亲年轻时用过的。还有他喜欢的小说:《钢铁是怎样炼成的》《青年近卫军》《在人间》《外国抒情诗选》《鲁迅选集》。法捷耶夫的《青年近卫军》是他最心爱的书,主人公奥列格是他的偶像。顾秋林知道自己性格有些内向,特别是缺乏行动的勇气。所以他经常提醒自己,要向奥列格学习。此刻他却一个字都读不下去。铅字在眼皮底下晃动,他头晕眼花,只好合上书,坐在桌前发呆。顾秋林想到了上海,想妈妈一个人此刻在干什么,想顾秋池乘坐的列车到了哪儿,到了北京?过了山海关?他想给弟弟写信,但还不知道弟弟的地址。他们约定,不管谁先安顿下来,都要立即给家里写信,让妈妈知道自己的下落。顾秋林立刻拿出纸笔:

妈妈您好！

见字如晤。我已经顺利抵达目的地：湖滨县春山公社春山村。我没有跟多数人一起分到知青林场，我一个人留在了春山村，是春山公社的所在地，有医院、学校、供销社、邮电所，每天早晨都有一趟班车去县城。我被安排在理发匠何师傅家住。何师傅一家很友好，很和善，专门腾出了一间屋子给我住。我刚刚安顿下来，先报个平安。弟弟去的地方更远，估计没有我的信来得快。你接到弟弟的信，立刻写信告诉我，你也把我的通信地址告诉弟弟，我要跟弟弟尽快建立联系。妈妈也要保重身体，不必挂念我，我会经常给你写信的。妈妈在给爸爸写信的时候，捎上我的问候，把我和弟弟的情况告诉爸爸，让爸爸保重身体！来信请寄："湖滨县春山公社春山村何大国转顾秋林收"。

祝好！

儿子 秋林 上
3月29日夜 于春山村

顾秋林在信封上端端正正写上"上海市长宁区万航渡路2300弄25支弄8号6室，李欣慈大人收"，然后将信纸叠成长方形，装进信封。想到一家四口天各一方，彼此牵肠挂肚，顾秋林很伤心，眼睛一热。这时候有人敲门，顾秋林赶紧抹去眼泪，打开门一看，是何师母来叫他吃晚饭。来到正厅的八仙桌旁,何师傅坚持要顾秋林坐在上座,自己坐在下首,罐得和钵得兄弟俩坐左右两侧。顾秋林尽管不懂得乡村的礼节,但也不敢冒昧,觉得上座应该是长辈的位置,便开始谦让。何师傅说:"今天你是客人,要坐上座的。以后就可以随意了。"何罐得笑着说:"是啊是啊,今天你就不要客气了。一天客,二天东,三天打长工。明天你还可以休息一天,后天你就得跟我下地干活去了。"顾秋林一边点头,一边还在犹豫不决,他四处张望,觉得应该等等何师母。何师傅说:"你不用找,她们不上桌,她们在后面拖铺里吃。"晚饭很丰盛,一盘蒸腊肉,一碗辣椒炒泥鳅,一碗煎豆腐干,一盘素炒萝卜丝,一碗青菜,一钵蛋花汤。何师傅不断地让顾秋林吃菜。

  顾秋林的心里好像塞着什么东西似的,早早地放下了碗筷。他回到自己的房间,静坐了一会儿,突然决定给陆伊写封信。

  陆伊你好!

  没有想到我们能插队落户到一个县,而且还在一个公社。遗憾的是,我们没能分到一个林场。尽管我在这里的生活条件好得出人意料,但我还是希望跟你在一起,跟大家在一起,即使条件差一点,生活苦一点,我也会很开心。房东家里的人对我很好,但我跟他们很隔膜,不知道说什么,也不知道做什么。不过我会慢慢适应,向他们学习,拜他们为师。此刻,我一个人坐在自己的房间里给你写信,对你诉说,思念着你。我想起了沪上合唱团的往事。我想起了你的歌声,你的舞姿，你的笑容，还有你指挥合唱的时候，那有力的手势和身姿。此时此刻，我很想念你，想为你的歌唱和舞蹈伴奏。等我安顿好了之后，会经常到后院的竹林里去拉手风琴的，希望你能听见。紧紧握住你的双手！致以革命敬礼！

祝你进步，快乐！

顾秋林

3月29日夜　于春山村

顾秋林其实有很多话要对陆伊说，但他有些不好意思说出来，只好打住。他把给陆伊的信折叠起来，装进信封，信封上写着"春山公社，春山岭林场，陆伊同志亲启"，下面寄信人处则写了"内详"二字。他小心翼翼地将信夹在一个日记本里，然后把日记本放进那只深褐色皮箱内侧的布袋里。那是父亲当年用过的旧皮箱，离开家的时候，成了顾秋林的财物。顾秋林为自己的大胆表白吓了一跳，也为自己的小资产阶级情调吓了一跳。其实他一开始就压根儿没打算把信寄出去。他为自己完成了一次虚拟的表白而高兴。

顾秋林把给妈妈的信贴上邮票，揣在兜里，跟何家人说去散散步，然后一个人出门去找邮电局。出门左拐往东，穿过一片荒地，右边是公社医院，一栋门诊楼，一栋住院部，一栋职工宿舍。操场左边的春水河旁，有一株巨大的银杏树，树的枝叶遮天盖地，树底下有一间小土地庙，供着土地公公。土地庙边上还有一间土砖小屋,是医院的太平间。再往东走,穿过一个沙石铺成的简易操场,走了大约一里路,就是公社的办公楼,也是春山最豪华的房子,旁边是开会兼看电影的大礼堂,后面是招待所和食堂。

晚饭时分,路上行人很少,偶尔遇见几个带着惊奇目光的本地人,他们盯着顾秋林,又转过身子目送他远去。公社办公楼旁边的供销社早就下班关门了。邮电所门前挂着一只绿色铁皮邮筒,上面写着"开箱时间:每晚7点"。今天的信件,明天一早跟班车去县城,再从县城到地区,然后跟火车到省城,或者跟轮船到上海。

顾秋林把给妈妈的信扔进了邮筒,原路返回何家。走到医院门前银杏树下的时候,远远看见何家小女儿啰婆的身影,她站在自己家门前的小路口,朝顾秋林举起手来挥了一下,然后转身跑进屋。她大概是怕顾秋林迷路,特意出来等她。顾秋林很感激,走进屋子就对啰婆说:"谢谢你,小妹妹。"何啰婆羞得满脸通红,转身跑进后面的拖铺去了。

第二天星期天,学校和机关的休息日,农民不休息。一大早何师母已经准备好了早餐,有红薯粥,还有专供干重活男人吃的炒饭。何家兄弟放下碗准备下地干活儿,顾秋林把何罐得叫到一边说:"队长大哥,我在这里吃住,不知道怎么交钱啊?"

何罐得说:"交什么钱啊?不存在嘛!你响应号召,到乡下插队落户,选择我们春山村这个小地方,我们就必须解决你的住处啊,不能让你住在牛栏里、猪窝里、草堆里、地洞里是吧?你在上海没有房子住啊?要到我这里来找住处啊?不存在嘛!还有,吃饭的事,你来了,加一双筷子,费什么钱呢?不存在嘛!再说,过两天你也要下地干活啊,也不是白吃白喝啊。结什么账呢?不存在嘛!要结账也要等到年底再结啊。你先好好地歇两天,接下来劳动锻炼就会更有精神。"何罐得笑呵呵地说了一大套,普通话中夹杂着本地土话,顾秋林半听半猜,脑袋有点晕。

何师傅套上一件蓝布长褂,准备开始工作。来了几位五六十岁的老头,要刮胡子、掏耳朵。一位矮个儿老头首先被请上了理发椅,躺在那里开始享受,另外三个老头坐着等待。他们心情都很好,嗓门儿都很大,东拉西扯,说得热火朝天。一个说医院昨天死了个人,是某某村的女人,下面的洞太小,儿子生不出来,撑死的。另一个说,马约伯医生半夜被老婆李瑰芬打得哇哇叫,冲进去劝架的人见李瑰芬穿着枣红色大裤衩,一只脚踩在马医生肚皮上,马医生躺在地上求饶。正躺在椅子上掏耳朵的矮个儿老头忍不住插嘴:"男人都是贱骨头,听说公社里的徐主任,有事没事往医院里跑,还喜欢找李瑰芬打针。李瑰芬说他屁股肉太硬,把针头都弄弯了。"四个老头子同时嘎嘎嘎嘎地笑起来,吓得何师傅赶紧将细长的竹耳挖子抽出来,等他笑完之后再伸进去掏。躺着的老头又开始笑,笑得耳挖戳了他,疼得哒的一声,歪着嘴巴还接着说:"你们知道季秘书的事吗?他为什么对徐主任那个播音员侄女不冷不热呢?季秘书去医院体检的时候,医生发现他只有一个卵子。"说完,又咯咯咯咯地笑,何师傅又赶紧将耳挖子抽出来,也跟着笑。

何师母向女儿啰婆使了个眼色,拉着她的手要她赶紧离开。顾秋林正好端着一脸盆脏衣服从房间出来,准备到后面的小河边去洗。何师母说:"伢儿啊,我们帮你洗,哪有男伢儿做女工的?"话音刚落,啰婆一把抢走了脸盆里的衣服,塞进一只装满全家衣服的大竹篮,跟何师母朝屋后的河边去了。

顾秋林回到自己房间,不知道该干什么。他拿起小说《青年近卫军》翻了翻又放下,四顾茫然,百无聊赖的样子。厅堂里接着传来老头们欢快的笑声。一谈到屁股和屎尿之类的话题,他们就笑得更加放肆,笑得都被自己的口水呛住了,咳嗽声和笑声同时从肺里挤出来。顾秋林非常吃惊,觉得这几位贫农老大爷的趣味和笑点有些古怪。夫妻半夜吵架很好笑吗?屁股肉硬很好笑吗?何家人不这样,何家人很严肃,何师傅的笑也很勉强,明显是附和他们,甚至带点讨好。顾秋林觉得他们有些任性。挖耳朵或者刮胡子的时候哈哈大笑,有弄破耳膜、割破脸皮的危险,他们却不管不顾,继续咯咯咯地笑得发抖,弄得何师傅手足无措。

老头子轮番躺上那把巨大的灰褐色木头转椅,享受何师傅摆弄他们脑袋的惬意。大约折腾了近两个小时,他们起身让何师傅记上账,才一起咯咯咯地笑着离开了。何师傅用毛巾拍打着衣服上的头发。他走进顾秋林的房间说:"小顾啊,在干什么呢?刚才忙得没顾上。不必总是躲在房间里啊,像大姑娘一样。出去玩玩,到后面院子里玩玩,到街上去走走。"何师傅说着,眼睛转向放在地板上的手风琴,弯腰伸手摸了摸说:"这玩意儿好听。两年前省里来的红卫兵学生,就是背着这种琴,在公社门前的操场上拉歌,好听得很。来来来,你拉个歌给我听听,拉广播里天天放的那个杨子荣打老虎。"

顾秋林本来没有什么心情,但何师傅开了口,也只能从命。他背起手风琴,拉了一段革命现代京剧样板戏《智取威虎山》中《打虎上山》里的唱段《迎来春色换人间》:"穿林海,跨雪原,气冲霄汉——"何师傅听得摇头晃脑又击节,嘴巴随着手风琴的伸缩而张合,把自己的嘴巴当手风琴拉。

不一会儿,琴声就招来了一群孩子,四五个小家伙围在房门前,挤着把头伸进房间里去探看。何师傅说:"让开,让开,堵在房门口干什么?这么好听的声音,被你们堵在屋子里像屁一样出不去。赶紧让开,让声音出去。"孩子们不理会,继续往里面挤。顾秋林一边拉琴,一边走到厅堂前面的空旷处,孩子们也紧随其后。

有一个孩子紧紧跟着顾秋林,他就是王力亮。顾秋林也发现,一个长得很结实,眼睛特别有神的孩子,一直盯着自己看,就笑着说:"小弟弟,你也想拉手风琴吗?来来来,我教你。"说着,就把手风琴往王力亮的肩上挂。王力亮受宠若惊,抱着手风琴就像抱着一捆柴火似的,僵在那里。顾秋林教王力亮双臂伸开,使劲儿地拉。王力亮一使劲,手风琴发出了老牛哞叫的声音,把其他小朋友全都逗笑了。马欢笑说:"哈哈哈哈,像放屁一样。"王力亮急得额头冒汗。顾秋林帮王力亮把手风琴背带缩短了一些,鼓励他说:"不要着急,站直,胸挺起来,再来一次,慢点,均匀用力。"王力亮照着顾秋林的指导拉,还真的拉出了一个悠长的声音,蛮好听的。

王力亮一激动,背着手风琴就往后院的竹园里跑。顾秋林怕他摔跤,赶紧跟了出去。其他孩子一窝蜂地跟着跑,一边激动得大喊大叫。何师傅的狗大黄也挤在孩子们中间往外冲,喉咙里发出呜呜的声音。这时候,溪边洗衣服的妇女全部都围到竹篱笆边上来了,何师母、何啰婆,王力亮的妈妈尹慧梅和姐姐王力婉,马欢笑的妈妈李瑰芬和二姐马欢颜,小学教师陈蓉屏牵着儿子大宝和小宝也来了,公社广播员徐芳兵也闻声赶来。女人和孩子们把何师傅家后院围得水泄不通。马欢笑挤上前,让王力亮给他拉一下,王力亮不干,两人便开始抢夺。尹慧梅和李瑰芬大声叫:"喂,放下,不要抢,还给人家,摔坏了赔不起!"徐芳兵说:"小孩子别乱搞了,让人家拉歌吧,我们都想听。"说着带头鼓起掌来。

顾秋林面对群众的掌声,不便推辞,只好从王力亮肩上接过手风琴,拉了芭蕾舞剧《红色娘子军》的插曲《万泉河水清又清》。顾秋林的身体和肩膀随着手臂的伸展和旋律的律动而摇摆,右手主旋律,左手和弦协奏,人琴一体,琴声悠扬。徐芳兵跟着轻轻唱起来:"万泉河水清又清,我编斗笠送红军,军爱民来民拥军,军民团结一家亲。"顾秋林一拉完,徐芳兵就带头鼓掌,还用普通话喊:"好听,拉得好!"

眼看着人越来越多,有人已经踩到何师傅的菜地里去了。何师傅只好打断顾秋林,大声喊起来:"散了吧,散了吧,我的菜地遭了殃啊!大家不要围在这里了,下次再来看。这是上海来的小顾,就住在我们家,以后你们想看他有的是机会。赶紧散了吧!"说完,推一下顾秋林的肩膀,像是打算把他藏起来。何师傅平时谨言慎行,时刻保持着谦虚谨慎、低调内敛的姿态,因为在他心里,客居的感觉从来不曾消失,而春山村的人才是主人。只有碰到机关工作人员,比如学校的老师、医院的医生、邮电所或者供销社的职工,何师傅才会忽然想起来,自己出身雇农,应该理直气壮才是。作为人民公仆的公社干部遇到何师傅,更是尊敬有加,让何师傅有了主人翁的感觉。

女人们正在惊叹,被何师傅一阵驱赶,只好讪讪地回到春水河边去。徐芳兵不爱听何师傅的吼喝,她生气地对尹慧梅说:"他凭什么命令我们散了?我们就不散,我们就要在这里玩。是不是,尹医生?"尹慧梅还没来得及接话,李瑰芬抢着说:"脚长在你身上,你不走他也不会抬你走。"徐芳兵听到过不少关于李瑰芬跟叔叔徐水根的闲言碎语,所以不想搭理她,甚至有意疏远她。偏偏在这个时候,徐水根就出现在医院那边的小河旁,他用手指头在屁股上戳了戳,对李瑰芬喊:"李医生,我打针来了。"

李瑰芬尽管是医院的临时负责人,但护士的职责还在身上,还得给病人打针。她多次向县里要求进人,最好是进一个女护士,结果分来了一个县卫校的男毕业生,业务一窍不通,对政治很感兴趣,还装模作样地坐在门诊室看病。听到徐水根喊叫,李瑰芬嘟嘟囔囔地说:"礼拜天也不放过。"

孩子们却久久不愿散去。王力亮没想到,那位消失不见的拉手风琴的长发哥哥,竟然突然出现在自己眼前,还住在自己家的隔壁,他感到惊喜而又突兀。王力亮心里盘算着,应该跟长发哥哥打个招呼,说说话。怎么跟他说话呢?说本地土话吗?不行!既不好听,人家也不一定听得懂。那就说普通话吧,王力亮动了动嘴巴,默默用普通话说:"原来你躲在这里!""我们说说话吧?"就跟他说这些废话吗?不行,不行!王力亮还没想清楚,被大黄绊了一下,差一点摔跤。大黄从人群的缝隙和孩子们的胯下挤到厅堂里去了。王力亮正在犹豫不决,倒是长发哥哥先跟王力亮打了招呼:"小朋友,你叫什么名字?"王力亮愣了一下,刚才想好的话全部往外涌,却都卡在嗓子眼,一句也说不出。

王力亮憋了半天,突然涨红着脸大声说:"我去了春山岭。我把你们上海来的人送到了春山岭林场。我们是走路去的,十几里路。我到处找你,没找到。你没有去林场。原来你躲在这里。……我见到了我大哥王力熊,他们在抬大树,我听到了他的骨头嘎嘎响。……我还见到你们那个指挥唱歌的姐姐,她们晚上住在很矮的茅棚里,跟王力熊住的茅棚一样,王力熊他们正在做砖瓦房,还没做好。"顾秋林说:"我知道他们去了一个林场,但不知道那个林场在什么地方,如果我想去,你会不会给我带路?"

王力亮说:"我带你去。我知道怎么走。不要怕游家坳的狗。它冲过来的时候,你就往地上一蹲,假装捡石头的样子,它就不敢过来,它就会跑。我现在就可以带你去,我爸爸一大早下乡看病去了。"

顾秋林说:"现在不去,有合适的时间再去。……你爸爸是医院的医生?那你家就住在隔壁医院里?嗯,那很好,我们随时都可见面。"

王力亮说:"你来我们家玩吧。"

马欢笑说:"他爸爸很凶,到我家来玩吧,我爸爸见谁都笑眯眯。"

王力亮说:"他爸爸是马约伯医生,会说普通话,会舞剑,会打拳,会下棋,还会讲故事,看病也很厉害,书房里有好多书。关键是见谁都笑,我在他们家玩,一点也不怕。"

顾秋林说,有机会想认识一下马欢笑的爸爸马约伯医生。顾秋林觉得两位小朋友都是热心肠,便拿出大白兔奶糖来招待他们。在春山,奶糖是稀罕物,上海的"大白兔"奶糖更是稀罕物,但王力亮和马欢笑并不陌生。马欢笑的妈妈李瑰芬,经常托上海的亲戚寄来各种食品,饼干、奶糖、巧克力,然后转卖给医院的同事,这成了她跟同事联络感情的重要手段。尹慧梅经常说,讨厌李瑰芬,不想搭理她,但想到要托李瑰芬购买上海食品,只好忍气吞声跟她应酬。

王力亮家里的食品盒,是一只药房里装宝塔糖药丸的铁皮盒子,上面画了一个手拿宝塔糖的肥胖男孩。宝塔糖也很好吃,吃完之后,拉屎的时候会拉出很多蛔虫。尹慧梅将装着奶糖和饼干的食品盒放在一只圆形的竹篮里,高高地挂在楼顶板上,小孩根本够不着。如果在椅子上面再放一把椅子,勉强能够得着,但很危险,有可能会摔下来。王力亮家的奶糖等食品,除了招待客人之外,还有一个作用,就是惩罚王力亮。昨天晚上,尹慧梅将六颗奶糖分成两堆,王力亮和王力婉每人三颗。王力亮拿起来就要吃,被王毅华制止了。王毅华把姐弟俩当天的表现作为奖惩依据,他说,王力亮的棉裤腿拖在地上扣一颗奶糖,王力亮不擦鼻涕扣一颗奶糖,王力亮自作主张去春山岭林场扣一颗奶糖。扣下来的奶糖作为奖品,全部奖给了言行规范的王力婉。最后,王毅华还郑重宣布:"王力婉得到了六颗奶糖,王力亮得到了零颗奶糖。"

王力亮觉得自己很冤,棉裤腿拖在地上和流鼻涕,都不应该惩罚他,而应该惩罚棉裤和鼻子。王力婉骂人也应该受惩罚,而不是奖励。去林场送知青,还顺便看望了王力熊,即使不奖励,也不能惩罚啊。为什么把奶糖全部给了王力婉呢?想起已经到嘴边的三颗奶糖,就像煮熟的鸭子飞到了王力婉的嘴巴里去,王力亮鼻子一酸,眼泪流了下来。王力亮突然把顾秋林送给他的奶糖塞进口袋,抹了一把眼泪,然后也不打招呼,转身就跑。事发突然,顾秋林感到很惊讶。马欢笑说:"你不用管他,他有点神经质,一会儿就好了,他还会过来的,我先去看看他。"马欢笑追出来,但已经不见王力亮的踪影。他猜到了王力亮在什么地方。

马欢笑走到医院门前的银杏树下,从太平间和土地庙中间的小路穿过去,向左拐便是大片一人高的灌木丛,其中有一个被藤蔓包围着的草窝,王力亮就躲在那个草窝里。草窝四周生长着密集的藤蔓、茅草和荆棘,草窝里面的地上,铺了一层厚厚的稻草,上面再垫一层装药用的纸箱,进出的小洞口有一个用藤蔓和树叶编织而成的小门。整个草窝就像一间小屋,挤一挤能同时躺下四五人。王力亮挨了王毅华的打,或者挨了王力婉的骂,或者遇到其他不开心的事情,就会躲进那个草窝。碰到王力亮高兴的时候,他也会邀请马欢笑或者马欢颜到草窝里做客。马欢笑走到草窝跟前,小声喊道:"王力亮,王力亮,我可以进来吗?"王力亮突然大声吼起来:"给我滚,滚远些!"马欢笑被王力亮骂得灰溜溜地离开了。

马欢笑总是在不该出现的时候出现,在不该说话的时候说话,这让王力亮十分恼火。其实王力亮内心蛮喜欢这位邻居兼同学兼好友。但想到他那些错位的言行,王力亮就想教训他,不过也仅仅是一个念头。王力亮自己都不明白,为什么迟迟没有采取行动。

他希望自己在说"滚远些"的时候,马欢笑坚持不"滚远些",那么自己就可以下手了。可恨的是马欢笑很机灵,叫他"滚远些",他果然就"滚远些"了,比预想的滚得还要远。而且每一次对马欢笑撒气之后,马欢笑一点也不生气,好像没发生过一样,弄得王力亮没辙。马欢笑比王力亮个儿高,却害怕王力亮。王力亮从小在"战斗"中成长起来,跟父亲"战斗",跟王力婉"战斗",脾气中有股子狠劲儿。马欢笑从小娇生惯养,什么东西都不用争,所以比较软弱。

马欢笑比王力亮大一岁,还喜欢撒娇,他当着王力亮的面往父亲马约伯怀里钻,扯马约伯下巴上的胡子,掏马约伯怀里那个隐秘口袋里的钱包。马约伯一边笑一边假惺惺地说:"没有啰没有啰,哪里有钱啊。"说话间马欢笑已经抽走了好几张钱。换成王毅华早就一巴掌过来了。马约伯却一点也不生气,还笑眯眯地看着马欢笑胡闹,看得出,那种高兴是从心底涌出来的,就像愤怒从王毅华心底涌出来一样。李瑰芬插话说:"不要乱搞,小孩要钱干什么?"马欢笑根本不理会父母,继续把抽出来的钱往自己裤兜里塞,然后将钱包往马约伯身上一甩,转身就跑。马约伯会配合着说:"你想跑啊?你等着,小家伙,我追来了,快把我的钱留下。"马约伯嘴上高声喊叫,人却坐在那张大躺椅上动也没动。

有时候,马约伯还陪马欢笑下象棋,他故意把"车"放在马欢笑的"马"口里,并提醒马欢笑说:"我的'车'不知道放在哪里啊,不要让人家的'马'吃掉了啊!"马欢笑一听,立即跳"马"把马约伯的"车"吃掉。马约伯说:"你的'马'躲在那里啊?没看见,悔一步吧,悔一步吧。"马欢笑十分得意,把马约伯的"车"捏在手心,理都不理他。马家父子俩就这样,玩着王力亮永远都不可能有的小把戏。王毅华不但不会陪王力亮下象棋,还把王力亮的弹子跳棋扔进了垃圾堆。两相比较,让王力亮深深地感到气闷、气馁、气愤,气不打一处来,甚至觉得马欢笑和马约伯父子俩早就商量好了,在演戏给自己看,目的是要把自己气死。想到这里,王力亮羡慕、嫉妒、愤恨,各种情绪一齐涌上心头,眼睛都湿润了。

成天往马约伯怀里钻,并且对马约伯的钱包大加洗劫的,当然只有马欢笑,而不是马欢笑的三个姐姐马欢心、马欢颜、马欢畅。大姐马欢心,总是紧抿着嘴唇,坐在他们家后院树林里读书,对孩子们的喧哗和打闹视而不见、充耳不闻,偶尔也会皱一下眉头表示不满,厚嘴唇往前突起,随时都在生气的样子,但她的单眼皮眼睛是眯缝眼,总是在笑的样子,跟马约伯一个脾气。马欢笑说她大姐马上要嫁人了,要嫁给县物资局的人,据说是供应科的卢科长。

二姐马欢颜在做家务之余,会跟马欢笑和王力亮一起玩。马欢颜是马欢笑的出气筒,马欢笑不开心,就可以拿马欢颜撒气。据说马欢颜出生的时候难产,李瑰芬差一点吓死了,后来经常重复叙述那件事,还用打骂马欢颜来压惊。马欢颜初中没毕业,就辍学在家,她包揽了所有家务。李瑰芬经常破口大骂,说她是扫帚星,煮粥的时候米放多了要挨骂,米放少了也要挨骂。衬衫领口没洗干净也要骂。马欢颜的身影,好像永远都在小河旁边,蹲在她家小码头的木板上,不停地洗衣服、洗菜、洗米,煮饭,打扫卫生。马欢颜很少笑,笑起来会露出脸颊两边的小酒窝,如果她不整天哭丧着脸,也蛮漂亮。

喜欢唱歌跳舞的三姐叫马欢畅，长得最漂亮，也最讨父母喜欢。她跟王力熊一起，下放到春山岭林场去了。她不怎么搭理马欢笑和王力亮，只有她敢揍马欢笑。

马约伯其实对每个孩子都很温和。第一个孩子马欢心出生时他快四十岁了，小儿子马欢笑出生的时候他快五十了。他跟儿女之间的感情，比一般的父子多了一层祖孙情。他爱李瑰芬，比一般的夫妻多了一份父女情。结婚的时候，李瑰芬十七岁未满，马约伯比她大出二十四岁。说起跟马约伯的婚恋，李瑰芬的话就多了，往事反复地被她讲述，每次都会增加许多全新的细节，但基本情节还是稳定的：一是自己年幼无知，被马约伯骗了。二是四十多岁的男人，当时又是军官，还是很有魅力的。三是大二十多岁是不行的，越来越不中用，睡觉的时候老流口水，坐着打瞌睡，躺下就醒了，凌晨就起床折腾，吵得她睡不好觉。李瑰芬说她恨不得咬死马约伯这个"老东西"。

儿女和妻子都称马约伯为"老东西"，马约伯没觉得有什么不妥，还答应得很快很顺，他笑脸相对，享受着儿女们的"不恭"，更享受着妻子的"辱骂"。刚开始，李瑰芬骂他的时候还会列举一些"罪证"，到后来，罪证也懒得列举了，直接审判："该死的老东西""欺上瞒下的老骗子"。骂自己的丈夫"该死"是有点过分，骂他"骗子"却有一定的依据。马约伯的确是骗取了组织的信任，隐瞒了一段肮脏历史，被组织发现，才勒令转业的。那一年，李瑰芬三十一岁，中国人民解放军某部野战医院护士长。马约伯五十五岁，上校军衔，中国人民解放军某部野战医院院长。经查，马约伯为国民党党员，曾任胡琏将军整编11师上校军医。在南麻战役中,整个野战医院都成了战俘,部队改编后,马约伯进入华东野战军某部医院,但他没有如实汇报,在填写履历表的时候刻意隐瞒,以一般战俘(医生)的身份混进了革命队伍。

马约伯医术精湛,曾救过一位著名解放军战将的命,还混进了党内,并迅速提为华东野战军某部战地医院院长。新中国成立后,医院编入皖南军区。马约伯希望留在南京,结果到了皖南。多年之后,马约伯有一次跟医院的同事喝酒,喝高了,有些兴奋,就发了几句牢骚,说当年在胡琏将军部下的时候,待遇如何好云云,这才被立案调查。外调人员把马约伯生活过的地方跑了个遍。写交代材料,接受审查,外调核实,审查持续了一年多时间。材料显示,马约伯的履历依然是疑点重重。比如,在江东市教会慈恩医院到国民党某部医院,中间有三年时间,马约伯没有工作单位,也没有介绍人,老家马家塆的人,包括他那位生活在村里后来去世了的妻子,都不知道他那一段时间在哪里。马家塆的人指着马约伯的照片说:"这是马德诚,他妈叫他牯子,平时脾气好,犟起来像牛牯,没听说过他叫马约伯。"

经一再审讯追问,马约伯知道瞒不过,只好交代。马约伯原名马德诚,1910年出生,1932年中正大学医学院毕业后,到江东市慈恩医院工作,两年后娶邻村的远房表妹马黄氏为妻,育有二儿一女。1938年,马德诚又瞒着家人,跟江东慈恩医院牙医孙玛丽恋爱结婚。孙玛丽是江苏南京人,头一年才跟父母全家逃难到江东定居。孙玛丽的父亲做大米和棉花生意,跟部队的军需官关系密切,发国难财。母亲是一位基督徒,孙玛丽当然也皈依了。马约伯在孙玛丽的逼迫下接受了洗礼。孙玛丽说:"你已经是主的人了,改名叫马约伯吧,新人新名好,原来的旧人旧名,已经在这个世界上消失了。"孙玛丽这一做法,正中马德诚下怀。从改名叫马约伯开始,到被部队审查并勒令退伍回乡,这期间的二十六年,老家马家垮的人再没见过他。马德诚这个名字在江东市默默无闻,马约伯这个名字却如雷贯耳,不仅因为马约伯医术高明,还因为他曾经拿过全市武术比赛的冠军。

孙玛丽的弟弟孙云柯是个花花公子,整天游手好闲。江东是长江上的一个大码头,上有汉口下有南京,自古就是个花柳繁华地,温柔富贵乡。尤其是滨江大道,素来是个有名的风流去处,每到夜晚,灯红酒绿,轻歌曼舞,弥漫着一股诱人气息。无奈国民政府要搞什么"新生活运动",讲究"礼义廉耻",提高"国民道德"。于是,滨江大道"红灯区"首当其冲,被列为重点清理区域。夜总会、旅舍、酒楼的老板串通一气,打点官府,欺上瞒下,清查工作实际上是流于形式,纠察队也睁一只眼闭一只眼,叫嚷一阵也就作罢。乖巧的人都知道避风头,孙云柯却不,他顶风作案。一天晚上,在著名的"望江坊"里,他被纠察队逮个正着。孙云柯不服,由争辩转为打斗。马约伯刚好路过此地,为救小舅子便参与其中,他操起一把红木板凳,失手打死了一名纠察队员。马约伯转身就逃,全城都在通缉他。马约伯连回家跟孙玛丽打个招呼的机会都没有,直接逃往他乡异地,夫妻俩从此永诀,再无消息。

这马约伯看上去文弱书生的样子,其实有些功夫。少年时代,他曾经跟家乡著名的拳师马铁笑学过几年武术。拳师马铁笑的儿子叫马三元,是马约伯的发小。马三元也是一个游手好闲之徒,他趁国难之机,拉了一帮人,打着抗战之名,啸聚山林,在两百里外的怀玉山做了山大王。马约伯连夜逃回老家,打听到马三元还在怀玉山,便朝东北方向上了山。马三元说:"哥哥呀,你早就应该来投奔我啊,我这里什么都不缺,就缺一个有文化的人。你来了就好,当我的参谋长吧。"马约伯就在怀玉山深处的土匪窝里,当了他发小马三元的军师。他们一边打鬼子,一边跟民国政府作对,直到政府要派正规军来剿灭,马三元这才投降。队伍被拆散了,分到了不同的地方。马约伯继续当他的医生,直到被解放军俘虏。

马约伯在解放军部队,也是一帆风顺,主要是医术高明,经常给当官的看病,所以很快就当上了野战医院的院长,还娶了一位小他二十多岁的护士为妻。但马约伯担心自己的历史秘密被发现,内心总是焦虑不安,一团阴影挥之不去,而且无人分忧,只能独自领受。被组织发现之后,马约伯长长地舒了一口气,心里反而坦然了。但这件事对李瑰芬的打击不小。得知这个消息,她哭了三天三夜,一边哭一边骂马约伯,骗子!骗子!骗子!李瑰芬根本没想到,自己作为一位雇农出身的革命者,身边每晚都躺着一个"反革命",而且还是有年头的"历史反革命"。她觉得这是奇耻大辱。

李瑰芬原名李桂风,祖籍江苏射阳,生长在海边一个渔村,八岁的时候母亲病逝,跟着父亲逃难到上海,栖身在闸北棚户区的堂叔家里,在平民子弟学校上了几年学。后来由于父亲患病,李桂风早早地就出去做工,在一位李姓富商家当女佣,平时生活在上海的公馆里，周末经常要跟他们去苏州的老宅，主要是伺候那位年龄比李桂风大一两岁的小姐。父亲突然病故，李桂风孤单一人，无依无靠，她既不能忍受主顾家老太太的各种刁难，也不愿看堂婶的眼色，就跑回了苏北老家。当时解放军渡江在即，需要大量的民工和护理，到处都在征兵。李桂风就跟着村里几位族兄，报名加入解放军，在野战医院担任护士。那一年，她才十六岁，但她谎称十八周岁，名字被一位自以为是的文书误写成了李瑰芬。刚满十七岁的时候，她嫁给了马约伯，跟随部队在枪林弹雨里穿行，走南闯北，在南京生马欢心，在合肥生马欢颜，在昆明生马欢畅，在芜湖生马欢笑。李瑰芬追求进步，入了党，当上了护士长，正踌躇满志，马约伯却出了事。李瑰芬不能接受，闹着要跟马约伯离婚。组织上劝她慎重对待，一个家庭，一群孩子，不是说离就离的。何况李瑰芬本人没有问题，只是转业而已，马约伯也没有遭到更严厉的处分，只是开除党籍，勒令退伍，然后作为转业军人李瑰芬的家属，交给地方安排。

　　地方政府也是本着人尽其才、物尽其用的原则，安排李瑰芬在春山医院做护士，马约伯也被安排在医院做医生，只不过跟李瑰芬不同，马约伯不是国家编制，而是公社的集体编制。李瑰芬领到一笔巨额的退伍安置费，据说有两三千元，其中当然也包含了组织上对野战军某部战地医院原院长马约伯的安抚。他们花了一千元巨款，在春山医院边上买了一个带竹林和院子的房子，从此在春山安了家，成了理发匠何师傅的近邻。

　　突然来了一家人，春山村人很好奇。年纪大的男人是春山本地马家塆人,说本地话。年轻女子是外乡人,说的话听不大懂。带着四五个长得好看又洋气的孩子,都说普通话。马家门前经常围着一些闲人,把马家人当西洋景看。住在隔壁的理发匠何师傅,成了发布马家消息的权威。他对春山人说,马医生有起死回生之术,而且武功了得,几个人近不了他的身。马医生喜欢喝酒,一喝就醉,喝完酒之后,医术就不灵,把一个团长治死了。这团长曾经是军长的警卫员,军长就要砍马医生的头。马医生曾经在战场上救过司令员的命,司令员就来保马医生。军长不干,就掏枪要火并,惊动了更大的领导,出面调解,保住了马医生的命,但上级下令开除他的军籍,赶回老家去,还带了一个小老婆回来。马家塆的大老婆,死了好多年了,儿子比这个小妈妈还要大几岁。

经何师傅这么一渲染,王毅华院长的权威一下子就打了折扣。这让王毅华有些不快。好在医院医生少,两万多人的公社,就这几个医生,每个人都有干不完的事。春山人排着队来找马约伯看病,顺便看他的小老婆李瑰芬。李瑰芬穿着医院的白大褂,却喜欢敞开,露出里面洗得发白的人字纹黄军装,下身一件齐腿肚子的草绿色裙子,像部队文工团的装扮。李瑰芬在春山医院的大厅里飘来飘去,她喜欢到王毅华院长诊室里去,一口一个王院长,不停地问有没有开针剂,她好去药房拿打针用的药。对于李瑰芬的言行作为,坐在王毅华对面妇产科诊室的尹慧梅看在眼里,她对药剂师杨石林严厉地说:"医院人多地方小,大家没事就坐在那里别动,没事不要老是走来走去。"

药剂师杨石林是瘸腿,他从来都不愿意走动,只喜欢端坐在取药的窗口,像一尊雕塑。王院长和马医生,整天都在忙着看病,也很少走动。还有几位医生,比如中医游建煌、外科医生彭宇生、负责卫生防疫工作的罗峰、护士曹小红和彭晓秀,长期在乡下巡诊,早出晚归不见人。只有李瑰芬在大家眼皮底下晃来晃去。胆小怕事的杨石林明白了尹慧梅的意思,就把尹慧梅说的话向李瑰芬转述了一遍。李瑰芬从此恨上了杨石林。李瑰芬枪林弹雨都经历过,她怕谁?瘸腿药剂师就更不在她话下了。她不但没有收敛,反而走得更多,故意在众人面前晃来晃去似的,在大厅里穿梭。尹慧梅对王毅华说:"看来医院要制定一些规矩了,没事就在各自办公室待着,不要到处乱跑。医院空间本来就小,有事喊一声就可以了,用不着跑过来当面献殷勤。"王毅华想了想说:"规矩是要有的,但也不要打击人家的工作热情嘛。"尹慧梅无奈,只好盯着,李瑰芬一出现在王毅华诊室,尹慧梅就找借口跟着。

前两年,医院院长王毅华在革命运动中"靠边站"了。权力一夜之间被剥夺,权威也变得可疑了。李瑰芬担任医院的临时负责人,还培养了一个亲信,新分来的县卫校毕业生江丁生。这个江丁生对医学基本上是一窍不通,却以医生自居。李瑰芬看尹慧梅不顺眼,经常安排她下乡去出诊。尹慧梅以为李瑰芬是在调虎离山。事实上,李瑰芬已经对"靠边站"的王毅华失去了兴趣。

自从马约伯和李瑰芬来了,公社主任徐水根就老是生病,一会儿说胃里不舒服,一会儿说心里不舒服。他对王毅华说:"王医生啊,药丸好像不顶事呢,给我开个针打一打吧,打针来得快些。"王毅华只好给他开针剂。于是,徐水根每天都要到李瑰芬这里来打屁股针。有一次,徐水根突然把裤子往下褪一大截。李瑰芬像战场上遇见敌人一样镇定自如,她教训徐水根说:"徐主任,打针的时候,裤子往下褪三到五寸就够了,褪一尺就有点过分。"徐水根嬉皮笑脸说:"好滴,好滴,李医生,虚心接受批评,下次褪裤子保证只褪五寸。"说着,还更过分地在李瑰芬身上捏了一把。李瑰芬不愧是战场来的人,面对徐水根的恶作剧,不动声色,悄悄换了一根大号针头,往徐水根屁股上猛刺下去,只听见徐水根哇的一声号叫,提起裤子就跑了,身后留下一串李瑰芬咯咯咯咯的笑声。

第 四 章

　　春山岭林场的基本建设暂告一个段落。半山腰的半地上，冒出了一大两小三幢红砖碧瓦的平房。大房子是办公室兼职工宿舍，坐北朝南。垂直于大房子两头的是两幢小房子，左边一幢是食堂、仓库和猪圈，右边一幢是男女厕所和洗澡间。三幢房屋从三面包围着长方形细沙地面的操场，操场安装了两个篮球架。

　　办公室兼宿舍是尖顶的长方形平房，东西向横卧在山坡下。正门朝南对着操场，后门朝北通往后面山坡，坡脚是林场的菜地。南北两扇门之间的通道两边墙壁，是林场的新闻墙报和学习园地。正门外右边门框上，用石灰涂出一个白色长方形，上面用黑墨水写着"湖滨县春山公社春山岭林场"。屋内正中间东西延伸的走廊，将房屋分成南北两排。

　　王力熊和焦康亮他们，摸着红肿的肩膀，捏着酸疼的腰肢，看着自己一砖一瓦、一石一木建起来的屋子，百感交集。他们希望重活儿到此结束。没想到彭击修说还要建！彭击修站在操场中间，转着身子朝四面看了看，洋洋得意地对游德宏和彭健彪他们说："我们就是要靠自己的双手搞建设。接下来我们还要多建几幢屋子,争取每人一间。我要把春山林场,建成全县知青工作的典型。"

王力熊他们听了这话,心里凉了半截。这时候游德宏开了腔:"再要建就难了,公社给的钱花光了,没钱买砖瓦和水泥了。"

彭击修觉得,游德宏这些话就是在跟自己唱对台戏,火就上来了,他对游德宏吼道:"你知道自力更生吗?你自己不会去烧砖瓦?你不会上山去砍木头?没有水泥不可以用石灰替代?没有石灰不可以用黄泥替代?"

游德宏说:"欠你姐夫米和油的钱还没还,我不好意思再去借了,要借你自己去借。"

彭击修更火了:"什么不好意思?你是为了落实上级妥善安顿知青的指示去借米和油,不是为我和你去借。你的面子比工作还重要?"

游德宏说:"场长啊,我想的还真不是面子,而是这几十号人的肚子,要吃饭啊,你总是说'自力更生',没有饭吃,自己就没有力,那怎么更生啊?不能总是靠借吧?要赶季节,要抓生产。眼下林业上的事情可以暂缓。山脚下的水田要尽快播种插秧种水稻,半山坡上的旱地要种芝麻花生豆子等经济作物。"

要论讲政治,讲大道理,彭击修是拿手的,但说起林业生产和农耕生产,彭击修却底气不足。他从部队退伍之后,也参加过几年农业劳动,但他心不在焉,甚至有点厌恶,所以对一年四季的生产劳动,心里缺乏一本账。尽管心里觉得游德宏的话在理,但他嘴巴上却不愿说出来。彭击修气呼呼地对游德宏嚷嚷:"这些事情再说吧,你现在赶紧去通知大家集合开会。"

彭击修宣布，二十多间房子拿出两间，打通做大会议室。一间做场部办公室，摆着两三张办公桌，彭击修和游德宏在这里办公。游德宏兼管林场的总务、后勤和财会，包括基建、采购、记账，办完这些事务，剩下的时间还要跟其他职工一起参加劳动。彭击修一个人一间。彭健彪住在厨房隔壁的仓库里。拿出一间来做客房。剩下的人，原则上两人一间，十八个上海知青、六个本地知青，还有游平花和游崇兵等几位回乡知青、游德宏和游德善两位年纪大的农耕师傅。另一位农耕师傅游德民死活不肯住在林场里，坚持每天黄昏收工后回游家坳的家里去住，遇到下雨，就在彭健彪屋里搭歇。彭击修规定，上海知青必须要跟本地知青或者农耕师傅、回乡知青搭配在一起住，这样能够方便知青们更好地向贫下中农学习。

彭击修拿起名单开始随便搭配：童秀真跟马欢畅一间，褚小花跟范梅英一间，林俪跟游平花一间，孙礼童跟王力熊一间，李承东跟游崇兵一间，姜新宇跟焦康亮一间。游德宏和游德善两个中年人一间，年轻人不愿意跟他们搭档，说他们抽烟、咳嗽、打呼噜。搭配好之后，只剩陆伊和程南英两人和两间空房。彭击修说："陆伊和程南英两人暂时一人一间，接下来如果还有知青分配过来，就插在她们房间里。大家没有意见就这么定了。"他龇牙咧嘴的样子，谁还敢有意见啊？

事后，彭击修分别找了陆伊和程南英谈话。彭击修希望陆伊把青年工作抓起来，说年轻人要积极投身到"抓革命，促生产"的运动当中去，说要尽快组织青年突击队，充分发挥青年积极分子的作用。彭击修让程南英把学习抓起来，迅速制订学习制度和学习计划,负责办好场部墙报,表扬好人好事,批评落后思想,定期更新学习园地和墙报新闻。彭击修还拍着程南英的肩膀说:"工作需要,所以让你们一个人住一间,好好干吧,争取在这里有大作为。"程南英连声说谢谢场长关照。

终于搬离了低矮潮湿阴暗的茅棚,还出人意料地得到一个单间,陆伊没有想到。这是她第一次单独居住,之前在家里的时候,也是跟妹妹陆蕾合住。她有些不适应,举目四望心茫然。石灰、沙子、黄泥搅和在一起的三合土地面,夯得结实而又光滑,踩在上面发出笃笃笃的响声。淡黄色的松木板墙壁上,有一团团深棕色的树节斑纹,像画上去。临近北窗下,放着一张杉木两屉写字台,旁边放着一把椅子和一张方凳。床是由两张条凳加两块杉木床板搭起来的。

屋里的设施全部都是新的,散发出一股浓郁的树脂味,浓香味是松节油的香,清香味是杉木的香。陆伊敲了敲木板墙壁,咚咚咚,隔壁的人也敲响了墙板,咚咚咚。陆伊问"你是谁",隔壁的人回答说"是我"。听出来了,是童秀真的声音。另一边也有人在敲墙板,陆伊问"你是谁",回答的人是孙礼童。陆伊打开门朝对面看了看,门口放着一只皮箱,是程南英的。木板墙壁不隔音,安静的时候仿佛连呼吸声都能听见。陆伊抬起头,能直接看见屋梁和椽子,还有摆在椽子上的青瓦,像鱼鳞一样,密密麻麻,层层叠叠,中间偶尔加上一块采光用的透明玻璃瓦。

陆伊的窗户正对着后山坡,窗台下面是布满荆棘的灌木丛,穿过灌木丛外的坡地,是新种植不久半大的小杉树林,树林中间各种野花正在盛开,杂色纷呈。树林边还有一株巨大的香樟树,树上有鸟巢,不时地传来小鸟叽叽喳喳的叫声。树干上有一些树洞,一只松鼠从洞里伸出头来打探消息。

彭击修双手反握在背后,得意洋洋地四处踱步,一会儿看看厨房和猪圈,一会儿检查厕所和洗澡间,还到知识青年房间里去嘘寒问暖。他从程南英房间出来,又走进范梅英和褚小花的房间,问这样的住处怎么样,范梅英说很好,比在自己家里住得还要好。知识青年安置的第一步,算是顺利完成了,接下来干什么呢?倒是游德宏的话提醒了彭击修,接下来就是要开展大生产,种粮食,种蔬菜瓜果,要实行自给自足。可是,这些小姑娘小伙子能干什么呢?不要说他们,连我彭击修本人,也不能说会干农活啊!得从头开始学习。向谁学习?真的向"贫下中农"游德宏学习?彭击修皱了一下眉头。他想起了本地的农业专家范得培,是自己在黄埠农业中学读书时的老校长,也就是本县知青范梅英的爸爸,春山小学陈蓉屏老师的丈夫。

第二天一大早,彭击修推着自行车出了门。弯弯曲曲的山路时宽时窄,彭击修扶着自行车推一段,骑一段,然后上了简易公路,右转直奔黄埠镇,他要去找范得培老师讨教。范得培在农业中学"靠边站"了一年,校长的职务也没了,如今在区农科站担任技术顾问,其实是个闲差,全站一个站长兼技术员彭明方,还有一个看门兼做饭的炊事员,算上范老师一共三个人。范老师整天无所事事,偶尔下基层指导"科学插秧"新方法,用站长发明的插秧行距仪,规范插秧的行距和株距,要求等距离插秧,把田里的禾苗弄得跟广场上的士兵方阵一样。范老师平时住农科站宿舍,周末才骑自行车回春山陈蓉屏那边,范梅英生活在林场里,一家三口一年难得几次团聚。彭击修觉得范老师看起来憔悴了许多,四十五岁的人,像老头子似的,心里也有一丝伤感。见到当年的学生,范得培很高兴,当老师的热情也被唤醒了。彭击修连忙掏出笔记本,像当年在学校听课时一样做笔记,心里想着怎么用这些记录下来的内容,去教导林场里的知识青年,去教训多嘴多舌的游德宏。

当天中午彭击修就赶回了林场,立即召开全场大会。大家各自带着凳子到会议室。唯一的桌子边坐着彭击修,记满了范得培老师讲课精神的笔记本,摊在桌面上。彭击修清了清嗓子,他说:"林场的主要工作,当然是林业,要垦荒、采种、育苗,要造林、培植、防虫、防火、采伐。可是,我们林场是社办的,国家不给钱,公社没有钱,启动经费建这幢房子都不够,我们自己还投入了大量的劳力。现在一切都要靠我们自力更生。这样的话呢,仅有林业生产是远远不够的,必须增加林业之外的其他行业,比如建筑业,还要造房子啊,甚至要制造砖瓦。比如手工业,制作家具、农具还有各种生活和生产用品啊。比如养殖业,养猪狗,养鸡鸭,养牛羊,养鱼养蚕。最主要的还是要发展农业,就是种地作田。我们林场最大的优势是什么?最不缺的是什么?土地。我们有大量的坡地,还有山坡下的旱地和水田。就是要充分利用这些土地,让它长出粮食来。"

游德宏小声嘀咕:"我们一开始就是这么干的,你现在才来'马后炮'。我不早早派人把秧田弄好,你今年就没有秧苗,没有粮食,你又去借吧。"

彭击修用力咳嗽了几声说:"谁在开小会啊?……我们向贫下中农学习,不能只停留在口头上,要落实到行动上。贫下中农不一定知道你们那些书本知识,但是,他们有实践知识,是活知识。他们不知道浮力定律,但他们知道不会游泳的人掉到水里会淹死。他们不知道三角形的稳定性,但他们会将房顶和茅棚搭成三角形。知识来源于实践,实践出真知。"

游德宏又忍不住在嘀咕:"农民有聪明的也有愚蠢的,有人把汽油当煤油点灯,一点,噗的一声,全没了。还有用装敌敌畏的瓶子装菜油的。"

彭击修用严厉的目光盯着游德宏说:"有意见等一会儿可以上来说。……我们向贫下中农学习什么呢?他们有一种最重要的知识,就是在孤身一人、没有任何外援的条件下,如何生存下去的知识。每当想到这里,我心里就会有一股崇敬之情。跟那些衣来伸手饭来张口的寄生虫相比,我们的劳动人民,我们的贫下中农,真的太了不起了,太伟大了。他们最擅长的就是白手起家,自力更生。今天,我们就是要学习我们的劳动人民,白手起家,自力更生,丰衣足食。我们再也不要当寄生虫!"

年轻人都被鼓动起来了。一周之后,程南英办了春山岭林场的第一期学习墙报,主题是学习彭场长讲话的心得体会。大家都将自己的心得和设想,写在程南英统一发放的蓝色条纹信笺上。贴在墙报栏打头一份是程南英的,接下来就是陆伊的。程南英所写的,主要是夸场长彭击修的报告如何好,然后是表决心。陆伊所

写,则显得更加细致真切,同时又严于解剖自己:

贫下中农就是我们最好的老师

上海知青　陆伊

今天,我听了入场以来的第一次报告。彭场长的报告,令我深受触动。我们仔细想一想吧:从小到大,我吃了那么多的食物,有一粒粮食是自己种出来的吗?没有!我穿了那么多衣服,有一根棉纱是自己种出来和纺织出来的吗?没有!自己在家里,的确是衣来伸手饭来张口,过着寄生虫一样的生活。像我们这样的人,如果不彻底地向劳动人民学习,怎么能有力量战天斗地,实现革命理想呢?如彭场长所说,我们的劳动人民,我们的贫下中农,是世界上最能吃苦耐劳的人,最勤劳勇敢的人,最聪明智慧的人,最伟大的人。

我想起,在学校里读书的时候,我曾经读过一本小说,叫《鲁滨逊漂流记》,讲的是一个被丢弃在荒岛上的人,怎么靠自己创造了一个世界。辅导老师曾经说,鲁滨逊具有开拓精神,要向他学习。我现在仔细想,辅导老师的说法是不对的。那个鲁滨逊,乘一条大船出门去探险,其实是去掠夺非洲和拉丁美洲人民。他本来就是一个资本家。跟白手起家的劳动人民相比,跟我们的贫下中农相比,鲁滨逊根本不算什么。我们的贫下中农才是最值得学习的人。

我们要有决心和信心,吃的、穿的、用的,一切都自己动手,自己解决。我们是来学习和锻炼的,不是来享乐的。我决心,在农村这个广阔的天地里,滚一身泥巴,练一颗红心,决不辜负人民的期望。

彭击修在墙报栏跟前站了半天,仔细地读了知青们写的心得。他觉得第一期墙报就办得这么好,不容易,这样的墙报,以后要多办。程南英真是一个可造之才,有觉悟,文章也不错。陆伊的文章写得也很好,就是读着有些累,不如读程南英的那么爽快。本县几个知青的就别提了,字迹潦草,文句不通。范梅英和马欢畅稍好一些。那个焦康亮,拳头大的字只写了半页,鬼画桃符,恐怕他自己也不认得。

谷雨前后是插秧的季节。游德宏一个月前就准备好的秧田,已经长出五六寸高的秧苗,只等水田整好就可以插秧。本地农民出身的员工,将要到水田里劳作,把施过肥并浸泡多天的泥田,耙成浓稠的泥浆,为插秧做准备。用牛的活儿,技术含量高,既是人和牛的交流,也是人和泥土的对话,更是人、牛、土地三者的协调,不是一般人能干的,不要说上海知青,就是那些本地知青,甚至那些回乡知青也不一定干得了,只能由经验丰富的年长农民去干,它包括犁地、耙地、犁田、耖田、耙田,是农耕劳作中的顶级技术活儿。谁能干这个活儿,他才能说是比较地道的农民。

江南的春天雨多,准备出门的时候还能见到云朵里的阳光,转眼间就下起了毛毛细雨。游德宏领头,带着游德善和游德民,三位农耕师傅,扛着耙,赶着三头灰毛大水牛。三位作田高手,大摇大摆,赤脚走在田埂上。后面跟着一群身披红色和白色塑料布的女孩。上海知青原本都穿着塑料凉鞋,见本地人都是光脚,有点不好意思,也把凉鞋脱下来,赤脚踩在泥土上。陆伊第一次光脚踩在泥土和青草上,有些凉,有些滑腻,还有一种被抚摸的感觉。温润的凉意从脚板心传上来,若即若离,那是她人生中第一次与活的泥土相遇、试探、对话。

游德宏他们几位农耕师傅,戴着竹片和竹叶编织成的斗笠,上身穿着棕榈树叶缝制成的深褐色蓑衣,裤腿卷得老高,光脚在水田里蹚着泥巴,双手把持着齐胸高的耙把手,牛绳抓在左手,绳鞭握在右手。他们的鞭子并不真的抽打在牛身上,只是不时地甩着响鞭,嘴里大声吆喝:"喔喔,喔喔,走啦,走啦,不要偷懒啊,不要贪吃啊。"口气强硬中夹杂着嗔怪,像大人跟孩子说话似的。

雨点打在塑料布和斗笠上,发出有节奏的滴滴答答的声音。林子里传来鸟声,还有水田里的蛙鸣。农民教育耕牛的声音,在山坡下的水田里此起彼伏。牛一直沉默无语,它们只用行动说话,一边走一边反刍隔夜的食物,嘴角冒着咀嚼的白泡。丘陵地区的水田形状不规则,面积也不大,每块都是一亩左右,甚至更小,所以没走出多远牛和犁耙就要拐弯。那些耕地耙田的牛,走直线的时候还可以心无旁骛,每当遇到拐弯,速度一慢下来,它们就趁机去吃田埂上的青草。遇到草嫩且多的时候,它们吃着吃着,就忘乎所以了,有的干脆停下来不走。

游德善那头半大的水牛就是这样。游德善忍不住抽它几鞭子,一边喊叫着:"快走啊,畜生,贪吃鬼,饿痨是吧?"这一抽打,犟脾气的水牛不干了,任你怎么打骂,任你怎么扯鼻子上的缰绳,它就是不动,继续慢悠悠地吃草。游德善气得大骂起来:"还吃!还吃!你好意思吃啊,吃相那么难看。"骂着骂着,游德善的犟脾气也上来了,他一边抽打,一边使劲往左边拉扯牛鼻子上的缰绳。水牛抵抗了一阵,接着使劲地往前一蹿,牛轭脱离了牛肩,水牛干脆走到田埂上顾自吃草去了。游德善累得坐在田边,气喘吁吁地说:"等下再跟你算账!"游德宏劝游德善也歇一歇,让水牛放松放松,先吃一阵,等会儿就好了。这才缓解了一场人牛冲突。

天开始放晴,大朵形状古怪的白云,像赶路的农民,在半天里匆匆飘过,有的甚至下到半山腰,从人们身旁和脸上掠过。站在旁边一块已经耙好的水田边等候插秧的知青,脱去披在身上的塑料布准备下田。王力熊和孙礼童他们几个,跟着另外几个本地员工,将捆成小捆的秧苗挑到了田边,接着一捆捆地向水田中央甩去。不知是谁将一捆秧苗正砸在彭击修头上,彭击修连忙摘下军帽甩了甩上面的泥水,朝田埂上高声叫骂:"谁啊?瞎了眼吧?乱丢一气。"彭击修正用一个木头制成的滚筒状的行距仪,在糊状的泥巴上面滚动,泥巴表面留下了棋盘格一样的图案。水田边的树上,挂着红布横幅标语:"横看成列,竖看成行,等距栽种,丰收在望"。区农科站的宣传材料上说,这样才能通风,才能让禾苗充分享受阳光,才能够更及时接受花粉交配,才能获得更好的收成。

这些都是区农科站彭明方站长的意见,范老师并不支持。范老师说:"自由地插秧,包括青年男女的插秧比赛,既是生产劳动本身,又是一种民间习俗,是每年开秧时节农民的一件乐事。现在这种插秧方法,且不说它死板无趣,关键是影响插秧速度,有可能耽误农时。"彭明方站长说:"你这是资产阶级价值观,什么自由插秧?自由可以取代科学吗?农民那种自由散漫的插秧方法,严重阻碍了风的流通和花粉的传播。"范老师笑了笑说:"风和花粉比人要聪明得多,它们知道拐弯。只有死脑子的人不会拐弯。"彭明方站长气得发抖,告状到了县科委,最后由县科委统一发文,推广这种"科学插秧"方法,并且视之为一项政治任务。范老师只好闭嘴。

彭击修严格执行了上面的规定。游德宏一边耙田,一边冷笑:"那也叫插秧?那叫抱鸡婆啄米。"范梅英和马欢畅也傻眼了。她俩在学校时,就因插秧快而获得过"插秧小能手"的称号,每逢"农忙假"或"双抢"季节,跟老师下乡支农,就是她们大显身手的时候。她们能一边插秧,一边飞快地移动,身姿飘逸,又快又漂亮,大人都赶不上她们,碰到对手要比赛的时候,那更是行走如飞,左手抓住秧把,右手像蜻蜓点水,在泥巴表面上飞快地掠过。田埂上站着围观的人,喝彩声四起。她们插秧的时候,一点也不觉得累,只是到了晚上睡觉的时候,腿肚子和腰部才感到疼痛难忍。可是第二天醒来,她们又生龙活虎了。现在可好,秧苗只能插在十字交叉点上,那怎么可能插得快?范梅英和马欢畅很快就因无聊而感到疲惫。

范梅英和马欢畅挨着,左边是陆伊,右边是程南英,一排十几人整齐地往后退。范梅英和马欢畅一排插一二十株,陆伊和程南英只插五六株,还拖后腿。为了整排人同时后退,范梅英要不断地帮陆伊,马欢畅帮程南英,游平花帮褚小花。陆伊插下去的秧苗,没过一会儿就整排倒下,像战死的士兵。陆伊赶紧调整插秧深度,却又插得只见叶子。

范梅英遗传范得培心直口快的脾气,她对陆伊说:"你这样插不行,待会儿就要放水,你插的秧苗大部分都要漂起来。你应该先用三根手指从左手分秧,然后把三四根秧苗送到中指和食指之间,两根手指夹住秧苗,往泥巴里插入一寸左右。插得太浅会倒苗,插得太深会影响秧苗返青。"

听了范梅英的话,陆伊连说好的好的,心里着急上火,恨自己不争气,一急,额头上直冒汗。她用手去擦汗,弄得满脸泥巴,像个花脸猫,逗得大家哈哈大笑。这时候,卷起来的裤腿也跟着凑热闹,开始慢慢地往下滑,陆伊想腾出手去卷裤腿,但双手全是泥巴。裤腿终于溜到了腿肚子上,接着拖到泥巴里,湿漉漉黏糊糊贴在腿上。陆伊急得要哭了。

范梅英见状赶忙安抚她:"不要着急,你的空缺我会帮你补上。你先到田埂上去歇一歇,洗洗手,把裤腿卷好再来。"陆伊心存感激,但她不想成为临阵脱逃的"伤兵",决计留在水田里继续战斗,裤腿拖在泥巴里算什么。陆伊用满是泥巴的手抓住裤腿往上一卷,她突然停住了,紧接着,只听见她哇的一声惨叫,一屁股坐在泥巴里。马欢畅不知道出了什么事,过来搀扶,走近一看,也吓得惊叫起来。范梅英沉着稳健,转身蹲下把陆伊背起,放在田埂上。陆伊的腿上在流血,一条半寸长、小指粗的黑色蚂蟥,正吸住陆伊的腿肚子,拽都拽不下来,好像要钻到肉里去。范梅英用手掌在蚂蟥边的肌肉上用力拍打,大概是震动的关系,蚂蟥竟然自己掉在地上。范梅英把蚂蟥翻转过来,取一根硬草秆,从蚂蟥的肚皮中间穿过,插进泥巴,嘴上说着:"你这个吸血鬼,晒死你!"陆伊看了看自己的小腿肚子,被蚂蟥吸过的地方还在流血。她嘴唇惨白,咬紧牙关,目光惊恐,僵在那里一言不发。

范梅英笑着对陆伊说:"不用怕,蚂蟥吸血不是什么大事,弄出来就好了。"

马欢畅说:"我听说过,没见过,我都吓死了,何况陆伊她们上海来的。蚂蟥要是钻进肉里面去了怎么办啊?"

彭击修说:"不要大惊小怪,这算什么事啊?一回生,二回熟,下次再碰到这种事情,就可以自己处理了。"

另几位男知青在山坡上垦荒。林场增加了这么多人,原有的蔬菜地不够用,需要增加一些。游崇兵领着姜新宇、谷维世、焦康亮等人,带着锄头、斧子、砍刀、铁锹,来到荒地边。除了游崇兵之外,其他几位都不知道如何下手。游崇兵指挥焦康亮,先点火烧荒,安排姜新宇和谷维世用砍刀和锄头清理荒地与山林之间的灌木和杂草,整出一个无草带,以防烧荒的火向山上蔓延。坡地上的灌木和杂草一点就着,借助风势,呼啦啦作响。即将烧着的草丛里,飞出一只彩色长尾野鸡,落在百米开外的对面山沟。接着又蹿出一黄一白两条扁担长的大蛇。焦康亮走近一看,草丛深处的蛇窝里,有四五枚大拇指大小的蛇蛋,他用砍刀背在蛇蛋上敲了一阵,破碎的蛇蛋壳中有小蛇在蠕动。大约一小时后,荒地变成了炭黑色。游崇兵拿着锄头和斧子,去清除埋在泥土里那些粗大的树桩和树根。

刚刚烧干净的荒地,泥土焦黄,还在冒着青烟,带着一股刺鼻的糊味儿。四个年轻人各拿一把铁锹,一字排开。游崇兵左手握着铁锹一头的短横把手,右手握紧铁锹木柄的中段,将铁锹往泥土上一戳,接着用脚往铁锹肩部的踏脚板上使劲儿一踩,嚓的一声,整个铁锹面就没进了泥土里。那声音是锹口切断草根的声音,还有锹面跟沙粒摩擦的声音。游崇兵用力往上一端,一大块泥土被撬了起来,右手的手腕儿一翻,二十厘米见方的泥土就翻转在地上。泥土一块块地竖起来,原来地面烧黑的泥土朝下,底下新鲜的泥土朝上,整整齐齐地排成一条线。焦康亮跟着游崇兵,勉强能对付。姜新宇和谷维世两人铲起来的泥巴,坍塌在地上不成块儿。姜新宇身高近一米八,看上去很壮实,称得上人高马大,干体力活儿却干不过一米六几的小个儿游崇兵,他感到羞愧,又不服气,咬紧牙关坚持着。游崇兵见他拿锹的手都在发抖,便说:"你不要铲了,还有谷维世,都去歇一歇,让我来吧。等一会儿你去用铁耙把泥土耙碎,整平,顺便把泥土中的石子儿和树根挑出来,要把泥土弄得跟面粉一样细腻松软。"这个活儿比铲地要轻松一些,但姜新宇的胳膊腿肌肉实在太酸疼,越来越不听使唤。他提醒自己,必须要打起精神。

晚餐的时候,没几个人进厨房,都瘫倒在床上。彭健彪喊了几次"吃饭啰",没有人搭理他,又喊"有兔肉啊",也只招来了几位男生。知青们一个个咬着牙,扶着腰,瘸着腿,林场仿佛成了伤兵营。年龄大一两岁的知青沉默不语,年纪小一些的,特别是褚小花、刁蓝瑛、林俪,晚上哭哭啼啼,白天叫疼叫累,嚷嚷着要休病假。彭击修说:"休假休假,才干几天就要休假?继续坚持几天,自然就好了。"

程南英向彭击修请示,要办第二期墙报,总结春耕一周以来的劳动情况,动员大家写锻炼心得。彭击修连声说好,批准她三天不用下地劳动。陆伊却一直坚持战斗在生产第一线,真心实意地想缩短自己跟贫下中农之间的差距,再苦再累也不屈服。

每个周末,彭击修都会骑自行车回春山,公开的理由是去向徐水根汇报工作,顺便回家看看父母,其实是想见徐芳兵。在林场通邮之前,这成了一个惯例。知青都盼望彭击修从公社回来,带来信件、包裹和外面的消息。陆伊总是在周四或周五晚上写好给家人朋友的信,托彭击修带到公社邮电所去。夜深人静,陆伊还在煤油灯下写着:

爸爸、妈妈,你们好!

来信收到,包裹也收到了。我的回信估计还在路上。很佩服妈妈的预言能力,这里真的没有邮电局,寄信和收信都不便。15里外的公社所在地春山,有一个邮电所。我每月只有两天假,无法经常去寄信。前几天林场宿舍竣工了,我分到一个单间,条件不错,我此刻就是在自己房间里给你们写信。这些天我学会了下水田里插秧。跟范梅英她们相比,我插得不好也不快,但万事总有一个开头,相信我会越插越快。前天在插秧的时候,我遇到了一件可怕的事,一条小拇指粗的蚂蟥钻进我的小腿肚子,鲜血直流。我吓得要命,差点晕过去。本地知青范梅英，比我还要小两岁，却能面不改色心不跳。我什么时候能像她那样勇敢啊！上海知青姜新宇，也遇到一件可怕的事，在垦荒的时候，他打碎了一窝蛇蛋。傍晚，一黄一白两条大蛇先后到宿舍门前来寻仇，炊事员彭健彪发现后大声喊叫，才把蛇吓跑了。贫下中农教训我们说，不要破坏动物的生活。真正的劳动锻炼刚刚开始。此刻，虽然说我的手脚腿腰都很酸、很疼，但我心里很愉快。

爸爸妈妈多保重身体！问弟弟妹妹好！ 致以革命敬礼！

女儿：陆伊

5月2日夜，于春山

第 五 章

周六下午,彭击修骑着自行车回到了春山。他将自行车停在公社门边的车棚里,背着黄挎包去广播室找徐芳兵。黄挎包里装着一包上海奶糖,那是程南英跟彭击修套近乎的礼物,现在彭击修要用这些奶糖来跟徐芳兵套近乎。彭击修正要伸手去敲广播室的门,刚好徐芳兵开门出来,拿着一只搪瓷饭盆,准备去食堂吃饭,突然见到门前站着一个人,略微吃了一惊说:"哎哟,吓了我一跳,是彭场长啊,找我有事吗?"彭击修说:"芳兵,我托人从上海带了一些奶糖来,知道你喜欢,专门来送给你。"徐芳兵接过奶糖放回房间,微笑着说:"你太客气了。跟我一起去吃饭吧?"

彭击修很少见到徐芳兵对自己如此客气,侧过脸看去,徐芳兵脸蛋红扑扑的,穿着一件粉红色衬衫,袖子挽起露出白皙的胳膊,胸部微微突起,刚洗过的齐肩短发散发出洗发粉的香味。能够应徐芳兵之邀共进晚餐,彭击修受宠若惊,不知如何是好。面对邀请,他本应立即答应,却犹犹豫豫磨蹭了好一阵,结果,还没来得及回答,公社秘书季卫东就出现了。季卫东迈着外八字步,摇摆着走过来,远远地就叫:"芳兵同志,我正要去邀你呢,一起走吧。……

哟,击修同志也来了？好好好,我们一起吃饭去。"

徐芳兵突然觉得,季卫东有点装腔作势,把个"同志"整天挂在嘴边,虚头巴脑,有些讨人嫌。"同志"两个字,如果用普通话说还马马虎虎,用土话说出来就特别难听。看着季卫东矮小的身材和外八字摇摆的步伐,徐芳兵皱了一下眉头。徐芳兵觉得,彭击修身上就有很多季卫东不具备的优点。

彭击修没有察觉到徐芳兵表情细微的变化,这么重要的信号,作为在侦察班混过的人,不得不说是一个失误。因为他的注意力在季卫东身上,他被季卫东的气势压下去了。尽管彭击修的社会地位发生了一些变化,但目前他的户籍还是"农民"。尽管"农转非"的可能性不是没有,但谁知道得等到何年何月？他还不足以跟国家干部、师范毕业生、公社秘书、能说会道又会写的文人季卫东相比。而且他一见徐芳兵,就笨嘴笨舌,词不达意。相反,季卫东见到徐芳兵总是滔滔不绝,把死的说成活的。与其留下来吃饭,做季卫东的陪衬,还不如趁早离开他们,也让徐芳兵有一点突兀之感。彭击修说:"季秘书,芳兵,你们去吃吧,我妈准备好了晚饭,回去陪陪他们。"说完,骑着自行车回家去了。

其实彭击修并没有直接回家。他先到邮电所把知青们的信寄了,约好周一上午再来取那些要带回林场的书信和包裹,然后推着自行车往春水河边走。他架好自行车,坐在岸边,面对河水想心思。春水河岸边一排木板小码头上面,女人们蹲在那里洗涮,隔着河水扯起嗓门儿聊天。黄昏的炊烟在空气中弥漫,一股暖烘烘的气息扑鼻而来,让人想回家。

这时候,范得培老师和陈蓉屏老师正接了托管在何师傅家的小儿子出来。范老师推着自行车走在右边,陈蓉屏老师牵着范小童走在左边,往春水河上的木桥那边去。

范老师说:"季修回家了?怎么一个人坐在那里啊?"

彭击修说:"范老师啊,才周六呢,就回区里去啊?"

范老师说:"县上的工作组在区里,今晚得赶回去。"

彭击修说:"那好。天快黑了,慢点骑。"

彭击修呆呆地坐着,没有人觉得奇怪。以前在家务农的时候,他就喜欢在河边发呆。彭击修在关键时刻,还是显出了侦察兵的睿智,他忽然觉得,季卫东不过是近水楼台,不一定能有胜算。他们天天见面也没有什么实质性的进展。所以自己还有机会。眼下必须低调,不要轻举妄动,林场那边不能出任何问题,等到林场办得有了一定成绩的时候,等自己"农转非"并正式被任命为场长的时候,他就可以向徐芳兵发起冲锋了。彭击修先是怜悯自己,接着又鞭策了自己一番,就回家去了。

父亲彭健懿久不见儿子,有些恼火,讽刺他说:"你也要回啊?你还有家啊?你娘老子都死了啊?"母亲赶紧制止老头子说:"儿子好不容易回来一趟,你就喜欢唠叨。老三,赶紧吃饭吧。"彭击修往自己房间一钻,躺在床上,不想搭理他们。母亲凑过来问:"去了游家没有?见过仙桃吗?"彭击修说:"你们再提她,我真的不回来了!我跟你们说过,叫你们赶紧去辞掉那门亲事,你们就是不听。"说完,拉过被子盖住头。母亲没了主意,退到厅堂跟彭健懿商量,彭健懿说:"急什么?让仙桃她爹再等等,等我们家这个畜生在外面碰了钉子,到时候还得回来。"

范得培并没有赶回黄埠区农科站,而是骑了一段路就折回来。他在春山村外的树林子里等候,等到天完全黑了,才悄悄地潜回何师傅家。何师傅让范老师不用着急,时候还早,先吃点东西,睡一会儿再行动。范得培跟何师傅两人合谋的一次"捉奸行动"即将开始。

最早发现陈蓉屏和帅东华两人有不正当男女关系的,就是何师傅。那是一年前的事,当时范得培在黄埠农中"靠边站",每天要到校办农场去劳动。陈蓉屏在学校里停课闹革命,儿子范小童托管在何师傅家。有一天,范小童双手撑在地上,小屁股一上一下,做那种男女之间才有的猥亵动作。何师傅问他干什么,他说在学帅叔叔,帅叔叔对妈妈就是这样的。何师傅就知道陈蓉屏出轨了。范得培一点都没有觉察,照常周末骑着自行车来回于黄埠和春山之间。何师傅一直想跟范得培说破,遭到何师母的极力阻拦。何师母说:"宁拆十座庙,不毁一桩婚,你可千万不要多事啊!"何师傅只好极力忍着,但想起苟且的男女就来气。

又是一个周末,范得培到何师傅家里接范小童,顺便坐下来跟何师傅闲聊。何师傅试探着说:"范老师,你每周都骑一二十里路的自行车,太辛苦了,什么时候把陈老师调到黄埠小学去啊?"范得培说:"没关系,身体还行,还骑得动,暂时还没让陈蓉屏调动的打算。再说,夫妻俩天天黏在一起未必好。分开一段时间再见,也很不错。"何师母听得直皱眉头。

何师傅说:"是啊,马约伯跟李瑰芬就天天黏在一起,我看他俩未必好。睡一个枕头做两个梦的夫妻。"何师母一个劲儿使眼色,也没有阻止何师傅的话。何师傅继续说:"我看公社徐主任倒是很想跟李瑰芬天天黏在一起啊,露水夫妻新鲜,哈哈哈哈。那马约伯医生也很古怪,好像睁一只眼闭一只眼,李瑰芬经常骂他,他还笑脸相迎,很受用的样子。"

范得培说:"我能理解马医生。夫妻之间的感情难说,年纪越大越有依赖心,即使她骂你打你,甚至鬼迷心窍一时糊涂,你也没有办法,你还真的能跟她分手?像马约伯他们两个,患难夫妻,枪林弹雨走过来的,如今又是儿女成行,除了享受李瑰芬的打骂,陪伴着李瑰芬的糊涂和胡来,他还能做什么呢?"何师傅说:"是啊,是啊,还能怎么样?还真的分手不成?"两个男人聊到深处,也有可听之处,何师母听得眼圈都红了。

范老师离开后,何师傅对何师母说:"你听到没有,范老师不会跟陈老师离婚的。我就是要打压一下帅福生的威风。再说马约伯医生也怪可怜,他还是太窝囊,我就算顺手帮帮他,杀鸡儆猴,做给徐水根和李瑰芬看。"

何师母说:"到头来人家还是夫妻,你就做夹在中间的夹头鬼吧。"

何师傅说:"夹头鬼不是我,是马约伯。他心里一定很苦啊!不敢声张,还要跟李瑰芬赔笑脸,总希望她回头是岸,以便保全大家的声誉。马医生是死要面子活受罪。"

过了一周,何大国跟范得培两人又聊到了一起。何师傅特别提醒范得培说:"范老师,这么多年,我们处得不错,你是个好人,我也不忍心瞒着你。你赶紧想办法把陈老师调到黄埠小学去吧。响鼓不用重敲,你是聪明人。"范得培这才起了疑心。怪不得,陈蓉屏总是性趣不高,怪不得,陈蓉屏总劝自己不要每周都回家,半月一次也行,说"久别胜新婚",还说骑自行车跑那么远的路,累得也没什么劲。当时听了这些话,范得培还感动了一下。现在回头一想,那全都是陈蓉屏的花招和骗局啊!

范得培说:"何师傅,谢谢你。事情总得有个收场。你有什么建议?"

何师傅说:"你不能学马约伯那样,做缩头乌龟。吵架也不顶事,说不清楚,她还会说你疑神疑鬼,小肚鸡肠。捉贼要捉赃,捉奸要捉双。你一定要给帅福生一点颜色。"

范得培骑着自行车折回了何师傅家。为了保密,他躲进何缺得的房间,连何啰婆和顾秋林都没见到。晚饭也是何师傅送到房间里去的。晚上10点,范得培的两个弟弟带着麻绳,从十几里地外的范家村赶了过来,何缺得借来一面铜锣。何师傅把范得培叫醒。范得培一身轻装,悄悄地离开何师傅家,朝东面的春山小学走去。

春山小学的房子,从前是本地最富裕的地主家的大院,后来充公了。走进大门,正对着的是一个大花园,花园的左右两边是两排平房,现在用作教室。花园后面是一幢中间带天井的三层楼房,一层是办公室,二层是教师宿舍,三层是寄宿生的宿舍,他们周末都回家了。范得培悄悄上了三楼。从三楼朝天井的那一面,可以看到二楼教师宿舍门前的回廊。帅东华住在正南头那间靠近大阳台的房子。陈蓉屏的宿舍在北面顶头的一间。

范得培看看表,深夜11点多了,范小童大概睡着了。这时候,门呀的一声开了,陈蓉屏穿着短裤和汗衫出了门,快步悄声地穿过回廊,闪进南头帅东华的房间。范得培又等了一阵,便悄悄下楼,走近帅东华的门口,只听见他俩在窃窃私语。

范得培掏出一把锁,往门扣上一扣,然后高声叫骂了几句,"你们就等着吧"。他赶回何师傅家,通知何缺得和自己两个弟弟。何缺得在家里早就等得不耐烦,听到招呼,嗖的一声蹿出了门,沿着街巷飞奔,当当当当使劲地敲着铜锣,一边大声喊叫:"看把戏喽,看把戏喽,小学里有把戏啊,跑马射箭的大把戏。"

这么一喊,死寂的春山村顿时炸了锅,人们纷纷爬起来,往春山小学跑去。顾秋林不知道发生了什么,也跟着人群往东跑。何啰婆的鞋子跑丢了一只,折回来满地找。王力亮、王力婉、马欢笑、马欢颜几个人风一样从身边掠过,不但不帮啰婆,还把她的鞋子踢得不知去向。何啰婆急得呜呜地哭,顾秋林只好折回来,帮助啰婆在路边的草丛里摸鞋子,再陪着她往小学跑。李瑰芬和尹慧梅几个大人也来了。远远还能听到何缺得敲锣和喊叫的声音。徐芳兵和季卫东他们,也从公社楼里跑出来。季卫东一边跑一边嘀咕,马戏团为什么半夜来演出?为什么事先没有来人协商?这简直是乱了套。

彭击修刚要睡着,就被何缺得的锣声和喊叫声惊起,也披上衣服往小学跑去。村民们把小学围得水泄不通,有人在高声问,哪里有把戏啊?把戏在哪里啊?有人已经感觉到有异样,挤上了二楼。不一会儿,回廊上和阳台上就挤满了人。彭击修也挤到二楼,只见范得培老师气呼呼地站在门口,身后跟着两个手持粗麻绳的弟弟。何缽得在一旁助威呐喊。范家的弟弟说:"哥,把门打开,看我们怎么揍他。"旁边有村民附和:"对啊,揍他。""对啊,把他阉了。""好好好,阉了拉去游街。"

彭击修不敢往前挤,他怕自己的老师范得培尴尬,便站在远处观察动静。突然,身后传来一个沉闷的声音:"让开!"众人回头一看,公社主任徐水根来了。徐水根说:"半夜三更不睡觉,谁在这里聚众闹事啊?"何师傅赶紧解释说:"是帅福生在干坏事,被范老师抓住了。"徐水根不搭理何师傅,走过去握住范老师的手说:"范老师啊,有什么情况跟我反映嘛,何必亲自动手呢。"范老师铁青着脸不吱声。这时候,被吵醒的范小童见妈妈不在身边,大声哭喊着,光着屁股从房间跑出来,见到这么多人,愣了一下,"妈妈妈妈"地哭得惊天动地。

徐水根说:"范老师啊,赶紧把陈老师放出来吧,别把孩子吓着了。"徐主任开了口,范得培只好掏出钥匙开了锁,把陈蓉屏放出来。陈蓉屏穿着一件粉红色有小鸟图案的汗衫,一条紫红色花布短裤,低头从帅东华的房间里走出来。有人打唿哨起哄,有人喊"汗衫穿反了"。陈蓉屏摇晃着一对大乳房,从徐水根身边走过的时候,徐水根的眼珠都差一点掉出来,陈蓉屏的身材,不知比李瑰芬好多少倍啊,李瑰芬全是排骨,前面后面一个样!陈蓉屏扑过去一把抱住号哭的范小童,母子俩哭着回房间里去了。

这边的范氏兄弟手持麻绳冲进帅东华房间,要把帅东华五花大绑。徐水根指着范得培两个弟弟说:"你们两个,滚一边去,谁给了你们绑人的权力?……何罐得呢?叫两个基干民兵过来,把帅东华押到公社里去,明天再说。范老师,回去批评一下陈老师,叫她给你写个检讨书,保证以后不再犯类似的错误。其他的人都散了,散啊!"一场跑马射箭的大把戏就这样戛然中止了。村民们都悻悻而归。

第二天上午,徐水根把当天的工作安排好就急着往医院去。徐水根溜进李瑰芬的注射室,说:"喂喂,你看我是好人啵?我把帅东华放了,叫他回老家去避避风头。范得培那两个弟弟,气势汹汹,摩拳擦掌,恨不得把帅东华阉了。"李瑰芬撇嘴道:"哼,总有一天,你也要被人阉了。"说着,握紧注射器,将针头往徐水根的屁股上猛地一刺。徐水根哎哟一声,接着又说:"真舒服。"李瑰芬说:"哼,你欺负马家没有人是吧?我告诉你,马家塆人多的是,马约伯自己就有两个儿子,只要我愿意搭理他们,一声招呼,他们就会来剥你的皮,信不信?"徐水根站起来,提好裤子,李瑰芬正在收拾注射器,徐水根突然伸手,在李瑰芬的胸前使劲捏了一把说:"我信我信,就怕你下不了狠心啊!"李瑰芬一巴掌打在徐水根的手背上,骂道:"该死的家伙,越来越狗胆包天,不要把老娘惹急了,有你好看的。"徐水根手掌一翻,把李瑰芬的手抓在手里,使劲地揉搓着。

李瑰芬甩开他的手说:"你跟住在何师傅家那个上海知青顾秋林是什么关系啊?你怎么那么照顾他?他住在那里,好吃好喝,还有何师母和她女儿两个人伺候着他,他连衣服都不用洗。出工的时候,又有何家两个儿子照顾。他的同伴却在春山岭,起早贪黑劳动,吃的住的都很差。他为什么享受这么好的待遇啊?"

徐水根说:"咦,你这样想问题?那个顾秋林,家庭出身不好,我在去林场的名单中把他划掉了。春山岭林场是全县知青下乡的试点单位,在那里劳动锻炼是一种光荣。我认为把顾秋林一个人排除在大部队之外,也是一种惩罚,你却说是照顾。你把我的脑子搞乱了。"

李瑰芬说:"你尽唱高调。把你弄到山上去垦荒,去挑担,让你去光荣,好吗?现在明明是顾秋林在享福,我们家的马欢畅,还有王毅华家的王力熊在吃苦。前些天,两个孩子都回来拿衣服,又瘦又黑,吃起来饿鬼一样。我和尹慧梅心疼死了。要是我们的儿女没有分到春山岭,而是分在春山村,那该多好啊。"

徐水根说:"本地知青安置的时候,正赶上春山岭林场筹建期,需要人去搞基建,所以就全部分过去了。"

李瑰芬朝徐水根翻了个白眼,嗔怪道:"阶级成分不好的,你倒照顾得好好的。我不管,有机会得把我家马欢畅换一换地方。"

徐水根说:"好好好。你们这些女人啊,就是鼠目寸光,只看见脸上瘦了黑了,看不到广阔天地大有作为的前景。这事我知道了,再说吧。"

徐水根离开医院,路过理发匠何师傅家门口,正想着要不要进去了解一下那个顾秋林到底是什么情况,就碰上季卫东送信过来。季卫东最喜欢去的地方,除了医院就是邮电所。每天班车上的邮袋一到,季卫东就守在边上,看看是否有自己的信件,看看自己的稿件是否被县广播站或者省广播电台采用。顺便也跟话务员舒漫娥闲扯一阵。舒漫娥假意嗔怪,其实心里美滋滋的。她很喜欢跟季秘书聊天,东拉西扯,漫无边际。舒漫娥知道季秘书在打徐芳兵的主意,故意挑逗季卫东,朝他抛媚眼,弄得他心旌摇曳。每到这时,季卫东便见好就收,赶紧逃离。季秘书送来了三封信,一封是何罐得未婚妻夏松珍写来的,另两封是顾秋林的。

顾秋林一下收到两封信,一封是妈妈的,一封是弟弟的,心里甭提有多高兴了。特别是日夜盼望的弟弟的信。自从上海火车站分手之后,这是弟弟的第一封信,不知怎么搞的,弄得皱巴巴的。顾秋林中午收工回来,饭也不想吃,迫不及待地回到自己房间去看信。

哥哥,你好!

从妈妈来信中知道你的地址和一些情况,很高兴,立刻就给你写信。

我们的知青专列一路朝北飞奔,路上跑了两天两夜。一路上,祖国大好河山尽收我的眼底,我看到了黄河,还看到了广袤的华北平原,看到了北国的雪,心里说不出有多激动!3月8日深夜抵达目的地,黑龙江省密山县,就是我们团部所在地,中国人民解放军沈阳军区黑龙江生产建设兵团第4师第42团。兵团司令部设在佳木斯,4师师部设在牡丹江,离密山都有两百多公里。我们在团部招待所住了两晚。第二天上午,团长做动员报告,说我们要屯垦戍边,反帝反修,建设边疆,保卫边疆。我觉得特别光荣而任重道远。午餐之后我领到了一棉一单两套军装,我穿着军棉衣戴着军帽去照相馆留影纪念。

第二天晚上,团部召开了欢迎新战友联欢晚会。我唱了一首《毛主席的战士最听党的话》,要是你在这里就好了,你可以拉手风琴啊。第三天,团部派大卡车将我们分送到各连。为了表示我们建设边疆的决心,我和另外十几个上海知青写了《请战书》,主动要求去了离密山县最远的25连。湖边一片等待我们去开垦的处女地,就在兴凯湖北岸,跟苏修隔湖相望,所以要时刻警惕,一边垦荒,一边备战。我们连一百多人,一部分十几年前就来这里的戍边老战士,还有十几个比我们早到两三个月的北京知青,十几个本省知青。我们住的房子叫"拉合辫",墙是草加泥混合在一起编制而成的,很暖和。据说马上要开始建砖瓦房。其实没有必要,跟当地老乡一样住"拉合辫"就很好,越是艰苦的地方,越能锻炼革命意志。我也有意志薄弱的时候,比如晚上想念爸爸和妈妈,但我相信自己能够迅速克服身上的小资产阶级软弱性。我决心好好锻炼,滚一身泥巴,炼一颗红心,为早日实现共产主义而奋斗。

哥哥,你那边怎么样?我对你的每一点消息都很感兴趣,你要经常给我写信。我们互相鼓励,刻苦锻炼,一起成长。另外,我们班一个同学叫童秀真,听说也下放在你们湖滨县,你帮我打听一下。祝一切好!

又及:昨天战友去密山县团部,才把我的照片取回来,为了等照片寄给你和妈妈,所以回信晚了!

弟弟 顾秋池
4月19日夜 于兴凯湖畔

通信地址:黑龙江生产建设兵团4师42团25连

顾秋林读完信,拿起弟弟的照片来看,他穿着军棉衣,戴着军棉帽,像解放军战士,只是没有领章和帽徽,表情很严肃,仿佛转眼之间长大了,其实他十六岁还没满啊!顾秋林突然有点想哭,也不知道是为年幼的弟弟懂事而哭,还是为年幼的弟弟不懂事而哭,又或者是为自己的命运而哭,总之是心有所动,空落落的。

房门轻轻地响了一下。顾秋林发现门开了一条小缝。他赶紧擦掉眼泪,冲那边笑了一下。何啰婆就推门进来,把一碗饭放在顾秋林的桌上,上面有蔬菜和油煎小鱼。何啰婆呜啦呜啦地说了一通。顾秋林能猜出来,意思是说,"你赶紧吃饭吧,不要饿肚子啊,你吃完我还要洗碗"。何啰婆小学没毕业,退学在家陪母亲做家务,长得很白净,扎两根小辫,右边牙齿里有一颗小犬齿,已经十四岁了,身子瘦长,像一朵还没开放的花骨朵。她对顾秋林说完,脸一红,转身就跑开了。

李瑰芬从徐水根那里得知顾秋林没去春山岭的原因,是家庭成分不好,她这才突然警觉起来。为什么第一次见到顾秋林,就隐约有一种似曾相识的感觉?李瑰芬决定探个究竟。下午下班后她来到何师傅家。干活的男人们还在地里,何师傅到邻村上门理发也还没回来。李瑰芬喊着就往后院走。何师母正在厨房里忙碌,听到李瑰芬的声音,赶紧出来招呼。李瑰芬叫何师母不用客气,说马欢颜正在家里做饭,自己随便走走。

何啰婆从河边洗菜回来,见李瑰芬来了,连忙去收晾在竹竿上的衣服。李瑰芬发现,每次来何家,这个女孩都躲着她似的,于是跟了过去。她摸着啰婆的辫子说:"营养不良啊,头发都黄了。"何啰婆抱着衣服往厅堂里走,一边大着舌头板说:"你家马欢颜头发也是黄的。"李瑰芬跟进厅堂,捏一下啰婆的裤腿说:"女孩子的裤子不要打补丁。"何啰婆说:"马欢颜的裤子也补了。"何师母嗔怪何啰婆说话没大没小,其实心里蛮受用的,她觉得自己的女儿不傻,知道不失分寸地反击李瑰芬。何啰婆手脚又巧又快,一会儿就把一家人的衣服叠得整整齐齐,父母的放一堆,两个哥哥的放一堆,自己的放一堆,顾秋林的放一堆。李瑰芬又没话找话说:"马欢颜才比你大两三岁啊,比你高了差不多两个头。"何啰婆突然停下来,气呼呼地说:"你老是打马欢颜,我不想理你。"说完,走进顾秋林房间,把叠好的衣服放在顾秋林的床上。李瑰芬也跟着何啰婆走了进去说:"你这孩子,妈妈打女儿是为她好,是在教育她。"啰婆站在那里不接话,她不知道说什么,只知道生气。

李瑰芬的眼睛突然盯住桌面不动。桌子上摆着一个褐色木框的玻璃相架,里面夹着一张照片。那无疑是顾秋林的全家福:一对中年夫妻坐在椅子上,前面地上并排坐着三个孩子,两个男孩在两边,中间坐着一个女孩。李瑰芬抓起相架,仔细打量照片中的女人。没错,是她,是那个大小姐。原来是她的儿子!真是无巧不成书啊。世界怎么这么小。顾秋林的母亲李欣慈,正是当年小李瑰芬在上海做童工时,那位富商家的小姐。李瑰芬当时跟何啰婆差不多大,十三四岁,小姐上学她背着书包送行,小姐周末回苏州她也得跟着。尽管太太经常骂人,但大小姐李欣慈人很和善。参加革命以后,李瑰芬懂得了很多革命道理,知道那种寄人篱下的生活是一种"阶级剥削"。所以每每想起那段经历,她心里就不畅快。

李瑰芬放下相框,急匆匆地离开了何家,直奔公社大院。天色已黄昏,公社院子里静悄悄的。徐主任大概刚吃完晚饭,正在公社院子里散步,见李瑰芬来了,便问有什么事。李瑰芬把她侦查到的情况说了一遍。

徐主任觉得李瑰芬是在插手自己的工作,有些不快,但又害怕李瑰芬发作,便含糊其词地说:"这也不是什么新情况啊,顾秋林的家庭成分早定了,履历表写得清清楚楚。你说你早就认识他的妈妈?这倒是一个有意思的事情。"

李瑰芬见徐水根绕圈子,便追问:"你打算怎么处理?"

徐水根说:"以后再说吧。这事我知道了。"

李瑰芬不高兴了:"又是'以后再说',你想把这事拖掉是吧?你尾巴一翘,我就知道你要拉什么屎。你就当我的话是放屁,好不好?"

徐水根叫她先不要吵,他低头想了想,只能当即把季卫东喊来。徐水根说:"季秘书,你不是说县上要搞调演吗?咱们公社的人才都集中在春山岭林场,等农忙一过,你就到那边去组织一个'宣传队'。人员以春山岭林场为主,再抽调一些有文艺才能的人过去,好好干,为春山人民争光。"

季卫东说:"农业战线人才好找,文艺战线人才比较少。徐芳兵同志能借过去吗?"

徐水根说:"徐芳兵嘛,在不影响广播站工作的前提下,可以适当参加。"

李瑰芬插嘴说:"搞宣传队好啊。要是年轻几岁,我都想参加。住在何师傅家里的那个上海知青,手风琴拉得好啊。"

徐水根说:"对对对,把那个长头发的上海佬借调到春山岭林场。如果表现不错,以后就留在那里算了。把他放在这里,何师傅一家人照顾他,还叫什么'下乡锻炼',不如说是'下乡疗养',最后会变修的。"

顾秋林在何师傅家待了两个月,的确是被何师傅一家照顾着,人都长胖了。除了日子有些单调寂寞之外,真说不上有哪儿不好。其实顾秋林心里也不是很踏实,担心自己并没有得到什么锻炼。突然听说要借调去春山岭林场,顾秋林高兴得不知所措,正遂了他的心愿。何家人反应不一。何师傅和何罐得觉得无所谓,来欢迎,走欢送。何缽得最高兴了,心里说,一家人伺候着他,凭什么,赶紧滚吧。何师母有些舍不得,翻出顾秋林的衣服该洗的洗,该补的补,还叮嘱顾秋林,以后想吃什么就到家里来,反正也不远。

何啰婆一直不知道这件事,直到顾秋林开始收拾行装。秋林大哥来后,家里的气氛都变了。原来两个哥哥,一个闷声无趣,一个胡言乱语。秋林哥哥那么安静文雅,而且心细,总是第一个发现她的困难和窘迫,总是及时出手相帮。啰婆自己也发生了一些微妙的变化,变得喜欢打扮了,还要何师母给她做花衬衫,把何师母的生发油往头上抹。啰婆恨自己说话不够清楚,清晨偷偷地跑到河边去练习发音。她希望每天醒来都能见到秋林哥哥,每天晚上睡觉之前都能看到他坐在灯下读书的背影。她愿意帮秋林哥哥打扫房间,洗衣端饭。秋林哥哥突然要离开,啰婆很失落,一个人躲到小河边去哭了一场。

何罐得让何钵得去生产队借一个胶轮大板车,这两天抽时间送顾秋林去春山岭。何钵得赌气说:"你为什么不送啊?为什么要我送啊?他自己没有长脚吗?"何罐得瞪眼道:"你能不能不那么啰嗦?"何钵得说:"等我心情好的时候再说吧。"何师母:"不急不急,等公社里的人催再说。"啰婆也是这么想的,秋林哥哥一天不离开,她就一天心满意足。

这天半夜,顾秋林又被一阵吵闹声惊醒。他跟着何家人往医院赶去。医院门前停着一辆白色救护车,车门上的红十字下,印着"湖滨县人民医院"几个蓝漆大字。门诊抢救室前挤满了人。王力亮和王力婉,还有一些村民,都挤在那里往急诊室里面张望。马欢笑和马欢颜站在一旁嘤嘤地哭泣。王毅华医生和湖滨县医院赶来的医生,正在对病人进行抢救。只见马约伯平躺在床板上,双目紧闭,口吐白沫,嘴巴里发出噗噗噗的声音。救护车上下来的护士在给马约伯洗胃,灌肠,输液。马约伯趁李瑰芬不在,吞食了过量的安眠药。看来他真的不想苟活在世上,打算离开这个可爱又可恨的家,狠心离开他心爱的儿子马欢笑、美丽的女儿马欢心、可怜的女儿马欢颜、可爱的女儿马欢畅,离开妻子李瑰芬。

李瑰芬坐在隔壁诊室里号哭,数落,埋怨。尹慧梅坐在旁边劝慰她。李瑰芬对公社治保主任兼武装部长殷贵生说:"殷主任啊,马约伯为什么要这样啊?这让我怎么面对孩子们啊?怎么面对同事啊?殷主任,你给我评评理吧。作为有二十多年党龄的老党员,作为春山医院的负责人,我走得稳,行得正,是不是啊?他马约伯这样做,到底是什么意思啊?我不懂啊!我要跟他离婚。"

殷贵生说:"李医生,这个时候就不要说这种话了。马医生这样做的确不合适。不过人年纪大了,感情更脆弱,你要多多关心他。你们也是患难夫妻,一路走来不容易,如今又是儿女成行,幸福美满,要珍惜啊!"

殷贵生在春山公社的资历比徐水根老。前任公社党委书记兼社长刘传仁,把徐水根从大队调到公社当武装干事,名义上是殷贵生的部下,实际上有觊觎武装部长位置的嫌疑,至少殷贵生是这么看的。当年,县里要在刘传仁和殷贵生之间,选拔一人担任公社书记兼社长,殷贵生因为文化程度低而落败。他表面上服输,其实心里积蓄的怨气没有消掉,每每见到刘传仁,就愤懑不平。没过几年,刘传仁被造反派"打倒"。殷贵生以为,这一下该轮到自己,没想到徐水根却顺势上位,担任了春山公社革委会主任,成了殷贵生的上级。殷贵生把徐水根当作另一个刘传仁,跟他面和心不和。殷贵生心想,你徐水根经常摸黑走夜路,总有碰到鬼的时候。殷贵生盼望徐水根栽在女人身上。这一次,马约伯用自杀的方式抗议徐水根,让殷贵生看到了希望,他盼着徐水根早点垮台。如果出了人命,那就是徐水根的末日。

李瑰芬和徐水根的事情,已经是公开的秘密。大家都睁一只眼闭一只眼,只是李瑰芬太过分,完全不顾马医生的面子,已经到了肆无忌惮的程度。据说最近一段时间,马医生经常半夜醒来见不着人。有一天晚上,他偷偷地跟踪过李瑰芬,躲在公社宿舍墙外,蹲了半宿。但他从来都没有声张过,原因很复杂。是因为爱李瑰芬?还是因为害怕徐水根?还是有碍于知识分子那点可怜的情面?或许兼而有之吧。有人见到马约伯半夜在医院四周晃悠,像梦游患者似的。

　　医生们一边摘手套和口罩,一边从急诊室里走出来。王毅华说幸亏发现得早,马医生暂时没有大碍。王毅华又对尹慧梅悄悄说了几句什么。尹慧梅走到李瑰芬身边,对她说:"这个时候,马医生最需要的就是你在他身边。你念在过去感情的分上,念在儿女的分上,赶紧到马医生身边去吧。"李瑰芬嘴上强硬,说"不去不去",心里还是有些发虚,同时也有一丝心软,便起身朝里面走去。

　　马约伯见到李瑰芬,尴尬地微笑了一下。他刚刚醒过来,脸色苍白得像一张纸,宽宽的额头和挺拔的鼻梁,还能想见他青年时代的英俊潇洒。李瑰芬接过马欢颜递来的水杯,让马约伯喝水。马约伯说:"阿芬,很抱歉,让你受惊了。我这一生,经风雨见世面,如今是儿女成群,也算是圆满,我知足了。没想到老天爷还要留我在这世上。"

　　李瑰芬想起了当年在野战军医院的情景。那时候的马约伯院长四十岁,年富力强,医术精湛,一表人才。他走在路上像将军一样威武,盒子枪在左边臀部上下欢跳,牛皮公文包在右边臀部上下欢跳,身边围着一大群小护士。性格强悍的苦孩子李瑰芬,那时候才十几岁,她年纪小,野心大,懂得捷足先登的道理,穿过小护士们的重重障碍,直奔马院长,转眼间就嫁给了比她大二十四岁的马约伯。

李瑰芬抓住马约伯的手,突然哭着说:"你这该死的老东西,这么狠心,要把我和儿女们抛在世上,自己一个人跑掉。我们以后怎么办啊?当初你怎么说的啊?你都忘记了你对我说过的那些话。你现在对我没有爱,只有怨恨,所以你用死来惩罚我。"

李瑰芬说完,呜呜呜地哭起来。

马约伯也想起了当年与李瑰芬相遇时的情景。当时,马约伯对李瑰芬说,原以为自己人到中年,只剩事业,没有爱情。马约伯说,李瑰芬是上帝送给他的一个意外的礼物,他自己所能做的,就是珍惜和善待这份珍宝,让她永远保持珍宝一样的品质。

十几岁的少女李瑰芬,部队医院的一枝花,英姿飒爽,当年的确当得起马约伯的赞美。马约伯认为,自己的这一生,都是在履行着当年的承诺。但一晃几十年过去了,马约伯只觉得太过疲倦,难以继续支撑,于是就想当逃兵,逃到一个隐秘的地方去休息。

马约伯捏了捏李瑰芬的手说:"阿芬,很抱歉,我的第一方案搁浅了,既然老天爷不同意我去死,那我就只好转而选用第二套方案,我想好了,我立即去办理退休手续,回马家垭养老。马家垭离春山不远也不近,既像是离开了你,又像是跟你在一起。"

对于马约伯的话,李瑰芬不置可否,内心五味杂陈。马约伯越是为李瑰芬着想,李瑰芬心里越是愧疚和不安。她当然知道,马约伯医术高明,而春山医院的医疗力量严重不足,马约伯的留用与否,决定权在徐水根。徐水根完全看李瑰芬的眼色行事,实际上也就是由李瑰芬说了算。

李瑰芬注视着马约伯,透过病后苍白的脸,依然能感觉到他充沛的精力和工作的热情。她现在心里乱极了,面对马约伯,一时什么也说不出,李瑰芬就握着他的手,没有接话。

第 六 章

  知青们每月有两个休息日。彭击修头天黄昏就骑车回春山了,王力熊和马欢畅头天也结伴回了家。清晨的林场被山岚和鸟鸣笼罩着。女孩子一大早就起床梳妆,男孩子早早地围在食堂门前等开饭,他们打算结伴下山去玩。蹲在食堂门前的焦康亮一脸不高兴。他突然冲彭健彪喊起来:"又是红薯粥,又是红薯粥,一年到头都是红薯粥,你不怕屁多啊!"

  彭健彪笑着说:"放屁,说明消化好。能做能歇,能吃能拉,能睡能醒,就是前世修来的福。眼下你们有吃就不错了,不要挑食。这些都是游德宏在山脚下借来的。等割了早稻,等种的菜长出来了,等养的猪鸭鸡长大了,你们再挑食吧。"

  范梅英知道焦康亮生气,是因为马欢畅没有等他今天一起去春山。其实马欢畅跟王力熊就是一般关系,他们从小一起长大,一起爬树钻草堆,没有什么特殊感觉。两家大人之间的关系还有点微妙。马欢畅之所以急着回家,是听说爸爸生病了。王力熊说马欢畅一个人摸黑回去不安全,才提出陪她。

  范梅英对焦康亮说:"不要乱发脾气,你不去春山,就跟我去黄埠吧。"范梅英的家已经不在春山,爸爸范得培让妈妈陈蓉屏在家里休假,等候黄埠小学的调令。周传阳和祝晓明也说,春山屁大地方,有什么好玩的,不如我们一起去黄埠玩吧。黄埠比春山要繁华一点。黄埠有两条街,又是中心区政府所在地,有中学,有农科站、供销社和医院,都是两层的楼房。春山只有一条街,又短又窄,大约三百米长,再走就是稻田了。

对于上海知青而言,春山也好,黄埠镇也好,湖滨县城也好,都是乡下,甚至连江东市都一样。如果只需要买些生活必须的日用品,去哪里都一样。春山近,也有供销社,有邮电所和饮食店,上海知青就要结伴去春山。陆伊穿上了浅灰色的皮鞋,暗花纹尼龙丝袜,一件浅鹅蛋绿的确良衬衫,米黄色九分裤,显得清新素雅。孙礼童穿着蓝色横条海魂衫,深蓝劳动布裤,白色回力鞋,背着一只灰色的人造革"马桶包"。姜新宇和李承东叼着凤凰牌香烟,身边飘满香精味道。还有程南英、童秀真、刁蓝瑛、谷维世,一行八九人,在通往春山的公路上走着。静谧的田野偶尔传来几声布谷鸟的鸣叫。鞋子踩在公路的沙子上发出嚓嚓嚓的响声。经过几个月的劳动锻炼,知青们都晒黑了,身体也显得结实了,手掌和肩头开始结老茧。姜新宇没走几里路,就喊肚子饿。他用半生不熟的本地土话冲路边劳动的老乡喊:"你们都在做事啊?肚里饿啵?快去吃哟。"怪腔怪调把老乡都逗乐了。

王力亮和马欢笑头天晚上就从哥哥姐姐那里知道,知青们今天会来春山。从知青们走进春山村开始,他们两个就一直尾随其后,仿佛是其中一员。王力婉带着何啰婆也跟在后面。王力亮又见到了那位指挥唱歌的姐姐,还有扛红旗的大高个儿。王力亮正盯着抽烟的李承东看,突然觉得李承东的眼神里,隐隐约约有一丝蔑视的神情,他赶紧停住脚步转过脸去。这时候,李承东却笑着挥手跟他打招呼:"小朋友,你好啊。"好像很亲切似的,仿佛又含着一丝戏弄。王力亮觉得,那些大城市来的人,除了长得漂亮、穿得漂亮之外,还有一点神秘。他再转过脸去看姜新宇的时候,越发不能确定他们是否真的喜欢自己。

这条小街,铺着青石板,已经被行人的脚步磨得溜光。独轮车木轮外包裹着铁圈,碾压在青石板上发出吱呀声,遥远而沉重。街道两边的房子大概是民国时期的建筑,显得有些破旧。当年这几百米的街道两旁,应该都是商铺和店面,卸下来竖在一旁的深灰色木板门面上,隐约还能见到陈旧的墨笔字迹:东一,东二,西三,西四。如今商铺店面没有了,里面住着村民。此刻街上空空荡荡,农民都下地劳动去了,街道两边只有玩耍的孩子,伴随着鸡鸣狗吠,给空旷的村庄带来一丝生气。

偶尔有几个附近的农民蹲在路边卖东西。一位农妇在卖栀子花和鸡蛋,栀子花一分钱一朵,鸡蛋零卖五分一只,半篮鸡蛋全部拿走,就是四分一只。童秀真她们几个女孩买了一些栀子花,插在衬衫扣眼里,别在发辫上。一位猎户模样的农民,打着绑腿,背着一杆土铳,站在街边,脚下放着野鸡和野兔,正向知青们投来期盼的眼神。李承东一看就嘴馋,口水都快要流出来,说兔子肉和野鸡肉好吃,说着就要买。

公社季秘书朝这边走来,远远就指着卖东西的农民喊:"喂喂喂,你们在做什么?"卖野兔的神情紧张起来,他愣在那里,脸上肌肉和四肢都紧绷着。季卫东跟知青打招呼:"你们来了? 先办事吧,办完了就到公社来。"没有人接他的话。他转身去赶卖野兔的农民:"走开,走开,不要在这里卖东西,影响不好。"农民们只好离开街边,躲到两栋房子之间的夹缝里,等季秘书走开,他们又出来了。李承东用本地腔吓唬打猎的农民说:"你快点卖给我啊,慢一下公社里的人就要来没收啊!"农民很慌张,只好将兔子和野鸡卖掉,李承东只花了两元钱。

公社机关在小街中部,一栋青砖平房坐南朝北,后面附带有食堂和会堂,门前的操场周边,是春山最繁华的地方,西边是邮电所和一家小饮食店,东边是供销社,还有生产资料和种子门市部。供销社大门右边,是一只深绿色圆柱形铁皮桶,装着凭票供应的煤油。左边摆着一只大瓦缸,装着粗糙的食用盐,最大粒的有一厘米见方,不用票,随便买。供销社内部是三分格局,右边是"副食部",卖酱油、米醋、豆豉、菜干、褐色水果糖、散装本地酿造谷酒、渍满盐巴的海带,以及凭票供应的香烟和白糖红糖。左边是"纺织部",卖毛巾、袜子、围巾、棉帽、棉毛衫,还有凭票供应的布匹和棉花。中间是"百货部",出售针线、牙刷、牙膏、雪花膏、蛤蜊油、搪瓷盆、茶杯、文具和书籍、洗发粉,凭票供应的肥皂。

陆伊和程南英她们几个女孩子,用糖票买了糖。姜新宇和李承东几个男孩子要买香烟。每人每月一张的烟票,可以买十包香烟,其中高档烟两包,上海卷烟厂的"大前门"和"牡丹",另外八包只能买本省出产的中档烟和低档烟,最低档次的是九分一包的"经济烟",里面卷的全是些剔除烟叶后的秆子。上海知青只买烟票中的两包高档烟,剩下的都送给售货员。肥皂票也随手送人,因为供销社只卖本省产的肥皂,放长一点时间,就会干缩成很小一坨。知青用家里寄来的上海肥皂。

大家从供销社出来,远远看到彭击修领着顾秋林走过来。顾秋林跟姜新宇、孙礼童、谷维世他们几个打招呼,彼此紧紧地握着手,几个月不见,一时不知说什么,只知道傻笑,满脸久别重逢后的欣喜。其实,顾秋林跟姜新宇和孙礼童他们并不算太熟悉,从上海到春山的路上才认识,到春山后就分开了,将他们联结在一起的,与其说是"乡情"和"故人",不如说是"同是天涯沦落人"的情绪。真正熟悉的人,是站在一旁的陆伊。顾秋林正打算走近陆伊,转瞬之间又改变了主意,只看了陆伊一眼,点头微笑。果不其然,陆伊似乎在拒绝他。陆伊微微地,几乎看不出地点了一下头,接着缓缓地转过脸去,不打算跟顾秋林寒暄。

彭击修叫大家到公社食堂去吃午饭,徐水根主任请客。他又转过脸对王力亮和马欢笑说:"你们还跟着干什么?没有你们吃的,快回家去,把王力熊和马欢畅叫过来。"

顾秋林本来想把自己今天要去春山岭的消息告诉陆伊,却被堵在了喉咙里。都是因为那封信。刚到春山村时写给陆伊的信,原本不打算寄出,一直藏在提包里。收到弟弟顾秋池来信的那天晚上,顾秋林突然有一种天各一方的孤独感,好像一个人被抛弃在荒野上,无依无靠。他有了一种强烈的倾诉欲,想找人聊聊,甚至想喝点酒。何家人都睡了,四周死一般寂静,没有一点生人气息,只有医院门前那棵老银杏树上的猫头鹰在咕咕地啼叫,听得人浑身起鸡皮疙瘩。顾秋林当时就决定,要把那封一直没有寄出的信,寄给陆伊。他打开皮箱,从箱盖内侧的布袋里取出信,又仔细读了一遍,改了几处措辞,用胶水封了口,贴上邮票,悄悄出了门,将信投进邮电所门前的邮筒。那一阵,顾秋林天天盼望陆伊的回信,然而却渺无音讯。顾秋林期待、失望、埋怨、自责。他觉得自己可能冒犯了陆伊,感到懊悔。他在日记本上写下自己的决心,不再胡思乱想,好好劳动锻炼。不过,想去春山岭林场的愿望,一直都在心头,现在实现了。在高兴之余,他也很忐忑,不知如何面对陆伊。一见面陆伊就让顾秋林碰了一个软钉子,好在只有他们两个人知道其中的缘由。

当初顾秋林没有被分到春山岭林场,陆伊确实觉得很遗憾。顾秋林是她唯一的旧相识,手风琴拉得好,开晚会的时候,只要他手风琴一响,氛围就不一样,人也长得清秀文雅,跟他在一起感觉很愉快。分别后没有见过,日子长了也就渐渐开始淡忘,只是听说他在春山村过得不错。再后来,她突然收到顾秋林的来信,而且是一封表白信,这让陆伊意外又惊奇。

陆伊读完顾秋林的信,心里一阵狂跳,脸都红了,内心涌出一种从未有过的情感。平时在众人面前,她总是好强逞能,什么事都独自担着扛着,从不服软。她一心想着如何在农村努力锻炼革命意志,如何把自己身上的小资产阶级情调一扫而光。当她读着顾秋林的来信,仿佛突然被一只柔软的手轻轻地抚摸,让她的心一下子变得柔软起来。她感到四肢无力,瘫坐在椅子上,耳朵里嗡嗡作响,还夹杂着顾秋林的手风琴声。陆伊突然打起精神,提醒自己要坚强,不要被儿女情长的言辞捕获!接着,她便开始恼怒,觉得顾秋林冒昧给她写这种信,扰乱了她平静的生活。她觉得自己还小,眼下唯一该做的事情,就是要认真向贫下中农学习,在生产实践中改造自己,克服身上的小资产阶级软弱性。她想把顾秋林的信烧掉,转念一想,又把信收起来,小心地藏进箱底。

这次来春山,陆伊原本希望不要遇到顾秋林。其实她一直在朝四周观察,担心顾秋林会突然出现在眼前。结果顾秋林真的出现了。她当即决定不搭理,但碰到顾秋林的目光,她还是情不自禁,若有若无地点了点头。她觉得自己心里很坚定,却不知为什么,不敢正视顾秋林的眼睛。

王力熊和马欢畅也来了,大家一起走进公社食堂。徐水根主任早就来了,桌上已经摆好了饭菜。徐主任热情地跟知青们打招呼,请他们坐下,边吃边聊。十八个人分坐两桌,主桌是徐主任、季秘书、彭击修、徐芳兵、陆伊、程南英、姜新宇和孙礼童。徐主任用本地话夹杂着普通话说:"知青同志们,你们好!听说你们锻炼得不错,进步不小,我很高兴!县上的刘登革主任也很关心你们,经常打电话过问,说有空闲他还要来看望你们。你们一定要继续发扬'一不怕苦,二不怕死'的革命精神,争取早日把自己锻炼成贫下中农满意的劳动者和革命者。"

季卫东说:"来来来,大家边吃边听徐主任的指示。"

徐主任继续说:"目前正当春耕时节,希望你们在彭场长的带领下,不失时机地掌握生产环节。今天你们上街来寄寄信,散散心,也是应该的,劳逸结合嘛。接下来,你们还要增加一些新任务。是吧,季秘书?"

季秘书说:"是的,是的。县里下半年要组织全县大汇演,各公社都要积极参与,同时也是为组建'湖滨县宣传队'上省城汇报演出选拔人才。我们春山公社也要成立宣传队,春山岭林场的知识青年就是主要力量。希望你们组织起来,不要辜负徐主任的期望,争取出一批被县里看中的人才。"

彭击修说:"我们一定要抓革命促生产,在不影响生产的前提下,完成这项光荣任务。"

徐主任看了一眼对面的徐芳兵说:"有文化、有才艺的人,包括季秘书,还有芳兵,都要积极支持。特别是前期自编节目的工作,一定要下力气抓好,要广泛联系群众,深入基层调查研究,反映出我们春山公社革命生产双丰收的新面貌。我们还决定,将会拉手风琴的上海知青小顾同志,借调到春山岭林场。"彭击修说"欢迎欢迎",孙礼童和姜新宇拼命地鼓掌。陆伊有些意外,也跟着机械地鼓掌。坐在另一桌的顾秋林,站起来朝这边桌子鞠了个躬。

饭后,大家一起去帮顾秋林拿行装。何缽得已经将顾秋林的行李放上了胶轮大板车,一只深褐色大皮箱,一只黑色人造革大提包,一只装着脸盆和铁皮提桶的网兜,一些杂物,当然还有手风琴。王力亮和马欢笑也来送行。顾秋林走过来,摸摸王力亮的头说:"小朋友,再见,等你有空去春山岭林场玩的时候,我再教你拉手风琴吧。"王力亮点了点头,不知说什么好,心里空落落的,好不容易认识了这位拉手风琴的大哥哥,现在又要分别。王力亮想送一件礼物给长发哥哥,却想不出什么东西能拿得出手。长发哥哥不看小人书,他读的都是大部头的小说。自制的木手枪和子弹头铁钉火枪也不合适,王力熊削的木陀螺更不像样。最心爱的玻璃弹子跳棋倒是可以拿得出手,但那是他跟王力婉两人的共有财产。王力亮想了整整一晚都没有想到合适的礼物,直到分别的时候也没有想好,空有一颗惦念长发哥哥的心。他有些遗憾,有些感伤。

顾秋林跟着知青和何缽得的板车渐渐远去。王力亮和马欢笑远远地朝顾秋林挥手。何啰婆一个人偷偷地站在小树林里,探出脑袋看着顾秋林离去的方向,泪珠在眼里转,直到知青们的身影消失在大路的远方。

初夏,林场周边潮湿的泥土上,各种野花在风中摇曳,紫堇花、野豌豆花、蒲公英花、荠菜花,淡紫色、嫩黄色、粉红色、白色,参差交错,像一小块一小块丢在地上的碎花布。山丘和田野里静悄悄,仿佛能听到蒲公英花絮飘动的声响。工作了一个春季的布谷鸟还在不知疲倦地啼叫,声音略带沙哑。躲在水田深处的矮脚秧鸡,好像被自己的叫声吓着了,突然嘎的一声冲出来,扑腾着翅膀,往不远处山丘边的灌木丛飞去。坡地上油菜花盛开的季节就要结束,灌浆后的小麦渐渐变成青黄。已经返青的稻苗长得飞快,一天一变。游德宏扛着锄头在田埂上梭巡,正在给那些耘过三遍的稻田放水,让腐泥裸露在阳光下暴晒升温,以催促稻苗加速成熟。

顾秋林来到春山岭不久,就领教了这边的劳动强度。不像在春山村,劳动只是做个样子,稍微多干一点,干重一点,何罐得队长就说,歇着歇着,不用那么死劲儿干,知道怎么干就行了。而在春山岭,所有的人必须自己养活自己。农活主要是耕和耘。耕,就是借助牲口之力去犁地、耕田、耙土。耘,就是为农作物护根、培土、除草,是对泥土和庄稼的护理,技术含量不高,但需要细致耐心。男知青因为还没学会耕,就只能跟女性一起耘了。耘田其实也不轻松,大家裤腿高高卷起,每人手里拄着一根用来维持身体平衡的木棍,站在一行行禾苗中间的空隙里,用脚将中间的泥巴拨向两边的禾苗。

刚刚施过肥的泥田里臭烘烘的,偶尔还会见到粪坨。顾秋林觉得很难闻,他试图屏住呼吸,尽量等走到田埂边准备掉头的时候,再做深呼吸,结果把自己憋得脸红脖子粗。看看其他人,尤其是本地知青和农民,似乎根本没有闻到粪的味道。陆伊也极力装作满不在乎的样子,一边努力跟上前面的人。

游德宏扛着锄头,在禾田四周来回走动。他冲知青们喊道:"要快耘啊,不要偷懒啊,这几天日头好,禾要赶紧晒,不晒会烂根的。"正在施肥的游德善,担着粪桶在田埂上晃悠,板寸头上的短发,猪鬃一样竖起来,太阳晒在头皮上,有些温热,暖风在脸上吹拂。游德善一边走一边哼唱山歌:"地上花开天上云,瘦禾壮禾都要耘,瘦禾只要多浇粪,粪养禾根米养人。"游德宏听到那边游德善在唱山歌,也来了劲儿,跟着扯起了嗓子唱:"天上起云一坨坨,哪个山包不通河,哪个男人不想女,哪个女人不想哥。"

这些都是春天耘田仪式上的山歌。春夏之交的耘田仪式,是农民祈求老天爷保佑稻谷丰收的传统仪式,也是一个小型狂欢节。清晨,家家户户都要准备好吃的食物,要包腊肉青蒜馅儿的米粑,然后去祠堂祭祀,互相赠送食物。太阳升起来了,男人们排成长长一列,赤脚踩在禾田的泥巴里,领头人敲击耘田鼓带头歌唱,后面的人伸出右手搭在前人肩上,左手拄着木棍,一边耘禾,一边齐声应和领头人的歌声,田埂上挤满孩子和女人,场面热闹。最近两三年,公社干部说这是封建迷信,不让搞了。

游德宏想起前几年还在盛行的耘田仪式,想起自己敲着耘田鼓领唱时的情形,想起围观的孩子们和女人,想起年轻媳妇们暧昧的眼神,便陶醉在自己的歌声中。忽高忽低的声音,像山沟里的风一样拐弯抹角。彭击修刚好路过,身后跟着程南英和马欢畅。程南英左手抓住簸箕的边沿,将另一边卡在腰间,右手提着一小袋"钙镁磷"肥料,姿势像模像样。马欢畅挑着两筐棉花种子。他们要到小山坳那边的坡地上去补种棉花。听到游德宏的歌声,彭击修恼羞成怒,大喝一声:"不要在知青们面前唱黄色小调!想毒害青年是不是?再传播'封资修'那一套,我就要让你去游街!"

游德宏被彭击修的吼叫声吓得一哆嗦,从幻觉中回到了现实。游德宏过世的父亲是个倒霉蛋,一个家徒四壁的穷人,舍不得吃喝,一心要攒钱买田地,刚刚买下几亩贫瘠的土地,这边就解放了,划成分的时候划了个富农,进入了"地富反坏右"行列,游德宏也就成了"五类分子"的后代。三年前的秋天,游德宏也尝过游街的滋味,至今心有余悸。"游街"二字,此刻从彭击修的嘴巴里出来,就像枪膛里射出的子弹一样,击中了游德宏的脑袋。他回头一看,彭击修那双愤怒的眼睛还在朝他喷火,吓得他扛起锄头灰溜溜地走了。其实,上海知青压根就没听明白他们究竟唱了什么。

禾苗在风中温柔地摇摆。禾叶边缘布满细小的锯齿。顾秋林已经开始感到腿肚子上火辣辣的,皮肤被禾叶边缘划出了一道道血痕,又痛又痒。童秀真和褚小花早就开始哇哇叫了。童秀真每耘完一行,就到附近的水沟边去洗脚,接着坐在潮湿的草地上抓挠双腿,一边抓挠一边埋怨,说自己是过敏性皮肤又要发炎了,又要化脓了,又要发烧了。顾秋林看看陆伊,只见她沉默无语,看得出是在咬牙坚持。顾秋林又看一眼游平花的小腿肚子,禾叶边缘的锯齿只在她浅棕色皮肤上留下了一道道白色的痕迹。游平花回头笑了笑,继续往前耘。游平花是回乡知青,土生土长的游家坳人,两三年前,黄埠农中停课闹革命,她还有一年高中毕业,也只好回乡务农。任劳任怨随遇而安的她,之所以能进春山岭林场,是因为她的伯父在地区农业局工作,通过县农业局的熟人,卖面子才进来的。

午餐是在田头吃的,餐后接着劳动,直到太阳变成一个又圆又红的大火球。黄昏的风带着寒意,在山坡的树秒上掠过,发出轻轻的呼啸。池塘里的水凉飕飕的。大家在池塘边洗濯完毕,就往场部办公室跑。游德宏那里预备有一个保健药箱,备有一些常用的外科药品,药棉纱布、龙胆紫、红汞、碘酒、酒精。顾秋林先用酒精给腿部消了毒,再用碘酒在皮肤上涂一遍。他举目四望,不见陆伊。陆伊在池塘边洗完脚就直接回房间去了。顾秋林鼓起勇气,走到陆伊门前,轻轻地敲了一下门。陆伊开门冷冷地说:"做啥啊?"顾秋林说:"去消消毒吧,免得发炎。"陆伊说:"我自己这里有碘酒。"

看着顾秋林离去的背影,陆伊的心被细小的烦恼缠住了。那封示爱的信,曾经搅得她心神不宁。陆伊下决心要把这事忘掉,但总是挥之不去,不是顾秋林的影子在眼前晃,就是信里那些句子在耳边响起。陆伊寄希望于时间,想让这件事渐渐褪色,淡忘,消失。然而事与愿违。心情好不容易逐渐平和下来,顾秋林又出现在眼皮底下。他来到了春山岭,跟自己生活在同一屋檐下,天天一起劳动,一天三顿在食堂排队买饭。陆伊明显地感觉到,无论在哪里,顾秋林那双热辣辣的眼睛一直在跟随她,弄得她心慌意乱。最简单的处理方法,就是不搭理。可是顾秋林好像也并没有什么过错,那样反倒显得小题大做,简单粗暴。陆伊不停地提醒自己,革命意志坚定与否,并不是一句空话,活生生的现实正在考验自己。所以,在回应顾秋林的各种搭讪时,陆伊一直保持适当的距离,不热情,也不失礼。

听到陆伊冷冰冰的声音,顾秋林有些委屈,觉得自己的热情没有得到回报。是因为她心高气傲不屑于理会?还是她另有所求心无旁骛?或者是害怕舆论而羞于公开?顾秋林猜不透。当然,他觉得陆伊并没有什么错。她热衷于"脱胎换骨"和"自身革命化",对于私人情感做冷处理,也在情理之中。顾秋林出身不好,父母的家庭都有历史问题,父亲还在劳动改造,即使自己想进步,也不一定够格。陆伊不一样,根正苗红,正在进步的道路上昂首阔步,这种情况下去打扰她,是在给她添乱。想到这些,一片乌云掠过心头。顾秋林也试图收回自己的心思,以便大家都能平静地生活,全心全意劳动锻炼,无奈陆伊的影子总在眼前。每当公众场合没有看到陆伊,顾秋林就魂不守舍,心神不宁,就一心想找到她。陆伊冷淡一点有什么关系?自己受一点委屈算得了什么?能承受委屈,是成熟的表现。只要她还搭理自己,那就意味着希望还在。退一步想,就算陆伊不搭理自己,只要每天能见到她,自己也很满足。顾秋林这样想着,心里也就坦然起来。

陆伊的房间在东头。顾秋林的房间在西头。顾秋林的同屋是游德宏。刚到春山岭时,顾秋林在客房暂住。彭击修找到游德宏和游德善做思想工作,让他们中的一位搬出去,跟炊事员彭健彪住,腾出一个床位给新来的上海知青,等以后建了新房,还可以再调回来。游德宏和游德善都不愿意,说彭健彪有梦游症,经常半夜爬起来,绕着厨房和猪栏转圈,到猪食槽里吃几口猪食,再回去睡觉,到凌晨四五点的时候,彭健彪又要起床烧火做饭,这么折腾,谁还受得了啊?可是林场已经没有多余的房间。最后还是游德善让步,搬了出去。事实上游德善一天也没有跟彭健彪在一屋住过,他每天都下山回家去住。彭击修还破例批准,在自己不用自行车的情况下,游德善可以骑林场的自行车回游家坳,第二天一早返回的时候,顺便帮食堂带些蔬菜回来。

顾秋林跟游德宏同住,开始两个人都不习惯。顾秋林觉得游德宏很严肃,比何罐得队长要严肃得多,抿着嘴巴不吱声,只知道吧嗒吧嗒吸旱烟,弄得他不知所措。顾秋林也尝试着跟游德宏沟通,游德宏只知道"嗯""哦""哼""哈",直接把对话终止了。顾秋林悄悄打量着这位同住的本地农民,看上去四五十岁,身材矮小而结实,眼神里透着精干,每天忙忙碌碌闲不住,下地劳动回来,还要处理林场的琐事。没事的时候,他喜欢坐在门前的走廊上抽烟,高兴了会哼小曲儿。只是两个人交流起来还有些困难,游德宏不会说普通话,他的"普通话"恐怕连他自己都听不懂。为省麻烦,游德宏干脆能不说就不说,两人在房间里你看我、我看你,只知道笑。

像顾秋林这种上海来的洋学生,游德宏还是第一次见到。面对这个瓷娃娃一样的人,他不敢乱碰,生怕弄坏了。白天还好一些,大家都下地干活,一到休息的时候就尴尬,面面相觑。平常游德宏起床早,就到厨房去跟彭健彪聊天。吃完早饭,他将房间里的开水瓶灌满,有时候还帮顾秋林带早餐。黄昏上灯之前,游德宏会把两人共用的煤油灯的玻璃罩擦得纤尘不染。晚上为了不打扰顾秋林看书,他早早地就钻进了被窝,咳嗽时还用被子捂住嘴巴。有时实在睡不着,他就往彭健彪那边跑,两人坐在一起抽烟、拉家常,彭健彪会看相,这个有福气,那个有灾难,说得神乎其神。聊晚了,游德宏就睡游德善的铺。最近这一阵,游德宏也开始学游德善,经常回山脚下的家里去住。顾秋林其实跟住单间差不多。

顾秋林离开陆伊,怅然回到自己房间。游德宏师傅正坐在房门边的小方凳上,摆弄他那根竹杆铜皮包头的旱烟管,用铁丝捅烟管里面的烟屎,屋里散发着一股烟臭味。见顾秋林回来了,游德宏有些不好意思,起身说:"我去灶下吸烟。"顾秋林说:"不不不,游师傅,你可以在这里吸,没关系,我不怕烟。"游德宏"哦"了一声,便用火柴点着一根黄表纸搓成的长条"纸煤儿",拿出一个大号"百雀羚"面霜铁皮盒,里面装满头发粗细的金黄色烟丝儿。他将烟丝搓成豌豆大小一粒,摁进烟管铜头中间的小孔,将"纸煤儿"凑近嘴巴,腮帮子猛地收缩,舌头同时用力送气。嗯的一声,"纸煤儿"一头就着起了明火。游德宏将"纸煤儿"放在烟管铜头中的小孔上方,缓缓地吸着,鼻孔射出两道白色的浓烟,接着又将嘴巴里的烟喷向"纸煤儿",把明火吹灭,再含住烟管,腮帮子一收缩,小火球一样的烟灰就被吹到地上。不一会儿,地上布满了星星点点的黑色烟灰,有的还没有熄灭。

　　房间里弥漫着浓烈刺鼻的烟草味,青烟在游德宏的身边缭绕,缓缓地飘向门外。游师傅在烟雾中像一个剪影。顾秋林的鼻子和嗓子有些不适,但也只好假装没事的样子。自从搬进这间屋子,顾秋林就觉得自己跟游师傅的相处不融洽,关键是没有找到深入交流的方式。顾秋林有些着急。游德宏看了顾秋林一眼,见他盯着自己,还露出好奇的表情,便举起烟管,递到顾秋林面前说:"吸两口?"在上海知青里,只有姜新宇和李承东抽香烟,顾秋林从来没抽过。看着游德宏期待的眼神,顾秋林不忍扫他的兴,说可以试一试。游德宏装上新烟丝,用手擦一下竹管嘴上的口水,递给顾秋林。顾秋林把烟嘴在掌心里来回转动几下,然后含住。游德宏吹着了"纸煤儿",帮助顾秋林点火。游德宏说:"用点力啊。"顾秋林使劲吸了一口,一股热辣的气体直冲肺部,像刀子划过似的。顾秋林激烈地咳嗽起来,脸涨得通红,眼泪鼻涕全都出来了。游德宏咧开嘴哈哈大笑,门牙黑乎乎的全是烟屎,他说自己刚学抽烟的时候也是这样,差点没呛死。说着,他还走近顾秋林,拍着他的背说:"不碍事的,多抽几次就好了。"顾秋林觉得游德宏笑起来蛮可爱的,看来他并不是严肃的人。他窘迫地说:"嗯,没关系,游师傅,不碍事。"

厨房那边传来钟声,当当当地在山谷里回响。是彭健彪在通知大家吃晚饭。游德宏邀顾秋林一起去食堂。顾秋林心里还记挂着陆伊刚才的态度,心情有点低落,他对游德宏摇摇头,说不怎么饿。游德宏说:"太饿了吃不下饭,太累了也吃不下饭。你先歇着,我帮你买回来。"

果然游德宏很快就吃完回来了,端着顾秋林的白色搪瓷饭盆,饭上面有韭菜炒豆腐和水煮干萝卜丝两样菜。顾秋林连声道谢,却一点食欲都没有。

游德宏说:"吃不下先搁着,等会儿饿了想吃,我再去彭健彪那里帮你热一下。"说着,他又坐回到门口的小凳上。顾秋林随口问:"游师傅今天不回家啊?"游德宏说:"今天晚上可能会下雨,不回去了,在这里住。"游德宏又将烟管送到嘴边,正要咬住,突然停了一下,张嘴想说什么,又闭上,嘴角往下弯曲,满腹的话想说而说不出来的样子。他用探寻的眼神看了顾秋林几眼。顾秋林被他看得越发好奇起来,对他报以微笑。游德宏觉得这个年轻人很和善,又知书达理,就打定主意跟他多聊几句。

游德宏憋了半天,终于开了腔:"彭击修,彭场长,这个人怎么样?小顾你说说,你跟谁都不熟悉,你来说。我跟他太熟,我已经难说了。"

顾秋林觉得,游师傅郑重其事地说起这个话题,估计不是随便聊的,自己应该认真对待,但不知道说什么好。顾秋林想起父亲平时在家里点评一个人的时候,总是从他的长相和表情开始说起。他又想了想,才说道:"我刚来,也不是很了解,随便说一点自己的想法。说得不对的地方,游师傅就当我没说。"游德宏说:"随便说,随便说,一出这个门我就忘掉。"顾秋林说:"我觉得彭场长是个做事认真的人,为人朴实正直,人中长、嘴唇厚的人,一般都是这种类型。彭场长还很严肃,平时不苟言笑。他偶尔也笑,不过,笑的时候总是用力收住嘴巴,尽量不露牙齿,从来都不开怀大笑,说明他不是很放松,总是对周边的人不放心,有警惕,所以他过的并不轻松。"

游德宏说:"没想到你年纪轻轻还会看相。你说得不错,他是一个疑心生暗鬼的人,他活得很累。我碍着他什么?他一见我就狗脸生毛,有事没事骂我。我在这里,大事小事都帮他管着,他才能当甩手掌柜。我不干了,他日子就更难过呢。"

顾秋林不知怎么接话,只知道说"游师傅辛苦了"。

游德宏说:"我想来想去,没有什么事情,只怪我是游仙桃的族叔。游仙桃是彭场长没过门的媳妇。彭场长突然想跟仙桃退婚,我猜呀,他是看到来了这么多城市里的洋女崽,一个个眉毛动,眼睛眨,他就动了歪心思。你退婚就退婚吧,只要仙桃她爹不找你麻烦就行,跟我有什么关系啊?我不站在谁一边,你爱跟谁就跟谁。"

这一段顾秋林就完全不知所云了,他只好对游德宏微笑,装作听懂了似的。

游德宏使劲地吸了几口旱烟,将烟灰吹到地上,继续说:"读书女人、作田女人、洋女人、土女人、外乡女人、本地女人,身上也不开花,还不都一样?最后还是要跟你贴心。女人还是要会生崽,会持家。我跟他说他也听不进。读书的洋女人,十有八九都是古灵精怪的。"话题从彭场长转到了女人,游德宏开始越说越跑偏。他说:"彭健彪的老婆也很古怪,人高马大,彭健彪矮小,经常被老婆拎起来打。吓得彭健彪躲在林场不敢回去。女人哪,都是精怪,会变的,有时像狐狸精,有时像小鸡婆,有时像母老虎,你捉摸不透,有时候让你神魂颠倒,有时候又让你想剥她的皮,抽她的筋……"

顾秋林越听越乱,他的脑子里出现了很多动物,狐狸、母鸡、老虎、猴子,动物园似的,但各种动物却都是陆伊的脸。顾秋林跟游德宏两人从未有过这么长时间的愉快相处,聊天把他们的距离拉近了。游德宏聊着聊着,眼皮就开始耷拉下来。他打了个长长的哈欠,说要睡觉,倒头上床,一会儿就开始打呼噜。事后很久顾秋林才知道,游师傅有两个天敌,一个是彭场长,一个是他老婆。他说彭健彪的那些事,其实多半发生在他自己身上。

夜鸟在啼叫,一会儿"二哥哥",一会儿"五姑姑",叫得四周空荡荡的。顾秋林在灯下看了一会儿书。他怕灯光影响游德宏睡觉,将一张信纸横竖对折了两下,撕出一个圆洞,罩在煤油灯的玻璃罩上。他接着打开日记本,记下到春山岭这段时间的事情和感受。

日子过得平淡无奇,值得一提的是,春山岭林场有了通讯,公社邮递员彭营生,每天都要来送信或包裹。电话也接通了,黑色胶木壳电话机,安装在彭击修的办公桌上,谁也别想轻易摸它。彭击修没事就抓着电话机的把手,往公社呜呜呜地摇,接着用本地普通话说:"总机吧?请转社办季秘书""总机吧?请转公社广播站徐芳兵"。据总机接线员舒漫娥透露,彭击修在电话里跟徐芳兵说的普通话,听起来笑死人,要多难听就多难听,经常被徐芳兵教训。徐芳兵很有心计,彭击修电话频繁的时候,她就盛气凌人,连训带骂。彭击修电话少的时候,她又甜言蜜语去哄住他。怪不得彭击修最近情绪不稳定,时而亢奋时而消沉。

自从一起吸旱烟之后,顾秋林和游德宏逐渐熟稔如老友,一起闲聊,一起进出食堂,偶尔还一起吸旱烟。在生活上,游德宏给了顾秋林不少帮助和照顾,还经常从家里带些吃的来,炒蚕豆、红薯干、爆米花之类。顾秋林觉得游师傅人好,又开朗幽默。游德宏也就不再每天回家住。下地干活不太累的时候,顾秋林会在黄昏时分拉一会儿手风琴。每当顾秋林拉琴,游德宏便坐在一旁洗耳恭听,既不抽烟,也不插嘴。顾秋林问游德宏好不好听,游德宏说:"好听是好听,就是听得人五神烦躁。其实人跟蟋蟀也差不多,一到天开始转黑的夜边,心里就不安宁,听到别人唱,也想跟着唱。你的那些歌子,我一个都不会唱。我会唱的歌子你又不会拉。"游德宏说着就开始哼一个民间小调,顾秋林的手风琴顺着曲子在后面跟,跟得手忙脚乱,跟跟跄跄。

又是周末。家在附近的本地员工和回乡知青都回家去了。游德宏也回了一趟家,半下午又回来了。黄昏,顾秋林拉着手风琴练习曲,舒伯特的《军队进行曲》,琴声把女孩子招来了。顾秋林便改拉流行歌曲,童秀真、褚小花、刁蓝瑛她们围在一起,有的打着节拍,有的轻声哼唱。程南英闻声赶来,她让顾秋林拉女声独唱版的

《八角楼的灯光》,自己便跟着琴声唱起来:"天上的北斗星最明亮,茅坪河的水啊闪银光。井冈山的人抬头望,八角楼的灯光照四方。……"顾秋林环顾四周,他希望能看到陆伊,可是偏偏不见她。

春山岭四周萦绕着歌声,还有欢笑声。孙礼童提着板胡也聚了过来,大家围成一圈,把顾秋林和孙礼童围在中间。顾秋林先来一段手风琴独奏,革命现代芭蕾舞剧《白毛女》中喜儿唱段"北风吹",接着是孙礼童的板胡独奏,杨白劳唱段"扎红头绳"。这一切早就灌进陆伊的耳朵里,但她一直忍着不肯出现在操场上。此刻,悠扬的手风琴声又钻进了她的窗户,她再也忍不住了,打开窗户朝那边张望。只见褚小花、童秀真、刁蓝瑛几个女孩子亲热地凑在顾秋林身边,陆伊心里莫名地涌出一股醋意。褚小花很过分,说话的时候嘴巴都快要凑到顾秋林脸上了。更讨厌的是顾秋林,他竟然不避开,说话时跟褚小花凑得那么近,还嬉皮笑脸,实在是可恨!

这时候,顾秋林拉完一支曲子,刚歇下来,褚小花和童秀真就扑过去,扯住他的手臂,争着要学习拉手风琴。褚小花个头高大一些,抢先抓住手风琴背带。顾秋林凑近褚小花,帮她将手风琴背在胸前。褚小花瞎拉一气,手风琴发出的声音像老牛叫一样难听,大家都哈哈大笑起来。童秀真好像有些不开心,赌气似的走开了。顾秋林连忙过去安慰童秀真,他跟童秀真也靠得很近,还伸手去抚摸童秀真的肩膀。陆伊惊呆了,他跟褚小花黏糊糊,跟童秀真也黏糊糊的。陆伊哐的一声关上了窗户。

顾秋林从童秀真肩上拿下一根枯草叶子,亲切地说:"我是顾秋池的哥哥。"

童秀真说:"我知道。我不久前跟顾秋池联系上了。"

顾秋林说:"顾秋池在信中托我打听你,我还没来得及问,你们就联系上了。"

童秀真说:"我们班的同学大多都在这个省。我的好朋友殷麦莉却下放到了隔壁省份,德宁县,好在是两省交界的砚坑公社。她们回上海的时候,也是坐跨省班车到江东坐轮船。她跟孙礼童是朋友。孙礼童不是我们班的,但他和殷麦莉两家是邻居。孙礼童要殷麦莉过来玩,殷麦莉不好意思,说应该是孙礼童去看她才对。我跟孙礼童正在商量,什么时候一起过去玩。其实到砚坑去,比到湖滨县城还要近得多,只有四十来里路。"

顾秋林说:"你们出去玩记得叫上我。顾秋池要是不跟我争黑龙江的名额,也应该下放在这里。……你别生气,有空我单独教你拉手风琴。"

童秀真说:"好的。不过我并没有生气,我是跟褚小花闹着玩的。"

天黑下来,大家都散去。顾秋林回到自己屋里。游德宏正坐在门前。操场上的歌声他都听到了,好听是好听,但都是他不会的流行歌。

游德宏悄悄问顾秋林:"会拉《孟姜女》吗?"顾秋林摇了摇头。

游德宏又问:"会拉《小桃红》吗?"顾秋林说也不会。

游德宏说:"我想唱些歌子给你听呢。"

顾秋林说:"你等一下,我找纸笔来记谱,以后就知道你们的歌子,就可以给你伴奏了。"

游德宏把门窗都关上,开始小声唱起来。先唱《孟姜女》:"正月里来是新春,家家户户喜盈门,人家夫妻团团圆,我夫喜良他修长城。……"沙哑且带哭腔的声音,跟这首歌曲倒是相称,但分寸把握得不太好,有时候像真哭。顾秋林听不大懂歌词,只是用简谱记下曲调。

　　接下来,游德宏又唱起另一首叫《三更月》的歌曲:"一更个月子东边照,/爹娘只喜欢财神佬。/孤单奴家无人问,/夜暗烛明心尖尖烧。//二更个月子在树杪,/呆坐窗下把牙咬。/篱笆墙拦不住我的哥,/蹑手蹑脚快如猫。//三更个月子门前照,/两扇牙门也不牢靠。/开门见哥浑身冰呀冰冰凉,/一把搂住啊我的哥哥在怀抱。"

　　顾秋林对着记下的简谱拉了一遍。游德宏说琴声好听,比嗓子好听。游德宏在手风琴伴奏下又唱了一遍,发现效果比清唱好得多。顾秋林夸游德宏嗓子好,唱得也是声情并茂。

　　游德宏起了兴。他推开房门,把头伸到门外打探,朝走廊的两头看了看,转身回来关上门,插好插销,悄悄地对顾秋林说:"我还有一个好听的歌子,你想听啵?"顾秋林说:"想听啊,你唱吧,我来记谱。"

　　游德宏咳嗽了两声,清了清嗓子,轻声地唱了起来:"伸手那个要把妹呀妹妹摸。你不要摸。我偏要摸。半推半就骂死鬼。手忙脚乱慌了神。一摸摸在妹妹的青丝上,妹妹的青丝如墨染,乌云飘两边。"第二遍曲调跟第一遍一样:"伸手那个要把妹呀妹妹摸。你不要摸。我偏要摸。半推半就骂死鬼。手忙脚乱慌了神。二摸摸在妹妹的眉毛上,妹妹的眉毛弯又弯,风吹柳叶边。"第三遍的曲调依然是重复:"伸手那个要把妹呀妹妹摸。你不要摸。我偏要摸。半推半就骂死鬼。手忙脚乱慌了神。三摸摸在妹妹的脸脸上,妹妹的脸脸圆又圆,海棠花开鲜……"

游德宏越唱越兴奋,唱出汗来了,看看顾秋林,没什么反应,一心在纸上写着。游德宏脱掉外套丢在床上,只穿一件白汗衫,继续往下唱。他唱的是本地土话,顾秋林半懂不懂,歌词记不下来。平时游德宏慢慢地说,在具体的语境中,顾秋林大致能够听懂。他要是用他的"普通话"唱歌,那就谁也听不懂。其实顾秋林也不想记歌词,只要把曲调记下来就行。简单的曲调,重复十几遍,三遍之后顾秋林就记好了,唱到后面,顾秋林已经开始用手风琴伴奏了。这种民间小调,旋律没有什么起伏和变化,平淡而单调,顾秋林越拉越觉得无趣。

游德宏唱完后激动地说:"好几年没唱啊。好听啵?"

顾秋林微笑着不知怎么回答,应付了一声说:"好听。"

游德宏见顾秋林的反应不热烈,疑惑地问:"你没听懂吧?"

顾秋林说:"没听懂?民谣有什么难懂?江南民歌,基础还是'采茶调',一唱三叹。"

这回轮到游德宏听不懂了,不知顾秋林在说什么。游德宏还以为后生不好意思,说些含混的话也在情理之中,便问顾秋林:"你都记下来了啵?"

顾秋林把写满简谱的纸递到游德宏跟前说:"记下来了。"

游德宏一看,吃了一惊:"曲子啊?歌词呢?"

顾秋林说:"歌词我没听懂,记不下来。我拉琴,记谱就行。你唱,歌词你记。"

游德宏傻了眼。这城里后生竟然听不懂自己的话,怪不得要把他们派到乡下来学习啊。游德宏想把歌词翻译成顾秋林能懂的普通话,无奈他根本不知道自己唱的歌词对应的普通话是什么。虽然游德宏也读过几年书,记账没问题,但还没有到能把那十几段歌词用文字记下来的程度。顾秋林不知所措。最后弄得两个人都筋疲力尽。

游德宏叹了一口气,说时候不早了,还是睡觉吧。他一边往被窝里钻,嘴巴里还在哼哼唧唧地唱"伸手那个要把妹妹摸",很快就鼾声如雷了。

顾秋林知道这是一首哥呀妹呀的民间歌谣,但更具体的内容,他并不清楚。为什么游德宏那么激动?为什么他着急让自己写歌词?为什么他还要神秘兮兮关上门?顾秋林一概不知,但他隐隐约约觉得,这里面可能有什么不为人知的秘密。顾秋林感到十分惭愧,觉得要向贫下中农学习的东西还很多很多,尤其是要尽快学习他们的语言。

就在顾秋林他们在操场上拉琴唱歌的时候,彭击修已经回到了春山。最近彭击修的心思不在林场,他把安排生产的事情交给游德宏,自己没事就往春山跑。不久前,公社下了任命文件,正式任命他为春山岭林场的场长。他把文件贴在墙报栏里,却没有引起任何反响。在林场,大家早就称他为场长,这份迟到的文件并没有什么实质意义。彭击修本人心里却久久不能平静,想找人分享一下自己的喜悦。想来想去,只有徐芳兵能够跟他分享。但他每次去找徐芳兵,不是遇见季秘书,就是遇见徐水根,要不就是徐芳兵借故推脱。这两天机会来了,季卫东陪徐主任去县里开会。彭击修试着约徐芳兵出来,没想到徐芳兵一口就答应了,彭击修受宠若惊。

黄昏的春水河边,彭击修跟徐芳兵并排坐在木板桥上。彭击修天天在盼着跟徐芳兵单独见面,现在见了面,又不知说什么好。他一紧张,舌头就不利索。在徐芳兵的想象中,她身边应该坐着一位英俊的青年,用标准的普通话对她诉说衷情,可是耳朵里听到的却是怪腔怪调的声音,既不像春山土话,更不像普通话。

徐芳兵说:"你在林场管理那些上海知青的时候,不说普通话吗?你的普通话怎么一点进步也没有呢?怎么搞的?"

在林场里,彭击修是老大,想怎么着就怎么着,一口本地土得掉渣的方言,从他嘴巴里哇啦哇啦冒出来,很顺溜,很放松。知青们听他说话必须集中注意力,有一部分还需要猜测。彭击修规定,所有的上海知青,都必须学习本地方言。可是面对本地人徐芳兵,彭击修却不能说本地方言。彭击修感到很无奈,幸好他在部队里混过几年,普通话也勉强能对付。在电话里说普通话更流畅一些,面对面说就有些磕巴。在徐芳兵的质问下,彭击修更磕巴了。

徐芳兵越想越生气,继续批评道:"你不但没有进步,甚至有些退步啊。"

彭击修一急,冒出一串本地土话:"普通话最近是有些退步。平时只说土话,说得比较放松,比较放肆。突然改说普通话,发硬的舌头转不过弯来。以后我要多多练习普通话。林场现在装了电话机,以后你要多给我一些学习的机会。"

徐芳兵说:"光有学习愿望还不够,还要有正确的方法,关键是要长记性。"

彭击修不知道怎么回应,他这才想起还有礼物要送给徐芳兵。他从黄色帆布背包里拿出两条女衬衫"假领",说是托上海知青买来的。徐芳兵惊喜地接过"假领",细细察看,一条白色,一条浅豆绿色,面料是的确良,两边领尖上绣着带小花的藤蔓。徐芳兵抚摸着"假领"说:"真好看啊!也是,衣领好看就可以了,衣服的下摆要花那么多的布料,别人又看不到,浪费。人家上海人,就是聪明!哎哟,这花纹不是印上去的,是绣上去的啊!一定很贵吧?"彭击修说:"不算贵。上海知青都穿这个,我就想着给你也买两条。"

徐芳兵收起"假领",接着教育彭击修。她耐着性子说:"你人倒不笨,舌头怎么那么笨啊?季卫东的舌头就比你要灵活些,他现在能把'吃'和'吹'都说得很标准。"听到徐芳兵夸季卫东,彭击修心里不痛快。但徐芳兵话头一转,又说了一些让彭击修爱听的话:"季卫东也有很笨的地方,让他说'人'字和'肉'字,他就是说不好。他还跟我狡辩,我恨不得把他的舌头从嘴巴里拔出来,拿剪刀修剪一下。"彭击修吓得赶紧将舌头藏起来。

论起说普通话这件事,春山地方一般的人不能跟徐芳兵相比。徐芳兵说普通话好像是无师自通。叔叔徐水根又把她送到地区广播电台培训过三个月。平日里,她的工作用语就是普通话。她喜欢普通话,不喜欢方言,喜欢说普通话的人,不喜欢说方言的人。徐芳兵不喜欢方言的主要原因,是方言不适合谈恋爱。她梦想有人用标准的普通话,对她说出"我爱你"三个字。多年的期盼和等待,结果令人失望。

季卫东和彭击修为了讨好徐芳兵,都在努力练习说普通话,但效果不明显,有些字眼永远也读不准。徐芳兵却不含糊,一字一句抠住不放,就像对待彩礼一样苛求。想起这些,彭击修伸出僵硬的舌头,舔了一下厚嘴唇,显出局促的神情。一回到林场,我就说土话!彭击修心里这样想,从嘴巴里冒出来的还是普通话:"芳兵,尽管我的普通话退步了,但我的工作可没有退步,林场基础建设和管理工作已经走上正轨,得到了徐主任的肯定,公社已经正式任命我为场长了。当然,我还有很多不足,特别是要认真学习普通话。"

徐芳兵说:"你的进步也是明摆着的,但还有很大的上升空间,比如集编转国编,比如集体粮换成商品粮。所以,你不能骄傲自满啊。"

彭击修说:"那太难了,我想都不敢想啊。不过还是要谢谢芳兵的提醒。我会继续努力工作,说不定就像毛主席所说的那样,'也会感动上帝的'。眼下我的中心工作,就是要尽快把林场里那些四体不勤五谷不分的知识青年,培养成合格的农民。"

徐芳兵明明是在提醒彭击修,要他自己追求进步,他却想着要去培养别人,还要把知青改造成农民。农民出身的回乡知青徐芳兵,最不想提及的就是自己的农民身份。当初自己就是哭着闹着,要叔叔帮助她脱离农耕生产第一线。如果不是叔叔徐水根,农民出身的回乡青年彭击修,同样也在农村作田。当初他整天泡在公社里,也是希望徐水根帮助他离开农耕生产第一线。徐芳兵皱着眉头说:"我们缺农民吗?你们春山村的农民还少吗?"

彭击修说:"我们春山村的人倒是不少。土地就那么多,人越来越多,人均耕地面积越来越少了。说是亩产要过长江、过黄河,其实很难。"

徐芳兵好像并不关注彭击修的话,而是接着自己的话头说:"你跟我叔叔一样,都是作田的,现在为什么又不用作田呢?因为你们除了作田,还能做革命工作的管理者。我们不缺农民,我们缺的是革命事业接班人。不要局限在把知青变成只会犁田、施肥、挑担的农民,而是要把他们变成跟农民不一样的农民,也就是有革命理想的现代农民。毛主席教导我们说,'严重的问题是教育农民'。知青需要再教育,农民更需要再教育。依我看,你身上也有浓厚的小农意识,需要认真学习和改造。"

对彭击修来说,徐芳兵这种教训人的口气本来没什么,他已经习惯了。此刻他却突然生出了不满情绪。自己刚刚接到正式任命,徐芳兵应该为他高兴,她却一个劲儿在挑毛病。好不容易等到季卫东和徐主任都不在,原本想好好交流一下,轻松地聊一聊,精心为她准备的精美礼物,也没有把她的嘴巴堵住。为什么她只知道挑毛病和教训人呢?彭击修有些委屈。

徐芳兵接着说:"我不知道怎么跟你说,工作要有轻重缓急。把知青培养成农民,这不算什么本事,也算不得什么大功劳,因为时间一长,他们自然而然就成了农民。你就不能做一些看得见摸得着的事情吗?办宣传队的事情准备得怎么样了?怎么还没动静啊?如果办得好,去县里汇演能拿奖。如果有我们的人或者节目被县里看中,能够到地区或者省里去汇演,那就更好。这些都是看得见摸得着的成绩,你懂我的意思了吧?"

尽管依然是教训人的口气,但徐芳兵的这番话,倒是把彭击修点醒了。彭击修说:"我明天一大早回林场,马上就商量这件事,争取尽快制订成立宣传队的思路和方案。等徐主任和季秘书回来就请示汇报。"

踏着朦胧夜色,彭击修疲惫地往家里走去。他突然觉得,自己不像是从男女相约的现场离开,倒像是从学习的会场上归来。徐芳兵好像不是自己的恋人,而是自己的领导。

第 七 章

第二天清晨,彭击修骑着自行车往春山岭赶。琢磨了一个晚上,把如何落实徐主任的指示成立宣传队的事理出了一个头绪,他急着赶回林场,想找几位懂文艺的上海知青再开个会,商量一下,把工作做得细致一点,然后向公社打报告,一方面是情况汇报,一方面是希望得到公社的资金支持。

翻过小山包,彭击修远远看见林场厨房门前围满了人。走近一看,竟然是游仙桃在做小买卖。竹篮里装着鸡蛋,还有干豆角、干笋、大蒜瓣之类的干货。一只竹筲箕,里面装着沾满泥巴的鱼虾、泥鳅、螺丝,旁边两只母鸡扑腾着翅膀。游仙桃和彭健彪拿着秤在忙活,游德宏拿一把算盘在算账。

彭击修铁青着脸出现在人群边上。游仙桃抬头一看,半是惊慌,半是羞涩,连忙低下头去,又忍不住用眼角去瞟彭击修,毕竟见他一面不容易。游德宏见状,赶紧打圆场说:"季修回来了。仙桃也来了。正好场里的菜吃完了,我让仙桃送点干菜过来。"

彭击修突然大声喊叫起来,像是冲着游仙桃,又像是冲着众人:"好啊,你们在这里搞商品交易,资本主义的秧苗长到我们的家门口来了!"他转身又对着游德宏吼叫说:"都是你干的好事,你就是资本主义秧苗生长的温床。我一再跟你说,要靠自力更生解决问题,不能靠资本跟货币解决问题,你就是不听。"说着,彭击修转过脸看了一眼游仙桃。她正在用手指绞着右边那根粗辫子的发梢,嗔怪地说:"你们林场不想买,我还不想卖呢,留着自己吃不好吗?不是德宏叔求我,我才不来呢。"说着,她朝彭击修翻了个白眼,吓得彭击修赶紧转过脸去,对游德宏说:"你到底想干什么?你居心何在啊?"

游德宏说:"季修,彭场长,你不要骂我,我都是为你好。一来想解决林场食堂没有菜下锅的问题,知青们已经好些日子没沾荤腥了。二来也是想让我侄女来见你一面,免得你把她忘记了。"彭击修立刻打断他的话说:"你不要越扯越远!什么沾荤腥?我看你的大脑和心灵都沾满了封资修的荤腥!我这里是知青锻炼的学校,不是自由市场。你看我怎么割掉你的资本主义尾巴!"说完,推着自行车气呼呼地往办公室去了。

游仙桃哪里是想卖什么东西,她只不过想见一下未婚夫彭击修,能聊上几句更好。可是每次都不能如愿,彭击修根本不正眼瞧她,结果是自己受辱不说,还连累德宏叔跟着挨骂。游仙桃气得蹲在地上哇哇地哭起来。游德宏连忙把她拉起来,把干菜、鸡蛋、鱼虾等东西的钱付给她,让她赶紧回家去。游仙桃哭着回了家,把一肚子气撒在他爹身上。仙桃娘在仙桃七八岁的时候就因肝硬化腹水病逝了,留下这个独生女。仙桃爹又是爹又是娘地把她拉扯大,对她宝贝得不行,说一不二,说白不黑。这会儿见女儿受了委屈,火就上来了。他先是气呼呼地赶到侄子家,也就是彭击修的姐夫家,当着彭秀枝的面,把侄子大骂了一通。接着拔腿就往春山村去,找季修爹讨说法。

仙桃她爹,指着季修爹的鼻子大声说:"健懿哥,父母之命,媒妁之言,婚姻大事,岂能儿戏!两边父母都同意,定亲酒也办过,就差拜堂了,你们怎么说翻脸就翻脸啊?你们欺负人是不是?你们逼嘴说话不算数啊?"

彭健懿连声道歉说:"亲家,对不住,我求你,先莫动气,这一切我都不知晓,待我去问个明白,再给你回话。……德金哥,大中午的,吃了饭走。"

仙桃爹游德金说:"我被你儿子气饱了,还吃什么饭?"说完,把脸甩给彭家,拂袖而去。

彭健懿急忙到公社总机房,找到接线员舒漫娥,请她接通春山岭林场的电话。

彭健懿对着那边的彭击修大骂起来:"孽畜,你给我回来。"

彭击修皱着眉头说:"爹,什么事让你动这么大的气啊?我今天才从家里回到林场,要回也要等到周末啊。我这边还要工作呢。"

彭健懿说:"工作?就是你那个工作惹的祸。有了工作就变脸是吧?我几十岁的人,在这里替你挨骂。你岳父,仙桃她爹,赶到家里来,指着鼻子骂我啊!"

彭击修心里也不痛快:"爹,仙桃她爹是无理取闹。我早就说过,那件事不算数,我要从头来过。"

彭健懿说:"你是小孩子过家家啊?亏你说得出口。"

彭击修急了,对着话筒喊:"这是包办婚姻,是封建主义那一套,我就是不认账。"

彭健懿更急:"你说什么?包办婚姻?当时你没有反对吧?是你同意摆订婚酒吧?现在想反悔?你听着,事到如今,她就是一坨屎,你也要给我吃下去。只要我还活着,你就别想退掉这门亲事!我们彭家没有别的,就是讲个良心,讲个信誉。"

彭击修说:"爹,回家去吧,我这里有事。"说完就把电话挂了。

父子俩电话里的争执,全部被接线员舒漫娥听到了,转眼就传给了徐芳兵,说彭场长的爹逼彭场长跟游仙桃结婚。徐芳兵一听就急了。昨晚两人还坐在河边谈革命理想,今天他就要结婚了?彭击修刚放下电话,徐芳兵的电话就过来了。

徐芳兵在电话里说:"舒漫娥,你把听筒放下,不准听我们讲话。"

舒漫娥反唇相讥:"急什么?我这不正要放下吗?谁稀罕你们说什么。"

徐芳兵接着对彭击修说:"彭场长,恭喜你啊,别忘了请我喝喜酒。"

彭击修苦笑着说:"哪有的事,芳兵,我爹刚骂我一顿,你又来讽刺我。"

徐芳兵挑唆道:"你现在大小是个领导,还被你爹管着啊?"

彭击修说:"我爹他爱说什么说什么,我不能堵他的嘴,但我决不会听他的。"

徐芳兵进一步刺激彭击修:"订婚,摆酒席,好排场啊,要明媒正娶啊。"

彭击修提高嗓门说:"我根本就不想搞那些,是我爹跟我姐两人的合谋,他们在我革命意志不坚定的时候乘虚而入。我坚决不认账。"

徐芳兵说:"好了,我还有事。"说完把电话挂了。

跟爹的骂声相比,徐芳兵冷冰冰的腔调更可怕。彭击修顿时五神烦躁,想骂人。他举起拳头,在办公桌上使劲一捶,发出咚的一声响。林场炊事员、彭击修的族叔彭健彪正好路过这里,被捶桌声吓了一跳,见场长办公室门敞着,便伸头来瞅一眼。

彭击修厉声道:"你没事干是吧?到处乱瞅什么?"

彭健彪笑眯眯地说:"季修,晚上有鱼吃,细白条、餐鱼、河虾、泥鳅,我拣了一些大点的出来,用油炸了一下,想拿过来给你下酒,我那里还有一斤谷酒。先过来看你在不在。"

彭击修抬手看了一下表,快到收工时间,便说:"嗯,好,送到我房间里去。"

彭健彪把一碗油炸小鱼、一碗煎豆腐干、一碗腌萝卜干还有一瓶烧酒送到彭击修的房间,对彭击修说:"都收工了,我先回去照应他们。你慢慢喝,喝高兴。等下我来陪你一盅。"

彭健彪把吃晚饭的员工打发掉,再回到彭击修房间的时候,一瓶烧酒已经被喝了近一半。彭健彪把一碗油炸花生米放到桌上,在彭击修对面方凳上坐下来,跟彭击修对饮。彭击修给彭健彪倒满一杯,举起酒杯,硬着舌头说:"健彪叔,先干为敬。你给我留的好酒！你怎么知道我今天想喝酒啊？"

彭健彪说："看到你最近脸色不大好。碰巧仙桃送了些菜过来，平时难得，就想让你喝点。"

听到游仙桃的名字，彭击修沉默了一阵说："健彪叔，你说我是不是个背时鬼？"

彭健彪喝一口酒，用手掌在嘴巴上抹了一把说："哪里话，你总有好运。"

彭击修睁着冒火的醉眼说："哪里好运啊？我努力刻苦学习，想上县中，最后还是上了黄埠农中。我在部队吃苦耐劳，事事争先，却只熬到个班长便退伍了。"

彭健彪说："你好运啊！当兵体检，一检就顺利通过了，何罐得跟何缽得两个，年年检都没通过，这些年全村只有你一个人当了兵，都说你家风水好呢。说到读书，春山有几个能读到中学啊？只有那个整天叽叽喳喳的女人，才读了中学，徐主任的侄女，还不是我们彭家的。我们彭家就你一个。你好运啊！"

听到彭健彪提到徐芳兵，彭击修更是感伤，他脖子一仰又喝了一杯，说："公社徐主任待我不薄，委以重任，我也中意徐芳兵，偏偏又碰上了季秘书，还不是背时鬼？"

彭健彪说："你好运啊！心里想着徐主任的侄女，徐主任就提你当场长。季秘书？就是那个走路像鸭婆的矮子？太矮了吧？徐主任的侄女本来就不高，再来一个矮子，明天生个儿子，要矮成什么样子啊？"

彭击修说："还是健彪叔有眼力。来来来，干！……唉，在我最倒霉的时候,我爹跟我姐不但不帮我,还合伙把我往坑里推,推到游仙桃那里去。现在我要反悔,又碰上仙桃爹那个老犟骨头,加上我爹那个老顽固,还有一个游德宏,在旁边煽风点火出馊主意。你看看,到处都是挖坑的,拦路的。我不是背时鬼是什么?"

彭健彪说:"话可不能这么说。爹娘总是为了儿女好,你不必介意。游德宏护着他本家侄女也没错,他人厚道,又能干,又勤快,大事小事都抢着干,没有他,你会很难。不过,他总是把游仙桃招到林场里来,是有点多事。"彭健彪又喝了一口酒,悄声说:"昨天晚上,我听到他在房间里唱《十八摸》。"

彭击修听到《十八摸》三个字,酒都惊醒了,他把酒杯往桌子上一蹾,厉声说道:"你说什么?游德宏偷偷地唱《十八摸》?"

彭健彪点点头:"开始是《孟姜女》,接着是《三更月》,后来就唱《十八摸》。"

彭击修说:"你听准了?没错吧?还有谁跟他在一起?"

彭健彪说:"我路过游德宏的房门口,听得清清楚楚,是他在唱《十八摸》。边上有没有人我不知道。"

彭击修自言自语地说:"好啊,游德宏!上次插秧的时候,你就唱黄色小调,被我及时制止了,没想到你还是贼心不改,竟然敢偷偷躲在房间里唱黄色歌曲毒害青年。看来的确是'树欲静而风不止'啊!没错,这就是春山岭林场阶级斗争的新动向。我明天就要开批判会,也借此机会进一步教育上海知青,免得他们被坏人带到邪路上去。我会向公社革委会汇报,把游德宏赶回家去。"

彭健彪说:"季修先别急。捉奸捉双,捉贼捉赃,你又没有什么坐实的证据,他死活不认账怎么办？再说,游德宏帮你管理着林场,总务财务,后勤前勤,都是他一人操办。你把他赶走了,一时找不到合适的人替代,你的甩手掌柜也当不成了。"

彭击修想了想说:"嗯,我一直都是这么想的,可是他越来越不像话了。"

彭健彪说:"这件事千万不能声张。毕竟是你姐秀枝的婆家人。万一把事情弄大了,你收不了场,你姐在那边村里没法见人,你爹那里你也没法交代。你去找德宏聊聊,吓唬他一下就行。捏住卵不怕他不老实,但不能捏死,牵着他走。"

彭击修沉吟片刻说:"嗯,这样也好,控制住游德宏,以后他再也不敢给我添乱了。看不出来,健彪叔真是张飞三年一计啊。哈哈哈哈。"

彭健彪给彭击修斟满酒说:"你喝得开心,我这酒菜准备得就值当。"

彭击修一饮而尽,感叹道:"唉！在这春山岭上,只有健彪叔你跟我贴心啊。……你不要计较我平时对你粗言俗语。"

彭健彪说:"哪里话。我要是计较,就不管你了。我是真心为你着想。老三啊,叔现在要说些你不爱听的话了。那个徐主任的侄女,广播员徐芳兵,恐怕靠不住。你看她,走路扭着水蛇腰,风摆杨柳没根底,猿猴鼻配鸽子眼,黑少白多有凶险。不要说她现在一只眼睛盯着你,一只眼睛盯着季秘书。就算她现在两只眼盯着你,定下了要跟你好,我也要提醒你,千万三思而后行啊。女人有克夫的,也有旺夫的。你一定得找旺夫的女人。"

半醉半醒的彭健彪,一番话说得彭击修背脊冒汗,云里雾里,不知所以。彭击修只知道彭健彪做事细致踏实,没想到他还满脑子封建思想。不过,话题倒是彭击修感兴趣的。自己跟徐芳兵的事,一直悬在半空中,上不着天下不着地,被折磨得好苦。对手季卫东,尽管有文化,但獐头鼠目的样子,肯定不合徐芳兵心意。可人家毕竟是公社秘书,吃商品粮的国编干部。自己尽管也吃了公家饭,却是个集体编,说得好听是场长,其实跟生产队长也差不多。关键在于,徐芳兵没有对自己关门啊!想起徐芳兵的眼神和声音,彭击修不甘心放弃,打算跟季卫东较量一下。这边又来了个添乱的游仙桃,行船偏于顶头风!想来就心焦。这一切有谁知有谁晓?只有自己独自承当啊!

彭击修给彭健彪的酒杯里倒满酒说:"健彪叔,按理说我身为场长,不能听你传播封建思想。但今天我们叔侄两个关门说话,你随意,我不计较。"

彭健彪喝了一口酒,接着说:"老三啊,我不知道这是什么思想,我跟你说的,都是老辈的话。老辈的话,不可全信,也不可不信。要说命,你跟游仙桃倒是配。她长得旺夫旺子相,你不喜欢就没奈何。旺夫旺子不旺心啊。因此来说,这门亲事也只好退掉。过几天回去我劝劝你爹。你转眼就要三十了,三十而立,立什么?立业成家。跟谁成家呢?"

彭击修双眼有些迷糊,听到这里,突然盯着彭健彪,恨恨地说:"没谁跟我成家!"

彭健彪说:"人想跟你成家的你不想,你想跟人成家的人不想,阴差阳错就是命。你的桃花运被锁住了,被套住了。解锁套的还得是你自己。你身边这么多女子,有村里的,有镇上的,有县里的,没文化的,有文化的,土的洋的,甜的咸的,就没你中意的?我看你现在是瞎子掉进了桃花坞,看不到眼前胭脂红啊。"

彭击修一怔。彭健彪的话触动了他内心最隐秘的部分。这是一个对他自己而言,都不甚明晰的晦暗地带,或许只是一闪念,一个不明晰的闪念。彭击修不敢多想。他连忙打断彭健彪的话:"健彪叔,你知道,当上这个林场场长,是我人生的一大转折。我要好好把握这次机会。现在我一心要把林场的事情做好,争取让公社满意,成为全县模范知青点是我的奋斗目标。如果徐芳兵看得起我,那就是锦上添花。她看不上我,我也不强求。其他方面我没想过,也不打算去想。"

彭健彪说:"老三啊,工作上的事我不懂,我说的是你个人生活上的事情。上次回家时见到你娘。你娘说你做事太拼,不知道照顾自己。知子莫若母啊。你娘叮嘱我,要我关心你的生活。所以我要提醒你,劳逸结合,心情舒畅才能把事情做好。还有,一个好汉三个帮,你要培养几个帮手,管理上的帮手,管理全场的生产和生活,不能什么事都你一人管。你太忙了,就因为没有合适的帮手,所以只好依赖游德宏。"

听彭健彪这么一说,彭击修脑子里出现了一群年轻人的样子:陆伊、程南英、范梅英、姜新宇、王力熊……除了两个女孩子,可用之人真不多。看来还是徐芳兵有见识,如她所言,不光是要把知青培养成农民,更要把他们培养成革命事业接班人。要用人的时候就知道,培养管理人才是当务之急。自己的工作的确做得不到位,春山岭林场管理委员会至今没有成立。团支部可以让陆伊和程南英去抓,党支部暂时还建不起来,只能成立临时党小组,因为一共才两个党员,除了自己之外,还有一个游崇兵,也是中学毕业的退伍军人,各个方面都不错。想到这里,彭击修觉得下一步工作有了目标和方向。

叔侄俩又喝了几巡,喝着喝着就慢慢歪斜。彭击修往后一仰,倒在床上就睡着了。彭健彪帮彭击修盖好被褥,收拾了碗筷,关好房门就回他自己的脏窝里去了。

彭击修一觉睡到太阳出山。昨夜残酒还在,眼睛里有血丝。彭击修在食堂门前遇到游德宏,见他正端着一碗红薯粥,蹲在路边吃。游德宏正要搭讪,彭击修冷冷地说:"你上午不要出工,到办公室里来,我要跟你谈工作。"游德宏认为彭击修还是在生昨天的气,自己并没有做错什么,大不了骂几句,也就没怎么放在心上。吃过早餐之后,他还不急着离开,站在灶边跟彭健彪闲扯了一阵。彭击修等得不耐烦,双目盯着慢悠悠晃进来的游德宏,盯得游德宏心里发毛,半边屁股坐在对面桌边的椅子上,试探道:"季修,场长,还在生昨天的气啊?以后我尽量少让游仙桃送菜过来。要来也会事先征求你的意见。"

彭击修说:"别东扯西扯。你知道你犯了什么法啵?"

游德宏愣了一下说:"彭场长说笑吧,我一不偷,二不抢,犯了什么法啊?"

彭击修用食指和中指在桌面交叉敲击,发出一串细小的滴答声,令人心焦。彭击修突然提高嗓门说:"有人举报你,说你偷偷地唱《十八摸》。你!胆子不小啊!我看你是不想干了,活腻了。你想坐牢是不是?你传播封建黄色下流文化,毒害青年,完全可以定你一个'破坏上山下乡'的罪名,判你个十年八年!"

几句话吓得游德宏满头大汗脸刷白,哆嗦着说:"谁说的?哪个该死的说的?"

彭击修说:"谁说的不重要,重要的是你唱了没有?你老实交代。"

这么大的罪,怎么能"老实"!游德宏咬牙道:"这是栽赃!我没唱。我不知道。"

彭击修说:"想抵赖是吧?下流的黄色小调从你房间传出来,而且是本地口音,不是你是谁?要不要叫人来对质?"

听说要对质,游德宏慢慢地镇定下来。谁来对质?不可能是上海佬,他根本就没听懂自己唱什么。游德宏记得,房门关紧了,唱的声音也很轻,除非有人把耳朵贴近门才能听到。谁吃饱撑的,在男人门前听房?要不就是彭击修在瞎蒙?游德宏调整了一下情绪说:"叫人来对质我也不怕,一定是有人听错了。叫他来对质啊!"

果然如彭健彪所料,游德宏使出抵赖这招。彭击修生气地喊道:"游德宏,坦白从宽,抗拒从严。你抵赖吧,结果只能罪加一等。"

游德宏觉得不能硬碰硬,便开始放软话:"彭场长啊,你莫听别人造谣污蔑啊。有人看我跟你走得近,就嫉妒,就想害我。我游德宏什么人你还不了解吗？"

彭击修说："我怎么不了解？你就是个屡教不改的惯犯，你不是第一次在知青面前唱黄色小调。你死不认账是不是？那好，可以，我先关你几天禁闭，到猪圈隔壁那间空屋子里去面壁思过，然后让全场职工来开批斗会，看你承认不承认。"

关禁闭，是彭击修从部队里带回来的时髦词儿。游德宏听了有些害怕，同时感到陌生而新鲜。他还是松了一口气。"毒害青年，破坏上山下乡"，这是什么罪名？开除都是轻的，坐牢甚至枪毙都有可能啊！相比而言，关禁闭和批斗会就算不了什么。游德宏毕竟年长有经验，几个来回的对话，就摸到了彭击修的底。游德宏觉得，到了彻底服软的时候，便咚的一声跪下来说："季修啊，彭场长啊，你莫吓我啊，我胆小怕事。看在我天天为你操心的份上，看在我为林场建设没有功劳也有苦劳的分上，你高抬贵手放过我吧。我这贱嘴，平时喜欢哼些小调，年轻时养成的坏习惯，以后我一定改正，不再哼那些封建小调，要学习唱革命歌曲。"说着，还抽自己一嘴巴。

彭击修说："功劳？你只吃老本，不立新功，放任自流，已经是'过大于功'了！平时仗着自己资格老，有作田和护林经验，又会财会记账，就骄傲自满，不注重学习，不注重改造思想，还迷恋封建传统那一套。目无组织纪律，特别是，目无领导，说什么你都顶嘴，还经常给我添乱。我管不了你，只好让无产阶级专政和革命群众来管你！"

游德宏带着哭腔说："不不不，场长啊，我不要别人管我，我就服你管。……以后我只帮忙做事,不再给你添乱。……还有,我侄女游仙桃的事,我不再相帮。她怎么配得上你呢?都怪我哥,经常在我耳边唠叨这件事,他以为找到你这样的女婿,占了便宜,就不肯轻易撒手,加上他摸透了你爹死要面子活受罪的脾气,动不动就到那边去大声喊叫。这件事交给我来办,保证让你满意,我会做得干净利索。"

彭击修终于听到了自己想听的话,心里想,这个游德宏,真是个"敲头顶响脚板"的精明鬼。彭击修用缓和的口气说:"按照我姐夫的辈分,我们也算是叔侄关系。还跪着干什么?起来吧。你管着林场那么多事,还要跟大家一起下地干活,事情太多。要培养年轻的接班人。你在有文化的年轻人里选一个带一带吧,教他们管理总务和财务。"

林场还在创业初期,可以说是一穷二白,暂时没有财产可支配。总务财务这种左右林场日常生活运转的重要事情,在此时不仅不重要,反而是个累赘。但是毫无疑问,随着林场的发展,它将会变得越来越重要。

游德宏知道彭击修要分权,而且猜测到彭击修心仪的对象,就说:"论有文化,当然是上海知青文化高一些。上海佬里面,那几个男的吊儿郎当不听话,就是叫程南英和陆伊的两个比较好。两个女的,又数程南英好些。"

彭击修表面上不露声色,心里却很满意,说:"好了,就这样吧,等林场管理委员会成立的时候,再到会上公布。希望你一如既往管好林场的事情,同时做好传帮带。你犯错的事情,我就为你瞒下了。"游德宏连声道谢,感恩戴德地离开了。

接下来的一周,彭击修忙着找人谈话,征求意见。他希望游崇兵尽快发展新党员,以便成立林场党支部。他希望陆伊把团支部工作抓起来。他问程南英想要一个什么职位。

程南英说:"没有想过,彭场长安排就行。"

彭击修说:"职务其实不重要,重要的是要尽快参与,深度介入,等到熟悉了情况,场里的工作离不开你,那么,安排你在什么职位上都合适。先锻炼一下吧,跟着游德宏熟悉情况。"

经过一周的筹备、座谈、汇报,春山岭林场管理委员会成立了。这天下午,场长彭击修主持了第一次会议,季卫东代表公社徐主任出席会议指导工作。参加会议的还有:党小组长游崇兵,办公室负责人游德宏,团支部书记陆伊,政治学习小组召集人兼场办文书程南英,贫下中农代表游平花,知青代表范梅英。这七个人,做到了本地农民和知识青年、男性和女性、干部和群众的"三结合"。

会议前半段是政治学习,由程南英用普通话读《人民日报》社论《高举"九大"的团结旗帜,争取更大的胜利》。季卫东带头谈了学习体会。彭击修总结几个月来林场的生产情况,表扬知识青年在劳动中的吃苦耐劳精神。彭击修特别提到陆伊、程南英、范梅英、游平花等人的先进带头作用。游德宏接着汇报财务情况,对未来几个月做了财务预算,希望到秋收季节,能够做到粮食和蔬菜自给自足。

陆伊汇报了知识青年劳动锻炼和思想改造的情况,认为绝大多数是好的,但也有一些男知青革命意志不坚定,有动摇情绪,有临时思想。女知青主要是怕苦怕累怕脏,比如劳动时遇到大粪,还用一只手捂住鼻子,自己一度也这样,今后要革掉那些资产阶级、小资产阶级思想,从根本上做到与贫下中农的精神水乳相容。

会议另一个议题,是组建"春山公社宣传队"。彭击修说,"宣传队"的人员组成,以春山岭林场部分上海知青和本地知青为主体,再由公社出面调集其他生产大队有文艺才能的知青,特别是会搞乐器的知青。第二是集中排练的时间和劳动安排,宣传队员全部集中到春山岭林场,一边劳动一边排练。眼下是"双抢"前夕的一个小农闲空隙。宣传队员可以上午半天劳动,下午半天以及晚上进行排练。第三是资金问题,买乐器要花多少钱,制服装要花多少钱,办公费用多少,先做个预算,打报告到公社。宣传队的具体工作,由程南英同志负责实施,其他同志要积极配合。

季卫东对宣传队的具体工作发表了意见,他说:"程南英同志要尽快拿出具体方案,包括节目类型,演出人选的安排,原创节目和借鉴节目的比例,原创节目创作的指导思想和预期的效果,创作什么?怎么创作?谁创作?这些都要有设想,然后提交公社讨论,最后徐主任还要过目。有些原则问题一定要把握好,比如,要宣传党的九大以来的大好形势,要宣传湖滨县学习贯彻党的九大精神的大好形势,特别是要反映春山公社农业战线的大好革命形势。"

程南英听得云里雾里,不知所以,她一边在笔记本上做记录,一边心里犯嘀咕,连连皱眉头。季卫东见状说:"不要有畏难情绪,万事开头难,要善于在革命斗争实践中学习,只有学而知之,没有生而知之,实践出真知。"

散会之后,季卫东骑着自行车回春山了。彭击修沉浸在会议的氛围中意犹未尽,他为春山岭林场终于有了"单位"的味道而欣慰,以往管理上那种生产小队的随意性、小农生产的自由散漫性没有了。彭击修得到的经验教训是,一定要利用集体智慧,调动大家的积极性,分工协作,民主集中,遇事多商量,多开会交流,不搞一言堂,要群策群力治理林场。像程南英和陆伊这些青年骨干,一定要尽快让她们成长起来。游崇兵和游德宏就像自己的左右手。游德宏这种业务能手,也要充分利用。彭击修由此想到,前些天吓唬游德宏的做法,有些过分,无疑是假公济私。有缺点就要批评,有偏差就要纠正,有错误就要斗争,但不能夹杂私心。

游德宏跟彭击修打了个招呼,就往山下去。又圆又红的夕阳,在西边山尖上流连。银盘似的满月,静悄悄地挂在东边。温热的山风中夹杂着一股松针的芳香。游德宏一边走一边哼着小调"一更个月子照东边",刚刚哼了两句,连忙伸手捂住嘴巴:"该死的,又忘了!"好在彭击修没有继续纠缠唱《十八摸》的事,还把自己吸收进了林场管理委员会。游德宏觉得,彭击修做人够义气,自己也应该为他多分担。首先要帮他把游仙桃的事情解决掉。他打算晚上找仙桃爹好好商量一下。

路过彭击修的姐姐家,游德宏决定先跟彭击修的姐姐和姐夫通个气。彭秀枝说:"这桩婚事,季修死活不认账。仙桃爹,还有我爹逼他,就算他勉强认了,也是一世的苦啊。"姐夫既不想完全站在彭家的立场上,又不敢不顾及彭家的感受,便含混地说:"要是仙桃爹咬住不松口怎么办?仙桃怎么办?仙桃和仙桃爹的面子往哪里搁?"彭秀枝生气了,瞪眼对丈夫说:"你说的什么话啊?这边是我亲弟弟呢!"姐夫吓得不吱声。

游德宏说:"这事无论如何也不能久拖,我今天就是为这事来的,我来劝劝仙桃爹,不要僵在一口气上。你们去叫仙桃爹到我家来喝酒。"

彭秀枝说全仗德宏叔做主,又说了一番感激话,便打发丈夫去仙桃家传信,还顺手抓起十几只鸡蛋,装一碗菜籽油,放在小竹篮里,让丈夫送到德宏叔家去。

游德宏回到家里,找出一瓶珍藏的烧酒,吩咐老婆准备几个菜。

仙桃爹很快就来了,堂兄弟俩在厅堂前八仙桌边,分宾主面对面坐下。

仙桃爹说:"德宏啊,么事要喝酒哩?"

游德宏举起酒杯说:"哥啊,我正式进了林场管委会,心里高兴,想喝一盅。"

仙桃爹吱的一声抿了一口酒说:"嗯,这于你倒是好事。提到林场,我就想到季修那个白眼狼。当初他从部队回来,也是灰溜溜的,可我没看轻他。在他落魄的时候,我同意把女儿嫁给他,现在他翻脸不认。我家仙桃,也是十里八乡的好人才,岂能任他戏弄!"说完把酒杯猛地往桌子上一蹾。

游德宏连忙劝慰道:"哥莫要受气。季修这两年也是碰上了狗屎运,当了个林场场长,就开始翘尾巴。平心而论,论家境,论长相,论人品,他都配不上我们仙桃。可是人家不这样想,人家开始这山望着那山高,想攀高枝儿。"

仙桃爹拿起烟管,装上一筒黄烟丝,点着纸煤儿,问游德宏:"听说他好像在打公社徐主任侄女的主意,可有这事?"

游德宏说:"他打人家的主意,人家不一定接受。那也是一个眼睛往上翻的女子,一只眼睛盯着公社季秘书,一只眼睛盯着林场彭场长。二阳一阴,阳满阙阴,古书上说这是主病主凶的事象。迟早会出事的!"

仙桃爹说:"头一款他就是作死,怎么争得过人家公社干部?"

游德宏说:"因此他也很焦急,跟人说话时像吃了铳子儿。还有另一桩,现如今,他手下管着那么多女子,上海的、县里的、本土的,开始有些晕头转向。我看他是掉进了桃花瘴,迷了眼,乱了心,看不清,想不明。"

仙桃爹唿的一声吹着了纸煤儿,正要吸烟,听到这话,又停住了,纸煤儿在手上烧了一半才回过神来,疑惑地问道:"照你所说,他现在是眼迷心乱咯?"

游德宏举杯劝酒,接着说:"嗯,说话行事都不在道上。"

仙桃爹放下烟筒,端起酒杯抿了一大口,张嘴呼出热辣的酒气说:"如此看来,彭击修不认账,对于仙桃而言,也未尝不是一件幸事。"

游德宏说:"可不是么!季修有一位族叔,叫彭健彪,在林场做厨下师傅,能相面,能算卦,他就说过,季修的命相有蹊跷,看嘴巴和牙齿,厚唇犬齿,是个福相,看眼鼻却不敢说什么。他还说,季修一只三弯三曲鼻,终生坎坷不得志,两道疏淡间断眉,兄弟父母要留意。彭健彪还说,季修运程中最凶险的在中年。说得神乎其神,不知是否可信。宁可信其有,不可信其无,你说是不是？"

仙桃她爹叹了一口气说:"我是早就看出了一些蹊跷。那时节,他整天在秀枝家里混吃混喝的,仙桃年纪小,不识事,偏偏就被他迷住了,加上秀枝夫妻在撮合,我能说什么？事到如今,也只能委屈我仙桃了。"

游德宏说:"仙桃也委屈不了。仙桃聪明伶俐人才好,你只要稍微放点风声出去,我怕你家的门槛都要踩塌啊。要给仙桃找个踏实人。"

仙桃爹说:"我们喜欢踏实人,仙桃她不一定喜欢啊。她专门喜欢那些花里胡哨的人。这都是怨我,从小娇惯她,现在是自食其果啊！"

两人刚开始喝的时候,月亮还从天井上照下来,把阳沟边的麻石映得刷白。这会儿月亮已经西斜,只有余光映着厅堂。老哥俩你来我往,一瓶老酒下肚,两眼也有些迷离。

第 八 章

长江流域的夏季酷热异常,人们都满脸通红像喝了酒似的。满山遍野的野花也开得热烈。这时节,农民们的劳动强度最大。早稻已经收割完毕,谷子正在入仓。油菜籽收割了,还没有变成油,挨着春山岭的横山大队十几个村庄,只有一个榨油作坊,各村都在排队等候。根据游德宏的估计,大概要到秋天才能吃上新油。横山大队新购置了碾米的机器,告别了人工舂米的古老方式,机米房里机器在日夜轰鸣。林场食堂开始吃新米,米饭香且油光锃亮。

彭健彪说:"这种米饭,没有下饭菜,我都可以吃两碗。"蔬菜地里的黄瓜、葫芦、辣椒和番茄长势惊人,吃都吃不完。彭健彪的工作热情明显提高了,他说:"总是干豆角、萝卜丝、煎豆腐,我都不愿意炒菜了。"知青们第一次吃上自己亲手种植和培育出来的蔬菜,有一种特别的感受,他们不敢相信这是自己的杰作。有一次,陆伊发现自己种的黄瓜长出小拇指大小的嫩瓜,激动万分。她盯着满身是刺的小瓜,想亲眼目睹它长大的过程,然而并没有看到变化。晚上她又带着手电筒,一人悄悄来到菜地。看着正在生长的稚嫩的小瓜,感受着万物生长的神奇力量,陆伊眼泪都要涌出来了。

抢收抢种的农忙季节就要结束。彭击修接到通知,到公社去听县里组织的巡回演讲,顺带参加社队两级干部会。他周五下午就骑着自行车回了春山。原本想约徐芳兵见个面,没想到徐芳兵一口拒绝了,说周一县里有人来,季主任要她准备广播稿。彭击修很扫兴,同时听到"季主任"三个字,问怎么回事。徐芳兵说:"你不知道吧?季秘书提干了,要担任春山公社革委会副主任了,过两天就要在大会上宣布。"听到这个突如其来的消息,彭击修心情灰暗,仿佛蒙上了一层乌云。

讲用团的演讲,安排在周一周二。彭击修在小学礼堂坐了整整两天,听县革委会宣传组组长的政治报告;听老贫农忆苦思甜,讲万恶的旧社会地主怎么剥削农民;听两位生产一线的代表,一位青年农民,一位回乡知青,讲"活学活用"的心得体会。彭击修心不在焉地听着,生产一线代表的"讲用",既不生动也不典型。彭击修想象坐在台上的是自己,他可以讲自己如何以"独立自主,自力更生"的思想为指导,白手起家建林场的经验,他可以讲自己如何改造培养知识青年。看来春山经验,特别是春山岭经验,还没有引起县上的注意和重视。这个责任在公社,宣传汇报做得不够。

周三是社、队两级干部会议。各生产大队的书记和队长,公社机关职能部门负责人,还有基层单位的负责人,包括医院院长、小学校长、邮电所所长、农机站站长、供销社主任等近三十人出席了会议。四张罩着红布的两屉桌,搭起的临时主席台上坐着五个人:徐水根、季卫东、治保主任兼武装部长殷贵生、长期请病假的妇女主任石春娥,还有徐芳兵。徐水根首先宣布季卫东同志升任春山公社革委会副主任,同时宣布公社广播员徐芳兵临时兼任公社秘书。季卫东带头殷勤地鼓掌,徐芳兵起身向台下鞠躬。

彭击修知道,自己跟徐芳兵的恋情,已经没有指望了。他在下面如坐针毡,额头冒汗。李瑰芬问:"彭场长哪儿不舒服?"彭击修说自己头晕,气短,心跳得厉害。李瑰芬走到主席台前跟徐主任打了个招呼,领着彭击修到医院去了。李瑰芬不久前也正式担任了医院革委会主任职务,和她的亲信江丁生两人管理着春山医院。

李瑰芬把彭击修带到了王毅华的诊室,王毅华做完检查,收起听诊器和血压计说:"彭场长,你身体没有问题,一切都很正常。你受了什么刺激吗?"彭击修支支吾吾不知如何回答,迟疑了一下说:"没问题?那怎么可能?我心脏很难受啊,给我开点药吧。"王毅华说:"不用吃药,休息一下就好了。"李瑰芬又把彭击修领到候诊处的长椅边说:"彭场长,你就在这里歇一下,不用急着去会场,我会跟徐主任打招呼。"说着转身回公社开会去了。彭击修有些尴尬,耷拉着脑袋坐在那里。边上一位候诊的农民,裤腿卷起,一长一短,光着双脚,腿上沾满了泥巴,有的泥巴干了,小泥块悬挂在腿毛上,他仰头靠在椅背上睡觉,张大嘴巴打呼噜。

尹慧梅过来看彭场长,给他送来一杯茶,递上一包飞马香烟,坐下来陪他闲聊,又打听自己儿子王力熊表现怎么样,请彭场长多关心。彭击修说王力熊表现不错,尹医生可以放心。彭击修见王毅华诊室门前挤满了人,问为什么不见马医生。尹慧梅说,马医生前几天办了退休手续,正在跟李瑰芬协商离婚。老家的大儿子要把马医生接回马家坳。李瑰芬让二女儿马欢颜跟着他。大女儿马欢心跟县物资局物资科长卢复兴谈恋爱,快要结婚了,已经住到县物资局宿舍里去。这边只剩李瑰芬和儿子马欢笑。现在,她有更多的时间忙工作,忙自己的事了。尹慧梅说着,诡秘地笑了一下。

下午,彭击修请病假在家里休息,临近黄昏,公社的会也散了,便骑着自行车回春山岭。路过游家坳姐姐家,彭秀枝说:"仙桃爹口气好像有些松,他说游家的女儿金贵,说马好不愁鞍,人好不愁嫁。"彭击修说:"那她就赶快嫁咯。"彭秀枝说:"最近仙桃跟她爹赌气,昨天父女两个吵架,只听见仙桃哇哇地哭。"彭击修一听就皱眉头。彭秀枝说:"仙桃她爹劝仙桃不要在一棵树上吊死。仙桃说,她就喜欢吊在一棵树上,死就死,她不怕。"彭击修听得烦躁。彭秀枝说:"仙桃要死要活地哭闹,还说非季修你不嫁,说除非季修你结了婚,否则就一直等。仙桃爹气病了,躺在床上。"

彭击修心里布满了阴霾,他不想再听姐姐叨唠这个话题,起身推着自行车就走。经过茶山坳时,又遇见游仙桃的叔叔游三仂,正用一只发红的眼睛盯着他。游三仂知道彭击修想取消婚约的事,扬言决不再搭理彭击修,甚至打算跟他讲讲理,现在迎面相遇,他嘴巴里发出的声音却是:"彭场长回来了?"彭击修鼻子哼了一下就走过去了。

黄昏的山道上,静谧中夹杂着喧嚣。一大群雀鸟突然从远方飞来,急匆匆地钻进了路边的林子,留下一阵叽叽喳喳的声音。想到徐芳兵和季卫东此时一定是绕着公社院子在散步,彭击修心里满是失落和委屈。他默默发誓,不再屈从于徐芳兵,也不再委屈自己去学说什么普通话。彭击修突然冲树林大喊起来:"我偏不说普通话。我偏要说土话!我就不说chī(吃),我就要说qiɑ。我就不说ròu(肉),我就要说ni-wu!"

自从在徐芳兵那里受了刺激,彭击修一直火气很大,见谁都挑刺,谁碰上谁倒霉。他开始肆无忌惮地说土话,而且是那种土得掉渣的土话,说那种只有老一辈人才会使用的生僻字眼,连本地的年轻人都听不太懂。

这天黄昏时分,一群人蹲在厨房门前的操场边吃饭。夜凉到来之前的酷热更加难忍,知了在旁边柳树上叫唤,"吱——"一只累了刚歇下来,另一只马上就接上,像哨兵轮岗似的。彭击修烦躁地说:"呢啊嗞嗞吵死!"孙礼童听了笑起来说:"呢啊嗞嗞,是什么东西?本地话好难听懂啊。"没想到彭击修突然翻了脸,当众大声责斥孙礼童:"土话好难听!你的话好听!我让你学习贫下中农的语言,你为什么不学?你怎么接受贫下中农再教育?你很会说普通话是吧?你很洋气是吧?你瞧不起我们土话是吧?"骂得孙礼童摸不着头脑,便顶撞道:"我笨啊,我学不会你的土话。你怎么不学习我老家川沙县贫下中农的方言呢?"一句话把彭击修问住了。是啊,人家老家的方言也是贫下中农的土话,为什么一定要学说你们这里的土话呢?彭击修理屈词穷,恼羞成怒,大声吼叫道:"那你就去你们老家锻炼嘛,为什么要来我这里?你不服?可以!我会请示公社,让你离开春山岭。"

听到争吵,大家都来劝架。程南英用土话劝道:"彭场长莫受气,慢一下我批评他。"陆伊、童秀真和顾秋林把孙礼童拉回了宿舍。孙礼童委屈道:"我没有说土话难听,我是说土话难听懂。他想教训人,就断章取义。"说着哭起来了。平时男子汉似的,一哭就显得孩子气,其实他刚满十八岁。童秀真心疼孙礼童,气愤地说:"场长他就是仗势欺人,看我们好欺负啊!礼童,勿要哭。"陆伊也为孙礼童抱不平,她觉得彭击修最近有些反常,言行举止极端。她让孙礼童先平静下来,找机会跟场长提意见,督促他改进工作作风和工作方法。顾秋林附和道:"你不要直接顶撞他,尽量避开他的锋芒。人在屋檐下,哪能不低头啊。"

天色渐渐暗了下来,陆伊点亮煤油灯,昏暗的光照在四张稚嫩的脸上。孙礼童间歇地发出啜泣声。顾秋林走到桌子边,取下被隔夜的油烟熏黑了的玻璃灯罩,朝里面呵了几口气,玻璃灯罩便蒙上了一层白雾。顾秋林将揉成一团的废纸塞进灯罩里,使劲地转动,玻璃跟纸摩擦发出嘎嘎的响声,再罩回去,房间亮堂起来。擦煤油灯玻璃罩的技术,是跟游德宏学的,游德宏能擦得纤尘不染,以至于点亮油灯后几乎看不见灯罩。顾秋林技术还不过关,擦完的灯罩就像刚刚哭过的孩子的脸。顾秋林说:"我同屋的游德宏也经常挨彭击修的骂,但他不计较,照样笑嘻嘻,我觉得他身上有革命乐观主义精神,值得我们学习。"这样一说,孙礼童不好意思再哭了。

屋后的林子里传来鹧鸪啼唤,咕咕,咕咕。但传进耳朵的,仿佛不是鹧鸪声,而是山的空旷和夜的幽深。童秀真走到床沿边,挨着陆伊坐下。陆伊伸手抱住童秀真的肩,像大姐一样,其实她也比童秀真大不了两岁。房间里突然静悄悄的,四人相对无语。他们第一次产生了一种需要抱团取暖的感觉。

彭击修的行为引起了知青们的反感。彭击修发现苗头不对,便在一次学习会上做了自我批评,说自己最近工作方法不对,作风粗暴,把个人情绪带到工作中,以后一定改进,接受大家的监督。彭击修希望挽回影响,效果却并不好,知青对他敬而远之,其实就是躲着他,只有程南英还搭理他。

孙礼童郁郁寡欢,不爱说话,也不拉琴,甚至不愿去食堂买饭,经常让同屋的王力熊帮忙带饭回宿舍。他越是郁郁寡欢,就越是想家,还想起了他的女朋友殷麦莉。早就说要去看她,总是在信里说说而已,现在该付诸行动了!孙礼童这样想,便开始谋划砚坑之行。他跟童秀真商量,童秀真也特别想见好友殷麦莉。他们邀请了顾秋林,又成功地说服了陆伊,四个人打算利用一个周末,去一趟砚坑。孙礼童提前将出行计划写信告诉殷麦莉。

周五吃过午饭,四个人离开春山岭,迎面碰上了彭击修,他们都转过脸去装没看见,不跟他打招呼。彭击修也不好多问。他们一直东行到茶山坳,那是一个分界点,往北下山,过游家坳,便是通往春山公社的简易公路,往南翻过武山主峰,沿着一条麻石铺就的坡道下山,就是邻省的德宁县境,山下有一条简易机耕道通往砚坑。到达砚坑镇的时候,太阳已经下山。正如殷麦莉信中所说,镇口路边有一座高大的水塔。她就站在水塔边的电线杆下等候。挂在杉木电线杆上的灯泡,发出昏黄的光,照着一个瘦弱的身影。童秀真说:"那是殷麦莉!"

只见殷麦莉一边挥手,一边飞奔过来。她一把抱住童秀真,哭着说:"秀真,我天天都在想你,想得我几个晚上睡不着。我已经在这里等了你三天啊!"

童秀真紧紧抱着殷麦莉,又把她推远一点仔细看,还是那么娇弱的样子,眼神还是那么清澈,只是皮肤变黑了,人也瘦了。童秀真接着又抱住她说:"等了三天?你傻不傻啊!我们在信里面不是约好了今天吗!"

殷麦莉说:"我知道是今天,但我总觉得你会提前来,我怕错过了你啊,秀真,那样你就找不到我住的地方啊。我太想见到你了!我自己也觉得很傻。"说着,擦了擦眼泪,羞涩地跟孙礼童打了招呼,又认识了陆伊和顾秋林。

殷麦莉领着他们进了路边的一家饭店,已经有另外两人坐在桌边等候,他们一个叫苏南生,绰号老五,一个叫胡甄妮,都和殷麦莉一个知青点的。老五和甄妮是一对,南京知青。殷麦莉那个点上一共五个外地知青,另外还有一对上海的,只有殷麦莉落单。老五苏南生嘴角叨着香烟,乜斜着一只被烟熏着的眼睛说:"来来来,快坐下,饭菜都冷了。"又指着饭店厨房那边的人用上海话说:"他们刚开始不让我坐在这里等,说下班了,要关门,我给了他们一包'壮丽',还不答应,又给了一包'飞马',老卵。"

孙礼童跟殷麦莉坐在一起,顾秋林左边是童秀真,右边是陆伊。孙礼童看着小黑板上的菜单:红薯粉羹蚕豆瓣1角5分,辣椒炒大肠5角,黄瓜炒鸡蛋2角5分,豆角炒肉丝3角5分,糟鱼块4角,炒苋菜5分。边上木桶里的饭免费。孙礼童说:"这么多菜,太奢侈了!"老五说:"殷麦莉专门为你点了豆瓣羹啊,说你喜欢。快吃吧。"

挨着老五的胡甄妮叫道："快把香烟拿下来,烟灰快要掉到菜里面了。"话刚落音,一截长长的烟灰掉到他身边的蚕豆瓣薯粉羹里去了。老五用小勺舀起有烟灰的羹汤,一口就吞了,说草木灰无害,还有消炎作用。胡甄妮来不及阻止,只好一边责怪,一边捶打老五的肩膀。孙礼童说他也要吃加了调料的豆瓣薯粉羹。顾秋林也跟着吃起来。几个男孩子,吃得嘴巴上沾满了薯粉羹汤,把女孩子逗得哈哈大笑。陆伊也笑得趴在桌子上。

殷麦莉的知青点在青塘大队,离砚坑公社还有七八里路。天色渐渐暗下来,晴朗的夜空挂满星星。大路两边都是刚收割,接着又犁耙过的水田。路上堆满了新鲜稻草,青涩的香味中夹杂着发酵的腐味。青蛙叽叽咕咕、叽叽咕咕、叽叽咕咕的叫声响彻田垄。殷麦莉打着手电筒,领着童秀真和陆伊走在前面,老五牵着胡甄妮走在最后面,将手里的马灯高高举起,照着孙礼童和顾秋林。

青塘知青点,就在大路边一幢老旧的大青砖瓦房里,那是人民政府从地主手上没收来的房产。深宅大院,两进天井,两边都是木地板加雕花窗格的厢房,十几间,一半是大队的办公场所,一半腾给了知青。晚上,家在本地的人,大队长、书记、会计,都回家住了,只有炊事员和小卖部售货员陪着知青们住在这里。七位上海、两位南京的知青,围坐在厅堂中央的八仙桌旁,大家好不容易欢聚一次,倾其所有,将珍藏的糖果和饼干都摆上了桌,又到小卖部买了一些花生蚕豆之类,再到厨房里弄来黄瓜、番茄等瓜果。他们要开茶话会,欢迎来自春山的知青同伴。

茶话会的主角，无疑是老五苏南生。老五是六六级高中毕业生，年纪稍大一些，见识也很多，交际又广，他那个知青点的来信一半是老五的。据说老五的祖父在北京当官，是一位著名的革命作家，行政级别很高，现正在"五七干校"劳动改造。老五说自己出生在香港，所以叫南生，他弟弟在北京出生，就叫苏北生，还有一个妹妹在南京出生，叫苏秣陵。老五说自己还没满月的时候，就跟着爷爷奶奶和父亲母亲，乘坐华润公司租赁的挂着外国国旗的货船，穿越南海、黄海、渤海，取道东北到了北京。苏南生的叔叔、伯伯、堂兄、堂姐都在北京，只有他们一家在南京。原因是他父亲划为"右倾"，发配到了江苏。他从小就在南京和北京之间来回走动。很多小道消息都从他那里转述出来。他还收藏有很多秘密的手抄本小说。

老五要犒劳远道来的朋友，打算给他们讲故事。他本来想讲从北京那边传来的最新爱情故事《九级浪》，但被胡甄妮否决了。胡甄妮提议，还是讲侦查破案的故事更好玩些。老五只好改讲《梅花党》。本地知青从厢房里伸出头来好奇地打探，由于没有接到老五的邀请，都知趣地缩了回去。一直等到近午夜，其他人都睡去，老五才缓缓地开了口：

1948年。大陆解放前夕。国民党反动派政权即将崩溃。但他们不甘灭亡，在南京秘密成立了一个叫"梅花党"的特务组织，试图伺机混进我党内部，被我党特工人员发觉。侦察英雄仲呈辉，设法与梅花党头目曲德诚之女曲莉莉接触，成功潜入设在秦淮河旁殷高巷深处的梅花党党部,打算截取印有梅花党党员名单的梅花图,但未能成功。十几年后,我国防科工委某基地机密军工图纸突然外泄。公安人员侦查时,在秦淮河边某废弃教堂的楼梯上,发现了一只绣花鞋。……

女孩子听得害怕,紧紧围抱在一起。老五讲完故事,起身朝四周看了看,突然压低嗓子说:"南京那边有新歌传过来,歌词和曲子都很好。"说着从口袋里摸出一张写满曲谱和歌词的纸。顾秋林接过来哼了一遍简谱,接着跟老五和甄妮一起轻声唱了起来:

蓝蓝的天上,白云在飞翔,
美丽的扬子江畔,
是我可爱的南京古城,我的家乡。
长虹般大桥直插云霄,横跨长江,
威武的钟山盘踞在我的家乡。

告别了妈妈,再见了家乡,
金色的学生时代,
已载入青春史册,一去不复返。
未来的道路多么艰难,多么漫长,
生活的脚印深浅在偏僻的异乡。

跟着太阳起,伴着月亮归,

沉重地修理地球,
是光荣神圣的天职,我的命运。
用我们的双手绣红地球,赤遍宇宙,
憧憬的明天相信吧一定会到来。

啊,故乡,我可爱的故乡
啊,故乡,何时才能回到你身旁

  这首歌的名字就叫《知青之歌》,据说是南京的一位知青写的,已经传遍了大江南北所有的知青部落。歌词是怀乡的、思念的。歌曲是柔软的、抒情的。结尾有理想主义和浪漫主义色彩,跟知青的处境和年龄很相称。几位年轻人听了一两遍就记住了。他们一起唱了一遍,被一种情绪所感动,一边唱一边流泪。那是一个噙着泪水的夜晚、柔情的夜晚,也是一个期盼的夜晚、青春的夜晚。
  四人在砚坑玩了两天,周日下午离开砚坑返回春山。殷麦莉、老五和甄妮把四个人送到了砚坑。殷麦莉不肯回去,送了一程又一程,不忍分离。胡甄妮劝住了殷麦莉。老五对孙礼童说:"放心吧,我们会照顾好殷麦莉。"孙礼童紧紧握着殷麦莉的手不放。殷麦莉甩开孙礼童的手,转身抱着童秀真,哭得泪人似的。
  砚坑之行回到春山岭,陆伊总是想起砚坑路边分别时的情景。老五和甄妮,孙礼童和殷麦莉,爱和分离,像一幅温暖却又转瞬间令人心碎的图画,镶嵌在陆伊的记忆中。每当回忆起这些,陆伊就感觉像是被一双拥抱的手臂揽进了怀里,让她心里咚咚直跳,却又沉甸甸的,很满,也很充实。她又忍不住哼起《知青之歌》的曲调。乡愁和思念,使她的心变得柔软起来。顾秋林则恰恰相反,回来好几天了,还是一副直愣愣的样子,好像从前的顾秋林,已经留在那个砚坑的夜晚再也回不来了。他总是在沉思,陆伊也猜不透他在想什么。对眼前的事他倒完全无所谓的样子,跟谁说话都带着些轻浮劲儿,要么心不在焉,要么心烦气躁。就连看陆伊的眼神都冷下来了,整个人似乎成熟了不少,但有时甚至让陆伊感到害怕。尽管陆伊不一定希望顾秋林热情似火,但也不要冷酷无情。她希望顾秋林来关心她,嘘寒问暖,她会拒绝他的关心,但她还是希望他来。可是顾秋林一点表示也没有。

只有拉手风琴的时候,还能见到顾秋林的本来面目。黄昏时分,顾秋林坐在操场边拉《知青之歌》,悠扬的琴声飘出来,让顾秋林的整个身姿都变得动人。感伤的曲调,钻进了陆伊的心里,她的鼻子发酸,想哭,想回家。

其实陆伊不知道的是,顾秋林心里并没有冷漠下来,反而像点燃了一些什么,让他心神不宁。他不知道该怎么向别人说起这种感受,日复一日枯燥的劳动,心里像有团火却没有地方宣泄,只能憋在心里。在砚坑,老五的性情和见识都让他钦佩,从老五口中讲出的那些事,也让顾秋林大开眼界。顾秋林忽然意识到,林场外面还有那么多他听都没听过、想也不敢想的事情。他越发地恨自己性格软弱了,又因此烦躁起来。这些想法他最不愿让陆伊知道,甚至开始有意无意地躲着她。但顾秋林还是观察到了,陆伊这几天似乎身体不舒服,出工的时候无精打采的,食欲不振,消瘦了,连眼圈都是黑的。他也只能狠下心来逼迫自己成为一个真正的男子汉,再站到陆伊面前,请她接受他。

晚稻插完了,要到秋天才收割。"双抢"结束,原以为可以放松一下,没想到农务还是一桩接着一桩,平整菜地,给树苗除草,准备建新房。横山大队的碾米机器坏了,若要使用几个村庄共有的牛拉磨房,则需要排队等候。林场食堂快要断炊。游平花受命,领着王力熊和顾秋林到游家村去借石臼舂米。舂米是一件吃力而又无趣的活计,每次两个人脚踏石杵一头的木踏板,将二十多斤重的石杵踩起来,放下去,一下,咚咚,两下,咚咚,成千上万次重复,就像无尽无止的劳役。

顾秋林说:"原始人就是我们现在这样吧?干什么都靠人力,刀耕火种,捕猎,采野果子,就差吃生肉了。"

"哪有肉啊?天天吃素。"王力熊说着,捡起石子儿朝隔壁菜地的鸡群里扔去,惹得鸡群叽叽喳喳乱叫,一只公鸡飞到瓜棚上去了。"真想抓两只鸡去吃吃。"他随口说。

顾秋林说:"不要提吃的好不好?听得我浑身没力气。"说着就瘫坐在地上。

顾秋林没踩几下,就要换上王力熊。只有游平花一直在坚持着,她每一脚踩下去都全力以赴,力道十足。结果三个人忙活了大半天,才舂了一百多斤谷子,午餐都没吃。直到收工,顾秋林才觉得饥肠辘辘,浑身说不出的疲倦,他忽然又想起陆伊苍白的脸。这好几天来,顾秋林为她揪着心,又恨自己什么也做不了。现在机会却突然摆在眼前了,还是王力熊的话提醒了他,顾秋林心想,陆伊应该补充营养。

顾秋林让游平花和王力熊挑着米和糠先走,自己往旁边的菜地里走去。顾秋林突然一招饿狗扑食,扑向正在觅食的鸡群,群鸡顿时咯咯乱叫,四处扑腾。顾秋林顺手抓起一大一小两只鸡,塞进了随身背着的马桶包,转身就跑。没跑几步,就有一个中年妇女追了过来,她一边追赶,一边喊叫:"捉贼啊,上海佬偷鸡啊,捉贼啊。"一直追到茶山坳也没追上。在茶山坳凉亭值班的游三仂听到动静警觉起来,只见游德善老婆在喊捉贼,便拦在路中间,要将正跑过来的贼抓住,结果被顾秋林撞了个四仰八叉。游德善老婆跑到凉亭边,累得坐在地上,一边哭喊:"我的鸡啊!两只下蛋的鸡婆啊!该死的上海佬啊!"游三仂说:"德善嫂,你莫哭,先回家,我帮你去找他们说理去,帮你要回两只鸡。"

顾秋林一口气跑回林场。他并不往自己房间跑,因为同屋住的是游德宏。他径直往王力熊房间里跑。孙礼童正好在。顾秋林将装着鸡的马桶包塞到王力熊床底下,自言自语说:"一天到晚吃红薯青菜,吃的是草,干的是牛活,肚子里没油水,受不了。"又对孙礼童说:"你整天吃些蚕豆瓣,脸越长越像蚕豆瓣。"

操场上一片喧哗。游三仂在高声喊叫:"彭击修,你出来!你手下人偷鸡,你管不管啊?是你指使他们干的吧?没有吃的就去偷啊?我们游家的东西,你想要就拿,不想要就扔啊?没那么便宜!我们游家也不是好欺负的!"彭击修闻声出来,问游三仂吵什么。游三仂说:"上海佬偷了德善家两只下蛋的鸡婆。"彭击修突然把眼睛一瞪,冲着游三仂厉声喝道:"你狗叫一样干什么?这里的事我会处理,你来捣什么乱?给我滚!"游三仂像游家村那只喜欢吠叫的花狗一样,顿时夹着尾巴退回去了。

彭击修问:"谁偷了贫下中农的鸡?先把赃物交出来,再把人抓起来!"顾秋林看到这个架势,吓得不敢出声。彭击修把顾秋林和王力熊带到办公室审问,顾秋林知道瞒不过,只好承认了。彭击修带人到王力熊的床铺底下找到两只鸡,交还给游德善,并认定是顾秋林和王力熊两人合伙干的。顾秋林说是自己一个人干的。彭击修说,还挺讲义气的。王力熊有口难辩,自己当时就随口一说,他当然没想到顾秋林真的敢干,但谁让自己说来着,好像也确实脱不了干系。

电话打到了医院,李瑰芬抓起话筒跟彭击修聊了几句,便高喊王医生,你儿子在林场惹祸了。尹慧梅抢过电话,听完彭场长和儿子的话,给王毅华转述。王毅华火了,推着自行车就要去春山岭,被尹慧梅拦住了。尹慧梅说:"别跑去瞎掺和,你不嫌事大?以后他怎么做人?主要责任不在他,是上海佬偷的。再说,他们年纪那么小,干成人的重活,又没什么吃的,才会想改善一下嘛。"

当天晚上,彭击修召开全场职工大会,将顾秋林和王力熊狠狠地批判了一通,责令他们写出深刻检查,张贴在墙报栏里。姜新宇和李承东没事就站在墙报栏前念他们的检讨。念到"看见母鸡,想到烧鸡,连咽口水,忍不住抓鸡"的时候,都哈哈大笑。顾秋林是典型的"偷鸡不成蚀把米",这件事连他自己都觉得匪夷所思,当然其中的缘由,也只有他自己知道。陆伊很恼火,她觉得顾秋林突然变得无法理解。当顾秋林再试图对她说点什么的时候,她只觉得羞辱,根本不想理会。

彭击修不打算继续追究这件事,但必须要惩罚他们一下。偷鸡风波之后,彭击修派顾秋林和王力熊到四五里外的西岭沟林区,给新种植的几百亩杉树苗除草,半个月休息一天,其他时间不准回林场。什么时候回来,得看他们的表现。他们两人住在山洼深处的一幢小石头屋里,林场派人送菜送米,自己做饭。活儿并不重,就是单调乏味,荒凉寂寞,没有人气。每次彭健彪送蔬菜过来时,就被他们两个抓住不放,要跟他聊天。后来,彭健彪放下东西就跑。顾秋林最期待的是彭健彪捎来书信,妈妈的,弟弟的,同学的。顾秋池的信最多,还没来得及回,第二封又来了:"哥哥,信收到了吗?怎么没有回呢?我天天盼你的回音啊!"顾秋林偶尔也回一封,但都是草草几句,不想多写。

尹慧梅惦记着王力熊,认为林场伙食太差,年轻人才会想到去偷鸡,现在王力熊又被派往更艰苦的西岭沟林区,她每天在家里干着急,她希望王毅华想想办法。王毅华却认为男孩子吃点苦有好处,尹慧梅不敢苟同,但也无奈。尹慧梅整天唠叨个不停,说林场活儿重,孩子们吃得差,正是发育的时候,骨头都压歪了。她不但在家里唠叨,在门诊室里也唠叨,还一把眼泪一把鼻涕的。接着又开始准备吃食,要打发王力亮给哥哥送去。李瑰芬整天瞎忙,经常到公社徐主任那里去汇报工作,很少想到马欢畅。听尹慧梅老在说王力熊,也有些过意不去,便让马欢笑跟王力亮结伴去林场看望姐姐。

马欢笑对王力亮说,他很久没见到爸爸和二姐,想到老家村里去看看他们,问王力亮愿不愿陪他一起,绕道去一趟马家塆。王力亮说愿意。马欢笑希望他保密,对谁也不要说去马家塆的事。他不想让李瑰芬知道。爸爸和妈妈离婚,接着是爸爸带二姐离开家去马家塆,这一切都突如其来。妈妈更忙了,经常是深夜回家,马欢笑觉得很寂寞。爸爸在医院上班的时候,自己整天就在爸爸怀里滚,大声喊"老头子",还学李瑰芬那样对待爸爸,一口一个"老东西"。爸爸从不生气,总是笑脸相迎,用胡子去扎马欢笑的脸。不知道爸爸在马家塆过得怎么样,有时候想他想得睡不着。

马家塆跟游家坳之间,只隔着一道山梁,村口有一棵巨大的香樟树,树下有一口古井,村里人喜欢坐在井边的石凳上闲扯。马欢笑曾经到过马家塆,轻车熟路就找到了大哥家。父亲戴着老花镜,正坐在院子里读书。马欢颜在晾晒衣服。见到马欢笑,马欢颜惊喜万分。马约伯一把抱住儿子在院子里转圈,笑着说:"你这个淘气鬼啊,你不在我身边胡闹,我还有些不习惯呢。"爸爸看上去过得不错,有人做饭,有人洗衣,还有闲暇读书,没有人骂他,有时候给村里的乡亲和周边的村民看看病,日子过得平静而充实。听说小弟弟来了,大哥和二哥连忙吩咐女人们下厨去准备吃的。

爸爸、大哥、二哥、二姐带着马欢笑在村里走家串户。后来他们又翻过一个小山包,到村后马家塆的祖坟山去祭拜。大哥提着的竹篮里装满了食品,二哥的竹篮里装着草纸、线香和鞭炮。几个人踏着弯曲的山间小路,在坟茔之间穿行。路边长满了又瘦又高的栗子树,被风吹落的深褐色栗子,跌落在铺满小路的落叶上。几只正在捡栗子的松鼠,惊得蹿上树梢,好奇地朝下张望。

王力亮跟着马欢笑和他的父亲兄长,还有二姐马欢颜,在几棵大松树边停下。树下立着两块大石碑。马约伯指着墓碑对马欢笑说,这是你爷爷和奶奶的坟。大哥将一大碗烧得半生熟的猪肉、一碗煎豆干、一瓶谷酒摆在墓碑前。二哥点燃草纸和线香,跪拜了一阵。哥哥让马欢笑去点鞭炮,噼里啪啦的声音在小山谷里回荡。马欢笑和马欢颜也跪在爷爷奶奶的墓前,叩首跪拜。马约伯指着爷爷奶奶坟墓边的一块空地,对马欢笑说:"我死后就葬在这里,陪伴着你爷爷和奶奶。"说到死,马欢笑想起春山医院门前银杏树下的太平间,还有农妇深夜幽幽的啜泣声。山风吹得树叶沙沙作响,他有些害怕,连忙抓住爸爸的胳膊。马约伯抚摸着马欢笑的头说:"这块空地,原来是为两个人准备的,现在只有我一个人用,很宽敞,很奢侈……"听到爸爸说这些话,马欢笑半懂不懂,但内心感到凄凉,泪珠在眼里打转。

吃过午饭,马欢笑就陪着王力亮去西岭沟。他们先到林场,把给姐姐的东西放下,马欢畅叮嘱马欢笑快去快回。林场面貌大变了,厨房的烟囱里冒着黑烟,鸡鸭在场上跑来跑去。原来静悄悄的山谷,如今一派生活景象。彭健彪养的大黑狗闻到了生人的气息,远远就昂头吠叫。

王力熊和顾秋林正坐在小石屋旁树下的草地上,屁股下面垫着锄头木柄,不知正聊着什么,不时发出咯咯的笑声。见两位少年来了,王力熊站起来接过王力亮手上的袋子进了石屋。王力亮也跟进去,想参观一下小石屋。挨东墙地上,铺着近一尺厚的稻草,跟整面墙一样宽,这是他们的床铺,上面并排铺着两床褥子。床上乱糟糟的像狗窝。地上有烧过的艾草和灰烬,晚上熏蚊子用的。中间一张摆满脏碗筷和杂物的桌子。西面墙边是灶台,墙被烟火熏得黑乎乎的。王力熊说:"这里又脏又乱又臭。回家不要说这里的事。"

从飘着油烟和馊味的小石屋出来,王力熊又在顾秋林对面坐下来。王力亮坐到哥哥那把锄头的木柄另一头,马欢笑站在那里不知所措,王力熊让马欢笑坐到顾秋林那边去。他们刚才的话题,无疑被两个少年的到来打断了。顾秋林显得百无聊赖的样子,他眯缝着眼睛,看着远处说:"不聊那些了,以后再说吧。"接着是沉默,大家都不知说些什么,有点尴尬。

顾秋林见大家都不说话,就讲了一些上海的事情,说上海人把其他地方的人看作乡下人,他们的爷爷其实也是乡下人,说上海人不喜欢去南京路,全是外地人在那里挤,他们喜欢去淮海路,说在上海根本不知道天上刮什么风,东南西北风都有。说在上海看不到太阳升起和太阳下山。顾秋林说的事情,王力亮听来都很新鲜。王力亮问顾秋林:"你不拉手风琴啊?"顾秋林说:"拉琴?拉给鬼听啊!"马欢笑说:"拉给自己听啊。"王力亮说:"自己又不是鬼"。顾秋林说:"不拉了,拉得心里难受。"王力亮说:"心里难受才要拉啊。"顾秋林不耐烦地说:"以后不拉了,戒了。"说着,他从裤兜里摸出一包香烟来,鹅黄色的烟盒,皱巴巴的,抚平后能见到凤鸟图案。

顾秋林抽出一支烟叼在嘴上,伸手将长发往后捋了一把,划着火柴把烟点燃,两条白烟从他鼻孔里直射出来。王力熊觉得顾秋林抽烟的样子很有派头。顾秋林见王力熊也跃跃欲试,把烟递给他说:"最好不要学,会上瘾,对身体不好。"王力熊一边吸,一边咳嗽。空气里弥漫着刺鼻的烟草味,夹杂着香精味。顾秋林说:"让你不要抽,你偏要,烟在口腔里转一圈就吐出来,简直是浪费。"他把烟拿回来,又用牙齿咬住,使劲地吸了两口,噘起嘴唇,吐出一个接一个烟圈。最后,他用中指在拇指和食指中间的烟蒂上一弹,烟蒂飞出老远,掉在路中间冒着青烟。王力熊赶紧过去,将烟蒂踩灭。大家都觉得顾秋林那个动作特别神奇、潇洒、漂亮。上海人就是上海人,连抽个烟都不一样。

西边山巅上的太阳映红了半边天,杉树林边缘也闪烁着一道红光。热乎乎的山风从脸上刮过。王力熊对王力亮说时候不早,让他们赶紧回去,要不就要摸黑了。王力亮想在这幢像狗窝一样的小石屋里住一晚,王力熊不同意,说大人会着急。顾秋林说:"知道他们两个到我们这里来了,有什么好急的?晚上大家可以一起吃饭,也有点意思。两个人孤零零,像两个鬼。"王力亮看着马欢笑,希望他也同意留下来。马欢笑有些犹豫,眼睛不时地朝林场方向的小路上瞟。又拖拉了一会儿,远远就看见马欢畅朝这边走来。

马欢畅走得很急促,红彤彤的脸颊上挂着汗珠。她走到小石屋边,瞟了顾秋林和王力熊一眼,许久不见,有些拘谨。她转过脸对马欢笑说:"你们怎么还不回家去?大人都在到处找你们了,刚打电话到林场来。"马欢笑说:"我们想在这里住一晚。"马欢畅说:"在这里住?!把妈妈一个人丢在家里啊?"马欢笑怔了一下,嘀咕道:"回去也是一个人啊。……妈妈总是很晚才回家。"马欢畅说:

"很晚回家也在家啊。你不回去她会担心的。"马欢笑看着王力熊和顾秋林,好像在求援。顾秋林随口说:"男子汉就要有男子汉的样子嘛,整天跟妈妈在一起,像没有断奶一样。"这么一说,马欢畅很尴尬,她犹豫着,说不出什么。王力熊让马欢畅回去给医院挂个电话,说他们会照顾弟弟的。马欢畅看着弟弟,欲言又止,她对马欢笑说:"随你的便,我不管你。"说着,转身回场部去了。

晚饭是王力熊做的。米饭烧糊了,黄色的烟从饭粒的缝隙中钻出来,白米饭上面出现了一个个黄色的孔洞,像筛子一样。菜很丰盛,除了每天都吃的红烧南瓜和水煮冬瓜,还有王力亮从家里带来的菜,干萝卜丝烧熏肉、辣椒炒泥鳅、腌蕌头、辣椒酱和豆腐乳。两个少年吃得呼啦呼啦响,觉得比家里的饭菜不知要香多少倍。

天黑了,王力熊点燃煤油灯。顾秋林对着满是黑烟的玻璃灯罩发呆。四个人并排坐在地铺的稻草上。山风从北墙那个一人高的小窗吹进来,灯光摇曳闪烁。王力亮发现马欢笑鼻子的阴影在左脸上移动,伸缩,很滑稽,便嘻嘻地笑起来。王力熊在门前点燃艾草,既可以驱蚊,又可以驱兽。夜鸟在啼叫,山风从树林里拂过,发出呼呼的啸声。小石屋像漂浮在黑暗的空气中,王力亮觉得像在做梦。漆黑的夜晚,呼啸的山风,幽寂的鸟鸣,孤独的小石屋,昏暗的灯光,一切都令人难以忘怀。

第 九 章

顾秋林和王力熊回到林场场部的时候,秋收已经结束。两个人在山里住了几个月,变得又黑又瘦,像两只猴子。顾秋林回到宿舍,发现屋子里全是灰尘。他对坐在门前吸烟的游德宏说:"游师傅很久没在这里住吧?"游德宏说:"是啊,是啊。"

顾秋林说:"游师傅,你有空把房间扫一下,擦干净,窗玻璃也擦一下。"

游德宏说:"好嘞,好嘞。"他把烟管在泥巴地上叩了几下。

游德宏觉得顾秋林像换了个人似的,说话口气很硬,不容置疑,以为他还在跟场长闹情绪。游德宏一边收拾一边对顾秋林唠叨,说西岭沟的日子不好过,说顾秋林吃苦了,说自己经常派彭健彪去送菜,但彭健彪很懒,总是找借口不想去。顾秋林在桌前呆坐了半天,才生硬地回答:"谢谢!"

在西岭沟那荒无人烟的山洼待了几个月,只有一位性格偏软的王力熊陪着,大小事务都由顾秋林做主,让他总是觉得责任重大。回来后的顾秋林,要不就是沉默寡言,要不就是发号施令。他把这个世界当成了西岭沟的荒山,把所有的人都当作听命于他的王力熊。发呆的时候,他坐在那里像一尊雕塑。

彭击修把顾秋林叫到办公室,问他在西岭沟过得怎么样。本来就是惩罚性派工,能好到哪里去?顾秋林认为这是明知故问,正准备怼他,但又觉得场长似乎没有恶意,甚至还有示好的意思,便懒洋洋地说:"还行。"

彭击修说:"你当初是我申请要过来的嘛,应该好好干才是,怎么做那种事呢?长长记性也好。要不是宣传队要开工,我打算让你们在西岭沟过冬。"

听到"过冬"两个字,顾秋林说:"石屋墙上的缝隙太大,要用泥巴重新糊一遍。过冬的话,柴火和食物都不足,要多准备一点。"

彭击修顿了一下,顺着顾秋林的话回应道:"如果你喜欢那里,明年还可以派你去。但眼下不行,你得回来参加宣传队的工作。程南英的想法很多,但没有可操作性。你跟程南英和陆伊商量一下,拿出具体的方案来。"顾秋林不置可否,转身回自己屋里去。

顾秋林跟陆伊在走廊上相遇。看到顾秋林走过来,陆伊眼睛闪烁了一下,随即恢复了平静。陆伊见他又黑又瘦,一时不知说什么好,她想说,在那边吃了苦,回来好好调养一下吧,可还没开口,就被顾秋林抢了先:"怎么瘦了?要注意身体,好好调养一下吧!"陆伊点点头。她自己都有些古怪的感觉,不知怎么好像就变得温顺起来了。顾秋林也变了,走路昂首挺胸,眼睛里放射出坚定的光亮。顾秋林在西岭沟的时候,陆伊多次动了去看望他的念头,但最终都打消了。她觉得那件偷鸡摸狗的事实在是丢人。不过她心里还是有些惦记他,每一封寄给顾秋林的信,陆伊都替他收下,然后一起交给彭健彪带到西岭沟去。

顾秋林在桌前整理书信,几个月来,既没有心情仔细阅读,也没有好好地回复。弟弟顾秋池不断地传来各种消息。他说兵团知青分成三拨,北京的、上海的、哈尔滨的,各自抱团,说北京知青有文化,上海知青有品位,哈尔滨知青有酒量,说知青中写诗的很多,北京知青都在搞文学创作,有些人因为显示出创作才能而调离生产一线,到师部或总部创作组,专门搞文学创作。顾秋池还抄来一些流传较广的新诗和歌曲,其中有一首在知青中秘密传唱的,叫《世上人嘲笑我》。顾秋林关上门窗,读了一遍简谱,接着轻轻哼唱起来:"失去了伴侣的人,/生活就两分离,/眼看秋去冬又来临,/雪花飘飘飞。//世上人,嘲笑我,说我有神经病。/我的心像大海一样,/随风起波浪。"另一首名叫《献给第三次世界大战的勇士》的政治抒情长诗,近期才从北京知青中传开来的,抄满了十几页信纸,给顾秋林留下了深刻的印象:

摘下发白的军帽,/献上素洁的花环,/轻轻地/轻轻地走到你的墓前。/用最诚挚的语言啊,/倾诉我深深的怀念。//北美的百合花开了/又凋谢,/你在这里躺了一年又一年。/明天/朝霞升起的时刻,/我们就要返回亲爱的祖国,/而你/却将长眠在大西洋的彼岸,/异国的陵园。//……

我们曾饮马顿河岸,/跨过乌克兰的草原,/翻过乌拉尔的高峰,/将克里姆林宫的红星/再次点燃。/我们曾沿着公社的足迹,/穿过巴黎公社的街垒,/踏着国际歌的鼓点,/驰骋在欧罗巴的每一个城镇/乡村/港湾。瑞士的风光,/比萨的塔尖,/也门的晚霞,/金边的佛殿,/富士山的樱花,/哈瓦那的烤烟,/西班牙的红酒,/黑非洲的清泉,/这一切,/都不曾使我们留恋!/因为我们有钢枪在手,重任在肩。//……

白宫华丽的台阶上,/留下你殷红的血点斑斑。/你的眼睛微笑着,/是那样安详坦然。/你的嘴唇无声地嚅动着,/似乎在命令着我,/向前!向前!向前!/摩天楼顶上,/一面赤色的战旗,/在呼啦啦地迎风招展。/火一般的红旗,/照亮了你目光灿烂。/旗一般红的热血,/湿润了你的笑脸。//……

战火已经熄灭,/硝烟已经驱散,/太阳啊,/从来没有这样和暖,/天空啊,/从来没有这样的蓝,/孩子们脸上的笑容,/从来没有这样甜,/崇高的理想和伟大的预言,/就要在我们这一代实现。

顾秋林读着,血液像燃烧了似的。他点上一支烟,让自己平静下来,然后给弟弟顾秋池写信。他说这首长诗,唤醒了他曾经有过但又消失了的一种信念,那就是,人生的价值和意义,就在于为某种理想而奋斗,即使是牺牲,也比碌碌无为更有价值。弟弟顾秋池回信,同意哥哥的看法,还说他自己也有为世界革命而献身的冲动,只是苦于暂时还没有机会。顾秋池还对哥哥接受了几个月"惩罚性劳动"一事表示祝贺。他写道:"哥哥,你信中提到的那些名字,春山岭、西岭沟,我都很喜欢,还有杉树林、荒草、篝火、夜鸟啼鸣、小石屋……,多么富有诗意的景物!劳累和孤独,是对我们幼稚的意志和躯体的考验。"顾秋池还说自己也加重了身体锻炼的力度,特别是在劳动的时候,有意识地增加每一担的重量,让筋骨和意志同时得到磨炼,让自己壮实刚强,以备急需。

童秀真经常来找顾秋林玩,兄弟俩通信中所说的事情,童秀真大都知道。她不喜欢那首政治抒情诗,说它情感虚假,充满幻觉。顾秋林说她儿女情长,英雄气短。童秀真说:"你不要跟我说这些。快帮我写信劝劝顾秋池,让他不要逞能。据说他的腰椎已经出问题了,不要弄出个残疾哦!"说着,满面愁容,眼圈也红了。

程南英通知顾秋林开会。彭击修、陆伊、孙礼童等人已经到了。程南英按彭击修的安排,负责张罗宣传队的事。前一次会议已有粗略分工,采写春山公社人民群众的先进事迹的任务,由季卫东和徐芳兵负责,小话剧和表演唱的排练由程南英负责,歌舞类节目的排练由陆伊负责,乐队和编曲由顾秋林和孙礼童负责。面对程南英拉出来的节目单,大家讨论了半天,也没有个头绪。看程南英拉出来的节目单,唱歌、跳舞、表演唱重复交叉出现,像随意拼凑的小晚会,缺少主题,没有主心骨。彭击修只好向公社求助。

第二天上午,季卫东和徐芳兵骑着自行车来了。两人都穿着的确良衬衫,季卫东是白色的,徐芳兵是浅粉红色的。两个人自行车把手上都挂着黑色人造革手提包。季卫东还戴着一顶印有"为人民服务"五个红漆大字的草帽。徐芳兵那部崭新的凤凰牌自行车特别耀眼。看他们成双成对,彭击修心里像打翻了醋瓶一样。但他还得履行职责,代表林场欢迎季副主任和徐秘书来指导工作。

季卫东和徐芳兵因为职务变动,一度对宣传队的事情有些懈怠。但季卫东作为主管领导,不能甩手不管。他看了看现有的节目单,说的确如大家所说,主题不明确,没有主心骨,但也有一定基础,只需做些调整就可以,比如增加两个原创节目。另外,再增加一个开场节目,要有大气派、大格局,能压得住阵脚。季卫东从手提包里拿出一摞稿纸说:"按照原来的分工,我写了一个小话剧《春到春山岭》,想表现'知识青年扎根农村干革命'这个时代的大主题,请大家提出宝贵意见。芳兵同志编写的表演唱《红太阳光芒照春山》,反映党的'九大'以来春山公社革命和生产中涌现出来的新人新事,视野比较开阔,材料也比较多。谱曲还要请顾秋林和孙礼童二位同志多费心。你们先看看,等一下我们再讨论。"季卫东说着,就在彭击修的陪同下,到建设中的新房工地视察去了。

顾秋林拿起那摞稿纸翻看。表演唱《红太阳光芒照春山》一共五个段落。第一段《序歌》的歌词属于常见套路:"红日映照春水河,/我们村里新事多,/抓革命来促生产,/毛泽东思想哺育我。"第二段女声小合唱《"九大"路线放光芒》,歌颂在党的"九大"路线光芒照耀下,春山公社革命生产双丰收的大好形势。第三段是快板书《我们村里新事多》,从春山大队队长何罐得,夸到武装部长、妇女主任和几个有名有姓的农民。第四段是歌舞加后台女高音伴唱《山美水美人更美》。第五段是男女混声大合唱《毛泽东思想放光芒》。顾秋林对着歌词,试着哼了几句,觉得这种顺口溜式的歌词,曲调很难谱出什么新意。

等到季卫东回到会议室,程南英和陆伊也看完了剧本《春到春山岭》。故事的主人公是在春山岭林场插队落户的上海知青刘英妹,表现她立志扎根农村干革命,在一次保护林场财产的斗争中,跟阶级敌人搏斗,光荣负伤的事迹。负伤后的刘英妹,坚持不回上海就医,她觉得,春山岭的春天就是最好的医院,就是最好的疗伤地。刘英妹的事迹,了解内情的人一看就知道,是以游平花和游崇兵的事迹为基础。戏剧冲突的高潮,跟阶级敌人搏斗受伤,是季卫东编出来的。季卫东会编故事是出了名的。前两年,横山村五个小学生每人带着一条狗去上学,路过横山坪的时候,遇到一只小老虎,五狗齐上,将老虎咬死,成了一大新闻。省报刊登这条新闻的时候,成了《英勇的打虎五少年》(记者×××,通讯员季卫东)。他移花接木,将狗的行为移到了五少年身上。

最后还有一个没有解决的问题,就是开场节目。顾秋林到房间里取来抄有长诗《献给第三次世界大战的勇士》的稿纸,交给季卫东。顾秋林说:"将这首长篇政治抒情诗改编为融合诗朗诵、器乐合奏、歌唱、舞蹈等多种文艺形式为一体的大型综合性节目,作为开场,效果会很不错。"季卫东读完长诗之后,表示有兴趣。他说他还要请示一下,会将两个原创节目和顾秋林提交的这个节目,报到公社革委会上讨论。

下午,季卫东和徐芳兵要回春山。彭击修把他们送到林场外的山路上。徐芳兵推着自行车走在前面,季卫东跟彭击修并排走在后面。季卫东说:"芳兵同志,我跟击修同志聊几句,你先走一步,我马上就来。"

季卫东咳嗽了一声说:"击修同志,公社革委会对你前一阵工作比较满意,希望你继续发扬。作为同志加兄弟,我想提醒你几句。一是地位变了,密切联系群众的优良传统不能变,有人反应你性情傲慢,情感比较冷淡。二是知青管理工作的方法也要不断改进,要善于做耐心细致的思想工作,有人反映你工作作风粗暴,缺乏耐心。三是对待同事要一视同仁,有人反映你厚此薄彼,特别是重女轻男。徐主任也让我跟你说一下,你有则改之,无则加勉。"

彭击修感到吃惊,林场里竟然有人打小报告!季卫东说的那几件事情,说有就有,说没也就没,都是虚的。"情感冷淡""作风粗暴"这种形容,安在谁头上都行,以后自己注意一点就是了。至于"重女轻男",这也算缺点?不重视程南英和陆伊,难道重视偷懒耍滑还犟嘴的焦康亮?难道重视偷鸡摸狗的顾秋林?

徐芳兵扶着自行车在茶山坳凉亭边等候,略带凉意的山风,把一缕从她发辫中散出来的头发吹得飘起来。季卫东朝她举手摇摆示意,然后对彭击修说:"我跟芳兵同志已经登记了,国庆节的时候,打算办一个简单朴素的革命婚礼,到时候你一定要来啊。……你自己的事情也要抓紧,不要拖,夜长梦多。你岳父,游仙桃她爹,过去有旧思想残余,最近经过学习和改造,已经大有进步。上一次我去游家坳蹲点,还找他谈过话,让他不要到处散布不负责任的言论,让他要懂得维护你的形象。"

他们在茶山坳凉亭边道别。季卫东和徐芳兵跨上自行车,顺山路溜下去,转眼消失了。看着他俩的背影,彭击修心里很难受,尽管早有心理准备,但事到临头还是有些猝不及防。彭击修独自站在路边发呆,游三仇见状迎了过来。游三仇一改往日的敌意,笑着对彭击修说:"彭场长啊,姑爷啊,不要站在那里嘛,来喝碗茶啊。"他端着茶碗走过来,又说:"姑爷啊,你真是好命,有福气,我们家的仙桃就是看中你,非你不嫁。我哥也被她吵得头疼,一次两次往你家跑。前天你爹拎着礼篮来了,跟仙桃爹商量了半天。你们的喜事也快了。"彭击修接过蓝边青花碗,咕嘟咕嘟一口气把茶水喝个精光,也不接游三仇的话,转身就走了。

中秋节的晚上,彭击修在林场里吃过晚饭,又陪知青在操场上喝茶赏月,直到晚上10点多钟才骑自行车回家。父亲彭健懿早几天就打了电话,让季修回家一趟,说有事情要商量。彭击修赶到家里的时候,母亲还在灶屋里忙着,父亲躺在院子里的竹摇椅上睡着了,听到自行车支架的响声就醒过来。父亲起身说:"过中秋,要送节,你也不回来,是我去帮你送的。"

彭击修心里嘀咕,"自己惹来的事自己处理"。父亲拿起长长的竹烟管吸烟,把怒气和着烟一起吸进肚子。父亲缓和了一下说:"三十而立,立业立家,老辈话不能不听。当初你落魄在家,人家没嫌弃你。现在你也不能嫌弃人家。仙桃是独生女,游德金不说我也知道,他想你做儿子。仙桃家里两进砖瓦房和那份家业,都由她继承,她的就是你的,你在林场工作,下山就是家,也很方便。过年过节,你们愿意在哪里就在哪里,两边大人都不计较。"

父亲咳嗽了一阵说:"最近这一段,腿跑断了,来回跟仙桃爹商谈,终于谈妥了。看个合适的日子,把事情办了。婚礼麻烦一些,仙桃爹那边要办,我们这边也不能不办。商量的结果就是两边都办,我们不怕麻烦,你也不要怕麻烦。只是谁先办谁后办,一直没有敲定。到时候再说,我心里想着是抢个先手。"

彭击修沉默无语,心里想,我什么都不知道,就你们两个在谈判,费心了,不谢!

父亲继续安排:"今后生儿育女,姓彭姓游随便你们。依我看,当然要姓彭。仙桃爹很聪明,说姓彭也无所谓,只要你对仙桃好一些,就算是他前世修来的福分。仙桃爹也很精明,说如果生得多,也可考虑一个姓游。我说,那好商量。到时候的事嘛,到时候再说吧。"说着,父亲被一口烟呛住了,激烈地咳嗽起来,咳得肺部呼呼作响,好像要把心咳出来似的。母亲闻声出来,连忙帮老头子拍背,叮嘱他夜里不要吸烟。

彭击修的思绪还停留在徐芳兵和季卫东身上。想到自己遭遇到人生又一次挫败,心情灰暗。当时在家务农的时候,落魄潦倒,父亲和仙桃她爹趁机让自己跟游仙桃定了亲,现在又乘虚而入要给他办婚事。他觉得自己的一生,就这样被两个老头子在八仙桌上安排了。原本心里火气蒸腾,顶撞的话已经到嘴边,但看到父亲咳得死去活来,也只好作罢。彭击修站起来说:"爹,娘,你们早点休息吧。"说着就进自己屋里去了。

这天晚上,彭击修失眠了,在床上烙大饼似的翻来覆去。这些年的经历,像电影一样在脑子里过了一遍。他怨自己命不好,没能考上师范,没能吃上商品粮,现在有了个工作,又没有拿到国编指标,嘴巴和舌头又木,普通话也说不好,还反过来逼着上海知青说本地土话。因为林场归自己管,他们不得不听从。他们心里还不知道怎么讨厌自己呢!已经有人告状告到了公社,说他彭击修"性情傲慢""作风粗暴""重女轻男"。的确,除了程南英和陆伊,几乎所有的上海知青都挨过彭击修的骂。他发现自己已经有点众叛亲离、四面楚歌了。他扪心自问,这世上,难道只有仙桃爹和仙桃两个人对自己感兴趣吗?

转眼到了冬天。彭击修到公社开会学习,徐水根主任传达县里的指示,说省里关于"建设社会主义新农村"的最新精神,明年年初就要下达。我县作为试点单位,提前接到通知。当前的主要任务,就是要大力发展农业,狠抓粮棉油生产,狠抓水利水电建设。当务之急是建水电站,各大队和基层单位要抽调主要劳力,参与"横山水库水利水电工程"大会战。徐水根让春山岭林场迅速组织"春山公社青年突击队"。

党小组长游崇兵带领十几个上海知青和本地知青,到横山水库去参加水利大会战。部分宣传队的骨干人员留守林场。他们当然还要出工,收割后的水田要种油菜和红花草,旱地里要种萝卜和冬小麦,还要垦荒挖洞种树,剩余时间用于排练节目。大型配乐歌舞诗朗诵《献给第三次世界大战的勇士》的谱曲工作,已经接近尾声,顾秋林和孙礼童松了一口气。但话剧《春到春山岭》的主角刘英妹该由谁来演,这事一直没定下来。有人主张陆伊来演,有人主张程南英来演。顾秋林觉得陆伊更合适。孙礼童说,陆伊在开场节目中担任主角,是配乐诗朗诵的领诵者和领唱者,还有一个《红色娘子军·常青指路》中的琼花。顾秋林说,程南英也有两段领舞和一个独唱啊。孙礼童说,她一会儿出场,一会儿下去,毕竟不是主角。顾秋林说,话剧主角是一位扎根农村的知青典型,从性格和气质的角度看,陆伊更像。两种意见争执不下,最后彭击修拍板,指定程南英饰演主角刘英妹。

彭击修收到请柬,请他到春山公社会议室,参加季卫东和徐芳兵的新婚茶话会。彭击修犹豫了一下,最后还是决定大大方方地出席,同时给徐芳兵送一份厚礼。他通知游德宏,骑自行车去黄埠镇合作社,买一对红色铁壳热水瓶,用黄漆写上"新婚志喜 春山岭林场 敬贺"字样。再买一个大号搪瓷红牡丹图案脸盆,外加两块印花长绒毛巾,脸盆用红漆写上"卫东 芳兵 同志 新婚志喜 彭击修 恭贺",长绒毛巾中放了一个5元的红包。

元旦那天下午三点,彭击修来到茶话会现场。他将礼物交给站在门前迎客的徐芳兵和季卫东,并热情向新人道喜。会议室里挤满了人,有公社和大队领导,有机关干部,还有春山本地的村民。会议室正中的长桌上摆满了吃食,糖果、香烟、饼干、瓜子和花生。李瑰芬担任茶话会主持。她请大家坐下,宣布会议程序:第一是全体合唱《东方红》;第二是证婚人徐水根主任讲话;第三是新婚人介绍自己革命爱情经过;第四是自由发言;第五是文艺表演;最后是全体合唱《大海航行靠舵手》。

徐水根说,自己作为同事,作为这对年轻的革命伴侣的长辈,又作为他们革命爱情的见证者,心情非常激动,同时也对他们采用这么简朴的形式举行革命婚礼,表示赞赏。他们是革命战壕的亲密战友,也是移风易俗的好榜样。希望他们在今后的革命征程上,继续革命,永不停歇。公社其他领导也纷纷发言,对两人表示祝贺。大家使劲地鼓掌喝彩,要求新婚人介绍革命爱情的经历。

季卫东一反常态,语言枯燥无味,说得结结巴巴。何家的小儿子何缽得不耐烦了,开始起哄:"季主任,快交代,你们什么时候开始亲嘴的?"旁边有人起哄:"是啊,快说快说,亲嘴没有?"季卫东尴尬地笑着,徐芳兵红着脸,低头不语。舒漫娥插话道:"算快了,人家不好意思说嘛,让他们吃苹果吧。"何缽得说:"也行,也行。"说着,拿起一只用染红的细麻绳绑着的苹果,吊在季卫东和徐芳兵中间,让他们俩背着手,用嘴巴去啃苹果。快要啃到的时候,何缽得就将绳子往上提。徐芳兵拒绝继续玩这个游戏,但大家都在鼓掌喝彩。季卫东突然抓住苹果咬在嘴里,送到徐芳兵嘴边,徐芳兵匆匆咬了一口,大家也只好作罢。接下来是文艺表演,其实就是唱歌。季卫东和徐芳兵合唱语录歌。

晚上在公社食堂举行小型宴会,只有公社机关干部、基层负责人和少数好友参加,二十人正好两桌。主桌上坐着徐水根,还有季卫东和徐芳兵、李瑰芬、彭击修,以及春山大队队长何罐得。徐水根说,菜是村里送过来的,公社食堂师傅加工的,大家随意用吧。酒是好酒,能喝的多喝些。几个白瓷瓶"四特酒"摆在桌上。徐水根倒了一小杯,说今天高兴,要破例,但胃痛不敢多喝。几位机关干部见主任不放开喝,自然也不敢多喝。

季卫东是打算放开喝的,但被徐芳兵制止了,命令他必须克制,轮流给大家敬酒,也只是礼节性的,不要真喝。结果只有李瑰芬、彭击修、何罐得三个人喝得欢。他们轮流向新人敬酒,向徐主任敬酒,接着又不停地互相敬。何罐得尽管不主动出击,但来者不拒,谁过来,他都微笑着干杯。李瑰芬十分活跃,她端着酒杯到处敬,敬了主人敬客人,敬了新人敬旧人。没想到她如此海量,一杯又一杯,面不改色心不跳。

徐水根见李瑰芬把现场气氛搅得异常热烈,心里高兴,便站起来说:"瑰芬同志,女中豪杰,你行!我这不能喝的都忍不住,要跟你干一杯。"说完,举杯一饮而尽。李瑰芬也干了,把酒瓶拎到徐水根面前,端着斟满酒的杯子,一只手搭在徐水根肩上说:"主任敬我一杯,我敬主任三杯。"徐水根连忙提醒她说:"慢慢喝,慢慢喝。"

李瑰芬舌头开始打卷,红着两只眯缝眼,直愣愣地盯着徐水根说:"慢什么啊?主任你知道的,我性子急,喝酒也一样。徐主任呢,明明能喝,却不喝,总说有胃病,只有我知道,主任你,身体好得很,一点,毛病,都没有。"徐水根有些尴尬,季卫东过来替他解围,跟李瑰芬连喝了三杯。李瑰芬接着喊:"来啊,有本事来喝啊。"

彭击修酒量一般,开始跟何罐得一样低调地喝着,慢慢地就放开了。他先给季卫东和徐芳兵敬了酒,又到另一桌去敬酒。几个女的起哄:"彭场长,什么时候喝你的喜酒啊?"彭击修支吾着说:"干杯,干杯。"说着转身往自己的座位去,刚好听到李瑰芬的话,便主动接过话头说:"来啊,有本事来喝啊。"

李瑰芬一听彭场长接话,来劲儿了,高声叫道:"喝就喝,来啊,我怕谁?"两个人较起劲来,你敬一杯,我干一杯,喝得昏天黑地。

李瑰芬越喝越兴奋,大声喊叫:"我李瑰芬,十五岁参加革命,走南闯北,枪林弹雨中穿过了半个中国,出生入死革命到底,我怕过谁?"

彭击修附和李瑰芬说:"是啊,是啊,部队就是革命的大熔炉,我们在那里百炼成钢。我怕过谁?我怕过你吗?……嗯,我是有些怕你,除了你我谁都不怕!"

李瑰芬仰起脖子又干了一杯,突然冒出一串苏北话:"上海那个地方有什么好啊?华人和狗不得入内。他妈的!我们苏北革命根据地,那才是好地方。"说着,李瑰芬伸手在自己的腰间拍了拍,然后伸出大拇指和食指,做成手枪的样子,瞄准徐水根主任开了两枪:"砰!砰!"徐主任下意识地往边上躲了一下。

彭击修说:"是啊,上海那个地方有什么好?我们春山岭才是好地方啊,才是锻炼革命意志的好地方啊。谁不喜欢?不喜欢可以走啊,可以滚蛋啊,不送!"

有人鼓掌起哄:"说得好,说得好!春山才是好地方。"

李瑰芬满嘴喷着酒气,直逼徐水根身边,她右手对准徐水根的腰部使劲一戳,厉声喊道:"举起手来,缴枪不杀!"

徐水根叫两个女宾把李瑰芬送回家,又叫何罐得兄弟俩把彭击修送回家。两个喝醉了的人,一边退场一边喊:"干杯啊,谁怕谁!"宴会结束,皆大欢喜。

一进家门,彭击修就蹲在院子里吐了。母亲帮他洗脸,把他送回房间,怪他不该多喝。彭击修说:"也没喝多少,不知怎的就醉了。"母亲说:"不开心就容易醉,以后记住,不开心就不要喝酒。"彭击修说:"没有不开心啊,人家结婚我高兴啊,我还送了一份厚礼呢,我为他们祝福。"说着,突然转身趴在床上,呜呜地哭起来。母亲抚摸着儿子的头发,流泪说:"儿啊,各人有各人的命,我儿男子汉顶天立地,莫哭莫哭。"

彭击修不是软蛋,但在母亲跟前他从来都不掩饰。父亲过来把母亲拉出房间,一边说:"好了好了,这下好了。"母亲说:"好什么?喝醉了伤身啊。你老糊涂了吧?"父亲说:"闷在心里才伤身呢。吐出来了,哭出来了,就会好起来的。"

第二天一早,彭击修骑着自行车出门,他没有回林场,而是直奔横山水库工地。等他赶到的时候,程南英、陆伊、顾秋林、孙礼童等宣传队员乘坐的手扶拖拉机,刚好也同时抵达。他们是代表春山公社来慰问演出的。横山水库大坝的斜坡上人山人海,彩旗招展,只听见劳动号子此起彼伏。挑土的人群中,突然传来一阵"嘿呼呼——"的啸声,只见几位挑着满筐泥石的壮汉,带头飞也似的狂奔起来。那些因疲惫而意志涣散的人,仿佛听到了冲锋号,突然精神抖擞,也跟着飞奔起来,大家嘴巴里同时发出"嘿呼呼——"的啸声,像突然刮起的一阵狂风。竖在大坝顶端的广播喇叭里,在不断地播送着先进事迹的通讯稿,其中就有"春山公社上海知青突击队"的先进事迹。彭击修看了看竖在大坝一头的木板宣传栏,春山岭林场青年突击队的小红旗数量名列前茅。

随着嗒嗒嘀嗒的午餐号声响起,工地上的一行行长队列突然散开又聚集,变成了一簇簇的圆圈,大家都围到各自公社送餐的胶轮板车边。顾秋林拉响了手风琴。工地上只能演几个短小的节目:程南英和顾秋林的手风琴伴唱,陆伊和孙礼童的京胡伴唱,手风琴独奏,二胡独奏。最新排出来的节目是女声表演唱《建设社会主义新农村》,将省里最新指示精神和新任务唱出来:"八字头上一口塘,两边开渠靠山旁,中间一条机耕道,新村盖在山坡上。充分利用水发电,植树造林满山冈,自力更生创大业,世界革命担肩上。"

湖滨县会战指挥部的领导同志闻声赶来,跟彭击修和宣传队员们握手,感谢他们带来的精神粮食。领导同志还说,春山岭林场青年突击队能文能武,理应是模范标兵。他们说回去就向刘登革副主任汇报。

快要过春节,参加水利大会战的人都回到了林场。小伙子们和姑娘们个个被风吹日晒得黑乎乎的,被石头和泥巴压得硬邦邦的,走路的时候,迈着急促的小碎步,身子往上一蹿一蹿,好像还在挑土、抬石头似的。他们不仅饭量大了,吃的速度也奇快。姜新宇和李承东几个,端着饭碗蹲在厨房门前,三下五除二就把一大碗饭吃完了,接着把碗伸到彭健彪跟前说:"彭师傅,再来一份。"程南英说:"你们吃慢一点行不行啊,太快了不消化。"姜新宇说:"吃得太慢不行,像没吃似的。"程南英说:"到嘴巴里就吞了,既没有咀嚼,也没有品尝,舌头连味道都不知道啊。"李承东说:"舌头不知道没关系,肚子知道就行。"

春山公社青年突击队,准确地说,是"春山岭林场青年突击队",领队游崇兵和队长游平花,将锦旗挂在林场办公室的墙上。红布锦旗上有黄漆书写的几行字:

授 予

春山公社青年突击队"模范集体"光荣称号

横山水利水电工程会战指挥部
12月31日

彭击修很高兴,准备下午开全场职工大会,让程南英在饭堂的黑板上写通知。又把游德宏叫到一旁,让他去张罗晚上的会餐。游德宏把彭健彪、游德善、游德民、游平花叫到厨房,吩咐他们多准备菜,杀一只猪,准备庆功宴。

彭击修主持下午的大会,祝贺青年突击队取得好成绩,感谢他们为春山公社和春山岭林场争得了荣誉,表扬了游崇兵和游平花的模范带头作用,还表扬上海知青、姜新宇、李承东、谷维世吃苦耐劳,特别是女知青不容易,童秀真、褚小花、林俪,人小身体弱,但不怕苦不怕累,敢于向困难挑战。彭击修决定,给青年突击队放假一周,同时宣布当天晚上会餐,犒劳辛苦了一年的员工。

会餐开始,彭击修本准备再说几句开场白,但没人听。他又叫程南英唱一支歌,程南英唱《同志哥,请喝一杯茶》。姜新宇说:"茶是要喝的,现在不喝,等一下喝,现在吃红烧肉。"说完,自己哈哈大笑起来。其他人都忙着吃,连笑都顾不上。整个场面特别务实,特别朴素,没有寒暄,不拘礼节,大家放开肚皮吃,只听到呼啦呼啦的吃饭声、饱嗝声、干杯声。彭击修高兴得也豪饮了几杯。他指着杯盘狼藉的桌子说:"这才像个能战斗的样子,叽叽歪歪,一步三摇,怎么打仗?"

姜新宇、李承东、顾秋林、童秀真几个人一桌。姜新宇说:"哈哈哈,彭场长在说谁叽叽歪歪、一步三摇呢?"李承东看着顾秋林这边说:"场长不是说我们,一步三摇不是说女人吗?我们抬着一两百斤的大石头,如果一步三摇,那还不早就被压死了!"说完打了一个饱嗝,摸出香烟来,散发给同桌的人。

童秀真听到李承东讽刺女人,不干了:"我说李承东啊,你抬石头的不能一步三摇,我们挑土方的就能一步三摇吗?我们突击队每天的土方数量名列前茅,谁挑出来的啊?是自己长出来的啊?喝多了就瞎说。"

顾秋林本来是不想多喝的,但被李承东的话刺激了,他拿下斜叼在嘴角的半截香烟,端起酒杯,虚张声势地大声喊:"来来来,大家少说话,多喝酒!"但他毕竟没有参加横山水利大会战,缺少真枪实弹的战斗经历,气势上比李承东和姜新宇他们差了一截。他特地走到李承东跟前,要跟他拼酒:"会战的英雄,今天给你庆功,祝贺你们,我们连干三杯!敢不敢?"李承东吐掉烟蒂说:"来啊,有什么不敢!"李承东本来已经喝得差不多了,现在又连喝三杯,当场趴在桌子上。顾秋林也摇摇晃晃地回到自己座位上,指着彭击修说:"彭场长,还有没有会战?让我去。我在西岭沟就发过誓,要戒琴,不拉了,是你让我拉。你让我去开山,去放炮,去抬石头吧!"说完,又举杯要喝,童秀真一把夺过他的酒杯,将酒浇在地上,递给他一杯水。顾秋林端起水一口干了。

彭击修见程南英、陆伊和顾秋林几个留在场部的宣传队员情绪低落，便站起来说："参加横山水利大会战和在场部宣传队排练，都是我们林场革命工作的一部分，没有高低贵贱之分。顾秋林同志不但要拉琴，而且还要拉得更好。还有，你们离开自己的小家，来到我们这个大家，快一年了，吃了不少苦，但你们成长了，革命意志得到了锻炼，进步是主要的。今晚不说别的，只希望大家吃得开心，喝得高兴。来来来，大家干一杯！"

上海知青到春山插队落户，的确是一年了。经彭击修这么一渲染，顿时有了一种时间流逝的沧桑感。褚小花哇的一声就哭起来，说她想回家。其他有几个女孩子也哭起来。男孩子吸着烟，喝着闷酒，山一样沉默无语。当天晚上，吃掉了半只猪，喝掉了一坛谷酒，醉倒的五六人。

第 十 章

春节前夕,知青们回上海探亲一事提上了议事日程。按照县"五七"大军领导小组的通知精神,提倡知识青年跟贫下中农一起过一个革命化的春节,公社决定,允许部分知青回家过年,但不要一窝蜂全走,要分期分批轮流回,原则上不能超过半数,并且要保证如期如数返回。知青们都在为自己能否进入第一批回家名单而焦虑,有的女孩子因担心而开始啼哭。还有人透露说,个别上海知青过完春节就不打算回来。县里指示,公社要派跟队干部陪知青回上海过年。季卫东和徐芳兵作为第一批跟队干部,要负责把他们全部带回来。分散在各大队的三十名知青先到公社集中,然后派拖拉机统一送往江东码头,乘坐"东方红号"大轮回上海。临行前,跟队干部代表、春山公社"五七"大军办公室主任季卫东,代表公社宴请知青。他说:"回上海过年,跟父母家人团聚,是你们的心愿,也是公社领导的心愿。恳请大家一定注意,要显示出扎根农村干革命光荣的精神风貌,多说成绩,少说困难。同时,扎根农村是一辈子的事情,千万不要三心二意,更不能有临时思想。希望你们不要做逃跑派,要做扎根派。……"

主动请缨留下来过春节的,有程南英、陆伊、顾秋林、童秀真、姜新宇、李承东、谷维世七人。彭击修觉得,完全靠自愿,有这样的结果已经很不错了。童秀真本来要回家,但她得知顾秋池他们黑龙江那边的,今年一个都不回,于是,她跟顾秋池约定,一起等到春天再回上海。本地知青马欢畅和焦康亮也不回家过年,给家里的借口是留场值班。焦康亮的父亲焦副县长还在偏远的山村监督劳动,母亲也跟父亲一起。马欢畅跟李瑰芬赌气,不想回医院,也不想见到春山的熟人。彭击修吩咐彭健彪春节加班,为留场知青和值班领导做饭,又让游德宏和游崇兵跟自己一起,春节期间轮流值班。

腊月二十八上午,山路上呼啸的北风把太阳带来的暖意都刮跑了,冰碴聚积在灌木丛的根部,路面的洼坑上结着灰白色的薄冰。徐水根为首的公社慰问组来慰问留场知青,拖拉机因路窄而停在离场部几百米远的地方。徐水根从拖拉机头里面钻出来,李瑰芬紧随其后,随行的还有公社机关和直属单位的负责人。马欢畅看到母亲跟在徐水根后面,心里不痛快,冷冷地打个招呼就准备离开。李瑰芬说:"等会儿跟我一起坐拖拉机回家,弟弟在家等你。"马欢畅说:"我要去马家塆看我爸。"说完转身就走。李瑰芬觉得没面子,但当众也不好说什么,只能忍气吞声。徐水根把李瑰芬拉到一旁小声说:"你这个女儿太任性,得改改。"李瑰芬拉着脸说:"要改的不是她的脾气,而是她的处境。"徐水根说:"不要急嘛,等招工指标下来再说。"李瑰芬说:"等什么?你家徐芳兵,一人两个岗位,不可以让出一个来啊?"徐水根说:"过完年再商量吧。"说完,领着大家走进会议室。李瑰芬又见到了被她从何师傅家挤走的顾秋林，他变得又黑又瘦，李瑰芬内心颇有感触。

彭击修带领知青们打扫卫生，收拾整理来自县、社、村各级的慰问品。游德宏将自己书写的春联贴在场部大门上，上联是"四海翻腾云水怒"，下联是"五洲震荡风雷激"，横批是"革命到底"。大年三十这天的黄昏，年夜饭安排在会议室，七位上海知青、两位本地知青，加上彭击修、游德宏、彭健彪一共十二人。彭击修亲自点燃鞭炮，噼里啪啦的响声带来年的气息。菜肴也很丰盛：干笋红烧肉、豆参红烧鱼、黄花菜炖鸡、炒肚片、炒猪肝、银鱼薯粉羹、海带炖排骨、香菇炒青菜。吃过年夜饭，天已经黑了，彭击修要骑车回春山，他把手电筒绑在自行车龙头上，临行前，又从手提包里摸出两小挂鞭炮交给顾秋林和姜新宇。游德宏点燃了会议室的汽灯，烧好木炭火盆，将一大篓优质木炭堆在墙角，这才下山回游家坳。单身汉彭健彪在哪里都一样，往年都在彭击修家过年，今年刚好留下来和知青们一起。

吃过年夜饭，彭健彪收拾了饭桌，就去厨房做冻米糖。童秀真和马欢畅给彭师傅打下手。两边大灶同时烧火，左边锅里是炒热的黑砂，冻米倒进高温黑砂，立刻膨胀数倍变成爆米花。右边的锅熬糖，先将白色块状米糖熬成糊，等糖糊开始冒出鹅卵石大小的气泡时，再将炒好的爆米花、花生仁、黑芝麻倒进糖糊中，搅拌均匀。趁热将被糖糊黏在一起的爆米花，放进一个矩形木框，再蒙上白布，让童秀真和马欢畅站到木框中的糖块上使劲踩踏，踩得结实又平整，撤走矩形木框，糖拌爆米花就变成一整块。大糖块冷却之后,彭健彪操起一把长刀,将糖块分成几个长条。童秀真和马欢畅两人,用菜刀把糖切成小块。童秀真吃了一块就惊叫起来:"花生芝麻牛轧糖,原来是这样做出来的啊,我也会了。彭师傅太能干了。"彭健彪得意地说:"有空我还可以教你们做豆豉、辣椒酱、酒糟、豆腐乳。"童秀真一边说"好啊好啊",一边惊叫着将冻米糖送进会议室。

李承东、谷维世、焦康亮几个叼着香烟在门前放鞭炮,比赛看谁敢抓住鞭炮的尾巴不撒手,让鞭炮在拇指和食指中间爆炸。程南英、陆伊、顾秋林、姜新宇四个人坐在牌桌前打升级。程南英要跟顾秋林搭档,她说顾秋林沉着冷静,总能转败为胜,化险为夷。她让头脑容易发热的姜新宇跟陆伊搭档。陆伊表面上不在乎,心里却酸溜溜的。程南英和顾秋林已经升级到了第二圈,陆伊和姜新宇的第一圈才打到丁钩儿。见童秀真来了,陆伊假装要吃冻米糖,把牌一扔,说不打了,拉着童秀真在木炭火盆边上坐下。其他几个也丢下牌,吃了一些冻米糖,然后跑到外面放鞭炮去了。

陆伊似乎有些不高兴。顾秋林伸手拿冻米糖时,他的脸刚好路过陆伊的耳,便小声说,下次一定要跟她搭档。陆伊躲开他说:"谁稀罕?"顾秋林笑了笑,再一次起身,他的脸从陆伊的耳边经过,一股洗发粉的清香钻进鼻子。顾秋林说:"你不稀罕我稀罕。"陆伊连忙取一块冻米糖递给顾秋林说:"不许你跟我赖皮!"一丝隐蔽的娇嗔掠过她的脸。顾秋林陶醉在陆伊清新的发香中,在炭火的烘烤下,她脸色嫣红,嘴唇丰润。顾秋林在心中吻着她。

木炭盆里的炭火把会议室烤得暖烘烘的。姜新宇他们从外面回来,身上带着寒气和鞭炮的火药味。李承东站在凳子上,往汽灯里加汽油,再往气泵里面加压,汽灯发出滋滋滋的声响。几个人又凑在一起开始打牌。童秀真靠在陆伊身上迷迷糊糊地睡着了。顾秋林坐在陆伊的另一旁,心里有充实的感觉。不知过了多久,陆伊打了个哈欠,起身把童秀真送回房间。正当她要回自己房间的时候,在门前被顾秋林拦住了。昏暗的灯光映着他们晶亮的眼睛。顾秋林突然把陆伊紧紧抱在怀里,右脸贴在陆伊的左脸上,一股神奇的暖流传遍全身。顾秋林转过脸把嘴唇紧紧地贴在陆伊的嘴唇上,陆伊哆嗦了一下,眼睛湿润了,她用力推开顾秋林,转身冲进自己的房间把门关上。

夜深人静,顾秋林独自坐在木炭火盆边,他的右脸还留着陆伊脸颊滑腻的温暖。他点燃一支香烟,独享着隐秘的幸福,坐等新年第一个黎明。往年欢乐的除夕浮现在记忆中。玩得疯狂的弟弟妹妹发誓要守到天明,却总是早早地进入了梦乡。最后,总是留下父亲一个人守岁,守着全家的平安。此刻,家人天各一方。北国的弟弟,相依为命的母亲和妹妹,在崇明岛上劳动的父亲,不知家人何时能够相聚,感伤的情绪涌上心头。

家里人提醒彭击修,婚礼定在正月初十,他这才感到事情已经如箭在弦,不可遏制,同时又茫然不知所措。但他采取了消极对待的态度,没有继续抵抗,顺从了父母的决策。他的顺从成全了很多人,首先当然是仙桃,然后是仙桃爹,还有父母,以及那些为自己操心的人,比如季卫东和徐芳兵。徐水根主任也很支持,特地为彭击修弄了两张购买券:一辆女式凤凰牌自行车和一台蝴蝶牌缝纫机。

年前,彭健懿夫妇一直在忙小儿子的婚礼。彭击修将自己的积蓄还有自行车票和缝纫机票交给父亲,其他一概不过问。林场的员工对彭场长的婚事也很好奇:彭场长不是说要重头来过吗,怎么又同意了呢?听说要在男方和女方举办两场相同的婚礼,唯一的差别就是春山有迎新娘的环节,游家坳没有,得彭击修自己骑车过来。彭家婚礼把重头戏放在迎新娘环节,游家婚礼把重头戏放在闹新房环节。彭击修试图抵制这种旧式婚礼。他想象中的婚礼,应该是季卫东和徐芳兵那样现代时髦的文明婚礼,大家坐在一起,听新郎新娘谈他们的恋爱经历,聊他们的革命理想。但他的想法遭到所有人的反对,父母、哥嫂、仙桃,还有仙桃她爹。彭击修觉得,自己在这个世界上真的是很孤独,没有一个支持者。连徐主任也说,提倡移风易俗,但不能一刀切,传统势力的消失要一个过程,得慢慢来,尤其是乡村这一级,不能操之过急。

正月初十的那天上午,春山村彭健懿家门前的空地上,早早地就聚满了人,欢笑声、锣鼓声、器乐声响成一片。乐队中唢呐最出风头,压倒了四把二胡和两支竹笛的声音,一会儿是时髦的《北京的金山上》,一会儿是传统的《小桃红》,咿咿呀呀往游家坳去。中午时分,迎来了新娘游仙桃。一字长蛇阵的迎亲队伍,气派很大。前面是五六辆自行车,打头一辆崭新的凤凰牌自行车,车头上扎着大红花,那是新娘的宝座。后面几辆自行车的后座上面,放着棉被,四床都是湘绣真丝被面,还有服装,春夏秋冬各两套,以及其他细软嫁妆。自行车后面是木杠抬着的重嫁妆,有樟木箱、杉木盆、梳妆台,还有一架缝纫机。游仙桃坐的车子由彭击修的姐夫,也就是游仙桃的堂哥推着。红布盖在她的头上,只能见到大红绸缎面料的棉袄,黑底红花绣花鞋。彭击修推着自行车跟在后面,胸前挂着一朵绸布大红花。到了村口,仙桃不肯再走,要彭击修抱着她进村庄,进院子,进家屋。以后要是男方胆敢叫女方滚,女方就可以反驳,不是我要来,是你请我、求我、抱我来的,出尔反尔的是你。彭击修先把游仙桃抱到彭家祠堂里,跪拜彭氏祖先,再把她抱回家,放在厅堂正中,拜天地、拜父母,然后由两位年轻女子陪同躲进洞房。其他人则开始胡吃海喝。晚上闹洞房。

第二天夫妻回门。仙桃爹也要为仙桃办迎亲酒席。在他心目中,仙桃就是儿子。为此他不惜为女儿办了两套嫁妆。正月十二天气好,酒席从下午四五点开始。温暖的阳光照耀着大晒场上的十几张八仙桌。家家户户都有代表出席酒宴,每桌八个人。自酿的烈性谷酒,用大海碗装着,挨个儿在手中传递,每人喝一口,接着往下传,把喜庆传遍了全村。晚上的闹洞房仪式更加气派。仙桃家的屋子更大,厅堂和房间也更宽敞。厅堂里几张八仙桌拼在一起,上面摆满吃食、果品和香烟。仙桃的洞房里也摆了两张八仙桌,堆满吃食,还有酒壶。晚上酒席刚结束,全村人都挤到仙桃家。年长的坐在厅堂里抽烟、饮酒、聊天,由彭击修和仙桃爹陪着。年轻的挤在仙桃的新房里,跟两位护身娘调笑。

游仙桃端坐在八仙桌靠床的一边,面前一对大号红烛,把人脸映得通红,左右一边一位年轻貌美的女子保护着她,那是她今夜的保镖,叫"护身娘",她们正伶牙俐齿地对付那些用粗话调戏新娘的人。游仙桃头上依然蒙着红布,既不露脸,也不露声,一切都交给护身娘。那些半大不小的男孩,被大人怂恿得越来越放肆,开始钻到桌子底下,去捏新娘的脚,去摸护身娘的大腿,不时地被护身娘踢出来。两个壮汉把彭击修架过来,要他跟新娘亲嘴。护身娘不同意,说真的要亲是不是?来啊,跟我亲!把起哄的男子喝住了。彭击修早就喝醉了,双腿站不住,又被人架了出去。

临近子夜,一些老人和孩子熬不住了,纷纷离席回家,剩下精力旺盛的年轻人。有人突然把蜡烛吹熄了。门外冲进一群男子,领头的几个,脸上抹了黑乎乎的灶锅灰,手里举着松明火把,高声喊叫起来,后面跟着一群起哄的。闹洞房的领头者,都是最善于编词儿的人,他思如泉涌,没完没了地喊叫着,目的是让松明子烧完,让房间里变黑。此刻,酒壮怂人胆,语撩痴心汉。有人开始往前拥,在护身娘身上乱摸,接着便传来男人们哇哇哇的喊叫声,因为护身娘用随身携带的绣花针,往那些咸猪手上猛刺,并不流血,但是痛,并兴奋着。

坐在客厅里的长辈饮着酒,吸着烟,微微地笑。他们仿佛在重温自己荒唐而活跃的青年时代。仙桃爹心里高兴,他觉得兴旺的人气,会给他和仙桃带来好运。醉酒的彭击修趴在桌上呼呼地睡着了。他姐夫和游三仂架住胳膊把他送进了洞房。

非彭击修不嫁的游仙桃,终于如愿以偿。这是她性格坚忍不拔的结果。在乡村,彭击修算是有文化的人,同时他还有军人派头,在游仙桃眼里,彭击修是标准的文武双全。游仙桃很爱彭击修,对他百依百顺。但一旦犟起来,她也是牛拉不回头。彭击修知道游仙桃的脾气,便要丑话说在前面,跟她约法三章:第一,住在游家坳还是住在春山可以随意选择,但要孝敬两边的父母。第二,热爱劳动,但要量力而行,坚决不搞资本主义自由市场。第三,不过问、不介入、不干涉彭击修的工作,没事不要去春山岭林场。

游仙桃娇嗔地说:"好好好,随便你怎么约法,不要说三章,四章都可以。我只想你每天都回家来。……不可能是吧?三天回一次也行。"

彭击修说:"那得看工作忙不忙。原来我半个月回一次春山,有时候一个月一次。现在改为一个星期回一次吧。"

游仙桃说:"行啊,每个星期至少回一次家。你来游家坳我就在游家坳,你去春山我就去春山。你活着我也活着,你死我也去死。我跟你现在是两只拴在一起的蚂蚱。"说着,眼泪哗哗地流了下来。

彭击修表面上批评游仙桃,不该在喜庆的日子里说不吉利的话,内心却一阵战栗。这女子温顺的外表底下藏着这么执拗的想法,这么刚烈的性情。特别是对我彭击修这样一个无情无义之人的挚爱,我将何以为报!看着仙桃泪花闪烁的眼睛,彭击修心里沉甸甸的。其实他也挺迷惘。除了曾经对徐芳兵之外,还没有哪一位异性让他动过心。他不知道刚才因游仙桃哭泣而产生的战栗,算不算是"动心"。心是混沌的。夜也是混沌的。

回上海过春节的春山知青一个不少地回来了。接到季卫东的电报,徐水根一边向县里汇报,一边派拖拉机到江东轮船码头接人。回到春山,徐水根开了一个小型座谈会,欢迎知青回来,祝贺季卫东和徐芳兵顺利完成任务。

季卫东巧舌如簧能说会道,徐芳兵入乡随俗会赶时髦,给知青家长留下了好印象。相比其他一些公社的知青,或请病假,或无故滞留,或耍赖不回,春山知青表现得特别好。县里要求春山公社提交材料,介绍安抚知青家长的经验。

在上海期间,也出现过一些小风波。孙礼童和殷麦莉两家的父母,有的唱红脸,有的唱白脸,又是送礼,又是请吃饭,或哀求,或施压,目的只有一个,要求把殷麦莉从隔壁的砚坑公社,改派到春山岭林场,跟孙礼童在一起,相互有个照应。但是,砚坑和春山属于两个省份,而且他们是同学关系,不是亲属关系,找不到相关政策支持。所以季卫东不敢随便答应。他首先表示理解,同时代表个人欢迎殷麦莉到春山插队落户,并承诺认真对待这件事,逐级上报,争取办理成功。季卫东采用了绥靖手段和怀柔方法,化解了风波,控制了事态,稳住了家长。这是季卫东的智慧之处。回来之后,徐芳兵不时地提醒季卫东,不要忘记了自己的承诺。徐芳兵担心,如果没办成,下次去上海的时候无法跟孙礼童的家长交代。

徐芳兵像换了个人似的。发型也变了,辫子换成短发。那可不是一般的短发,是上海大理发店的师傅专门根据她脸型设计的。这种发型妙就妙在,粗看上去好像一般,细心和懂行的人就能看出门道来。徐芳兵就是做给细心和懂行人看的嘛。可恨季卫东没看出门道,说像只蘑菇。徐芳兵说:"没错,你算聪明,就是流行的蘑菇头。"徐芳兵每天都换不同款式的衣服去上班,春风得意的样子。总机话务员舒漫娥有些嫉妒,私底下翻着白眼说:"洋衣裳能买到,土气质去不掉。蜕了皮的知了还是知了。"徐芳兵自我感觉良好,已经是公社秘书了,但广播站的活儿还在干着。她提醒过徐水根好几次,徐水根说要等开年后再考虑。

除夕前半个月和后半个月都是过年,元宵节之后,年终于算是过完了。趁着春耕还没开始,彭击修集中时间抓政治学习,以便凝聚日渐散漫的人心。但他发现,知青们都懒洋洋的提不起劲儿。劳动锻炼了一整年的知青,好不容易变得黑一点、粗一点、土一点、壮实一点,回上海才二十多天,就又变回去了,白了,洋气了,讲究了,不热爱集体生活了,拈轻怕重了,小资产阶级思想又开始抬头了。看来,当时县里不打算让知青回上海过春节的决策是有道理的。领导层思想中也有小资产阶级的软弱性,立场不够坚决,经女知青们一哭闹,他们就松口,实际上回上海的知青远不止半数。现在,回城后遗症来了。彭击修给季卫东打电话,把知青近期的思想动态做了详细汇报。

季卫东回到家,徐芳兵正在把挂在大衣橱里的衣服一件一件拿出来往身上披,对着穿衣镜左右比画。一见季卫东就问:"好看吗?"季卫东应酬她说:"好看好看!……唉,真是让人犯愁啊!这些上海知青,人是回来了,心却没有回来,都丢在上海啰。"

徐芳兵说:"是啊,不要说他们生在上海、长在上海的,我们在上海才玩了几天?我的心都回不来。啧啧啧,外滩的风景,南京路的商场,漂亮的衣裳和鞋帽,时髦啊,晚上的霓虹灯,没有一个地方不漂亮。……以后我们有了女儿,你一定要经常带她去上海玩,去见见世面,好不好?"

徐芳兵的话,让身材矮小肚腩初现的季卫东不自在。徐芳兵还逼着他表态。季卫东说:"以后的事情以后再说嘛。你怎么知道是女儿,说不定是个儿子呢,儿子好。"

徐芳兵说:"我不要儿子,硬邦邦的不贴肉,我要女儿。……那几个女孩子,在上船的时候抱着母亲哭,哭得好伤心!还有,看到孙礼童跟他的女友在江东码头告别,我都忍不住哭了。……喂,你听到她们一路上哼的歌吗?据说是知青中间最近开始流行的歌,我特别喜欢,在轮船上一直跟他们学。"徐芳兵开始哼唱起来:

> 我又回到了这老火塘边,
> 我的心遗失在苏州河旁。
> 我又回到这黄泥地里,
> 我的梦飘荡在黄浦江上。
> 啊,上海,我的故乡,
> 请你把我的心收藏。
> 啊,母亲,我的依恋,
> 请你把我的梦拥抱。

季卫东说:"曲子好像不错,歌词很不健康,充满了消极情绪,它的结果只能是令人意志涣散,你却说它好听。"

徐芳兵一会儿对着镜子瞧,一会儿对着季卫东问:"这件好看吗?"

季卫东不耐烦地说:"好看,我已经说过好多遍,不要让我再说!你一天到晚站在镜子前照衣服,就是不照一照自己的思想。

芳兵啊,你的思想已经被资产阶级俘虏了!"

徐芳兵还在专心试她的衣服,对季卫东的话只是选择性地听。

见她不理会,季卫东便继续加重语气说:"下次派干部去上海,不能再派你去了,你要是再多去几次,思想不知道要腐化变质成什么样子!"

徐芳兵一听不派她去上海,顿时急了,她把衣服往床上一扔,哇哇叫起来:"你刚才说什么?不让我去上海?会腐化变质?穿漂亮衣服就会腐化变质?季卫东,我不穿漂亮你会注意我吗?你会喜欢我吗?你不是说我嘴唇涂胭脂好看吗?真虚伪!我跟你说,只要有去上海的机会,你就要派我去。否则我就跟你不客气。"

季卫东扯开话题说:"《知青跟队干部经验材料》写了没有?"

徐芳兵趁机发难:"我一大早就到广播站上班,下班回来还要写材料,一人干了两人的活儿。你却在家里睡懒觉,到底谁在腐化变质啊?你赶紧找新的广播员来顶替我,否则我就要造反,就要罢工!"

情况反映到徐水根那里。徐主任问有没有合适的人选推荐。季卫东说暂时没有,要召开电话会议,征求基层单位意见。徐水根说:"嗯,广泛征求意见,先民主,后集中。"季卫东拟定了招收公社广播站播音员的三个基本条件:第一,根正苗红思想好;第二,初中以上的文化程度;第三,普通话标准。第二天,季卫东将基层单位推荐的十二人名单,交到徐水根手中。徐水根问季卫东倾向于谁。季卫东说程南英、马欢畅、范梅英三个条件都不错。徐水根说这三个都是春山岭林场的,所以要听听彭击修的意见,把殷贵生和石春娥也叫上,大家一起商量。

殷贵生觉得,徐水根领导作风霸道,专断独行。这次却要搞什么民主集中制,一定是有私心。他坐下来说:"这么小的事情开什么会啊,徐主任定了就行了。"

徐水根说:"那怎么行啊,老殷,要充分发扬民主嘛。"

季卫东说:"范梅英条件不错,但相比之下普通话差一点。"

殷贵生说:"我看这个上海知青程南英条件不错,工人阶级出身,高中生,有文艺才能。"

石春娥本来不打算发表意见,见殷贵生上来就挺上海人,有些沉不住气,抢过话头说:"我个人不成熟的意见,还是要培养本地青年。说到上海知青嘛,不知道她们是'永久牌'还是'飞鸽牌',八成是'飞鸽牌'。"

殷贵生知道徐水根的心思,偏不提马欢畅的名字,但对范梅英也不满意:"范梅英的父亲尽管已经'解放'了,毕竟'靠边站'过嘛,何况季主任刚才已经说过,范梅英的普通话也不够好。这应该是播音员的一个基本条件。至于上海知青,我们只要多关心、多培养他们,'飞鸽牌'也可能换成'永久牌'嘛。"

彭击修本来想先听一下再说,见大家两次否定他提议的范梅英,就问徐水根,自己能不能发言。徐水根说:"叫你来就是要听你的意见嘛,说,大胆地说。"

彭击修说:"范梅英的普通话尽管不标准,带春山本地口音,但这是招春山公社广播站的播音员,听众都是本地人,有点土音听起来更亲切。不需要那么标准,公社广播站又不是中央人民广播电台。而且,范梅英年轻,可以边干边学。至于范得培老师,他是农科站科学种田的技术顾问,又红又专,没有问题。"

徐芳兵在做会议记录,听了彭击修的发言,忍不住插话:"彭场长说,播音员的普通话不需要那么标准,这个观点我不同意。我在地区参加播音员培训班的时候才知道,国家早就制定了推广普通话的计划。各级播音员,就是这个计划的示范者。播音员的功能,不只是传播一些新闻消息,更是在塑造和提倡一种纯洁健康的语言形象。那种认为基层播音员说普通话是装腔作势,不如用土话播音的观点,是错误的!"

季卫东看了徐水根一眼,觉得自己应该开口说话,他说:"我觉得马欢畅更符合要求,高中生,普通话没有本地腔调,比较标准。"

殷贵生朝石春娥使了个眼色,希望她率先发难。石春娥却突然按住胸口,使劲地咳嗽起来,一边咳嗽,一边往走廊上走。殷贵生知道石春娥怕徐水根,所以临阵脱逃,只好自己冲上来:"马欢畅的其他条件都行,只是'根正苗红'这最根本的一条,不符合。他父亲马约伯是历史反革命啊!"

徐水根觉得讨论得差不多了,缓缓地说:"大家的意见已经表达得很充分了。我来总结一下。经过大家认真讨论,从全公社十二个候选人中筛选出了三个人,这很好。后来从三个人筛选到没有人,这就麻烦了。三个人都有毛病,一个普通话不标准,一时三刻也很难纠正。一个可能是'飞鸽牌',谁也不敢保证她不飞。最后一个,不符合'根正苗红'的标准。这意味着招收播音员的工作要搁浅。"

徐芳兵说:"这可不行!我告诉你们,我已经怀孕了,不能起早摸黑干两份工作。"

徐水根说:"关于马欢畅是不是'根正苗红'这个问题,我是这么看的。首先,从血缘上看,她是历史反革命马约伯的女儿。但是,从法律上看,她却是李瑰芬的女儿。李瑰芬跟马约伯离婚的时候,马欢畅是判给李瑰芬的。马欢畅的妈妈李瑰芬是什么人?二十多年党龄的老党员,解放战争扛过枪,抗美援朝跨过江,一家革命者,三个哥哥死在解放战争的战场。她不'根正苗红'谁'根正苗红'啊,同志们!我知道你们挑剔,是出于革命觉悟高。你们担忧,也是出于高度的责任心。但不要伤了年轻人的心哪!"说完,盯着殷贵生的眼睛看了几眼。

季卫东不停地点头说:"徐主任说得好啊!"

石春娥说:"我完全同意徐主任的说法,同意马欢畅担任播音员。"

殷贵生只好改口道:"还是徐主任政策水平高,看问题全面。我们看问题难免偏颇,政策水平低,都是片面之词。我也支持徐主任的观点。我同意招收马欢畅担任春山公社广播站的新播音员。"

彭击修自然也表示赞同。

公社招播音员的事情,早就在知青中传开了。如果在一年前,估计没有哪位上海知青会瞧得上这个位子。但经过一年之后就不一样了,大家都特别希望有机会脱离农耕生产一线。每一个人都觉得自己最符合标准。当他们得知最后的三选一名单时,又纷纷猜测谁最有可能。上海知青认为,程南英最有可能,因为她的普通话最好,最有文化。本地人说,程南英不过是陪马欢畅玩儿的。只有陆伊对此不屑一顾的样子,她认为最符合条件的,应该是她自己。人家既然不给她,她也就懒得去掺和了。

出人意料的是,马欢畅接到通知之后,竟然拒绝。她说她不想回春山,不想见春山人,除了春山,随便去什么地方都行。李瑰芬一听急了,专程赶到春山岭来劝说。李瑰芬说:"为了你我费尽喉舌,你竟然拒绝!这个位置只是过渡,等有招工和读书机会,我再想办法啊,你先离开这里吧。"马欢畅说:"每一次机会都抢,什么好事都想占,人家会怎么想啊?再说,我也不想去春山。我讨厌那个地方,不想见春山村的人,让我在这里劳动吧。这里离我爸很近,我可以经常去看看我爸。"李瑰芬说:"你爸爸有什么好看的?不是派了马欢颜在看着他吗?老头子也用不着天天看啊。"马欢畅很伤心,她不想亲人之间再互相伤害,因此很多话到了嘴边又收回去。她哭着对李瑰芬说:"好了,你回去吧,不要劝我了,让我再想一想好吧?"

李瑰芬自找没趣。灯光不知脚下暗,她跟徐水根姘居的事情已经半公开化了,还以为别人不知道。马欢畅,一个年轻的女孩子,不能承受别人在背后指指点点,恨不得地上裂开一条缝钻进去。如果她去公社当播音员,她就成了母亲那个黑暗的阴影的一部分,还要每天面对着她最不想见到的徐水根。

事情就这样拖下来了。转眼又到双抢季节。如果说,去年的劳累中还有一丝新奇感,今年的重复性劳累,就显得相当苦了,特别是女知青,更难以承受。她们顶着烈日,草帽只能遮住肩膀,为了保护手臂,只好穿上长袖衬衫。马欢畅的短袖衬衫下露出了一大截胳膊,被太阳晒得通红,有的地方开始脱皮。禾草叶子的边缘像锯子一样,把她的手臂划得横一道竖一道。马欢畅不时拿起肩上的白毛巾来擦汗。

程南英对马欢畅说:"你不穿长袖不行啊,你看他们男的,都穿上了长袖衬衫。"

马欢畅赌气似的咬着牙,加快了割禾的速度。程南英跟上她,没话找话似的问:"你为什么不去广播站呢?为什么还要在这里受苦呢?那里再怎么样,也比这里好吧?"

马欢畅是个心直口快的人,心里藏不住事,好不容易有个人能说说,她就把自己的心里话,还有最近的新消息,一股脑告诉程南英。她说:"我不喜欢去春山村,我要离开那个地方,最好是到一个没有人认识我的地方去。我大姐夫卢复兴有同学在县政府工作,他们说下半年就会有招工的指标,年底就有上大学或者中专的指标。焦康亮那些干部子女也是这么说的。我姐夫说他会帮我。我想再熬一熬。这么多人都在等待,我怕拿到了第一次机会,就很难有第二次机会了。再说,在这里劳动也好,离我爸爸近,我可以经常去看他。……"

程南英说:"你爸爸?你爸爸不是在春山医院吗?"

马欢畅说:"他们说我爸爸老了,让他回老家马家塝去了。当年,他是野战部队医院的院长,长得很高很帅,不是驼背老头儿,他很健康,不是老不死的东西。……"马欢畅说着就流眼泪,拿起肩上的毛巾,转过身去擦眼泪和汗水。

听了马欢畅的话,程南英一脸惊讶。她对马欢畅的爸爸不感兴趣,她感兴趣的是有上大学和招工的机会。前不久,上海的同学来信说,北京上海那边已经开始试点,原以为这件事情跟自己无关,没想到突然成了她眼前的一线光明。马欢畅是对的,去当广播员不能作为最终目标。最终目标是离开这个地方。

春山公社那边,徐芳兵的肚子眼看着就开始变大,不能再等了。徐水根只好给彭击修下最后通牒,半个月内决定到广播站上班的人选,否则就通知别的大队的知青。彭击修想到程南英和范梅英两个人。特别是程南英的笑脸,老在他眼前晃动,还有她动听的歌声,直往他耳朵里钻。如果她去了广播站,那就不能听到她的歌声了?

这天黄昏,程南英又哼着歌从彭击修的窗前经过。彭击修隔窗喊住她,叫她到办公室来一趟。只见她款款走来,穿着蓝底白花短袖衬衫和白底蓝花睡裤,趿着一双粉红塑料拖鞋,刚洗过的长发搭在肩上。彭击修瞟了一眼她结实的胸部,问她愿不愿去公社广播站当广播员。

程南英说:"场长啊,你早不通知我,现在大家都不愿去,想等更好的位子,你就叫我去啊?我不去,你要是真的欣赏我,就给我留一个更好的位子。"

彭击修说:"什么?更好的位子?哪里有什么好的位子啊?我还想要更好的位子呢!只有这个了。革命怎么可以挑肥拣瘦呢!你不去我就让范梅英去了。"

程南英说:"我也认为范梅英去比较合适。这次机会就让给她吧。下次再有机会,你一定要想到我啊,场长。"说完,她双眼直勾勾地盯着彭击修,含糊不清地冲他媚笑,弄得彭击修不知所措,感觉骨头都酥了。

第十一章

老五苏南生从砚坑给孙礼童拍来电报,约定了送殷麦莉到春山的时间。这天中午,孙礼童沿着林场后面的山路朝西走,去迎接殷麦莉。

前一阵收到殷麦莉的信,才知道她怀孕了。殷麦莉说她已经开始呕吐,吃不下饭,睡不着觉,孙礼童又不在身边,一个人偷偷地支撑着,还要下地干活。她最害怕的就是在稻田中间干活的时候想吐,跑都来不及,再不想办法的话,就要被人发现了。殷麦莉说,她的心情糟透了,不知道怎么办,承受肉体和精神双重折磨。她甚至说她不想活了。孙礼童也很着急,不知如何处置。孙礼童跟王力熊说起这件事。王力熊说可以想想办法。

王力熊傍晚回到公社医院,要跟妈妈尹慧梅商量给殷麦莉做人工流产的事。尹慧梅面有难色地说:"这种事情不能公开,只能秘密进行。如果是以前你爸爸主事就好了。现在是李瑰芬主事,手术房的钥匙也被她管着,什么事都要向她请示汇报。"王力熊说:"能不能偷偷地配一把钥匙,然后晚上去手术室偷偷地做?"尹慧梅说:"那怎么行啊!万一出现了险情怎么办啊?还要到药房里拿手术用药，做手术器械的消毒，都是兴师动众的事，很难隐瞒。谁也担不起这个责任。"王力熊说："那就是说，只有李瑰芬同意，这事才能办？"尹慧梅点点头。

王力熊赶回春山岭，对孙礼童说："只求我妈妈还不够，可能得求马欢畅的妈妈。这就有点难办。我妈妈还说，这件事不能再拖，得尽快解决。不如这样，你让你的女朋友先请假过来，这边继续想办法。"

孙礼童立刻写信让殷麦莉请假到春山来。说到请假，谈何容易啊！殷麦莉找胡甄妮和苏南生想办法。胡甄妮急得说："老五，快想点子啊。"老五问殷麦莉家里有老人没有，殷麦莉说有阿婆。老五说："赶紧让你家里人拍加急电报来，说'祖母病危速归'。"殷麦莉偷偷到砚坑邮电所，给上海的同学打了一个长途电话，为了怕话务员听见，她用急速的上海话跟同学讲。三天后，她拿着电报请到了假。老五跟邮电所送报员拉拉扯扯，称兄道弟，借到一辆自行车。

孙礼童在后山路上缓步走着。远远见老五骑着自行车来了，殷麦莉坐在自行车后座上。临到孙礼童面前，老五用长腿撑在地上将车停稳，让殷麦莉下来。

孙礼童说："老五，谢谢你啊，累了吧？快进去喝口水，歇一歇。"老五说："不进去了，我没请假，要尽快赶回去，把自行车还给人家。殷麦莉，你在这里好好休息吧，尽快把事情处理好，不要拖得太久。"殷麦莉和孙礼童站在山路边，看着老五的自行车消失在远处的山道上，内心说不尽的感激之情。

回到房间,久别的恋人紧紧拥抱在一起,他们哭着,吻着,千言万语化作相思泪,两个人的泪水流在一起,将鬓发都浸湿了。

殷麦莉突然推开孙礼童,抚摸着自己的肚子说:"礼童,我很害怕,不知道怎么办,天天晚上都失眠。……我都想过死呢。"

孙礼童说:"别犯傻,你不要着急,我会想办法的。"

殷麦莉说:"你能想什么办法啊?我又害怕,又着急。这种心情你不知道。"

孙礼童抚摸着殷麦莉的肚子说:"我也很着急啊,我一直在想办法呢。王力熊的妈妈是公社医院的妇产科医生,她已经同意帮忙。马欢畅的妈妈是公社医院的负责人。我正打算去找马欢畅。"

殷麦莉惊喜地说:"那你快去吧,可不能再拖了。……礼童啊,我想你都想疯了,在砚坑,我真的度日如年,我一天也待不下去,有时候,我想突然跑掉。……你的信为什么那么少啊?你不想我吧?"

孙礼童说:"想你呢,哪能不想!我每天都在数日子,在江东轮船码头分手后,今天是三个月零十天。"

殷麦莉把孙礼童抱得更紧了,一边喃喃地说:"数日子就像数星星啊,没完没了,无边无际,没有尽头,也不知道我们什么时候能够在一起。"

孙礼童松开手,扶着她的双肩说:"上次季卫东来林场指导工作,我还提醒过他,希望他尽快把你改派到这里来呢。我把家里带来的巧克力送给他了。"

殷麦莉问:"真的?他怎么回答你呢?"

孙礼童说:"季卫东连连说,记得呢,记得呢,正在请示中,请耐心等待。"

正说着,王力熊从外面回来。

王力熊对殷麦莉说:"你好,天天都在孙礼童这里听到你的名字。"

殷麦莉笑着对王力熊说:"你好,你跟我想象的不大一样。"

王力熊挠挠头说:"你想象我是什么样子?农民的样子是吧?"

殷麦莉说:"想象中的你没有这么白,还要黑一些。"

王力熊朝挂在窗户木框上的镜子看了一眼,觉得自己够黑的了,想想便尴尬地笑了笑。他不大善于闲谈,转身到食堂帮他们买饭去了。

不一会儿,童秀真大喊大叫地跑过来,抱住殷麦莉不放,推开看一眼,又抱一下。

顾秋林和陆伊也来了,大家凑在一起吃午饭。陆伊觉得,农忙季节请假不容易,除非有什么特殊情况,便问殷麦莉:"你怎么了?身体不舒服吗?"殷麦莉点点头,忍不住眼圈都红了。童秀真赶紧安慰她。陆伊也不便多问,见殷麦莉脸色苍白,便说:"你安心在这里休养,过两天让孙礼童带你去医院检查一下,看看身体出了什么问题。晚上就跟我住吧。"

夜里,孙礼童、顾秋林、王力熊凑在一起商量。王力熊说必须让马欢畅出面,事情才有可能解决。问题是,最近马欢畅正在跟她妈妈闹别扭,春节都没回家。大家都担心她不愿意去求她妈妈。马欢畅跟王力熊的关系尽管还不错,但没有到能够推心置腹的程度。马欢畅最要好的朋友还是焦康亮。遇到棘手的事情,她会去找焦康亮求助、倾诉、发泄。可是焦康亮玩世不恭的样子,谁都不搭理。他父亲还在"靠边站",他的公子哥儿脾气却没变。

顾秋林说:"我去试试。"他从箱子底下翻出一条"凤凰"香烟,走到焦康亮的房间,将香烟丢在桌上说:"兄弟,求你帮个忙。"

焦康亮盯着顾秋林看了一阵说:"别别别,我废物一个,能帮你什么忙啊?"

顾秋林坐下来凑近焦康亮小声说:"孙礼童的女朋友怀孕了,从外地赶了过来,不知道该怎么办,除了哭还是哭。我们想让你出面,说服马欢畅,去找她妈妈帮忙。"

焦康亮诡笑了一下说:"这种鸡巴事是有点难办。搞得痛快,无法收场了吧?"

顾秋林递给焦康亮一支烟,自己也点燃一支,耐着性子说:"我们都知道,马欢畅在跟她妈妈闹别扭。我们也知道,她只听你的。"

听到这话,焦康亮心里闪过一丝得意,但还是撇着嘴巴说:"算了吧,谁听谁的啊?当年焦副县长得势的时候,我放个屁都是香的,现在反过来了,我说句话还不如人家放个屁。算了算了,我不想惹祸上身。"

顾秋林恳求道:"兄弟啊,同是天涯沦落人,能帮的话就出手帮吧!"

焦康亮侧脸对着顾秋林说:"我算是看透了,什么沦落人,兄弟情,都是个屁!"

顾秋林瞪起眼睛说:"焦康亮,你总不能见死不救吧!"

焦康亮转过脸来:"见死不救?我可担不起这个责。再说,也不是谁想救就能救的。"

顾秋林说:"救不了是一回事,救不救又是一回事。"

焦康亮顿了一下,恢复了无所谓的神情,伸了个懒腰说:"唉,净是烦心事,逃都逃不掉。我试试吧,可不能保证。"他从一整条烟中拿出两包揣进裤兜里,剩下的扔回给顾秋林。

焦康亮来到马欢畅房间,开始为孙礼童当说客。马欢畅问焦康亮为什么要帮孙礼童:"你不是说跟谁都不交朋友吗?"焦康亮说:"我跟孙礼童算不上朋友,同事而已。不是帮谁不帮谁的问题,而是这件事的理,做事要讲个理。你想想,这种事多麻烦,肚子天天大起来是压不住的,一个女子,远在异乡,举目无亲,碰到这种事,束手无策,坐以待毙,见到一根稻草都是救命的,都会抱住不放的。现在你就是这跟救命稻草了。"

马欢畅不是不懂得这个事理,她只是不想搭理她妈妈李瑰芬。而且平时她跟上海知青少有交往,即使和同房间的童秀真,也只是礼节性往来。如果童秀真开口,她不一定会答应。没想到出面求她帮忙的竟然是焦康亮。马欢畅惊喜地发现,总是一副冷漠无情模样的焦康亮,内心深处却埋藏着情和义,这一点让她感动。她答应焦康亮,去找妈妈李瑰芬试试。

马欢畅给李瑰芬打电话,说要回家一趟。

李瑰芬喜出望外:"女儿啊,快回来吧,你很久没回家了。"

马欢畅说:"我有一件事要求你,你必须先答应。"

李瑰芬说:"傻女儿啊,跟妈妈还说什么求不求的,你说吧,什么事?"

马欢畅说:"电话里不便说,回家再跟你说,但你必须先答应我。"

李瑰芬说:"好好好,我答应你,大不了把妈妈剐了,快回来吧。"

马欢畅回到久违的家。她对李瑰芬说:"妈妈,我有一个好朋友,现在遇到困难,需要你的帮助。她怀了孕,想做人工流产,只有你能帮助她。"

李瑰芬说:"什么?刮宫?这可不是闹着玩儿的啊!你这死丫头,一直在卖关子,还躲躲闪闪,吞吞吐吐。……不会是你自己吧?"

马欢畅的脸腾地一下红了:"你瞎说什么?怎么会想到我呢?你也太不了解我了!"

李瑰芬说:"不是就好。吓死我了。你可不要出这种事啊。……其实你也到了谈朋友的年龄。……唉,也不能随便谈,一切都还没有着落。"

马欢畅说:"我不会在那种地方谈朋友。我要离开春山岭,离开春山村,离开春山公社!"

李瑰芬说:"我也是这么想的。所以,你要继续坚持,等有机会我就帮你离开这里。可千万别出什么事啊,否则我在春山就没办法做人了。"

想到焦康亮整天缠着她的样子,马欢畅心里一阵慌乱,脑子里也是一团乱麻。她又想到家里书桌抽屉角落的各种计生用品,乳胶避孕套、乳胶子宫帽、塑料子宫托、母亲、父亲、徐水根、焦康亮、孙礼童和女友,各种古怪的人和物象在眼前乱飞。母亲的话让她感到燥热。马欢畅心想,你在春山没办法做人?你现在做人做得怎么样啊!

李瑰芬继续追问:"要刮宫的人到底是谁?是上海知青吗?她叫什么名字。"

马欢畅沉默无语,她从李瑰芬的话中,听出了一种审判的口吻。

李瑰芬说:"你告诉我,我得先向公社里汇报一下。"

马欢畅说:"我不是跟你说过吗,是我的好朋友,我是来求你帮忙的,不是让你到处去说的。你不帮就算了。"说完,背起背包转身就要走。

李瑰芬说:"回来,死丫头!……你那么着急干什么?"

马欢畅在门口站住,冷冷地说:"这个忙,你是帮还是不帮?"

李瑰芬想了想,换了一种口气说:"其实也算不得什么屁大的事,不就是刮个宫嘛……"

马欢畅说:"既然是屁大的事,那你为什么要向公社汇报呢?这样你就是告密者,会把别人一辈子都毁掉的!"

李瑰芬迟疑了一阵说:"我为什么犹豫呢?因为我不会做手术,我要叫尹慧梅或者王毅华来做。他们怎么想?他们会不会说出去?我没把握。"

马欢畅说:"尹阿姨和王叔叔那边你不要担心,我和王力熊去说,保证没有问题。"

李瑰芬说:"傻丫头,你懂什么,我顶了王毅华的位置,他们说不定怀恨在心呢?"

马欢畅说:"妈妈,你想多了。王力熊已经跟他妈妈说好了,只要你不阻拦就行。"

李瑰芬说:"既然这样,尹慧梅为什么不直接请示我?"

马欢畅说:"这个人跟尹阿姨没有关系,她是我们知青点上的,也是我跟王力熊共同的朋友。我和王力熊分头来求自己的家人。我这不是在请示你吗?"

李瑰芬沉默了一阵说:"你不要以为妈妈是个胆小怕事的人。当初在革命战争年代,我有多勇敢!多豪爽!我多么愿意为朋友两肋插刀,多么愿意为革命抛头颅洒热血。现在,之所以变得谨慎起来,是因为革命斗争形势越来越复杂,你们不懂,一不小心就会害了自己啊!有形的敌人消灭之后,隐藏在我们身边无形的敌人也不会少的,慢慢你就能看出来了,你会明白的。时时事事都要小心啊!"

这一大堆冠冕堂皇的话,马欢畅听得有些烦躁,又有点害怕,她嘟囔着反击李瑰芬:"你们这些人就是这样,只会把事情越搞越复杂。"

李瑰芬说:"算了算了……你朋友在哪里?叫她过来吧。"

马欢畅心里对妈妈的芥蒂并没有完全消失,但这样的情况,她迟疑了一下,也实在没有别的办法,只能选择相信妈妈。何况这件事现在与她自己也有干系了,妈妈就是想要告密,也得考虑女儿吧。她让李瑰芬说话小声点,不要大着嗓门儿嚷嚷。

第二天,马欢畅和王力熊领着殷麦莉和孙礼童到了春山。李瑰芬见到孙礼童,说有点面熟,好像在哪里见过。马欢畅说,你可能记错了。李瑰芬又看了看殷麦莉,说这丫头长得真漂亮,是哪里人啊?马欢畅抢着说,她是从外省过来的,你不要多问,也不要大声嚷嚷。李瑰芬这才悄悄地跟尹慧梅说起这件事,让她来负责。尹慧梅早就在等着李瑰芬开口,她既不多问,也不多说什么,只是轻轻地点了点头。李瑰芬将手术室的钥匙交给尹慧梅,同时通知药房发药,跟收费室说,所有的费用都记在计划生育账上,又到住院部安排了床位。孙礼童这才知道,原来有这么多的环节要打通,难怪尹慧梅医生不敢答应,需要李瑰芬出面。

尹慧梅准备的工夫,李瑰芬站在一边闲扯。她说:"大女儿马欢心出生之前,曾经怀过一个,那时候还没结婚,担心军纪处分,吓得要死,睡不着觉,天天在马约伯面前哭,还揍马约伯,抓住他的头发使劲地扯。马约伯说,咱们申请结婚吧,你把他生下来。我的妈呀,他说得那么轻松,当时部队正在千里挺进海南岛啊,那么多伤病员要照顾,我坚决不同意,马约伯只好帮我做掉了。哎哟喂,什么叫痛啊!我这一辈子都不会忘记啊!女人真的不容易。唉,所以遇上这种事,我也想尽量帮帮她们。"

尹慧梅被李瑰芬的话感动了,觉得她此刻跟平时不大一样,内心深处还是富有人情味的。尹慧梅忍不住多打量了她几眼,认真地点点头说:"知道了,放心吧,这个女孩就交给我。"尹慧梅给殷麦莉检查了身体,说早一点来就好了,现在已经有点大了,再拖下去就更麻烦了,只能做引产手术,需要住院观察。同时又对殷麦莉进行了一些性卫生的基本教育。

手术时间安排在三天后的下午。这一天,连李瑰芬也不敢随便走动了,一直守候在办公室里。勤务工将一只半人高的消毒压力锅放在木炭炉上。正在这时候,徐水根突然出现在医院门口。他晃晃悠悠地走进门诊大厅,路过木炭炉旁的时候,高压消毒锅的气阀突然爆发出巨大的吱吱声,同时喷出一大片白色水蒸气,吓得徐水根一个趔趄,差点没摔倒。

几位穿白大褂的年轻女孩子忍不住咻咻地笑起来。徐水根恼羞成怒,对那几位生产大队送来实习的赤脚医生吼叫:"上班的时候嘻嘻哈哈干什么?病人差一点摔跤,也没见你们扶一下,还幸灾乐祸!一点革命人道主义精神都没有。"

李瑰芬闻声走了出来,她手一挥将实习生驱散,对徐水根说:"不要在这里嚷嚷,丢人现眼的。赶紧到我办公室去吧。"徐水根指着高压消毒锅说:"这是什么鬼,突然吱吱响,吓我一跳。"李瑰芬说:"给手术器械消毒。"徐水根说:"又要做什么大手术啊?"李瑰芬顿了一下,说没有,只不过事先准备好而已。

这边正说着,孙礼童和殷麦莉迎面从住院部往手术室方向走来。徐水根本来精力都集中在李瑰芬身上,并没有注意到他们,偏偏马欢畅跟在后面,等她看到徐水根,再躲已经来不及了。徐水根随口寒暄:"女儿回家了?"吓得马欢畅出了一身冷汗,低头不敢看他。徐水根又盯着孙礼童说:"也是春山岭的上海知青吧?面熟,见过。怎么生病了?"孙礼童支支吾吾说,没生病,没生病。徐水根又转过脸盯着殷麦莉看。殷麦莉赶紧挺胸收腹,站得笔直,使劲地摇头,她不知道怎么回答徐水根的话。

李瑰芬定了定神,接话说:"这个女伢子不是春山岭的,是横山那边的,她跟他是同学,不知怎么回事打摆子好几天了。……不是什么大病,我已经安排王毅华给她检查一下。你就别操心这些闲事了,到我办公室去坐一下吧。"说着,她朝马欢畅使眼色,示意带他们赶紧走。孙礼童和殷麦莉更是吓坏了,呆呆地站在原地。徐水根喜欢刨根问底,险些就要露马脚了,幸亏李瑰芬医生及时救场!

徐水根跟着李瑰芬走进办公室,忽然停住,上下打量了她一会儿,才说:"我看你今天很反常啊。"李瑰芬愣了一下。徐水根忽然又哈哈大笑:"平时你不是一个劲地要我滚,今天怎么啦,忙着要拉我进来,一下这么热情,又打的什么主意啊?"他说李瑰芬今天说话吞吞吐吐的,搞得医院里都有一种鬼鬼祟祟的气氛,肯定有什么事瞒着他。说着,他还故意板起脸,伸手在李瑰芬屁股上捏了一把。李瑰芬说:"你自己才鬼鬼祟祟呢,疑心生暗鬼啊,我能有什么事,要是有,我还用得着跟你绕弯子啊?倒是你,过来有什么事?快说。"徐水根说:"没什么事,过来看看你。"李瑰芬说:"吃饱撑的吧,我忙死了,你没事赶紧走,不要来捣乱。"

徐水根说还真有事,说他堂弟媳妇今天可能要生了,已经躺在床上喊肚子疼了,家里没有男劳力抬她到医院来,能不能派医生赶紧去一趟,王毅华忙着就让尹慧梅去。李瑰芬说,他们两人都在忙,派江丁生医生去吧。徐水根说,他有个鬼用啊!你想让他治死我家的人吧?李瑰芬说,是你说江丁生又红又专符合要求啊。徐水根又贴到李瑰芬身前,小声说,不要跟我顽皮,这次是正事,人命关天,赶紧派人去出诊!说着扭身张望了一下,好像要亲自去找王毅华似的,惊得李瑰芬赶紧答应下来。她还特意碰了碰徐水根的手臂,既像安慰,又像挑逗,让他放心。徐水根这才笑眯眯地离开了医院。

李瑰芬把徐水根一直送到医院门外,转身到手术室打探,还在进行中,她有些着急,担心徐水根折回来,便派一位实习生守在医院门口,见公社干部过来,就立即通知她。孙礼童在漫长的等待中心急如焚,他隐约听到殷麦莉的号叫声。手术室门终于开了,李瑰芬让王毅华赶紧去徐坊村出诊,公社徐主任家里,骑上医院的自行车去,越快越好。

两个护士搀着脸色灰暗、嘴唇刷白的殷麦莉,从手术室出来,把她送到了病床上。殷麦莉死死地抓住孙礼童的手,说不出话来。孙礼童愧疚之情难以言表,只有紧紧地抱着她。殷麦莉转而又微笑起来:"这下好了,我不用请假了,可以去上工了。"孙礼童流着眼泪说:"你不去上工,你在我这边休息,我会好好照顾你!"尹慧梅医生让孙礼童回林场去,让殷麦莉住到自己家里,说大约需要休养十几天,到时候再来接人。孙礼童留下了二十元钱营养费。

刚过了一周,尹慧梅给王力熊打电话,说殷麦莉坚持要离开,让孙礼童来接。这一天正好是周末,孙礼童、王力熊、马欢畅、陆伊、顾秋林、童秀真、焦康亮一群人都来到春山。殷麦莉喜笑颜开,不知道怎么感谢尹慧梅医生,还有马欢畅和王力熊等人。她含着眼泪跟尹慧梅和王毅华医生告别,激动得拥抱着他们。这么隆重洋气的礼节,弄得尹慧梅有些不自在。

看着殷麦莉白里透红的脸色,马欢畅也很高兴。在她心情最灰暗的时候,在她对自己存在的价值极端怀疑的时候,她做了一件有益的事情,帮助了别人,也帮助了自己。她领着殷麦莉去自己家跟李瑰芬告别。她对李瑰芬说:"谢谢你,妈妈。"李瑰芬说:"自己的妈妈还说什么谢谢啊?显得那么生分。"马欢畅又说:"妈妈,尽管我可能不会经常回春山来看你,但我心里在惦记你。希望妈妈带着弟弟好好过。"几句话把李瑰芬说哭了。

殷麦莉也拥抱了李瑰芬,说:"谢谢李阿姨。"李瑰芬突然在她耳边说了一句上海话:"侬回去好好休息,再会!"

大家结伴回到春山岭,一切好像都恢复了平静,但孙礼童、殷麦莉两人的事情也不再是什么秘密。未婚先孕带来的麻烦、危险、恐惧、屈辱,以及肉体和心灵的双重折磨和伤害,深深地刺激着知青们,让他们对两性关系感到恐惧。

深夜,殷麦莉从孙礼童那边回到陆伊房间,很快就困得不行。陆伊让殷麦莉先睡,自己在灯下给母亲写信,诉说心中的苦恼和困扰,诉说对家的思念。身后传来殷麦莉梦中的啜泣声。陆伊转身帮殷麦莉盖上毯子,看着她像婴儿一样的睡姿,想起她小小年纪受的苦痛,心里涌起一阵怜悯,眼泪哗啦哗啦地流下来。陆伊抚摸着自己的脸颊,她的嘴唇记起了顾秋林嘴唇的温热,不禁打了个寒颤。

彭击修突然问陆伊和程南英:"为什么孙礼童近期上工不积极,三天打鱼两天晒网?"

程南英说:"他女朋友生病,从砚坑到这边来休病假。"

彭击修说:"要善于处理公私关系,不能影响工作。陆伊,你以团支部的名义找他谈谈。"

陆伊说:"这次情况特殊。也不用找他谈话了,他女朋友过几天就要回去了。"

孙礼童和殷麦莉也知道好景不长,分别是迟早的事情。殷麦莉不敢久留,急着要回砚坑去。孙礼童一而再再而三地挽留,一会儿说自己身体不好,一会儿说要去季卫东那边探探消息。孙礼童的确去了一次春山,季卫东刚好到县里开会去了。他见到了公社秘书徐芳兵,问起殷麦莉改派的事有没有进展。徐芳兵说有进展,但还没有最终结果。材料已经报到了省里。全省知青中,想改派的人很多,基本上分为两大类,一类是投奔亲戚,一类是投奔男女朋友。前面一类已经通过了,没有问题,只要这一头放人,那一头接收,就可以办了。第二类的人数更多,省"上山下乡办公室"原则上也同意,但"朋友"关系很模糊,没有确定的标准,所以操作上有困难,具体实施细节还在研究中。徐芳兵让孙礼童耐心等待。

有经验的人知道,任何事情,只要说还得"研究研究",就可能遥遥无期。但年轻的恋人却丝毫也不怀疑,而是满怀希望在等待着,这就是年轻人最可贵的标志。老五接连发来两份电报:"殷麦莉,速归队。"殷麦莉再也没有理由赖在春山岭林场了。

这天早晨,火辣辣的太阳早早地挂在东边山顶。孙礼童从彭场长那里借来自行车,驮着殷麦莉离开春山岭。他们一路上走走停停,到了砚坑公社已经是午饭时间。两人吃过饭就往青塘大队去。剩下来的路太短太短,他们舍不得再骑自行车,而是肩并肩缓慢地走着。他们要用疲乏的脚步缩短分别的时间,用缓慢的节奏拉长相聚的时光。

到青塘大队知青点,七八里山路,两个人磨磨蹭蹭地走了三个小时。青塘知青点的那幢青砖大瓦房就在眼前。孙礼童想去跟老五见个面打个招呼,但害怕一次又一次的耽搁,只好决定就此转头。眼看着半下午的太阳已经开始偏西,两人的身影投在地面的稻草上,重叠在一起,越拉越长。孙礼童亲吻了殷麦莉,然后咬咬牙,转身骑上自行车就走。刚骑了几步,他忍不住再一次回头,只见殷麦莉还站在路边,挥动难以举起的手臂,抖动着抽搐的双肩。孙礼童的眼睛模糊了,又从自行车上下来,站在路边朝殷麦莉挥手示意,让殷麦莉回去。殷麦莉突然又奔了过来,一头栽进孙礼童的怀抱,嘤嘤地哭泣。

孙礼童骑自行车的背影,在殷麦莉的泪眼中渐渐变小,消失在山边的弯道上。

路旁松树林的树杪上,传来微风低吟的声音,既像千年的古老歌谣,又像新生的时髦歌曲。依依不舍的恋人,离多聚少的情侣,残酷而宝贵的爱情,绝望和希望的诗篇。

第十二章

春山岭的知青跟附近的农民一样,冬季依然忙碌不堪。割完晚稻,种下冬小麦,还没来得及喘口气,就接到公社通知,还是游崇兵带队,领着青年突击队去横山水库。去年冬天刚刚建起来的水库大坝,今年夏季已经坍塌。汛期水位抬升,浸泡着泥土坝体,筑在破碎岩层上的大坝承受着高压,坝基被渗水缓慢地掏空,最终轰然倒塌。横水河下游沿岸的水稻,马上就到了收割的季节,转眼间被冲得一干二净,颗粒无收。老百姓的猪牛羊被洪水冲走,好在没有人员伤亡。水利局长被责令停职检查,"靠边站"的总工程师周光第得到重新启用。工程指挥部接受经验教训,打算先在原来的岩石坝基上开凿出一条一米宽的深槽,往深槽里灌注钢筋混凝土,然后再重筑新坝。春山岭林场的知青,除了宣传队要排练节目去县里汇演之外,其他的都参加了青年突击队。

秋收刚结束的时候,彭击修就指示游德宏派人将春山岭到游家坳那段狭窄不平的山路铲平加宽。修整之后的路可以通小型货车。公社给林场新配了一台"丰收-27"型拖拉机。王力熊到公社农机站学习了几天,就当上了拖拉机司机。

宣传队员入住了公社招待所,连续一周集中排练,然后在公社大礼堂汇报演出。王力熊开着拖拉机来回跑,负责接送宣传队员,又把彭击修和游德宏送到演出现场。王力亮带着马欢笑,经常守在排练的地方瞧热闹,朝顾秋林挤眉弄眼,当顾秋林招手让他过去的时候,他又转身逃跑。演出当天,他们半下午就轮流站在大礼堂前面排队,想抢第一排的座位看演出,冲进去之后,却被工作人员赶到了第三排,说第一排是留给领导的。何罐得带领着基干民兵,在大礼堂门前值班。何师傅夫妇领着何啰婆也来了。何缽得背着一杆黑乎乎的步枪,叼着香烟在舞台前面走来走去,大摇大摆,不时地将右手的拇指和食指做成圆圈放在嘴里,朝天上打唿哨。

春山村的人都集中到公社礼堂。一位穿灰色中山装,小分头梳得整齐溜光,大约四十岁左右的矮个儿胖子,在公社领导的陪同下最后走进礼堂,落座在第一排正中。他就是专程赶来观摩指导的县委宣传组文艺科科长沈韩扬。徐水根、季卫东、徐芳兵、彭击修四人陪坐在沈韩扬两旁。沈韩扬紧闭着双唇,笑肌微微上提,端坐在那里,见人就点头,还不停地搓着双手,好像随时准备为自己鼓掌似的。

演出结束后,沈韩扬跟季卫东和徐芳兵商量,选三个节目到县里参加汇演,一个是季卫东主创、程南英饰演上海女知青刘英妹的小话剧《春到春山岭》,另一个是徐芳兵主创的女声表演唱《红太阳光辉照春山》,还有一个是陆伊主演的三人舞《红色娘子军·常青指路》。顾秋林主创的大型配乐诗朗诵《献给第三次世界大战的勇士》落选。这可是顾秋林的心血之作啊!里面的朗诵词,还有独唱歌曲的曲调,都是按照陆伊的风格和音域专门定制的。原本想在汇演中一鸣惊人,结果竟然被沈韩扬毙掉了!

第二天,顾秋林到办公室去找季卫东,说自己想了一晚,反复比较,找不出拿掉配乐诗朗诵这个节目的理由,想听听沈科长的想法,好让自己的死脑筋开开窍。季卫东觉得顾秋林有点找茬的意思,便严厉地对他说:"县里领导这么定,我们就执行,个人意见可以保留,不要拿这些小事去打扰沈科长。"正说着,沈韩扬和徐芳兵一起走进了办公室。沈韩扬热情地跟顾秋林打招呼:"小顾同志,很有才华啊,手风琴拉得很专业啊,不错。我也喜欢芭蕾舞剧《红色娘子军》中的歌曲。"说着,还哼唱起来。

顾秋林抓住机会,死缠着沈科长不放。沈韩扬了解了情况后说:"小顾同志,先别着急,坐坐坐,你坐下来,听我慢慢说。"

徐芳兵端来一杯水。

沈韩扬接过水杯放在办公桌上,转身对顾秋林说:"小顾同志,原来开场节目的曲子是你谱写的啊?有水平!那个节目其实不错,有特色,也有艺术个性,解放全人类的理想也很崇高。但是,这第三次世界大战怎么个打法,目前还不清楚。到底是先打美国,还是先打英国,上面也没有个说法。北京的朋友来信告诉我,说有些急躁的年轻人等不及了,他们从云南腾冲那边偷偷溜出国境,想先拿下缅甸,顺便解放东南亚,然后再北上收拾苏修,紧接着穿越西伯利亚平原,东渡白令海峡,把美帝干掉,最后解放全人类。可是,这么伟大的战役,靠他们几个年轻人行吗?难道不需要统一的战略部署吗?再说,美帝国主义是那么好打的吗?我们在战略上可以藐视敌人,视它们为纸老虎,但在战术上,我们一定要重视敌人啊,它们也是真豺狼啊!后来,缅甸那边电话打到了咱们北京,请示怎么处理那十几个年轻人。弄得北京方面很被动,指示要严肃批评盲动主义,要彻底杜绝冒险主义,并派专人把他们押送回来。……"沈韩扬说得绘声绘色,把大家都吸引住了。

季卫东说:"沈科长,你喝口水,继续给我们讲国际革命形势,免得我们盲目乐观,或者盲目悲观,在革命道路上迷失方向。"

沈韩扬接过水杯,又放回桌子上,在办公室来回踱步,一只手叉在腰间,一只手不停地挥着,边走边说:"这件事情,给了我们一个经验教训。我们既要警惕右倾机会主义,又要警惕左倾冒险主义。如今,世界革命中心已经转移到了北京。那么,我们干什么呢?我们要一切行动听指挥啊!千万不要犯盲动主义错误。上级指示我们'抓革命促生产',就是要把革命理想跟当下生产实践相结合。卫东同志创作的节目,歌颂扎根农村知青典型的小话剧,芳兵同志创作的节目,歌颂春山人民精神风貌的表演唱,都很符合上面的指示精神。还有舞蹈《红色娘子军·常青指路》也很不错,内容是革命历史题材,意义和价值已有定论,艺术形式也比较精致,手风琴和舞蹈都很优秀。唯一的不足就是弦乐伴奏弱,到县里汇演的时候,我负责帮你配齐。"

沈韩扬一番话,有理有据有节,说得顾秋林哑口无言。季卫东深有感触,县上人就是县上人,还到北京接受过培训,政策水平高,文化素养好,立足本土有经验,放眼全球有高度,又善于做思想政治工作,让人心服口服。自己真得好好向他学习,提高政治素养和文化素养，同时也要改进做思想政治工作的方式方法。沈韩扬话音一落，季卫东就拼命地鼓掌，一边说："沈科长说得太好了，给我们上了一堂生动的思想政治课，沈科长，谢谢你！"

顾秋林有些措手不及，一点反驳的能力都没有。但他心里还是感到憋屈。吃过晚饭，他独自离开公社招待所，沿着附近的乡间小道信步走着，远远见到陆伊在前面，穿着素花布面料的中式棉袄，一条红色羊毛围巾搭在肩上特别醒目。顾秋林快步追了上去。

夕阳的余光，把山峦的轮廓勾勒在半空。小路上那些半黄半绿的马鞭草，被行人踏倒在泥土里，又挣扎着爬起来，继续往上生长。白天的余温正在渐渐散去，陆伊用双手抱了一下自己的肩膀。顾秋林若即若离地走在离她不远的地方。他俩绕着公社大院墙外的小路转圈。公社广播站的喇叭突然响起来，放完一曲《东方红》，接着就传出了范梅英的声音："春山公社广播站，春山公社广播站，今天是元月6日，农历腊月初十。现在开始今天的第三次播音。"范梅英咬字发声没有问题，腔调却是春山本地的。

陆伊说："听到范梅英的声音了吧？本来应该在这里播音的不是她，而是马欢畅。可是，马欢畅竟然放弃了这次机会，我感到纳闷。据说程南英本来也有机会，她竟然也放弃了，我就更不理解了。林场的劳动那么艰苦，她们为什么不离开？"

顾秋林说："她们大概是觉得自己劳动锻炼得还不够吧。"

陆伊说："扎根农村，劳动锻炼，脱胎换骨，说起来很轻松，真正一天一天地干，是很辛苦的。夏天'双抢'的时候，有一次你在我前面割稻子，你的蓝工作服背后全是汗水被吹干了留下的白色的盐，当时我很心酸。劳累的时候,我觉得分分秒秒都很难熬,那时候我就想,太阳啊,什么时候下山啊!你快点下山吧!可是太阳就在那里纹丝不动,一点也听不到我心里的声音。相比劳累,我觉得那种无望的感觉,才是最可怕的,好像我在这个世界上完全可有可无,好像我一辈子都要注定是这样了。可是,她们本来有机会离开生产劳动第一线,她们有机会改变,为什么会放弃呢?现在我才知道,马欢畅之所以拒绝到公社广播站去上班,是因为她提前得到了一个消息。"

顾秋林一脸茫然:"她能得到什么消息?"

陆伊压低嗓门儿说:"昨天下午,县里来的那个沈科长,把一份修改过的表演唱歌曲交给我,让我去重新刻印几十份。我正在季卫东办公室刻钢板,季卫东被沈韩扬喊出去了。当我到对面季卫东办公桌上去拿蜡纸的时候,看到装蜡纸的卷筒下面压着一份红头文件,是省里和县里转发下来的,内容是关于推荐工农兵上大学的!我认真看了招生程序,说是自愿报名,群众推荐,领导批准,学校复审。学员的入学条件也写得清清楚楚,政治思想好,历史清白,身体健康,工作或劳动两年以上,二十岁左右,未婚,初中以上文化程度的工农兵和知识青年。当时我的心都差一点跳出来了。你看,大学的门又开放了。据说,北京大学和清华大学已经开始招生了,最早一批已经入学,上海应该也要开始。我们这边还没动静,估计也快了。"

顾秋林说:"你这么一说,我想起来了,我弟弟顾秋池在信中也提过,说黑龙江那边已经有人被推荐去上大学了,都是一些根正苗红关系硬的人,主要是北京大干部的子女。我觉得这个消息跟我无关,就不大在意,听过就忘了。"

陆伊涨红着脸说:"现在文件已经发到了公社,就跟你跟我都有关系了!"

顾秋林还是激动不起来,缓缓地说:"你说的招生程序中的四条,第一和第四好办,第二和第三就难了。群众推荐,谁推荐我?领导批准,谁批准我?"

陆伊瞪了顾秋林一眼说:"你就是个消极人。……唉,说你消极也不对,你对第三次世界大战倒是很积极的。你为什么对自己的事情就这么没信心呢?你能不能拿出一点解放全人类的勇气来啊?你想想,去上大学,这意味着什么?"

顾秋林沉默了一阵说:"陆伊,我觉得你很有希望。你家庭出身好,根正苗红,工作积极,思想上过硬,领导对你又很器重,群众基础也不错。说到贫下中农推荐上大学,首先就应该推荐你。"

陆伊一惊,好像被人窥视到内心的秘密。她心里乱成一团麻,缓缓地说:"会推荐我?我也不知道。我只是说说自己内心里的想法和希望。我的确想去上大学。我想读医学院,或者师范学院,不管当医生治病救人,还是当教师教书育人,都是我喜欢的工作。学成之后我也可以回来,回来给游家坳人、春山岭人、春山公社人治病,教他们的孩子读书。你想啊,他们这里最缺什么人?缺种树的、插秧的、挑粪的、养猪的吗?不是!他们最缺的是科学和文化。你有什么打算?你不想上大学?打算一辈子在这里种田、挑粪、修水库?你不是想当作曲家吗?还有你的文学梦呢?怎么还没开始就打退堂鼓啊？"

陆伊这么一说，顾秋林也激动起来，他说："我也有梦想啊。我不只是想当作曲家，我还要自己写歌词，最好是作曲家兼诗人。我要把春山和春山岭，把我们这里的生活，写成诗，谱成曲，让你来唱，让所有爱唱歌的人来唱！可是，我真的很悲观啊，想起我家的情况，我心里就凉了半截。我担心的是，希望越高失望越大。有时候，我想到自己的前程渺茫，夜里就睡不着。……其实，作曲和写诗，不一定非要上大学，自学也可以，何况我有一定的音乐基础。于是我想，最后真在这里扎根的，恐怕只有我顾秋林。我就在这里，在春山，在春山岭，一边劳动，一边读书，一边写作，面对星空，青山做伴，写诗，作曲……总之我不会放弃我的梦想。"

陆伊激动得泪花闪烁："顾秋林，我早就知道你是一个有理想的人。心里有希望的人眼里有光亮。你不要悲观。除了保送上大学之外，还有上中专的机会。除了读书，还有招工进城当工人的机会。为了不荒废自己的青春，我们必须先离开这个山沟，至少要先学一些真正的过硬的本领，再回来改造这个山沟。一旦有机会，就要努力争取，决不轻言放弃！"

顾秋林朝陆伊身边走近一步说："嗯，谢谢你的鼓励，我会努力克服自己身上的惰性，争取实现自己的理想。至于结果怎么样，那倒是其次。……陆伊，去年，你贴在墙报上的那篇文章，我认真读了两三遍，写得好，有道理，对我触动很大。我们首先不能做寄生虫，要做自食其力的劳动者。我又想，自食其力和吃苦耐劳，作为一种精神是值得学习的，但是，这并不意味着我们只能过钻木取火的生活。打个比方吧,就像你想去学医,我们当然要向伟大的神农学习,并不意味着我们也要去'尝百草'。如果大家都去尝一遍,遇到毒草就要再死一次,那么,神农就没有意义了。你明白我的意思吗?"

陆伊喜欢看顾秋林沉浸在思想中的样子。她接过话头说:"你说的那些,我不是没有思考过。当时写墙报上那篇文章的时候,心里真的是那样想的,想在农村好好锻炼。我想,如果大家都怕苦怕累,都贪恋享乐,都想离开农村,那么,种粮食、种棉花、种树木这些我们生活必须的劳动谁来干?还不是留给了游崇兵、游德宏、游平花他们,这些祖祖辈辈都在土地上劳作的人。我们都走了,他们依然在原地踏步,历史依然在他们之间一代代重复。想到这些,我心情很沉重。我对自己说,既然这样,那你就留下来嘛。可是,回过头来想想,我们来到这里已经一年了,学了不少的农耕知识。但就像我们已经看到的,我们在重复他们祖祖辈辈的古老生活,跟他们一起吃苦,一起耐劳,在跟他们一起原地踏步!我们这些贫下中农的学生,不但不能帮助他们,还要他们帮助我们。我们不但不能成为他们的财富,反而成了他们的负担。这是为什么?我们年轻,健康,有体力,有文化,有理想,为什么成了一个负担呢?"

陆伊转过脸看顾秋林,眼神里流露出一丝难以觉察的柔情。两人不知不觉地走到一起,肩并肩边走边聊。梦想把沉睡的心点燃了。希望的润滑剂让滞涩的情感齿轮转动起来。

这天傍晚,焦康亮突然把马欢畅堵在林场后面的小路旁,要她给个说法,这让马欢畅感到既吃惊又突兀。焦康亮尽管肆无忌惮的样子,但在马欢畅面前一直不敢造次。此刻,他突然原形毕露,显得特别胆大妄为。这举动把他自己都吓了一跳,不知是哪来的胆子。其实焦康亮的胆子来自一只大公鸡。

早晨在食堂吃早饭的时候,女知青们买了早餐结伴离开,边走边说,叽叽喳喳。彭健彪和游德宏在后面议论说很奇怪,竟然没有看到谈恋爱的。彭健彪养的二三十只鸡,在食堂里觅食。一只浑身黑金毛的红冠大公鸡,正在气势汹汹地追赶一只母鸡。母鸡撒腿狂奔起来,一边跑一边大声叫唤。大公鸡一声不吭,穷追不舍。还没跑到一百步,母鸡就累得双腿发抖,停了下来,翘起屁股俯首称臣。彭健彪看着女知青们的背影,啧啧地说:"这么多扭腰晃屁股的小鸡婆,真热闹。小鸡公真的是一点胆子都没有。"

游德宏说:"他们不是公鸡,是骟鸡。"彭健彪瞟了一眼正在吃粥的焦康亮和周传阳说:"鸡公不懂鸡婆的心,骟鸡就更不懂了。那些懂得鸡婆心的鸡公,那就是不管三七二十一,追上去再说。结果呢,鸡公鸡婆都欢喜,是吧?哈哈哈哈。"游德宏得意洋洋地说:"嗯哪嗯哪。鸡婆开始都会跑,还没跑三尺远腿就打软。还是鸡公骁勇,一是跑得快,二是不放过,就算你再狼犺,也是一只鸡婆,奈何不得赖皮鸡公。"

两人一唱一和,焦康亮听在耳里记在心上。他早就对马欢畅不冷不热的态度心存不满,又没有什么好办法。彭健彪和游德宏的话提醒了他。女孩子就是喜欢扭扭捏捏,我为什么也扭扭捏捏呢?焦康亮拿定主意,不管三七二十一。黄昏散步的时候,焦康亮远远跟在女孩子们后面。女孩子狐疑地回头看他的时候,他假装散步,拔几根狗尾巴草,衔在嘴巴里嚼着。走到场部入口,大家刚要散去,焦康亮突然高声喊叫:"马欢畅,你等一下,我跟你说个事。"

马欢畅停下来,把脸扭向右边的树林,半边脸对着焦康亮说:"你大喊大叫,弄得大家都看着我。你到底要干什么?"

焦康亮一把拽住马欢畅的手说:"你到底是怎么想的?给我句痛快话。"

马欢畅甩开焦康亮的手说:"你不要动手动脚!我明确地跟你说过,只要我还在春山岭这个地方,只要我还在春山这个地方,我就不考虑个人问题。我不想把我的一生,埋在这个牛粪堆里。恋爱、结婚、生子、种地,一辈子在这个穷山沟里转来转去,跟我爸爸妈妈一样,整天跟何师傅、何师母扯淡,想想都可怕。"

听到"牛粪"二字,焦康亮笑起来:"牛粪跟牛在一起,人跟人在一起。我们一起玩,也不会影响你离开这里啊,该走的时候照样走嘛。你爸爸妈妈,那也是历史遗留问题。"

马欢畅语气斩钉截铁:"总之就是不行,现在我没有心情。"

焦康亮想到游德宏说的赖皮公鸡,便继续死缠烂打:"我陪你玩,一起散步,一起做吃的,慢慢地就有心情了啊。"

马欢畅生气了:"我跟你说过,以后再说。我要回去了。"

焦康亮也失去耐心,把憋在心里的委屈吐了出来:"什么春山岭啊,春山公社啊,什么牛粪堆啊,我看都是借口。看到我家失势了吧?嫌弃我爸爸是走资派吧?"

马欢畅说:"焦康亮啊焦康亮,我说你什么好!你是不是想得太多了?什么家庭啊,父亲啊。我的家庭和父亲也不好啊,我怎么办?我没有你想得那么多,那么远,那么深,我只想我自己的事情,注重我自己的感受,关心我自己的选择。可是你关心过我的想法和感受吗?我再说一遍,在这个地方,我不打算考虑个人问题。"

焦康亮一时语塞,愣了一下说:"那好。离开之后你就可以考虑咯?"

马欢畅说:"我怎么知道离开之后的事情呢?我现在给你承诺有意义吗?……以前我们经常在一起聊天,也很好。你非要逼得我不想见你才罢休吗?焦康亮,我们保持以前那种朋友关系多好啊。"

焦康亮想了一下说:"我也觉得以前那样很好,我们可以继续像以前那样做朋友。我只是担心,担心你会离开我……"

"你是不是听到了什么新消息?"

"嗯。就是推荐上大学和招工的消息。县里的同学传过来的,说上学和招工指标已经分到了公社。我觉得十有八九会推荐你去。"

"别瞎说。你怎么知道会推荐我呢?我还说会推荐你呢。"马欢畅嘴上这样说,心里已经乱了,自己期盼的消息真的来了!

焦康亮说:"我怎么可能啊!我父亲的事到现在也没解决。县里说要讨论,都说了两三年了,但迟迟没有消息。谁会为别人的事情着急呢。"

"你父亲的事迟早要解决。我父亲的事就不可能解决。"

"你填表的时候不要写你爸爸就行了,你是跟你妈妈这边的嘛。"见马欢畅皱眉头,焦康亮赶紧换话题,"昨天晚上做梦,我梦见你去上大学,彭击修领着大家,敲锣打鼓为你送行,你的爸爸和妈妈,还有公社的徐主任都在。大家排成一排,你挨个儿跟每个人握手告别,走到我跟前的时候就跳过去,不跟我握手,连看都不看我一眼。我手里拿着一支新钢笔,是要送给你上大学用的,被我捏得发烫。……"

马欢畅本来不想跟焦康亮继续谈论这些烦心的事,听了这个梦,她心一软,就安慰他说:"你不要胡思乱想,等你爸爸的问题解决了,一切就会好起来。"

第二天下午,马欢畅走在通往春山的路上,刚刚走过游家坳村,就碰上王力熊开着拖拉机头路过。王力熊招呼她上车,还说:"走这么多冤枉路干吗?下次找我搭上你一起就好了。"马欢畅说她是悄悄走的,没有谁知道,打算明天起个大早赶回去,叫王力熊也帮她保密。王力熊点点头,说到时候还坐他的拖拉机一起回。

拖拉机头就停在医院门前的银杏树下面。尹慧梅看着他俩成双成对出入,心里很高兴,眼神关切地看着马欢畅的背影。

王力熊说:"人家马欢畅的心不在这里。她整天魂不守舍的样子,谁跟她套近乎都没有用。焦副县长的儿子也碰了一鼻子灰。"

尹慧梅点了点头:"嗯,她可能想离开这里。"

王力熊说:"不是'可能想离开这里',是'就要离开这里'。她妈妈有能耐,跟公社的关系近。只要有机会,一定是她首先离开,迟早的事。"

听了儿子的话,尹慧梅心有隐忧。她和王毅华都不擅长人际关系。徐水根对王毅华没有什么兴趣,他只对李瑰芬有兴趣。季卫东跟王毅华的关系一直不错,尽管这两年来往少了,但他看病还是要找王毅华。其实他没有什么病,身体虚弱一点而已,正按照王毅华的方案调养。上次王毅华对季卫东提到儿子王力熊,担心他荒废了自己,将来一无所成。季卫东就安排王力熊去学开拖拉机。最近,公社又要买一辆吉普车,王毅华想让王力熊去开吉普车,目前还不敢说,暂时也就没有告诉王力熊。想到这里,尹慧梅说:"你安心工作就行了,不要想那么多,人各有命,等机会吧。"

马欢畅一回家就单刀直入对李瑰芬说:"妈妈知道上大学和招工的事情吗?"

李瑰芬说:"不知道,很久没有跟公社那边打交道了。找机会过去问问。"

马欢畅说:"你现在就去打听一下吧,妈妈,我听说指标已经到了公社。"

马欢畅心里怦怦乱跳,说着就要拉李瑰芬出门,还没走出多远,刚好碰上徐水根和季卫东在公社门前聊天。李瑰芬使了个眼色,让马欢畅先走。

徐水根说:"女儿回来了?见我们也不打个招呼?"

李瑰芬说:"嗯,她身体不舒服,请假回来歇一晚,明天一早就回去。"

季卫东说:"不舒服就歇一歇吧,要不要我给彭击修挂个电话?"

李瑰芬说不用,谢谢季主任,接着走近徐水根小声问道:"上面有什么新消息?"

季卫东说:"李医生,徐主任,你们聊,我还有点事。"说完,转身溜了。

徐水根摸出香烟点上,缓缓地吸着。烟在两个人的脸之间蒸腾,弥漫。徐水根对李瑰芬说:"你是想问推荐上大学的事吧?文件早就到了,一直拖着没有开会商量,眼看期限就要到了,得赶紧解决。"

"春山公社有几个名额?"

"一共四个名额,一个大学,一个中专,两个招工。"

"名额这么少?你怎么一点消息也不透露给我?"

"刚刚我正在跟季卫东说这件事。最近我碰到一些麻烦……"

"喂,我跟你说正事,你不要跟我耍滑头啊!"

"上个礼拜县里来电话,说县农科所的马所长要退休,组织上考虑把我调到农科所去当所长,征求我的意见。我知道那是个闲差,管着十几个人。他们整天闲得无聊,勾心斗角,互相告状。少数几个想搞科研的,接了一个省里的项目,正在搞'520'实验。"

"'520'实验?那是什么尖端科学?"

"什么尖端科学!'520'是一种猪饲料的代号。我养过猪啊,猪吃草吃糠吃红薯藤,没听说过吃'520'。土法上马搞科研?想把水和尿搅在一起变金子?我说我文化水平低,农业生产懂一点,科学实验完全不懂。县上领导说可以边干边学。我说我年纪大了,不想学新东西。他们说我思想有问题,教育我不能贪图享乐,不要在革命征程中途停歇下来。"

"调到县城里去工作,也不是什么坏事啊。"

"县城里?你以为是县科委啊?是科委下属的农科所,在草滩湖农场办公。没去过草滩湖吧?离县城五十多里路。一不靠城,二不靠家,三不靠你,我图什么?跑到那里去找死啊!"

李瑰芬闻言,朝徐水根翻了个白眼,其实也是媚眼,故意刺激徐水根:"你身为党的干部,应该服从分配,不能挑三拣四啊。"

"李瑰芬同志,跟我讲大道理啊?把你调到草滩湖去!"

"如果县里派我去,那我就去。县里派你去,跟我有什么关系?"

徐水根把烟蒂扔在地上说:"这件事情,跟你还真有些关系。……昨天,县革委会组织组的人,发现在电话里跟我说不通,就派人来跟我当面交涉。他们的意思就是,非要把我调离春山公社不可。他们说,条件还可以商量,如果我想当草滩湖农场的场长也行,就跟现任秦场长对调一下。秦场长是省共产主义劳动大学畜牧系毕业的,专业对口。草滩湖农场员工不到两百人,跟我春山公社近两万人相比算什么?可是有什么办法呢?"

李瑰芬给徐水根打气:"看来有人在搞你啊,不理他们,坚决不去!"

徐水根说:"那我就要先停职检查,下放劳动,想通了再说。"

李瑰芬说:"有这么严重吗?你吓唬我吧?"

徐水根说:"不是我吓唬你,是有人吓唬我。后来才知道,有人到县里告状,告到县革委会主任那里去了。你跟马约伯闹离婚的事情,还有马约伯自杀未遂的事情,他们都了如指掌,告我们两个人合伙排斥王毅华,告我任人唯亲提拔季卫东和徐芳兵,甚至说我纵容帅东华跟陈蓉屏通奸,还告我搞独立王国,搞山头主义。他们造谣,说春山公社是我徐水根的天下,水泄不通,针插不进。县革委会主任一听就火了,在他的势力范围内,竟然还有个独立王国!主任下命令,要彻底查处。你看看,问题严重吧?"

李瑰芬说:"哎哟,这是哪个该死的?不怕烂舌根啊?背后捅刀子的小人!是不是王毅华?"

徐水根说:"王毅华书生气十足,仗着自己有本事,为人傲慢,不肯低头。他不会背后捅刀子。而且,王毅华的对头是马约伯,不是我和你。马约伯退休后,他的心态明显好了很多,因为他成了春山医院的绝对权威。我给他点小甜头,比如给他儿子开个拖拉机,他就很满足了,不会无事生非。"

李瑰芬说:"那是哪个缺德的家伙干的?"

徐水根说:"只有没本事的小人,才会干那种龌龊事。我想殷贵生的可能性最大。前些年他一直在夹着尾巴装死,这两年开始翘尾巴了。因为他的连襟,当上了县革委会办公室主任,他成了主任的亲信。"

李瑰芬说:"没想到殷贵生这么坏。你不能服软,那样的话,就是承认了别人的诬告。"

徐水根说:"组织组的陈组长带来口信,让我不要辩解,先服从组织决定,去农科所避避风头,留得青山在,不怕没柴烧。陈组长是我在地区党校短训班学习时的同学。我觉得他的话不会错。我徐水根再犟,也不能跟组织上犟啊。留得青山在,不怕没柴烧。所以我想通了,这两天我正在跟季卫东交代工作。"

李瑰芬说:"可是殷贵生都快要退休了,搞走了你,他也当不了啊。"

徐水根说:"秋后的蚊子咬死人,最后的挣扎,往死里咬。殷贵生憋屈了十几年,先前是老书记刘传仁压着他,后来又有我压着他。现在,他把两股怨气全都撒在我一个人身上。他还是个笑面虎,季卫东也不一定是他的对手。一把手不会给季卫东,当然更不会给殷贵生,上面会另派人来。告状就是两败俱伤,谁都没有好处。"

李瑰芬说:"我看他不是蚊子,是不叫唤只咬人的恶狗。班子里有这么歹毒的人,那我家马欢畅的事情还有戏吗?季卫东能办成吗?"

徐水根说:"我让季卫东尽量办,但不敢打包票。如果马欢畅愿意去草滩湖农场也可以。"

"她去草滩湖农场干什么?你想把她从屎缸里舀到屎缸里去啊!"

"她去了草滩湖农场,就在我的管辖范围内,那还不是我说了算?这是退一步的话。眼下只能走一步看一步。这几天我正准备交接工作,等县里的调函一到,我就要去上任。"

"那不行,你得把马欢畅的事情办好了再走。"

"马欢畅的事情我也有考虑。我在这里,那是一定办不成的。我走了当然也办不成。我跟季卫东商量,在我离开前后这个空当,就是我拿到调函而接替我的人还没到位,县里又在催办这件事情的节骨眼上,把这件事办掉。季卫东、殷贵生、石春娥、徐芳兵他们四个,再请一个贫下中农代表何罐得,这五个人来决定。我估计问题不大。"

李瑰芬说:"我不管,总之你要把马欢畅的事情办成,否则我就不答应。"

徐水根说:"这不一直在想办法嘛。季卫东的脑子有时候比我清楚,他说四个指标不能全部给林场,给林场一个大学指标,另十个生产大队三个指标。春山岭是知识青年集中的地方,竞争激烈,也不好弄,还得事先跟彭击修去沟通。"

李瑰芬说:"彭击修是你提拔的人,他听你的。"

徐水根点点头:"彭击修还会听我的。这个人不错,但也学会了见风使舵。不会见风使舵的人像木头,会见风使舵的人就会耍滑头,什么事情都有个两面性,这没有办法。一旦知道我要调离,彭击修会怎么想,就难说了。不过季卫东在这里,他也不敢太过分,又是我把他从农业上捞起来的,多少会给我个面子。这事你就别管了,交给我来办。"

"算你还有点良心。我一个女人家,又是一个没有根基的外地人,孤儿寡母无依无靠,我不交给你办交给谁办?"李瑰芬转身摸出手绢,擦了一下眼睛。徐水根一个劲地搓手。

李瑰芬往家走,马欢畅站在最近的一个岔路口,正在焦急地等待,向她这边张望。李瑰芬朝女儿迎了上去。母女俩同时迟疑了一下,她们默契地转身,并排走着,谁也没有开口说话。其实,马欢畅急着想问妈妈结果怎么样,推荐名额下来没有,给了几个名额。

李瑰芬心里也急着想把徐水根的承诺告诉女儿。但是,母女俩彼此猜着对方的心思,跟黄昏一样静默无声。

西天边的余光渐渐暗淡,远山的轮廓也慢慢地模糊起来。春山村上空的炊烟,夹杂着稻草和牛粪气息飘向夜空,跟雾霭交织在一起,融入昏暗的夜。

第 十 三 章

　　清晨林场四周静悄悄的,山岭还没有醒来。凛冽的山风从岭背滚向沟洼。秋天才种下的树苗在风中摇曳。阳光洒在远处高大的杉树林上,为绿色边缘涂上一道金边。尽管寒气袭人,但天气久阴转晴,阳光带来了温暖的感觉。觅食的鸡群在操场边的草丛里叽叽咯咯地叫唤。彭健彪在厨房门槛上蹲着,半个屁股坐在脚后跟上,他一边吸旱烟,一边呵斥他的大黑狗,想阻止它戏弄一只芦花鸡。彭健彪正憋着气,准备狠狠地骂大黑狗几句,一股烟呛进了气管,他的喉咙里发出嗯呼、嗯呼的激烈喘息声。

　　陆伊大概是被彭健彪的声音吵醒的。她拎着一只铁皮桶,往涧底的小溪边走去,远远看见程南英蹲在石头上洗衣服,好像在想什么心思,对脚步声毫无觉察。直到陆伊在她身旁的石头上蹲下来,她才惊慌地回过神来。

　　"你走路怎么这么轻啊,吓我一跳。"程南英有些慌乱,连忙将几件男人的衣服往搪瓷盆底下塞,但已经被陆伊发现了。草绿色的军装上衣应该是彭击修的。春山岭林场只有彭击修喜欢穿军装。本县知青和本地青年一度也流行穿军装,自从上海知青来后,大家都不穿了,改穿藏蓝色卡其布学生装,或者青灰色帆布工装。解放鞋也换成了白色网球鞋或回力鞋。马欢畅偶尔会穿父母送给她的军装,但她的军装不一般,是土黄色人字呢面料,带着解放战争炮火硝烟的气息。

见程南英惊慌失措的样子,陆伊不好意思细看。她故意抬起头,举目朝四周张望,漫不经心地说:"难得这么好的天气,再不洗,衣服都要发臭了。"

程南英扯出一条毛巾,将露出来的军装一角遮盖住,调整了一下心态,让自己镇定下来,接着就找一些无关紧要的话说:"嗯,我也是越来越懒,不愿意洗衣服。……你有没有发现,我们真的越来越粗俗了,不但吃得多,还吃出声来。在家里的时候,要是吃饭吃出响声来,我妈妈会骂人的。有时候好几天都不换外套。还有,原来在家里的时候,我经常失眠,现在一倒下去就睡着,还打呼噜。昨天晚上,我被自己的呼噜声吵醒了。"

程南英说着尴尬地笑起来。陆伊接着说:"感谢劳动锻炼,我的失眠症也好了,吃饭也香了,但吃出响声来,那还没有做到,还要继续学习锻炼。我们中间,就数你锻炼得最好,本地话也说得比大家好,这说明你跟贫下中农打成一片了,真的想扎根农村,要在这里生根、开花、结果。"

程南英脸红了一下说:"胡说八道,结什么果啊!……你知道吗,国庆节回上海去补休年假,我躲在家里几天不敢出门,用被子蒙住脸,呼呼大睡。我妈每天都帮我敷脸,带我去理发店。三天后我才敢出门逛街,会同学。我妈嘲笑我说,第一天像原始人,第二天像现代人,第三天才变回上海人,不过是浦东人。气得我都哭了。"

陆伊说:"不要那么夸张好不好,有你说的那么可怕吗?"

程南英说:"哎哟哟,我们就是喜欢自己骗自己。每天盯着那些农妇的脸看,盯着游平花看,又去跟游仙桃比,再回到房间里照镜子,觉得自己蛮白啊,蛮漂亮啊!你回上海去试一试,你到南京路上走一走,看一看,你再回家照一照自己的脸,就知道差距。这还是人的脸吗?照我妈的说法,要在从前,人家会把你这个乡下人从酒吧里赶出去。想想都害怕。除非你真的不回上海,一辈子躲在这个山沟里。恐怕时间一长,你想回去的时候也回不去了。"

程南英突然情绪激动地说了许多,不知道是在讽刺陆伊还是讽刺自己。陆伊匆匆忙忙洗完衣服,回到房间,坐在桌前愣了一阵,然后对着镜子仔细审视自己。

刚来林场的时候,每次注视自己的脸,陆伊都感到羞愧,跟贫下中农相比,自己的脸过于细腻,没有劳动的痕迹,更没有经风雨见世面的沧桑,给人一种幼稚的感觉。有时候,她甚至想用泥巴在脸上搓擦一下,好让自己的脸尽快变旧一点。有一次,她在日记中写道:"为什么白就好看,黑就不好看呢?剥削阶级不晒太阳,所以白,而劳动人民每天都在晒太阳,所以黑。认为白就好看,是一种剥削阶级审美观。劳动才是最美的实践。"

此刻,陆伊猛地发现,从前那张白皙细腻的脸不见了,眼前出现了一张黝黑而粗糙的脸,一张毛孔粗大的脸,鼻翼两边明显地现出黑斑点,额头上有很粗的抬头纹。一种突如其来的陌生感拽住了陆伊的心,她觉得自己这张脸有些可怕,有些让人讨厌。想起到春山岭的第一天,路过游家坳,见到彭击修的姐姐彭秀枝的情形,陆伊心头一紧。彭秀枝黝黑粗糙的皮肤,被劳动压弯的背脊,过早开始臃肿的身材,使她过早地显出了老态,如果不介绍,还以为她是彭击修的妈妈。

顾秋林拿着饭碗来到陆伊门前,喊陆伊去吃早餐。

陆伊把顾秋林让进房间,转身关上门,严肃地对顾秋林说:"你看着我的脸,是不是很黑很粗糙?是不是很老?我是不是越长越难看?"

这不像陆伊的行事风格,顾秋林有点蒙,问陆伊到底怎么了。

陆伊继续急切地说:"你认真回答我,不要打岔。"

顾秋林说:"没有啊。你还是这里最白最漂亮的人啊。"

"不要跟我说什么'这里''那里'的,我问你,假如我现在走在上海的大街上,你会说我又白又漂亮吗?你没发现我变化很大吗?你要老老实实地回答我。"

"无论什么时候,无论在哪里,你都是最漂亮的!"顾秋林盯着陆伊的脸说。

"你胡说。你骗我。你混蛋。你给我滚出去!"说完,陆伊突然大哭起来。

顾秋林双手抓住陆伊的肩膀,摇晃了几下说:"陆伊,你怎么了?"

"你在胡说,你把我当小孩子哄。我的脸明明又黑又粗糙,越来越难看,你却用假话来奉承我,来骗我。还有,你曾经说我会是第一个离开春山岭的,这也是在胡说。第一个离开春山岭的,不可能是我,只能是她,程南英,你知道吗?"

"为什么?你听到了什么消息?"

"我看到程南英在帮彭击修洗衣服。我觉得他们的关系非同一般。"

"这又怎么样呢?"顾秋林说。

"贫下中农推荐上大学,谁是贫下中农?游德宏吗?游崇兵吗?是彭健彪吗?都不是,只能是彭击修,只能是公社里的徐主任他们。也就是说,并不是你思想好,劳动好,群众关系好,就一定能被推荐,你还得跟管事的人关系好。你不懂吗?"

顾秋林说:"你安静一下,不要那么激动,事情还没有开始呢。再等等,再观察观察。"

陆伊说:"我本来是计划春节回上海,去买点书,再找中学老师补习一下数理化,因为推荐上大学,也有一个笔试环节。现在看来都是多余的。怪不得程南英早就放出风声,自告奋勇地要留守林场过春节,等明年夏天再回上海探亲。她一定是在等推荐的消息。我觉得程南英真的很有心计啊。"

顾秋林说:"嗯,程南英身上有些令人不安的东西,我也说不清楚,好像是为达目的不惜一切的感觉。……你不要急,看看公社和林场会走什么程序。如果是群众投票就好了。"

"群众投票?这个程序是要走的,但我觉得群众意见不是关键。……我头有点疼,你回去吧,让我一个人待一会儿。"说完,她和衣躺在床上,闭上双眼。

顾秋林还在想,该用什么话来安慰陆伊。陆伊说:"我不需要安慰,我需要的是办法,让我冷静地想一想。"

顾秋林说:"那好,你休息一会儿,我去帮你买早餐。"

王力熊开着公社新买的吉普车来了,前头坐着季卫东,后排坐着王力亮。在季卫东的安排下,王力熊果然被调到公社里开吉普车去了。新的拖拉机司机,在姜新宇、李承东、顾秋林和谷维世中选一个。彭击修不觉得这个差事多么重要,随便谁当都行,突然想显示自己的公平,便主张几个男孩子抓阄。结果谷维世抓到了。

彭击修事先得到季卫东要来林场的消息,早早地等候在路口。草绿色的北京吉普刚停在操场上,彭击修就走过去拉开车门。彭击修抚摸着吉普车车头说:"这家伙不错,比拖拉机强,又快又舒服。拖拉机开不快,稍微快一点,屁股都会颠成两半,五脏六腑都颠出来了。啥时候我们林场也能有一个啊!"

季卫东说:"其实林场里买一个也没问题,但我们有十几个大队,都来找公社要,那资金就严重不足了。以后再说吧,你先用拖拉机。有什么事情要用吉普,也可以找我。"

两人正说着,迎面碰上孙礼童。没等孙礼童开口,季卫东就抢先发话:"小孙啊,你的事比预想的要顺利,相关文件刚刚下达。鉴于前期工作存在的细节问题,上级决定放松对知青调换锻炼地点的限制。过几天你到公社找我,我给你开出商调和接收函,你直接去砚坑公社那边把她领过来就行了,到彭场长这里报到。"孙礼童被这突如其来的消息惊呆了,对季卫东千恩万谢感激不尽。

彭击修陪季卫东走进场部办公室。季卫东说:"徐主任要调到县农科所去。这两天他回徐坊村休假去了。过几天就要去那边上班。"

彭击修说:"这我听说了。徐主任干得这么好,为什么要调离?"

季卫东说:"县里可能是想让他在不同的管理岗位上多锻炼锻炼吧。"

彭击修说:"这么大一个春山公社他都能管好,何况小小的农科所。应该调他到更大的公社,去黄埠公社才对啊。"

季卫东说:"黄埠公社的副主任鲁韦昌要提正职,由他来接替徐主任,还没有来报到,这边的事情先由我代管。"

"徐主任调走,我心里真的有些舍不得。没有徐主任,就没有我彭击修的今天啊。我过两天要去看看他。要不我送他去草滩湖吧。"

"到时候农科所会派车来接他,用不着你去送。徐主任跟我说过,击修同志是一个觉悟高、立场稳的人,同时也是一个有情有义的人。他对你也是充满期待。"

"嗯,我会努力工作,不辜负徐主任和季主任。"

"徐主任还交代我,要保持政策和工作的连续性,不管谁来接任都一样,要把他没来得及处理的工作,善始善终地处理好。我这次来,就是要落实徐主任安排的事,把贫下中农推荐上大学的事情办好。"

彭击修说:"推荐上学?不用考试?这多好啊!"

季卫东说:"听说还是要考一下的。你先看看文件,上面有被推荐人的条件,还有推荐审核录取的具体程序。"

彭击修接过文件,也没什么心思细读。不就是送一两个年轻人离开农村进城去吗?送谁不送谁,也由不得自己,还得看领导的意思。

季卫东说:"春山岭林场只有一个名额。我们把唯一的大学名额给了你们。你们一定要用好这个名额,把贫下中农夸奖的真正的好青年,送到大学里去学习。"

彭击修第一个想到的就是程南英。一天黄昏,程南英突然走进彭击修房间,说最近腰特别疼,干不了重活。彭击修说:"你也没干什么重活啊。"程南英娇声道:"对你来说不重,对我来说就很重啊,我从小身体弱,还没足月就生下来了,先天不足,本来就不适合体力劳动,我坚持了这么长时间,已经很难得了。"彭击修皱了皱眉,说:"你又想请假,好吧好吧,这两天我让游德宏给你派些轻活。"程南英说:"场长就是好,就是知道心疼人。"说完,低头看了一眼,把自己衬衣最上面一粒做装饰用的小纽扣扣上了,右手抓住领口说:"我总来打搅场长也不好,彭场长要是真的心疼我,就找个机会,把我送出去学习,学成之后,再回来为春山人民服务,为彭场长服务。"彭击修说:"小嘴巴蛮甜的,可是,哪里有这样的机会啊?"程南英挨近彭击修说:"我是说假如有机会的话。我预感,机会很快就要来的,要是机会真的来了,你一定要先想到我啊,场长。"彭击修闻到了她头发上散发出来的香气……

彭击修想起了自己的承诺,但不敢贸然地说出来,怕被季卫东一口否定,那样就很难挽回。他想了想说:"季主任,这边情况你也很熟,看你的意思,你有什么指示尽管说,后面的手续和程序我来办。"

季卫东说:"话不能这么说。不是我有什么指示,而是要走群众路线,要坚持民主集中制的原则,不搞一言堂。先提一个候选名单,商量讨论一下,最后确定一个名单报到公社。"

程南英?马欢畅?陆伊?游平花?童秀真?一张张脸从眼前晃过,彭击修说:"那我就先提一个初步的候选名单吧,合适的话就提到场部讨论,再送公社,怎么样?"

"本县知青、上海知青、回乡知青都要照顾到。"季卫东这话已经排好了顺序。

彭击修想了一下说:"我先提三个名字,供季主任参考。本县知青马欢畅,上海知青程南英,回乡知青游平花。"马欢畅是徐主任和季主任想推荐的。程南英是彭击修想推荐的。本来回乡青年游崇兵也是可以考虑的,但彭击修有私心,担心游崇兵一走,没人帮他管理林场,提游平花,又给了游平花的伯父和县农业局一个面子。

季卫东觉得,这就是他想要的名单,关键是马欢畅排在了第一。他又想了想说:"名单还可以扩大一点嘛,本县知青和上海知青再增加一两个。"

彭击修觉得,跟徐水根相比,季卫东更难对付,说话行事滴水不漏,担任领导职务之后这个特点更明显。两个主任的目的都一样,说话方式却完全两样。你们不就是想把马欢畅推荐上去吗?绕这么大的弯子干吗?彭击修说:"那就增加陆伊和周传阳吧。"

季卫东建议,立即召开林场管委会,让王力熊中午开车去横山水库,把游崇兵接过来。彭击修、游崇兵和游德宏三人,对马欢畅、程南英、陆伊、游平花、周传阳的资格进行讨论,最终确定将马欢畅、程南英、游平花三人名单,提交到公社党委会讨论。陆伊和周传阳落选的原因,是上海知青和本县知青只能各推荐一人。

王力亮跟哥哥的车到林场里来玩,就是想见顾秋林。他要顾秋林教他拉手风琴。

顾秋林说:"你自己拉着玩吧,我已经不喜欢拉琴了。"

"为什么?拉琴多好啊!"

"拉了很多年,拉腻了。我现在喜欢上了别的事情。"

"什么事情比拉琴还好玩?"

顾秋林早就说过,不再拉手风琴了,演出要伴奏,那是没办法,只能拉给别人听,拉给沈韩扬和季卫东听。现在,顾秋林突然发现了写诗的好处,纯粹是为心灵写,写给自己看,写给心爱的人看。以前也写过一些给别人看的,都被他毁掉了。现在,他只写给自己看。如果陆伊愿意看的话,当然也是可以的。顾秋林犹豫了一下,看着王力亮渴望的眼神,就对他说:"我喜欢上了写诗。"

"写诗?"王力亮很不理解。

顾秋林拿起日记本在王力亮眼前晃了一下说:"想看吗?你不一定能看懂。"

王力亮接过日记本,翻看了前面几首《杉树林里的小鸟——〈春山谣〉1号》《泥土里的汗珠——〈春山谣〉6号》《梦中的姑娘——〈春山谣〉18号》,然后把日记本还给顾秋林说:"是看不懂。写小鸟和老鹰的好玩。"顾秋林就把《杉树林里的小鸟》读了一遍。

> 杉树是我们种的
> 小鸟不是我们种的
> 杉树在长高
> 小鸟在变老
> 杉树的根越扎越深
> 小鸟的梦越来越沉
> 小鸟说它想飞高飞远
> 杉树上的老鹰
> 抓住小鸟飞翔的影子
> 狠狠地摔在地上
> 她在哭泣
> 我在发呆
> 老鹰在咯咯地笑

王力亮说:"种树我懂,种小鸟就不懂。抓住小鸟我懂,抓住影子就不懂。"顾秋林正要解释,传来了敲门声。只见陆伊气呼呼地绷着脸走进来,把王力亮吓跑了。

推荐上大学的事,应该是在保密状态下进行,不通知当事人。可是,转眼间全林场的人都知道了,大家议论纷纷:为什么是她们?为什么没有你和我?她跟场长关系好。他跟主任关系好。她是陪绑的……

得知消息后,陆伊第一时间就来找顾秋林倾诉。

顾秋林见陆伊眼里噙着泪水,不知道发生了什么,问道:"怎么了?"

陆伊说:"我上次跟你说过,你还不信。我的预言成了现实,程南英的名字报到公社去了,我的名字被拿下来了。"说着就开始啜泣。

顾秋林笑了笑,手握住陆伊的双肩说:"我的预言也成了现实啊,我前几天刚在诗里写,'她在哭泣',你就哭着找过来了。"

"你不要开玩笑。"

"你说的那件事,早就在我们的预料之中啊。而且我觉得这是好事,不是坏事。"

"还好事?你是不是脑筋坏掉了!"

"你想啊,首先,你的名字排进了前五,可见你在别人心中还是有地位的。还有更重要就是,该走的都走了,不就轮到你了吗?遗憾的是他们三个人只能走一个,如果他们全部都走了就好,下一次就轮到你了。"

"什么,只有一个人能走?你怎么知道?"

"王力熊说的。上午他去看孙礼童的时候说的,我刚好在旁边。"

"那程南英到底能不能走?"

"王力熊说,程南英走不了,游平花更是陪着她们玩的。"

"只有马欢畅能走?"

"是的。马欢畅的妈妈跟徐水根什么关系,你不知道吗?"

"我不太清楚。我只知道程南英跟彭击修关系不一般。"

"最近情况又有变化,说是公社主任徐水根马上要离开春山。新主任到任后,究竟推荐谁去上大学,还是一个未知数。不管怎样,那些有关系的人走得越多越快,对你越有利。你能做的就是安心等待。"

"等待?等到什么时候?就算明年轮到程南英,还有一个游平花。两年之后的政策会不会变?有没有人中途插进来?这些都是未知数。"陆伊好像是在盯着顾秋林看,实际上她走神了,视线根本不在顾秋林脸上。

就在陆伊找顾秋林倾诉的时候,程南英正在彭击修那里。她把给彭击修洗好的衣服往他床上一扔,气呼呼地坐在椅子上,脸朝墙不理他。彭击修问她怎么了。她厉声质问,为什么把她排在马欢畅后面。

彭击修说:"春山岭林场三四十名员工,你的名字能报到公社去,已经很不容易了。陆伊的名字也只是在内部提了一下,没有送上去。至于排名,我也尽了最大的努力,只能排在第二,没有办法。最终谁能推荐到县里去,决定权在公社。"

程南英眼睛一瞪,高声说:"那我不就是马欢畅的陪衬,只陪着她玩玩?"

平时,程南英在彭击修面前阿谀奉承,卖乖撒娇,今天突然变脸,又是厉声质问,又是吹胡子瞪眼睛。彭击修有些吃惊,正准备妥协,但转念一想,要压一压她的戾气,于是用平静而坚定的语气说:"话不能这么说。你要想被推荐,首先就得参与。但是,参与并不等于一定能推荐。这是两回事。再说,你不要总是跟马欢畅比,我也不能跟徐主任和季主任比。"

"好,我不跟她比,我比不过她,我只能陪她玩一玩。……哼,你们大家都在合伙玩我是吧?"程南英越来越激动,眼圈也红了,看架势要哭闹起来。

彭击修见状,赶紧劝导她:"事情并不是你说的那样。我也在积极推荐你。接下来的情况还不明朗。你不要急,徐水根目前正处在风口浪尖,不敢太明显插手。季卫东又是胆小怕事的人,最后的结果还不确定。"

程南英眼睛一亮,紧钉着问:"徐主任出事了?是不是跟马欢畅的妈妈的事?"

彭击修说:"徐主任马上就要调离,新主任还没来。"

程南英说:"不行,我得去公社找他们,我要表明我想读书的愿望,否则,他们以为我无所谓,可以随便处置。"

"你找谁?目前管事的是季卫东。"

"还是他们一伙的。那我就到县里去申诉,不行再去省里。"

"这样不好,也许两败俱伤,不如等待时机,明年我保证把你排在第一。"

"机不可失,时不再来,谁知道明年的政策会不会变。我不会信你的鬼话了。"

彭击修看着程南英怪异的眼神,感到有些害怕,心里想着怎么才能赶紧把她送走。

在春山公社,李瑰芬也每天都往季卫东那里跑,帮马欢畅打听消息。这天傍晚,李瑰芬散步路过公社门前,正遇见季卫东将徐水根送上吉普车,王力熊开着车一溜烟跑了。

季卫东转身对李瑰芬说:"徐主任家里还有事,刚开完会就回徐坊去了。"

李瑰芬冷冷地说:"他去哪里我没兴趣,我只关心马欢畅的事。"

季卫东说:"李医生,你听我慢慢跟你说。这些天县里电话催个不停,要我们报推荐名单上去,我一次二次地拖延,县里的人已经恼火了,徐主任让我们稳住阵脚。今天,徐主任的调令终于到了。徐主任从家里赶来,立即召开社委会,让我宣布他调离的消息,紧接着讨论知青推荐名单。徐主任坐着一言不发,既在现场,又不参与意见。殷贵生和其他人也不敢多说什么。会议刚刚结束,马欢畅的名单明天就报到县里去。徐主任为你的事真的花了不少心血,你要体谅他。"

季卫东还叮嘱李瑰芬,一定不要泄露消息,千万要保密,直到万无一失。李瑰芬悬着的心终于落地了。她抑制不住内心的激动,立刻到总机那里去找舒漫娥,给马欢畅挂电话,但她又不能直接在电话里把话说明,只是说让她有空回家一趟。

天下没有不透风的墙。马欢畅的名字报到了县里的消息还是传开了。程南英先是大哭一场,找到彭击修,把他数落了一顿,说他不兑现承诺,说他没有能力,彭击修有口难辩。程南英决定向上级部门申诉,她写了一封很长的申诉信,主要意思是,贫下中农推荐她上大学,春山公社的资产阶级当权派却阻止她上大学,把她的名字"程南英",换成了"历史反革命"后代的名字"马欢畅"。程南英写好之后,再用几张复写纸进行誊写,一式四份,打算同时寄往县里、省里和上海市的"知识青年上山下乡办公室"。

春节前夕,春山公社宣传队带着三个节目去县里参加汇演。领队的本来是季卫东,但他忙得抽不开身,要陪同新上任的鲁韦昌主任下基层调研。季卫东提议让彭击修任代队长。大家被推荐上学和招工的事弄得都没什么心情,抱着应差的心态。县委招待所坐落在湖边,风景很好。县城的街道尽管不能跟大城市比,但在春山的山沟里待久了,这里也能给人一种繁华的感觉。陆伊和顾秋林领着童秀真几个到湖边去散步,准备绕着湖湾到湖对岸的苍山游玩。据说当年苏东坡流放岭南时,曾经泊舟苍山,留下了字迹。大家回头看看,唯独不见程南英。有人见她放下行李往县委大院去了。

程南英穿着洗得发白的蓝色帆布工装,脚蹬一双解放鞋,直奔县革委会办公楼。"上山下乡办公室"里有一位女同志在值班,她说她不了解情况,没有听说过这件事。也不知道有没有人收到申诉信,或许有人把信转到县教委那边去了。程南英说一口流利的春山话,把申诉信的内容转述了一遍,接着就去了县教委。县教委的人说,没有收到"上山下乡办公室"转过来的申诉信,但会关注此事,并请她留下姓名和地址,回去耐心等待。程南英又把申诉信转述了一遍,这才回到招待所。

程南英不搭理到县里汇演的同伴,一人独来独往,郁郁寡欢,眼里流露出无助和绝望。她根本没有心思演出,《春到春山岭》中的刘英妹形象演得很不成功。春山公社送来的三个节目全部落选，没有去省城汇演的机会。彭击修领着他们铩羽而归。转眼就要过春节了。按照去年的惯例，依然是一半人回上海，一半人留下来值班。实际情况跟去年差不多，回去的人远远超过一半。弟弟顾秋池从北大荒来信，说今年要回上海，跟顾秋林和童秀真约定在上海相见。陆伊也一起回了上海。殷麦莉刚从邻省的砚坑调过来不久，两个人的安静日子还没过够，跟孙礼童主动要求留下来值班。

程南英也决定不回上海。她在等候县里或者省里的回音。关于继续申诉的事情，程南英想保密，但还是忍不住告诉了陆伊，说这是她最后的努力。她托陆伊到上海市"知青上山下乡办公室"打听消息。陆伊原本讨厌程南英，觉得她无所不用其极。此刻，见她一个人左奔右突、孤立无助的样子，便答应帮助她。陆伊到上海后，很快来了信，说上海方面已经收到了程南英的申诉信，他们准备春节过后就跟这边省县两级主管部门联系，希望给个说法。

李瑰芬和马欢畅也在等待消息。大姐马欢心春节结婚。李瑰芬带着马欢笑和马欢畅到县城去过年。女婿卢复兴除了接待岳母和弟弟妹妹，还张罗朋友饭局，既是贺喜，也是为马欢畅的事情拉关系。焦康亮那"靠边站"的父亲快要"解放"了，据说内部会议上已经通过，过完春节就要宣布他履新的消息。焦康亮也帮着马欢畅四处打探，反馈的信息说，县领导还没开会研究，估计要到四五月份才会出结果，现在打听也没用，回去耐心等待，有消息就会通知公社的。

李瑰芬觉得，只要跟季卫东保持联系，就能第一时间得到消息。在跟马约伯离婚之前，李瑰芬家里一直有个牌局。尽管不是天天晚上都有，正常情况下每周也有一两次。早期牌局的主要参与者，有李瑰芬、尹慧梅、徐水根、季卫东，三缺一的时候，马约伯或者王毅华偶尔也会上场玩几把。隔壁何家的小儿子何缽得喜欢在一旁观战，有人上厕所去了，他就替人家摸牌。李瑰芬和徐水根两个，究竟是怎么勾搭上的，谁也不知道。何缽得说，有一次，他坐在李瑰芬跟马约伯之间看牌，李瑰芬的对家徐主任，在桌子底下伸脚来勾李瑰芬的脚，勾错了，勾住他的脚使劲搓揉。何缽得动也不是，不动也不是，吓得腿发抖。越发抖，徐主任越兴奋，嘴角斜叼着香烟，烟灰掉到桌子上都不知道。马约伯的对家尹慧梅出一个小主黑桃四，徐主任却甩出一个大王，李瑰芬说他疯了。自从李瑰芬跟徐水根的事情传开之后，徐水根不再好意思出现在马约伯家，何缽得就升级为正式的牌局参与者。

马约伯跟李瑰芬离婚后，家里只剩李瑰芬和马欢笑母子二人，牌局没有存在的必要，慢慢也就散了。徐水根要调离春山公社，季卫东成了李瑰芬的新靠山。李瑰芬家的牌局重新开张，主要参与者是季卫东和徐芳兵夫妇，还有医院副主任江丁生。何缽得也成了正式的参与者，他越发对李瑰芬献殷勤，好像在打马欢畅的主意。李瑰芬觉得他是癞蛤蟆想吃天鹅肉。但何缽得对马欢畅的觊觎还停留在空想阶段，李瑰芬便装糊涂，只要马欢畅不在家，就不断地使唤他。

季卫东夫妇在牌局上自然是常胜将军。李瑰芬跟江丁生或者何缺得那一对,总是输家。徐芳兵很高兴,经常开怀大笑。江丁生说,医学上认为,孕妇如果总是保持愉快的心态,尤其是经常笑,带动腹肌的抽搐,对胎儿和孕妇都有好处。于是,季卫东主任晚上没事就带着徐芳兵来打牌。为了报答季卫东,李瑰芬倾其所有,伺候着徐芳兵,又是莲子银耳羹,又是龙眼红枣汤,又是蜂蜜炖芝麻。李瑰芬对徐芳兵说,多吃点,对身体好。这些莲子、银耳、龙眼都是上好的,福建那边的老战友寄过来的。蜂蜜炖芝麻是护发的,怀孕时会掉发。龙眼红枣汤,补血宁神,女人怀孕心情不好,要多喝点补补。李瑰芬这些资产阶级小花招,都是她少年时代在上海富人家里当丫鬟时学到的,参加革命之后用不上,现在终于派上用场了。徐芳兵觉得李瑰芬贴心,经常在季卫东面前说她的好话。

李瑰芬家条件好是有名的,甚至超过了何家大院。这幢独门独户的院子,宽敞的客厅,两边四大两小六间厢房,陈设低调奢华,风格跟春山本地人大不一样。许多东西都是乡下不常见的。特别是那些从国民党军队缴获而来的美军装备,更引人注目:铝合金腰子形双层饭盒、不锈钢餐刀、白色搪瓷提桶、草绿色军用水壶、钢架折叠帆布行军床。马欢笑用的书包,是一只镌刻着一排排英文字母的牛皮军用公文包,书本、作业本、文具可以分开放,令王力亮羡慕不已。

从前,马欢笑喜欢赖在家里,王力亮恰恰相反,一起床就到外面去玩。王力亮住在医院宿舍,两个狭小拥挤的房间转不开身。学校里和田野都是他的游乐场。马欢笑家也是他经常玩耍的地方。马约伯在春山的时候,王力亮经常泡在马欢笑家里,不仅仅因为马约伯脾气好,还因为马欢笑家宽敞。

马欢笑喜欢在家里接待客人。后来渐渐懂事了,看懂了外面人诡秘的笑容,就特别讨厌那么多不相干的人到家里来吵闹。每到此时,马欢笑就出去玩,去王力亮家,有时候两人一起到田野上去。

春天的乡村就像一个儿童乐园。连着小河的沟渠哗哗地淌水,从一块水田流向另一块水田。沟里的鱼故意跟流水作对,紧绷着身子,用短鳍拍击着水面,沿沟渠逆流而上,有时候用力过猛,就会掉到沟渠边的路上来,鲫鱼、草鱼或者鲶鱼,在草丛里欢蹦乱跳,被路过的人捡到。马欢笑和王力亮喜欢光着脚在田埂上玩耍,踩在湿润温暖的青草上,主要是碰到有鱼可抓的时候,少了脱鞋袜环节。

晚上则是另一番景象。田野上萤火虫闪烁着光亮。蟋蟀吱吱地叫唤,躲在水田深处的青蛙,咕咕咕,咕咕咕的叫声此起彼伏。那些趁着夜晚出来游逛的小东西,最害怕遇见强光,他们会蜷缩在那里一动不动。青蛙就不用说了,乌龟和鳖鱼遇见强光也不知所措。一天晚上,马欢笑遇见一只刺猬,正在田埂上散步。马欢笑那支装四节大号电池的军用手电射出强光,把刺猬照晕了。刺猬蜷缩在路中间,被马欢笑逮个正着。马欢笑从《鲁宾逊漂流记》的连环画上学到了狼牙棒的制作方法:将刺猬皮剥下来钉在木棒上。但他没有先将刺猬皮晒干,直接将新鲜的刺猬皮钉到了木棒上。等他去马家塆父亲那里住了几天回来,狼牙棒已经腐烂,生出了蛆虫。马欢笑梦想着重新制作一根狼牙棒。他经常在夜晚出去溜达。

徐芳兵生孩子，季卫东当爸爸，李瑰芬的牌局也停了很久。何缽得倒是经常打听什么时候打牌。李瑰芬没有心思张罗。一直到了初夏时节，天气有些燥热。李瑰芬也烦躁不安，她惦记着马欢畅的事情，为什么迟迟没消息？季卫东好像在躲着她似的，不肯露面。李瑰芬对马欢笑说她的右眼皮一直在跳，不知道有什么事情，心里慌慌的。她从处方纸上撕下一个小角，贴在右眼皮上方，又让马欢笑送两个炼乳罐头到季卫东办公室，邀请季卫东夫妇晚上到家里来打牌。

徐芳兵对季卫东说："总是躲着也不是办法，该说的还是要说。"

季卫东说："唉，也不是故意躲，就是不敢面对她。"

徐芳兵说："过了初一还有十五，迟早要说的，我陪你一起过去。"

晚上，季卫东夫妇一起来到李瑰芬家。时间还早，其他两个打牌的人还没到。李瑰芬已经准备好了茶水和点心，正坐在桌边候着客人。马欢笑见来人了，赶紧带着他的长手电筒和布袋出门，去邀王力亮一起到河边"捕猎"。

徐芳兵说："李医生，我们早就想过来，但家里琐事多，没顾得上。"

李瑰芬说："知道你忙，也不好打扰。"说着，三人在牌桌边坐下喝茶。李瑰芬看到季卫东面有难色的样子，隐隐约约藏在心中的不祥预感油然而生。"季主任，要是有什么问题你就直说吧，我李瑰芬枪林弹雨都经历过的人,什么也不怕。"

季卫东说:"那就好,李医生,我就跟你直说了吧。马欢畅的事情出了些意外。县委来电话说,春山岭林场的程南英在向上面告状。省里曾经追问过此事,县里不想事情生变,就搪塞过去了。没想到上海方面又来追问,省里就不能不回复了,要求县里追查。县里的意见是,公社将马欢畅的名字排在前面,一定有其道理。现在有人告状,也一定有原因。所以,马欢畅的事情得暂时搁置。现在看来程南英也有问题,事迹似乎并不突出,是否真的是贫下中农选出来的?在没有调查材料的前提下,也得暂时搁置。于是,排名第三的回乡知青游平花进入了视野,大家一致认为,游平花的材料更过硬。县里说,为了尽快完成今年的推荐工作,建议改推游平花,以免再出差错,名额浪费了也很可惜。"

突如其来的坏消息让李瑰芬措手不及。她端起水杯,咕嘟咕嘟一饮而尽。如果是徐水根告诉她这些,她早就要号啕大哭了。她不愿在季卫东和徐芳兵面前服软,极力地忍着,摸出手绢擦了擦眼睛说:"难怪这些天我右眼皮一直在跳,压都压不住。我就知道要出鬼。原来是程南英那个上海鬼。……上海就是我的克星!"

季卫东说:"新来的鲁主任了解情况之后,做出了指示,对这件事情的来龙去脉,不追问不调查。按照县里的指示精神,一切从简,高效处理,立即将推荐者的名字改为游平花,重新上报。对没有选上的知青,推荐单位要做好思想政治工作。她们的表现,应该作为明年推荐工作的考核指标。我跟徐主任通过电话,他说要稳住阵脚,以退为进,明年再说。希望李医生能够正确对待,稳住阵脚。"

李瑰芬极力装出其若无事的样子:"这算什么事,我是从枪林弹雨里钻出来的人,天塌下来都顶得住!"她嘴上这么说,心里却想着,不知怎么跟马欢畅交代。她对季卫东说:"马欢畅那里由我来通知,你只需要跟彭击修打个招呼,给马欢畅请几天假。"

看到李瑰芬铁青着脸的样子,季卫东连忙起身说:"谢谢李医生,请假没问题,林场那边我来打招呼,医院里的事情,你就安排江丁生多管管,你陪马欢畅休息几天。"说完,拉着徐芳兵就离开了。

第二天,季卫东请示鲁主任,派王力熊用吉普车将李瑰芬母女送到县城去,住进了马欢心家。马欢畅得知消息后,天天在屋里哭,哭命运不公,哭自己运气不好,哭小人的歹毒,哭得一家人心神不宁。徐水根刚好到县城里来办事,跟李瑰芬约好了在县委招待所见面。徐水根说,事已至此,无法挽救,只能等明年再说。为了明年更有把握,徐水根建议还是把马欢畅调到草滩湖农场更好一些。他说:"马欢畅是社办林场的,跟临时工差不多,要转为县办集体编制,还需报县农业局和人事局审批。不过你不用操心,这些都由我来办。"马欢畅为了离开春山,也同意这个方案。徐水根让自己的司机用吉普车送母女俩先去农场参观感受一下。草滩湖农场紧挨着湖边,往南走一两里路,就能见到白帆点点的大湖面,劳动主要是围垦,还有采集捕鱼。农场附设一个防疫所,负责统筹湖滩上灭钉螺的工作。马欢畅对防疫所这个岗位表示满意,决定回去就办调动。

这一次贫下中农推荐上大学,整个过程一波三折,最后是"鹬蚌相争,渔翁得利"。回乡知识青年,劳动能手,春山岭林场青年突击队队长,人缘和口碑都很好的游平花,成了最大的赢家。她被推荐到省医学院医疗系学习,成了春山公社第一个"工农兵学员"。游平花跟公社签订协议,毕业后回家乡工作。马欢畅很快就调离了春山岭林场,成为县办草滩湖农场集体编制的农业工人。

被推荐的三位当事人中,只有程南英要继续留在春山岭林场劳动。她觉得推荐第三名去上大学,而不是自己这个第二名,理由并不充分,也不公正。于是决定继续申诉。在她的威逼下,彭击修为她提供了新的材料,就是游平花的伯父,通过县农业局领导打招呼"走后门"的线索。可是,等到程南英到县里去告游平花的时候,游平花已经离开春山公社,到省医学院报到去了。程南英再写申诉信寄往省里和上海,也没有回音。她又亲自到县里申诉,分管知青工作的刘登革副主任知道春山公社知青里面出了个"刺儿头",便专门接待了她。刘副主任说,游平花的优秀是公认的,无懈可击的,希望程南英不要再闹,努力工作,明年还有机会嘛。刘登革还拍着胸说:"如果我明年还在这里工作,你来找我。"程南英听了刘登革的承诺,才破涕为笑地回到了春山岭。

程南英因为告状事件声名狼藉,大家都不搭理她,觉得她做事为人很过分,为了一己之私不顾一切,心狠手辣。幸好最后被刘登革副主任拦住了,否则,游平花还不知道会遇到什么麻烦。刘登革其实是用了缓兵之计,程南英却一直把他的承诺记在心上,天天盼着第二次推荐上大学的机会。这期间,她依然跟彭击修保持密切联系,她要彭击修担保,下次一定要将她的名字排在第一。彭击修说自己这里没问题，但公社领导和贫下中农怎么想，那是他不能控制的。彭击修说："你到处告状，在贫下中农心目中留下了不好的印象。你现在不是赌气的时候，应该努力劳动、改造思想，争取改变贫下中农对你的看法。"

程南英还想继续辩解，但无济于事，她只好改变策略。她一反常态，逢人便笑，没话找话，到处献殷勤，弄得大家都很尴尬。劳动的时候，她也破例变得很积极，还经常做好人好事，有空就到厨房里去帮彭健彪切菜，帮游德宏洗衣服，一大早起床打扫操场。她希望努力表现，改变大家对她的看法，推荐她去上大学。

程南英一直在努力。她紧咬牙关地坚持着，一直坚持到九月一日，游家坳村的小学都开学了，也没有任何推荐上大学的消息。程南英终于忍不住了，到县教委和上山下乡办公室打探消息，得到回答是，没有接到上面的通知，既没有说推荐，也没说不推荐，没有人知道下一步该怎么做。最后，还是上海那边传来了准确的消息，说今年大学停止招生，以后还有没有机会，谁都不知道。

第十四章

　　昨天还是晴天,转眼间寒潮就来了,气温骤降,迎风口的路边结了冰,空中断断续续飘起了细小的雪花。没有人愿意干活,彭健彪和游崇兵几个人在担水劈柴,生火做饭。游德宏在办公室里烧起了一大盆木炭火,他喜欢大家都凑在一起,烤火,聊天,说笑,可是一个人影都没有。他喊了几句"来烤火呀",没人搭理,知青们一对对都躲在自己房间里不出来。

　　食堂门前的大铁钟突然当当当地响起来。彭击修高声喊,让所有的员工到会议室开会。很久没有开过全体员工大会了,不知有什么紧急情况。游德宏赶紧将办公室的炭火盆移到会议室,放在主持席的桌旁。彭击修举起厚厚的一摞纸说,这是县里转发下来的中央文件,要求传达到基层群众。听说是念文件,大家都哇哇叫,有的说太冷,有的说还没吃饭,有的说要洗衣服。

　　彭击修严肃地说:"事关党和国家的前途和人民的命运,不可儿戏。"说着就一本正经地开始念文件。大家叽叽喳喳地说笑话,开小会,没有人听进去。坐在木炭火盆边上的焦康亮,听着听着就睡着了,还打起了呼噜。

彭击修敲了敲桌子说:"焦康亮,晚上做贼去了吧?你给我站起来!"

焦康亮惊醒了,连忙站起来,揉了一下眼睛说:"我在听啊。"

彭击修说:"刚才是猪在打呼噜啊?你在听,你听到了什么?"

焦康亮的确睡着了,但在这种场合也不可能睡得太沉,半梦半醒中听到很多让人半懂不懂的词汇,"571"啊,"工程"啊,"纪要"啊,还有更陌生的,"B-52"啊,"三叉戟"啊,"甩石头""掺沙子""挖墙脚"。他以为公安部门又破获了偷水利水电工程工地物资的盗窃团伙,于是便说:"水利水电工程工地上,那些挖社会主义墙脚的坏人,就应该抓起来,就应该枪毙!"

大家哄堂大笑。游德宏打趣道:"梦里偷了只老母鸡炖汤,还没来得及喝,就被人喊醒了,要赔他一只老母鸡啊,哈哈哈哈。"

彭击修说:"焦康亮,这么重要的文件你都不认真听,你要听什么?没听也罢,还胡说八道,肆意歪曲上级精神。我先提出口头警告,再不认真听,你就要写检讨。"

焦康亮最近心情特别糟糕。马欢畅去草滩湖农场的事令人沮丧。父亲"解放"的问题眼看就要解决,县里突然换领导,又搁下了。此刻,彭击修又当众羞辱他,一会儿说他是贼,一会儿骂他是猪,还想让他做检讨。看看身边的女知青都在笑,焦康亮的火腾地一下上来了,他冲着彭击修吼叫起来:"上级精神?上级提倡讲普通话,你为什么不听?你用土话念上级文件,鬼听得懂啊!你还为自己不说普通话找借口,说毛主席也不说普通话,你想跟毛主席比啊?我看你是不自量力。"想到彭击修骂自己是猪,焦康亮又补了一句:"你狗胆包天!"

在春山岭,彭击修就是土皇帝,没有人敢跟他这么说话,此刻被焦康亮突然袭击,彭击修一点思想准备都没有。他正要发作,发现肥厚的上嘴唇黏在了门牙上,撕扯得生痛,连忙用舌头去舔舐,尴尬万分。游德宏见状,连忙过来解围,把焦康亮拉到会议室外面去了。彭击修喝了一口水,舔了舔露出来的牙齿,用严厉的目光扫视全场,突然举起手里的文件晃了几下,严肃地说:"他们一伙,竟敢污蔑上山下乡运动,说知识青年上山下乡是变相劳改,是可忍孰不可忍!狼子野心暴露无遗,用心何其毒也!"

彭击修说得唾沫星子四溅,把自己都呛住了,他咳嗽了一阵,继续说:"大家一定要好好学习文件,深入开展大批判运动,端正思想,肃清流毒。每个人都要写批判稿,贴到墙报栏里去。"他正想把办墙报的任务派给程南英,发现程南英朝他翻了个白眼,扭头把脸转开,用后脑勺对着他。他只好改口叫陆伊,让她去办墙报。

念完文件念报纸,念完中央的又念省里的,会议一直开到中午才散。顾秋林回到房间,用黄泥小炭炉烧着木炭火,在半钢精锅水里,加进萝卜和一点点肉,放在炭火上炖,然后坐到桌边。今天大家都心不在焉,顾秋林却听得特别认真。他直觉到事情的严重性,也预感到有些事情正在发生变化,当然,具体会怎么变化他不可能清楚,但他还是郑重地将那些事件和预感记在日记本上。接着又开始修改昨天写的诗。

一时没有好的修改思路,顾秋林正犹豫不决,身后突然传来滋滋的声响,是钢精锅里的汤溢出来浇在炭火上。顾秋林猛地跳起来,扑向木炭炉和汤锅,炉火已经被浇灭。他端开汤锅,打算将炭炉重新点着,但心里还在挂念着诗,便想到让陆伊过来帮忙。

陆伊重新烧着了炭炉,把汤锅炖在木炭炉上,热腾腾的蒸汽散发出香味。顾秋林坐在桌边写作。陆伊坐在炉火边。顾秋林沉浸在自己的诗中,又怕冷落了陆伊,有一搭没一搭地跟她聊天:"办墙报不是程南英的事情吗,怎么又落到你头上?"

陆伊正在琢磨程南英跟彭场长的关系:程南英敢公开跟彭击修赌气,更说明他们的关系不一般。对自己,彭击修算是比较器重,但仅仅局限在工作层面。不过最近有一些变化,程南英在跟他闹别扭,彭击修转而突然开始接近自己。这让陆伊有点惊慌失措,她没有心理准备。对付彭击修不好硬碰硬,她想,还是应该将计就计。她嘴上应酬顾秋林说:"把办墙报的任务交给我们团支部,也合情合理。"

顾秋林没太在意她的话,他端着日记本站起来,大声朗诵新写的诗《冬天的变奏——〈春山谣〉38号》:"风雨中树苗转眼苍老/枞杉和油松面黄肌瘦/老年斑一样的棕褐树皮/安静地恭候死灰的颜色//黄是绿的变奏/灰是褐的变奏/冬是秋的变奏/幸运是不幸的变奏//变易之美如此简易/掠过山巅和树梢/藏在内心隐秘的角落/伴随着孤独的爱人。"

陆伊说写得好,喜欢"苍老""隐秘""孤独"这些词汇,觉得"变奏"这个词出现次数太多。顾秋林也觉得有点重复单调,便转身去修改。其实陆伊喜欢的,与其说是顾秋林的诗,不如说是小屋里的氛围。寒风在窗外呼啸而过,从玻璃窗的缝隙挤进来。小泥炉里的木炭烧得通红,把屋子烤得暖烘烘的,炉火上炖煮着食物。炉边的沉思和遐想,书桌边的书写和朗诵。风雪,小屋,炉火,故事和诉说,食物的香味,内心的温暖和爱,还有一个想变成白天鹅的丑小鸭,像是冬天的童话。

经历了一系列突发事件,陆伊变得越来越焦虑不安,扎根农村的决心大打折扣,一心想着被推荐上大学。但她又觉得自己被推荐去上大学的可能性很小。她想主动争取,却不知道该怎么做,该往哪里使劲。今天听了一上午文件,没有记住什么,但对"变相劳改"的说法心有戚戚,困惑不已。

陆伊突然想到顾秋林的父亲还在劳改,便问道:"你父亲还在崇明岛啊?"

顾秋林把椅子转过来,移近陆伊说:"我没跟你说过吗?我父亲前不久刑满释放了,不再是劳改人员,转成了农场正式员工。"

"这么好的消息你都没告诉我!"

"的确是好消息,但也还是在岛上,不值一提。"

"他原来是做什么工作的?"

"我父亲从圣约翰大学经济系毕业,曾经是上海汇丰银行的职员。五十年代初,他被送到安徽白茅岭农场劳改,那时我刚出生不久,母亲又怀上了我弟弟顾秋池,还要上班,就把我送到苏州外婆家生活了一段时间。"

"怪不得你有苏州口音。"

顾秋林点点头。两人都沉默了。陆伊想起自己报名下乡插队时的狂热和兴奋,母亲挡都挡不住。她又想到自己现在的悔意和退却,这前后的矛盾,这出尔反尔的举动,让她烦恼不已。

顾秋林说:"父亲刑满释放之后,完全可以离开崇明岛,街道已经同意接收他,但他拒绝了,说劳动也很好,已经习惯了,失眠的毛病也消失了,能吃能睡,不思不想,特别简单。所以决定留在农场。"

"你父亲可能是害怕再一次去劳改,所以干脆留下来,一劳永逸。"

"唉,也许吧。只希望我的父母后半辈子能平安度日,干什么并不重要。眼下他们就这样分开过着,父亲每个月回一两次家,好在浦东浦西相隔不远。最苦的就是母亲,带着妹妹,还要把一颗心分成几瓣:我这里,黑龙江,崇明岛……"

顾秋林眼睛里闪着泪花,每次提到母亲,他都情不自禁。陆伊发现,顾秋林右手紧握着钢笔,有点微微颤抖,便说:"你的手不冷啊?快放下笔来烤火吧。"

顾秋林收起眼泪,拿小板凳坐在陆伊身边。

陆伊说:"你在我眼里总是像大人似的,有时候也像小孩啊?"

顾秋林笑了笑,抓起陆伊的双手摩挲着说:"我们不要说那么沉重的话题好不好?我来给你变个魔术。……凉手变暖手,暖手变凉手,变变变,变!"说着,将手贴近陆伊的脸:"凉手变暖手没有?"陆伊笑着连忙躲开。顾秋林的手再追过去,碰到了陆伊的脖子,陆伊痒得左躲右闪,往后一仰,摔倒在地上。陆伊右手撑着地面,左手伸向顾秋林,笑着喊叫:"快,快拉我起来!"顾秋林伸手去拉她,拉了一半的时候,又要松手,把陆伊逗得哈哈大笑,笑得眼泪都流出来了。

很久没有开怀大笑,陆伊被这欢乐的场景感动,突然有一种扑向顾秋林怀抱的冲动。然而,她并没有这样做。她坐回到小凳子上,停了一下,突然猛地将手从顾秋林双手中抽出,力量之大,速度之快,让顾秋林吃了一惊。顾秋林问她怎么了,她说没什么,随即沉默以对,脑子里走马灯似的浮现出各种画面……

推荐上大学的初选名单出来的时候,陆伊因落选而感到不平,正要去彭击修房间询问,碰上程南英哭闹着出来,陆伊便躲闪开了。后来事情越来越复杂,导致县里介入,一切都超出了陆伊和知青们的理解。陆伊也没有再去找过彭击修。陆伊知道,知识青年的"生杀大权"一半操控在公社里,一半操控在彭击修手上。但首先在彭击修手上。如果彭击修这里过不了关,其他都是空的。自从动了离开的念头之后,每次见到彭击修,陆伊都不知如何面对,有些慌乱。

记得那天陆伊正要去小溪边洗衣服,彭击修远远地叫住她说:"小陆,你到我办公室来一趟,我跟你谈点事。"陆伊只好将搪瓷脸盆放在操场边的草地上,走进了场长办公室。

彭击修说:"最近知青的情绪有点波动吧?"

陆伊说:"何止一点波动,是非常波动。"

"那你自己呢?作为团支部书记,你应该带头端正思想,稳住情绪啊。"

"彭场长,我认为扎根农村干革命,跟去大学里学本领,一点也不矛盾。我希望有机会去上大学,学习现代科学,回来为贫下中农服务。我觉得,无论是劳动态度,还是思想觉悟和文化素质,我都不会输给别人。可是,这一次为什么我连初选名单都没有进入呢?"

"小陆啊,你表现很好,你当然可以去上大学,所以第一个初选名单有你。但名额只有一个,只能上一个人,其他几个人自然就要落选。"

不管是劳动还是学习各方面,陆伊都自认为比程南英做得好,为什么程南英就排在自己的前面呢?事到如今,程南英也落榜了,她也不想再追问,可能是自己在有些地方努力不够。她问:"明年也只有一个指标吗?明年还是按照今年的顺序排队吗?"

"明年的指标现在不好说。至于排名顺序问题嘛,也不是绝对的。今年排在前面的人,明年是不是就一定可以排在前面呢?那不一定。按照公社鲁主任的意思,所有外来的和本地的知青,在推荐上大学过程中的表现,将作为第二年考核的重要指标。比如有些人,没有被推荐上去就闹情绪,到处告状,闹得鸡犬不宁,影响很坏,要扣分的。你没有闹情绪,也没影响工作,说明思想素质好,那就应该加分嘛。"

"真的能加分?"陆伊原本以为像顾秋林所说,要等到那些热门人选都走了,才会轮到自己。如果说表现好就可以加分,表现不好就要扣分,那么自己就可以继续努力,明年也就会更有希望。

"在春山岭,加不加分,加多少,都由我定。"彭击修抓住陆伊的手,在手背上拍着,又轻轻捏了捏。陆伊愣了一下,把手从彭击修的手中猛地抽了出来,力量之大,速度之快,让彭击修吃了一惊。

陆伊说:"彭场长,我去洗衣服了。我一定努力,争取多加分。"说着就离开了办公室。

过完中秋节不久,又到了国庆节,断断续续地休息了好几天。以往每逢节假日,知青们都是一大群人结伴出行,或者去春山和黄埠闲逛,或者到附近的山上野炊。今年突然有了变化,改为成双成对出游,或者在各自的房间里开小灶。毫无疑问是推荐上大学一事带来的后遗症。大家都没有心思聚会,尤其是害怕见到程南英那张愤怒而冷酷的脸。

谷维世开着拖拉机,送孙礼童和殷麦莉去了一趟砚坑,看望老五苏南生和胡甄妮。姜新宇不知什么时候跟褚小花结为一对。这一天,褚小花要施展她从爷爷那里学来的烹饪才能。李承东跟林俪结为一对,躲在屋里睡大觉,等褚小花喊他们吃饭。程南英一个人躲在房间里编织绒线衫。她一边织,一边哭鼻子。顾秋林带着陆伊和童秀真步行去黄埠镇。童秀真和顾秋池天各一方,前途未卜,只能先这样拖着,好像每天都在盼着过春节,能够回上海见一面,平时只能靠书信往来。每逢节日,童秀真就要哭一通。好在有大哥顾秋林在身边。

彭击修没有回家,留在林场里值班。游仙桃生了一个儿子,住在彭击修父母那里,她一门心思扑在孩子身上,对彭击修不管不问。彭击修明显感到林场气氛有变化。这两年春山岭林场走了三个人:去公社当广播员的范梅英,调到县办农场的马欢畅,去上医学院的游平花。上海知青一个都没走。这一切似乎有些偶然,但也不能说没有必然性。上海知青一个个心灰意冷,消极对待。表面上,林场又恢复了平静,大家按部就班一起出工,但心已经散了。再也听不到手风琴声,听不到胡琴和口琴声,也听不到程南英和陆伊的歌声。往日喧闹的集体生活不见了,大家都三三两两闷在屋里,或者不见踪影。春山岭林场死气沉沉。

顾秋林、陆伊和童秀真三人逛遍了黄埠镇,从供销社,到邮电所,在两三百米长的小街上来回溜达,百无聊赖,一直到半下午才离开。走到游家坳路口,正要离开公路上机耕道,一辆白色的救护车尖叫着从身边飞速驶过,朝春山方向奔去。陆伊说:"又是哪个村里的农妇喝农药自杀啊?"童秀真说:"要不就是难产。"

顾秋林说:"我上次见到救护车,还是马约伯医生吃安眠药自杀的时候。"

童秀真说:"什么?马约伯还自杀过?是马欢畅的妈妈害的吧?"

顾秋林说:"嗯,现在好了,他回老家安度晚年去了。"

第二天上午就传来噩耗,李瑰芬医生病故!大家都惊呆了。

彭击修连忙让谷维世开拖拉机送他去春山。李瑰芬突然死亡的消息,一大早就传遍了整个春山。有人说,她是因为正要上大学的女儿被人告下来而气死的。有人说,她是被徐水根主任抛弃而自杀的。有人说,她是暴病身亡的。也有人说,她是被自己的部下江丁生毒死的。公社治保主任殷贵生正告村里的长舌妇,不要传播谣言,要等县里来人检查之后再说。县公安局的人检查了尸体,又对死亡现场和李瑰芬家的周边环境进行了勘察,包括门窗、房屋周边花园和草丛、通往小河边木板码头的小路。他们初步认为李瑰芬是中毒身亡的,可能是某种来自周围草丛不知名的毒虫的毒,至于到底是什么虫,是哪种类型的毒蛇或蝎子、蜈蚣或蜘蛛,还不能肯定,需要送样品去进一步化验。公安局的说法跟何缺得的说法差不多。

何缺得说,前天晚上,李瑰芬张罗了一个牌局,何缺得跟李瑰芬一对,江丁生跟舒漫娥一对。十点多钟的时候,何缺得说他就开始打哈欠想睡觉。李瑰芬说再打几把。那天晚上,我们的手气不好,牌很差,老是输。李瑰芬不服,想追平对家,一直打到十一点多钟还没追上对手。这时候,李瑰芬突然哎哟一声大叫,便蹲到桌子底下去捂住脚背。何缺得说,他认为李瑰芬是被什么东西咬了,毒蛇或者蜈蚣那一类的。江丁生让李瑰芬脱掉鞋袜,用手电筒一照,李瑰芬的右脚背红肿得厉害,脚腕开始变粗。何缺得跟江丁生一起,扶着李瑰芬去医院。李瑰芬说,快去叫王毅华医生来。江丁生说是毒虫咬了,不用叫醒王医生,他一个人就能处理。何缺得说,他等李瑰芬吃完药,躺在病床上睡着了,才回家去。何缺得第二天下午去医院看望李瑰芬,只见江丁生慌手慌脚的样子。这时候王毅华医生才开始接手,并且立刻打电话给县里,叫县医院派救护车来。

江丁生的描述跟何缺得差不多,也认为李瑰芬是被某种不知名的毒蛇或毒虫叮咬后中毒身亡的。王毅华私下里对尹慧梅说,那个不学无术的江丁生,一开始就用错了药,耽误了治疗时间,属于医疗事故。但王毅华不敢声张,只说要以县里专家的意见为准。

李瑰芬的遗体，被抬到了银杏树下的太平间。季卫东和徐芳兵第一时间赶到了现场，指挥处理后事。马欢笑站在旁边号啕大哭。马欢颜陪着马约伯赶到的时候，已是凌晨时分。第二天一大早，徐水根乘坐吉普车，载着马欢畅还有马欢心和卢复兴夫妇，也赶了过来。李瑰芬的一儿三女，还有马约伯和卢复兴，六个人围着李瑰芬号哭。马约伯哭得最伤心，他扑在李瑰芬身上，撕扯着自己稀疏的头发，说都是因为自己的历史错误，连累了李瑰芬，让她丢掉了军籍，漂泊在异乡。说都是自己的无能，让她一个人生活在这里无人陪伴。

中午，马约伯的大儿子和二儿子，还有十几位马家垮的壮年汉子，抬着一口崭新的黑漆棺材来了。那是马约伯为自己准备的寿材，现在只能先给李瑰芬用了。徐水根这才突然想起，李瑰芬的下葬地点是个问题，他把季卫东、彭击修、何罐得几个人叫到一起商量。徐水根和季卫东不是春山村彭家人，没有发言权。何罐得倒是春山村的，但他既不是彭家的人，又是理发世家，也不便发表意见。只有彭击修能说得上话。彭击修说，这不是小事情，自己做不了主，要跟村里的几位老长辈商量一下。

徐水根和季卫东陪着彭击修，一起来到春山彭家村，找几位长老协商，提议将李瑰芬葬在春山彭家村的祖坟山上。长者们异口同声拒绝了。徐水根说："李瑰芬医生是江苏射阳人，也不可能把她抬到老家去吧？再说，她是革命军人出身，全家都为革命事业光荣牺牲了，家里没什么人。"

春山村的长老们说："徐主任啊，你的话我们懂得。但我们有我们的规矩。葬到马家塆就可以了,或者你们徐坊村也可以。听说县城那边的苍山上,还有烈士陵园呢。办法很多,不要老盯着我们春山彭家嘛。"

马约伯得知消息,猛然对大儿子和二儿子厉声喝道:"抬到马家塆去!"两个儿子一时愣在那里,不知如何应对。他们也想不通,凭什么抬到马家塆去?她既不是我们的妈妈,也不是你的老婆。马约伯又大声吼叫起来:"抬走!"两个儿子和马家塆的十几位汉子,只好抬着棺材往马家塆去,同时派人飞速到村里报信。

抬棺队伍快到村口的时候,远远看到一大群人簇拥在村口的老樟树下。坐在正中太师椅上的,是一位穿着黑色对襟衬衫的白发长须的老人,他就是马智茂,马家塆最年长、最德高望重的人,实际上就是马家的族长,生产队队长都畏他三分。他伸出右手,手掌朝前对着抬棺的人群,做了一个停止的动作。这边两个年轻人,连忙搬过去两张条凳。抬棺者就将棺材落在条凳上。马约伯和马智茂二人,僵持在村口。

马约伯走上前抬手作揖,喊了一声"智茂叔",正要说话,被马智茂拦住了。马智茂指着马约伯说:"德诚啊,你看上去闷声不响,做事蛮有主见啊!你知道你这是在干什么吗?……马家塆待你不薄啊!……年轻的时候,你出门在外,花天酒地,嫖赌纳妾,我们没有看见,那是你自己的事。庚辰年,你被人撵得鸡飞狗跳,半夜逃回家来,马家塆接纳了你,还派人护送你上了怀玉山。后来,你一去无消息,念你是跟着国民党去打日本,村里的人就帮着照料你的发妻,为她送终,还帮你养大了两个儿子。癸卯年,你隐瞒历史,被共产党查办,从部队上给撵了回来,马家塆又接纳你。刚开始,你拖家带口住在村里,后来你去了春山,买屋安家,也是一走无消息。前两年,你又被老婆撵出了家门,还是马家塆接纳你。你是进出自由,来无影去无踪啊。为什么啊?马家塆该你的啊?因为,你是马家塆的儿子。今天你擅自做主,把一个外乡女人的棺材抬到马家塆,这是何道理?你必须得有个说法!"

马约伯咚的一声跪了下来,朝着马智茂磕了三个响头说:"智茂叔,众位父老乡亲,我马德诚是马家的儿子,在马家塆,所得甚多,所给太少,我愧对祖宗。马家塆的大恩大德,不孝弟子马德诚,没齿不忘,今生来世,做牛做马,也难以报答万一。……今天,我马德诚,还要斗胆请求父老乡亲,再一次开恩,再一次高抬贵手,放过这个躺在棺材里的女人,江苏射阳人氏李桂风。按照法律,她的确不是我的妻子,也不是马家塆的媳妇。但是,她是我四个儿女的娘!她十六岁嫁给我,照顾我、陪伴我,二十多年了,为我生下了一男三女,为我们马家生养哺育了四个后代!……"

说到这里,马约伯一把拉住马欢笑的手,往地上一拽。马欢笑咚的一声跪下,马欢心、马欢颜、马欢畅,还有大女婿卢复兴,也跟着跪在乡亲们面前,六人一排,磕头哀号。马智茂见状,气得左手拂胸,右手乱挥,不停地摇头。

马约伯接着说:"我跟欢笑他妈妈,是离了婚。谁让我们离婚?那是我自己的决定!没有人能够逼迫我马德诚做任何事情。我读过大学,做过医生,当过土匪,打过日本鬼子,也打过国民党,都是我自己做的决定。因为我觉得,我跟李瑰芬离婚,就是对她陪伴我大半辈子的最好的报答。可是在我心里,李瑰芬从来都是我的妻子,是马家的媳妇。现在她不幸离世,无家可归,成了孤魂野鬼,我若不接纳她,谁接纳她?我若不接纳她,我怎么面对这些她为我生育的儿女?我若不接纳她,怎么有脸活在这个世上?那样我还不如死给你们看!"马约伯长跪不起,连连叩首,哭声感天动地。

旁边围观的女人,都跟着哭号起来。大儿子和二儿子两家六口人,也跟着父亲一起跪下,在智茂叔公和乡亲们面前求情。这边一群抬棺的汉子,也开始劝智茂爹或智茂叔公,网开一面。

面对眼前这十二个长跪不起的人,面对旁人的劝说,面对一片号啕的哭声,马智茂气得一边咳嗽,一边站起来要离开,口里连连说:"造孽啊,造孽啊,我不管了,我管不了啦,我也快进土的人了……"晚辈们搀扶着马智茂,颤颤巍巍离开了村口。

李瑰芬的灵柩,停在马约伯的院子里。家里摆起了流水席,供村里人享用。大儿子问要不要请和尚来做法事。马约伯说,李瑰芬是唯物主义者,不信那个,一切从简,明天就下葬。但马约伯想到,李瑰芬平生喜欢热闹,便吩咐晚上请个说书的过来,点名要听《薛刚反唐》。来了个年轻的瞎子,说他师父拉肚子拉得浑身没劲,不能出门,他来顶替,《薛刚反唐》还没学,刚开始学《穆桂英挂帅》,还不大熟,能说的只有一个,《薛仁贵征东》。于是敲着小鼓讲了一晚的高句丽、盖苏文、混海驹、柳叶刀。年轻的瞎子讲到薛仁贵,语调平淡无味,讲到盖苏文,就激动得哆嗦,嘴角冒泡,好像打赢的不是薛仁贵而是盖苏文似的。

墓地是马约伯早就为自己看好了的,在马家塝祖坟山的东南角,松树林中坐北朝南的一块小高地,墓地背后是小山坡,正对着前方是一条小溪。马约伯催促两个儿子,赶紧给他重新打造一口棺材,并留下遗嘱,将来要把他跟李瑰芬葬在一起。跟李瑰芬离婚之后,马约伯还曾说过,这里原本准备了两个人的位置,只能一个人用了,太宽敞,太奢侈。这一下好了,李瑰芬仿佛是为了这块双人墓地而来的。八个大汉抬着李瑰芬的棺木朝祖坟山去。一路上白幡飘扬,唢呐声和锣鼓声响成一片,偶尔一声冲天鞭炮,嘣的一声响彻云霄,像是在给李瑰芬老家苏北那边的父母兄长的阴魂传递消息。马约伯哭得差点昏死过去,苍老的声音盘桓着,久未消散。

秋天快要结束,冬季即将来临的时候,马约伯的棺材打好了,散发着浓郁芳香的黑漆也风干了。马约伯每天都在院子里翻检李瑰芬的遗物,翻检自己的记忆。他们俩穿过炮火纷飞的年代,从苏北到南京,从江苏到湖北到海南岛,又从南方海滨返回内地的皖南,再从皖南回到家乡。甜蜜和欢乐的记忆,早就铭刻在儿女们的名字里面。马约伯觉得,自己的一生很幸福,很值当。马欢笑还小,有些不放心,但他有两个大哥大嫂,都很善良,还有三个姐姐,会照顾他,自己也就无牵无挂了,只求早点去那边跟李瑰芬相见。

初冬的一天,军医马约伯躺在自己床上,安静地离开他生活了六十多年的世界,用的还是老办法,吞食超量的安眠药。儿女们遵照马约伯的遗嘱,将他和李瑰芬合葬在一起。一块巨大的青石板墓碑,正中刻着"马德诚李瑰芬之墓",左下方是一长串儿孙的

名字:

  男:马永新(媳:马蒋氏) 马永亮(媳:马陈氏) 马欢笑
  女:马欢心(婿:卢复兴) 马欢颜 马欢畅
  孙:马小明 马小勇

  马家塆舆论四起。马家人一边为马约伯对那个外乡女人的仁义和深情打动,一边又批评马约伯不跟发妻合葬,而是跟离婚了的女人合葬。作为儿子,马永新和马永亮也不知道怎么解释,只好装聋作哑。遇到必须回应的,就说死者为大,遵嘱办事。时间长了,村里的议论也就慢慢地消失了。只有马约伯和李瑰芬坟墓四周的野草和灌木,越长越旺盛,郁郁葱葱,生机盎然,很快就将墓地覆盖起来。高大的青石墓碑,正对着山下的小溪。小溪汇入春水河,春水河又流入大湖,大湖流入长江,长江向东流入大海,长江入海口的北边,就是李瑰芬的故乡。愿她魂归故里!

  徐水根离开春山回草滩湖时,对季卫东说,李瑰芬从小参加革命,当时接纳李瑰芬的手续就是徐水根办的,是按照退伍军人安置的。希望公社能给李瑰芬的后代应有的关照。季卫东找鲁韦昌主任商量,最终决定在春山医院给李瑰芬的女儿安排一个勤杂工的职位,负责诊室的卫生和手术室的消毒工作,顺便照顾还在春山小学读书的马欢笑。大家心里的人选是二姐马欢颜。

  马欢畅很久没有去草滩湖农场了,一直待在春山家里,陪着弟弟马欢笑。马欢畅对大姐马欢心说,只要想起草滩湖农场,她心里就有一种隐隐的厌恶感和恐惧感,希望姐姐和姐夫能想办法,把她从农场调离,她真的不想再回草滩湖,也不想再见到徐水根了。马欢心安慰马欢畅,让她先在家里歇一阵,等他们回到县里,就让姐夫卢复兴去找关系,想办法。

二姐马欢颜突然说,她不愿意回春山医院来当勤杂工,还不如让三妹马欢畅去。马欢颜说,自己在老家已经习惯了,她想留在马家塆,跟大哥二哥两家人一起生活,一起种田,还可以在那里陪着爸爸和妈妈,要不爸爸妈妈会很孤单。说着,姐妹几个又哭起来。马欢心觉得马欢颜的方案也可行。于是马欢畅就从草滩湖农场回到春山医院,一边当勤杂工,一边跟着尹慧梅学一点业务。

江丁生在春山贫下中农中的口碑很差,公社革委会研究决定,重新恢复王毅华医生的院长职务,免去江丁生医院副主任职务。马欢畅也不再敢幻想上大学的事情,踏踏实实地在春山医院干活,一边陪护着马欢笑。江丁生和何缺得两个,整天像苍蝇一样围在马欢畅身边。马欢畅黄昏下班后,早早就闭门谢客。焦康亮多次打电话到医院,请求登门拜访,都被她拒绝了。尹慧梅像母亲一样保护着马欢畅。她原本就喜欢马欢畅,以前因为她那位强势的母亲李瑰芬,自己不便多打交道。如今马欢畅依赖她,显得更温顺,尹慧梅也就觉得马欢畅更可爱了。尹慧梅对马欢畅说:"何缺得和江丁生两个人都不行,一个没有文化还流里流气,一个不学无术还人品不正。"

尹慧梅心里是希望马欢畅能跟王力熊好,但又不好意思说出口。特别是姐弟两人正值父母亡故的悲伤时刻,无依无靠,现在急着打扰他们不合适,搞不好会有趁人之危的感觉。尹慧梅只是经常去看望姐弟俩,帮助他们收拾屋子,照顾他们的起居生活,像妈妈一样关怀他们,毫无保留地付出爱心。马欢畅很敏感,面对尹慧梅特别的关照,她觉得无以为报,同时也隐约地领会到了尹慧梅的意思。她觉得王家人正派,可以依靠,而且她对王力熊也不反感。只是两个人从小一起长大,亲近有余,更像兄妹。王力熊在公社里开吉普车,整天陪着鲁韦昌主任和季卫东副主任在外面跑,几乎见不着人。偶尔在医院里碰到,没有了从前那种自然而然的感觉。马欢畅思来想去,依然拿不定主意,她觉得母亲去世不久,自己暂时也没有心思考虑个人问题。事情就这样搁在那里。

第 十 五 章

春节期间,彭击修试图继续执行往年的规定,让上海知青分批轮流回家过年,结果没有谁遵守这个规定,所有的上海知青都回去了。直到元宵节的第二天黄昏,由上海经南京和江东等地开往汉口的"东方红8号"轮,缓缓离开十六铺码头。甲板上离家的女孩哭得泪眼婆娑,岸上送行的父母老泪纵横。顾秋林和陆伊,还有相约同返春山的孙礼童、殷麦莉、姜新宇、褚小花、谷维世、程南英,此刻站在三楼的船舷边,跟送行的家人告别。陆伊的妈妈梅绣文带着弟弟陆斌和妹妹陆蕾,还有顾秋池和童秀真等人,站在岸边送行的人群中,频频朝轮船挥手。顾秋池三年来极少回上海,所以假期比较长。童秀真弄到了病假条,要在上海多待一阵。李承东和林俪也在"生病"。刁蓝瑛等几个人更干脆,回上海后就不见踪影,怎么都联系不上,看样子是打算长期赖着不回去了。

轮船鸣了一声汽笛,像归栏老牛的叫声,接着便开始加速。陆伊和顾秋林几个人倚着船舷沉默不语,注视着眼前闪过的高楼发呆。浦江沿岸密集的高楼上灯火璀璨,每一盏闪烁的灯光,似乎都在讲述自己的故事和秘密。缓缓前行的轮船,一次又一次把那些城市青年的命运和青春,带到乡村那个没有故事、没有秘密的世界,那个永恒的寂静之中。快要驶出吴淞口的时候,轮船又一次拉响汽笛。江面显得越来越宽敞,江边矗立着一排排巨大的集装箱,在太阳灯的照耀下显得密集壮观,多架起重机伸长手臂拎着货物箱在旋转。这些令人震惊的场面即将在眼前消失,或许只能成为远行游子梦中的奇观。

寒冷的江风把眼泪吹干。冷月清辉映照在浩瀚的江面上。顾秋林提醒陆伊回船舱,陆伊让顾秋林先回去,她说她喜欢看码头边的楼群、灯光、机器和密集的人群,回到春山就看不到这些了。顾秋林只好陪着陆伊站在船舷边,直到吴淞口辉煌璀璨的灯光消失在东边的水天相连处。两人回到自己的铺位。三楼中部的一间三等舱,里面并排摆着四张上下铺床架,刚好容纳八个人。姜新宇的舅舅是轮船公司的小头目,开后门才买到这合适的票。四男四女,男的睡上铺,女的睡下铺。程南英还是那样,对谁都爱搭不理,一上船就钻进被子里睡觉。她上铺的谷维世在读书。其他人坐在下铺的床边,面面相觑,不知道说些什么,心思大概还沉浸在与家人团聚的时光里,咀嚼着分离的味道。

殷麦莉说:"要是老五在这里就好了,他在就永远都不会冷场。"

孙礼童说已经给老五拍了电报,明天上午老五跟胡甄妮从南京上船,一起去江东。

孙礼童提议玩扑克。顾秋林和陆伊对家,孙礼童和殷麦莉对家,在殷麦莉的下铺,就着昏暗的灯光,谁输了,就让候在一旁的姜新宇和褚小花来替换。

姜新宇坐在陆伊身后观战,身子离陆伊越来越近。褚小花突然扭身到自己铺位上去了,明显在闹情绪,姜新宇却一点都没觉察到。顾秋林试图把姜新宇引开,便叫姜新宇过来替代自己。姜新宇却客气地说"你打你打",然后继续挨近陆伊,还不时地指挥陆伊作战。

顾秋林不开心,陆伊似乎有所觉察,心里却突然有了恶作剧的念头,故意问姜新宇:"我怎么出牌啊?"姜新宇从后面伸出双臂,包抄着陆伊,搓开陆伊的牌说:"先毙掉它。"姜新宇的脸都快要挨到陆伊的头发。顾秋林强忍着满腹醋意,不好意思发作。挨近陆伊的姜新宇还在喊叫:"调主啊,继续调,别让他们喘气!"顾秋林实在忍无可忍,正想把手上的扑克往床铺上摔,这时候服务员过来通知关灯休息,避免了一场尴尬。

船舱里一片黑暗,陆伊以为顾秋林会来向她道晚安,没想到顾秋林在赌气,直接爬到上铺去了。孙礼童和殷麦莉在卿卿我我,喃喃私语,搞得动静越来越大。姜新宇也试图往褚小花的铺位上蹭,只听到一阵异响,褚小花突然喊叫起来:"滚开!"

第二天上午到达南京,大家结伴去逛街。回来的时候,老五和甄妮已经站在三楼的船舷边等着他们。两个人都穿着土黄色的人字呢军装,一看就知道是革命干部子女。老五买的是四等舱,却通过朋友"开后门",升舱到二等舱。大家跟着老五到四楼他的船舱去。里面摆着两张床,中间一张桌子和几把方凳。桌上有热水瓶和茶杯,还有单独的厕所和盥洗室。老五请大家随便坐。甄妮忙着给大家倒水。老五坐在桌子边,点燃一支香烟说:"上海的局势如何?……我去了一趟北京,了解到不少情况。"

大家都不知道老五所说的"局势"为何物,只对北京的"情况"感兴趣。

老五弹了一下烟灰继续说:"高层有分歧,有人想否定原来的路线。这件事很敏感。上面对知识青年在农村的情况也很关心。据说,有人写了告状信,说知识青年在乡下很苦很累,吃不饱穿不暖,不能养活自己。他们得知情况后也很伤心,指示要派工作组下去调查研究,制订解决方案。"

程南英一听,眼睛放出光亮,她对老五说:"给北京写信告状?我怎么没想到啊!我只给上海写过信。那有什么新的解决方案?不会让知青全部返城吧?"

老五说:"幼稚!怎么可能全部返城呢?那不是全盘自我否定吗?真的要回城,那也得找到合适的借口,等待恰当的时机。据说,要加大招工进城的力度。同时,还要严厉惩治招工招生工作中'走后门'的歪风。至于推荐上大学的事,前两届已经反映出一些问题,听不懂课的情况比较普遍。今年要改进推荐上学的方式方法。"

姜新宇问怎么改进,一边从老五的香烟盒里抽出一支烟,叼在嘴上,到处找火柴。

老五摸出银色金属外壳的汽油打火机,给姜新宇点上烟,又抽出几支香烟,给大家散了一圈,缓缓地说:"今年推荐上大学,政审力度加大,文化课成绩的比重也要加大,绝对要求又红又专。首先,当然是严把政审关。我和胡甄妮都没有资格,政审暂时都过不了,以后再说吧。顾秋林,你好像也没有资格吧。"

顾秋林有些尴尬,笑了笑说:"嗯,自从取消高考之后,我就没想过这事。"

胡甄妮嗔怪地对老五说:"你不要哪壶不开提哪壶行不行嘛?并不是每个人都像你那样无所谓的啊。我就不爱听这些。"

胡甄妮的家庭背景跟老五差不多,两人门当户对,从小就认识。胡甄妮的外公是苏州的大户人家,在苏州、无锡和上海都开有金店。胡甄妮妈妈,年轻时毅然跟家庭决裂,走上了革命道路,曾经就读于共产党创办的"苏南新闻专科学校",毕业后嫁给了"三野"一位军官,也就是胡甄妮的爸爸。胡甄妮的父母解放后一度在上海工作,甄妮出生在上海,五十年代末全家迁居南京。胡甄妮的爸爸还在部队,妈妈在省里的文化部门担任领导职务,前几年被揪出来,一直"靠边站",眼下在家里赋闲。

苏南生连声道歉:"对不起,对不起,顾秋林,你没问题吧?"

顾秋林说:"没事没事,我们喜欢听你讲局势。"

老五接着说:"总之,我们这些阶级出身不好的,暂时就别想这事了。"他转过脸对着程南英和陆伊说:"我在为你们着想,为你们出主意。不过,接下来上大学会更难一些。既要思想和劳动表现好,贫下中农有好评,乐意推荐你,又要参加统一考试。今年的推荐,文化成绩占据的比重加大。"

程南英问:"怎么样才能让贫下中农有好评呢?"

老五说:"劳动积极,任劳任怨,不怕苦,不怕脏,不怕累。还要艰苦朴素。"

老五停下来,在大家身上挨个儿扫了几眼,然后指着程南英说:"你这样的穿着和打扮就不错,可以加分。"又指着陆伊说:"你的打扮太上海,太洋气,不朴素,要扣分。"

程南英脸上露出了一丝难以觉察的微笑。这一点她早就知道,所以,离开家的时候就换上了旧工作服,把在上海逛街穿的漂亮衣服藏起来。

陆伊低头看看自己,的确良面料的碎花布罩衫,显得很素净,里面是一件竖领丝绸薄丝棉袄,外翻的衬衫领,镶有蕾丝花边,青灰色毛料西裤,带拼贴的鹅蛋绿小羊皮鞋,一看就是大上海的做派。把陆伊跟程南英放在一起比较,一个细节上处处讲究,一个故意将自己打扮得土气朴实,陆伊就显得格外扎眼。

陆伊原本不是一个高调奢华的人,她喜欢简洁素朴的风格。这一次回家,陆伊的态度发生了明显的变化,从支持爸爸陆志钢的观念,转变为跟妈妈梅绣文站在一边。母女俩天天结伴逛街,购物。妈妈夸陆伊这几年的苦没有白吃,开始成熟了,懂得人生道理了。妈妈一边为陆伊挑衣服,一边说:"女孩子嘛,年轻的时候不穿漂亮衣服,什么时候穿啊?等到人老珠黄,没有人愿意看你的时候,再穿也晚了。"以往,妈妈为陆伊买东西,总是遭到陆伊的反对,这一次陆伊不但不反对,还跟妈妈一起商量着买。蕾丝花边领的衬衫,是陆伊自己选的。

听到老五在说"加分"和"扣分",陆伊很敏感,因为彭击修曾经对她说过类似的话。陆伊嘀咕一声:"我回去就到当地农民那里弄一些衣服来穿。"

老五对陆伊说:"群众的眼睛是雪亮的。你的行为是发自内心的,还是搞形式主义,人家一眼就能看出来。"

程南英把凳子移近老五身边,故意显得亲近,好像在给老五奖励似的。她睁大眼睛听老五发表高论,连连点头称是。老五接着说:"还有,如果你们真的想去上大学,那么我就要提醒你们,日常生活中跟谁接近,跟谁交朋友,也很重要。谁是我们的敌人,谁是我们的朋友,这是革命的首要问题。不要老是跟我们这些阶级出身不好的人混在一起。要记住,跟贫下中农打成一片,而且要真心实意,不要假模假式。除非你不想离开。"

陆伊听到这些话,心里一颤,觉得老五此刻好似一个大黑洞,不断从里面刮出一阵阵黑暗的风,吹得她心头冰凉。

孙礼童说:"哎哟,这么复杂啊?那我就算了吧。为什么不放开招生呢,那样的话更简单,也减少了国家管理上的麻烦。"

老五笑起来说:"我也是这么想的呢。事实上是不可能的!"

程南英深有感触地说:"我现在政审合格,劳动积极,态度端正,但就是成不了啊!我去举报那些违反公平原则的事情,大家都视我为怪物。我怎么办呢?我只能去搞人际关系吗?我也不知道该怎么办呀。"

老五说:"大家不要灰心丧气。事情正在发生变化。增加文化课考核分数的比重,也是一件好事,那些只靠关系上去的人,最后还是要被淘汰掉。大家抽空好好学文化吧,把丢掉的课本捡起来。机会只留给有准备的人的。"

殷麦莉抱着胡甄妮的肩膀说:"我就喜欢老五。只要老五在,什么困难都不算困难。你跟老五在一起,时刻都很开心,在哪里都一样。"

胡甄妮笑着说:"老五就这样,喜欢盲目乐观。他自己的事情一点着落都没有,还整天乐呵呵的,傻乎乎的。当然他也有悲观失望的时候,我就不戳穿他了。"

老五微笑着吸了一口烟,缓缓地吐出,好像胡甄妮在说别人似的。

倚在船舷边的人喊起来,"鞋山"。矗立在江心那块巨大的岩石,形状像一只鞋子,传说那是仙女遗落的绣花鞋。七仙女偷偷下凡与农夫董永结为夫妇,王母娘娘将她抓回天庭,路过此地时掉落了一只绣花鞋,也有人说是仙女故意丢下的,作为留给人间的纪念。

太阳斜照在甲板上。第三天下午,"东方红8号"抵达江东码头。苏南生和胡甄妮跟大家告别,一辆草绿色吉普车停在码头,两位战士来帮他们提行李。那是胡甄妮爸爸的战友安排来接他们的。胡甄妮抱着殷麦莉,两人含泪拥抱在一起。

王力熊开着公社新买的大卡车等候在江东码头,把大家接回了春山岭林场。孙礼童说王力熊是个有情义的人,同宿舍住了一段时间,没有白住。

回到林场之后,上海知青都在抓紧复习文化课,不仅是程南英和陆伊,姜新宇、孙礼童、李承东、谷维世也都开始看书。每天早晨,厨房门前召唤出工的铁钟当当当当响半天,也不见人出来。林场变得更加冷清。队伍突然散了,因为人心散了,大家结成小圈子,成双成对,自给自足,如今又变成了单打独斗,各自为政。只要有空,他们都躲在自己的房间里看书复习,等待应考的机会。

姜新宇看上去大大咧咧,其实也有心细如发的时候。他不但开始复习功课,还有意识地跟彭击修拉近关系。他把上海带来的奶糖、饼干、香烟、炼乳等各种珍贵的副食品,分出一份,专门送到彭击修房间里去,说是爸爸妈妈感激彭场长对自己的照顾,特地让他带一些小礼物来,表示感谢。彭击修感到惊喜。他本以为,上海知青中的几个男生,平常都不正眼瞧自己,更别说尊敬了,没想到他们内心还是知道好歹的,懂得感恩的。想到这些,彭击修很高兴,叮嘱姜新宇要认真劳动锻炼,不断追求进步。彭击修唯一遗憾的是,这些珍贵的礼物,他再也不能献给徐芳兵了。

顾秋林也喜欢躲在自己的房间里,但他不是复习文化课,而是在写诗。新宿舍是年前建好并投入使用的,每个人都住上了单间。游德宏搬走之后,顾秋林和陆伊有了自己的空间,一度觉得很惬意。但春节从上海回来之后,陆伊就很少到顾秋林的房间里来。陆伊说,她要集中精力,利用一切可利用的时间,全力以赴复习功课。顾秋林支持陆伊的想法,说两个人整天混在一起,的确会耽搁正事。他让陆伊好好复习,自己也抽空写点诗。

其实,事情并不像陆伊口头说的那么简单,也不像顾秋林理解的那么单纯。更隐秘的原因是,苏南生在轮船上的那番话,深深地印在了陆伊的脑海里,让她警觉起来。顾秋林这位少年时代相识,如今又相恋在异地他乡的老友,的确成了她苦难生活中的温暖和光亮,甚至是唯一的精神支柱。但是,离开春山岭才是当务之急,才是重中之重,一切都得为这件事让路!陆伊担心顾秋林的阶级出身会成为她被推荐上大学的一个障碍,万一有人提出这一点,一切努力都付之东流。为此,陆伊夜不能寐,辗转反侧。最终她还是决定,把跟顾秋林的关系暂时转入地下。同时,她开始一改过去严肃冷峻的表情,微笑着跟其他人打招呼聊天,跟贫下中农打成一片,特别是跟彭场长保持密切联系。

阴冷的初春黄昏,顾秋林独自散步回来,心情跟天色一样灰暗。这种每到黄昏就焦虑不安的症状,是他一个人在春山村生活的时候出现的。到林场之后有所缓解,最近又加重了。他不喜欢昏暗的房间,但又不愿意点亮油灯,光亮和昏暗同时诱惑和撕扯着他。他想去找陆伊,但想到对她的承诺,只好忍住。走廊里传来陆伊跟彭击修聊天的声音。陆伊极力想把本地土话说得流畅自然一些,但还是不如程南英的标准。不一会儿,听到陆伊的关门声,顾秋林悄悄地走过去,轻轻敲了几下门。

陆伊打开门说:"我们说好了的,为什么又来了?"说着便要关门。

顾秋林连忙顶住门挤进来说:"没人看见,就聊几句。"

"聊什么啊?我正在复习呢。快说吧。"

"我刚写了一首诗,想念给你听。"

"以后不要专门过来念,抄在纸上,从门缝里塞进来。有什么事也可以写信。"

顾秋林说:"这个办法不错,像中学时代那样。"

"你在中学给不少女同学写过信吧?"

"真没有。第一次给女孩子写信,就是在春山村的时候给你的。"

陆伊有些感动,同时为自己的决定感到深深的无奈。

陆伊带着恳求的口气说:"你还是赶紧离开吧,我们得遵守自己的诺言。"

顾秋林说:"我知道,但我总是忍不住想见你。你为什么那么狠心啊?"

陆伊想了一下说:"我就是狠心,你走吧!"

顾秋林开始耍赖,没话找话说:"喂,程南英最近为什么显得又黑又丑啊?"

陆伊倒是对这个话题感兴趣,接过话头说:"是啊,我也觉得奇怪。后来我留意观察,发现她化妆了。她不知用了什么东西,把脸弄成那个样子,又黑又粗。她是想把自己装扮成农村妇女的样子,装作跟贫下中农打成一片。"

"什么?化妆?有这个必要吗?我觉得有点过分。"

"我能理解,但我做不到。"

"我能做到,但我不理解。"

"……好了,你快走吧,我要复习功课。"

顾秋林讪讪地离开陆伊房间。路过程南英房间的时候,见房门半开着,程南英正坐在桌边看书。顾秋林敲了一下门就往里走。程南英吃了一惊,连忙将放在手边的《毛泽东选集》拿过来,手忙脚乱地翻开,遮盖着正在看的书,然后拿起一支铅笔,在《矛盾论》上面画横杠,嘴巴里念念有词地读:"矛盾的普遍性……"

脚步停在了程南英身边。程南英回头一看是顾秋林,便说:"你蹑手蹑脚干什么？请你赶快走开,不要影响我学习毛主席著作。"程南英用手按住摆在表面的《毛泽东选集》,以防书页弹到一边,露出底下的书。顾秋林早就认出了那本书,是"知识青年数理化自学丛书"中的《三角函数》,米黄色封面,书脊上的书名和出版社名中间,有一个风车一样的圆圈图案,跟陆伊的那本一模一样。

顾秋林笑起来说:"毛主席著作要读,三角函数也要学啊。"

程南英还在表演:"不学好毛主席的著作,怎么能学好三角函数啊？处理好矛盾普遍性和特殊性的关系,是解题的根本方法。"

顾秋林说:"马克思和恩格斯都精通数学,建议你读一读他们的著作。"

程南英说:"是要读的。等我先把《矛盾论》的思想方法用到三角函数学习中去。好了好了,你不要影响我学习。"说着,将《矛盾论》和《三角函数》并排摆在一起,左右摇晃着脑袋对照阅读,还不停地点头。

顾秋林不忍心戳穿她的表演,摇着头无奈地离开了。

本来顾秋林还想去孙礼童那里看看,但害怕再碰钉子,只好作罢。

顾秋林百无聊赖地回到自己房间,对着日记本上刚写的那首诗,站到房间中央,清了清嗓子,高声朗诵起来:"《梦里的家乡——〈春山谣〉52号》//春山上的寒风硬朗。/白云跟树苗和杂草柔软地摇摆。/草丛里觅食的母鸡在呼唤幼仔。/结实的泥土里冬眠的麦粒儿,/身子跟梦一起,变得酥松柔软。//我在春山下的小屋里昏睡,/长河尽头的家乡,在梦中流淌。/悠闲的牛乳、饼干、糖豆、素鸡。/急躁的衬衫,花裙,礼帽,阳伞。/街上行人面目模糊,身子柔弱无骨,/快步如风,身轻如燕,不用搀扶。//电车拖着长辫,嘴里吹着喇叭,/姑娘的鞋跟,敲击路面的花纹。/嘈杂的市声穿透弄堂和拱廊,/像母亲的啜泣和呼唤。"

顾秋林放下日记本,四周静悄悄的。他苦于没有人跟他分享得到一个好句子的快乐,茫然地呆坐了一阵。

程南英依然每天把演出化妆用的深褐色胭脂,掺到百雀羚护肤霜中,往脸上抹,把脸抹成黄黑色。她想装扮出一副饱经风霜的样子。她穿一件破旧的工作服,一双很久没洗的草绿色解放鞋,发辫也剪掉了,披着短发,粗看上去,的确跟游家坞的农妇很接近。

彭击修见程南英那个样子,有些吃惊,问程南英是不是生病了?程南英说没有,自己好得很。彭击修又去问陆伊:"程南英怎么了,是不是有病?"

陆伊说:"程南英喜欢唱歌表演。她正在演农民。"

彭击修大惑不解:"表演?平常劳动的时候,表演干什么?"

陆伊说:"她想装扮成本地人。她认为你们表面上重视上海知青,到了关键的时候,还是把本地人放在前面。所以她要装扮成本地人。"

彭击修说:"胡说,我对大家都一样,不管是本地的还是外来的,都是革命大家庭的一员。"

其他上海知青都在公开复习文化课。程南英当然也复习,但不公开。在公开场合,她总是随手从口袋里摸出一本《毛主席语录》,认真地诵读。只要有人在场,她总是抢着干累活脏活。

有一次,程南英得知,公社的鲁韦昌主任和副主任季卫东一行,要到春山岭林场来检查工作。她早早地做好了准备,故意穿得破破烂烂,打着赤脚,卷起裤腿,挑着满满一担粪,从公社干部一行面前经过。

鲁韦昌主任拦住程南英说:"哎哟,小同志,歇一歇吧。你叫什么名字啊?"

程南英放下大粪桶,将扁担挂在地上,伸出沾满污泥的手擦了擦脸上的汗水,微笑着回答说:"上海知青,共青团员程南英。"

鲁主任点着头说:"嗯,不怕脏,不怕累,挑大粪的活也能干,锻炼得真不错!"

程南英大声说:"手脚脏了不可怕,思想脏了才可怕。"

鲁主任更吃惊了:"嗯,思想觉悟也蛮高的。要劳逸结合啊,不要把自己累到了。"

程南英说:"鲁主任放心,我一点也不累!"

鲁主任说:"那还是要注意身体的,扎根农村干革命,也不是一天两天的事情嘛。"

程南英说:"要做永久牌,不做飞鸽牌。小车不倒只管推,我把青春献农村。"

程南英说着,挑起满满一担大粪,颤颤巍巍地走了。

看着这样一个瘦弱的上海女孩的背影,鲁韦昌深有感触地说:

"嗯,农村真是一座革命的大熔炉啊,什么样的材料都能锻炼成钢!"

鲁主任转过脸问彭击修:"她叫什么名字?哦对对对,程南英。不错,真是个好典型啊,你为什么不及时向我汇报呢?"又对季卫东说:"赶紧组织人写材料,报到县里去。"

彭击修假装点头,心里五味杂陈,不知说什么好。他最了解程南英,县里的刘登革副主任也知道程南英难弄。彭击修不知该怎么跟鲁主任解释。

季卫东也支吾着想敷衍过去。前些天收到的上级文件,主要精神是,要狠抓知青政策的落实,要解决问题,化解矛盾,妥善安置,允许一些人因病返城,还要惩治一批破坏知识青年上山下乡的犯罪分子。

没想到鲁韦昌回到公社,还惦记着程南英的事。他召开公社革委会,要把程南英树为"扎根派"的典型。他一边让季卫东先着手整材料向县里汇报,一边派车把程南英接到公社招待所住下,协助季卫东写材料。这让程南英措手不及,不知如何应对,只能先硬着头皮住进了招待所,每天跟季卫东一起,谎话连篇地写材料,编故事,说程南英怎么热爱农村,怎么热爱贫下中农,怎么立志要扎根农村一辈子。材料中还说,程南英练就了一种超常的本领,她的鼻子有一种特殊功能,能够从大粪中闻到稻谷的香味。

鲁韦昌主任在食堂里遇到程南英,问她有没有对象。

程南英说:"谢谢鲁主任关心,还没有对象。"

鲁主任问:"有没有在春山安家的打算呢?游家坳和春山村,

还有附近的村庄里,也有不少根正苗红的好青年啊。我安排公社妇女主任石春娥来落实这件事。"

程南英慌了,连声说:"我还年轻,暂不考虑个人问题,想把精力放在革命工作上。"

鲁主任说:"把革命工作摆在首位是对的,个人问题也可以兼顾嘛。我记住了这件事。做革命的红娘,我还是很乐意的,哈哈哈哈。"

几天后,县里的批复下来了,同意春山公社的意见,将程南英当作"扎根农村干革命"的典型来抓。刘登革副主任和县委宣传组的沈韩扬乘坐吉普车赶到春山来了。

见到程南英,刘登革副主任紧紧握着她的手,上下摇晃着说:"小程同志,好好好,好啊好啊,真没想到啊,这么短的时间,你的进步如此之大。不久前还在我面前哭鼻子,吵吵嚷嚷要去读书呢。现在终于弄明白了吧?农村这个广阔的天地就是一座大学校啊!贫下中农就是我们最好的老师啊!现在明白也不晚,你大显身手的时候到了。"

程南英不知所措,刘登革根本不给她说话的机会,继续说:"我知道,让你离开春山岭一步都不容易,所以,我亲自来请你。你先别忙着扎根,先跟我去县里,向全县人民公开说出你的想法、你的决心、你的理想,好不好!"

刘登革把程南英接到了湖滨县委招待所住下,安排沈韩扬专门陪着程南英。沈韩扬交给程南英一份演讲稿,是他在季卫东稿件基础上修改升华而成的。沈韩扬让程南英把稿子全部背下来,然后领着她,在湖滨县四乡八村到处"讲用"。

与此同时,这一年的"贫下中农推荐上大学"工作已经启动。除了大学和中专之外,还增加了招工进厂的名额。鲁韦昌把这件事情交给季卫东负责,并叮嘱他说:"你们可别打我程南英的主意啊!她是我要抓的典型。我们要争取把她推到省里去,甚至推到全国去。"

季卫东说:"程南英的事迹已经引起了省里的注意,据说很快要派记者下来采访。"

鲁韦昌一听,激动起来:"好啊!就是要让'扎根派'的事迹深入人心。我们决不能口是心非、说一套做一套,欺骗上级和人民群众。"

季卫东说:"听说县里的领导也很重视,很快就报到省里去了。"

季卫东还听到另外一些消息,说在整个"讲用"过程之中,程南英有时候心不在焉,甚至在"讲用"台上也经常走神,精神状态不是很稳定,激动起来讲得非常好,情绪低落的时候就讲得寡淡无味,还经常丢掉讲稿中的某些内容不念,特别是那些发誓要在农村扎根一辈子的誓言,经常被她省略了。这些都是他跟沈韩扬通电话的时候私下里聊到的,还不便透露给鲁韦昌。沈韩扬也没有向县领导汇报。

鲁韦昌还沉浸在树典型成功的喜悦中,嘴里念叨着:"多么感人的事迹啊!"他突然想起另一件事,对季卫东说:"新上任的县革委会副主任焦伟明有一个儿子在春山岭林场,叫什么名字?你关心一下。"

季卫东找到彭击修,跟他商量春山岭林场的推荐人选。季卫东说:"还是按上一次的老规矩来,回乡知青、本县知青、上海知青,至少各选一个,名单报给鲁主任,公社开会商量最终人选报到县里。今年政策有变化,增加了文化考试的比重,保送的人如果考试成绩不合格,也要取消资格。所以报到县里的名单,考虑面可以更广一点,除了顾秋林和程南英,其他都可以推,包括县革委焦副主任的儿子焦康亮。"

"为什么不能推程南英?"彭击修一方面窃喜,这样就可以名正言顺地实现他对陆伊的允诺,将陆伊排在第一,另一方面,他又有点担心,害怕程南英闹事。

季卫东说:"程南英作为'扎根派'的典型,不能说走就走,这是公社革委会的决定。"

彭击修很想告诉季卫东,程南英之所以要表演"扎根"的样子,目的就是想要离开这里啊!但话到嘴边又憋了回去。彭击修心目中的名单,第一是陆伊,如果在上海知青中再选一个,那就是对自己恭敬有加的姜新宇。

彭击修摸透了季卫东的脾气,你越想推的,他越是找茬,你越不想推的,他偏偏要提出来讨论。于是彭击修报出了三个名字:游崇兵、焦康亮、姜新宇。

季卫东问:"游崇兵?他有文化吗?能应付考试吗?"

彭击修说:"游崇兵中学毕业,又是党员,我想给他一个机会,考不上是他的事。"

季卫东又问:"姜新宇是哪一个?男的女的?我怎么没印象?"

彭击修说:"就是个子最高的那个男孩,他还是入党积极分子。"

季卫东说:"怎么全是男的,你不能重男轻女搞封建主义那一套啊。"

彭击修说:"女的里面,除了程南英,陆伊也很不错。但名额有限啊。"

季卫东说:"既然不错就应该推荐。把那个姜新宇去掉。还有一个招工名额嘛。"

推荐上大学的名单最后定为:陆伊、游崇兵、焦康亮。招工名额决定给上海知青,他们把姜新宇和孙礼童两个人的名字报上去,让公社二选一。

名单报到了公社。焦康亮得知消息,觉得三个人争一个名额,不如直接去当工人稳妥。焦康亮到公社找到鲁主任,说愿意把上大学的机会留给别人,自己当工人就很好了。鲁主任特地打电话到县里请示,得到同意后,就把江东玻璃厂的招工名额给了焦康亮。

姜新宇如愿以偿地进了推荐名单,也就获得了考试资格。要跟陆伊和游崇兵竞争一个上大学的名额,的确是个惊喜,但同时他也很焦虑。论政治条件他不如游崇兵,论学习成绩他不如陆伊。自己注定是陪考的吗?姜新宇又写了一份入党志愿书交给彭击修,表达了自己急切入党的愿望。还说,即使是去上大学了,也要回到春山公社,来为贫下中农服务。

彭击修把陆伊叫到自己房间里说："怎么样,我的计谋成功了吧?我最了解季卫东。他这个人就是这样,对上头他很顺从,绝对服从。对下面,他就是个反骨头,思路怪得很。你要想推谁,他就否定谁。我故意不说你的名字,等他提。"

陆伊说："你把主动权交给季卫东,这样太冒险!"

彭击修说："表面上放弃主动权,实际上主动权牢牢在握。我知道季卫东一定会起疑心,这是他的一贯作风。果然,他问为什么是这些人?没有更合适的吗?我说符合条件的不少,但名额有限。他说怎么全是男的,批评我有重男轻女的封建主义思想。我说,女的里面只有程南英和陆伊。他说程南英不行,陆伊可以考虑。"

陆伊说："万一他突然不对你起疑心呢?那我不就完了吗?"

彭击修说："不是还有一个招工名额嘛。"

陆伊说："你想让我去当工人?不行!我要去读书!"

彭击修说："好好好,去读书。接下来你就好好复习吧。如果像上一次那样走政审,游崇兵的可能性更大。但今年要考试,你的可能性就比游崇兵大多了。游崇兵离开学校多年,文化丢光了,一时三刻难补上来。姜新宇估计也不怎么样,我就没见过他看书。"

陆伊说："姜新宇也在复习。他看上去人高马大,好像很粗线条,其实也很有心计。我心里还是隐隐约约有一种不安的感觉。"

彭击修说："不用担心。对公社的意见,县里一般不会有异议,除非有人故意闹事。所以最近你一定要小心谨慎,千万不要出什么差错。"

彭击修还叮嘱陆伊,赶紧提交一份入党申请书,说姜新宇又补交了一份。

第十六章

程南英结束"讲用"活动回到春山岭,得知推荐上大学的名单中没有自己,首先就到彭击修那里去"兴师问罪"。彭击修连忙解释说,原本就打算把程南英排在推荐名单的第一名,是公社新来的鲁主任不让推荐,因为鲁主任看中了程南英,要委以重任,要重用。

程南英反问:"重用?你不也是公社重用的吗?我以后就像你这样吗?"

彭击修一脸尴尬地说:"在我这里发火没用,你赶紧去公社打听一下,或许名单还没有最后确定下来呢。我让谷维世开拖拉机送你去。"

彭击修明明知道名单已经报到县里去了,更改的可能性几乎没有,他却张嘴就敷衍。这也是他这两年来学到的"经验"。什么事都硬碰硬,说真话,那是混不下去的,除非你想累死。

程南英赶到公社,直接找到了鲁主任的办公室,站在鲁韦昌的办公桌前。

鲁韦昌斜倚在一张木头靠背椅上,笑嘻嘻地说:"小程同志啊,你怎么来了?你的'讲用'反响很好,引起了省里的注意,只要一上省报,就会引起全国的关注,你就成了全国知识青年学习的榜样。你最近到处跑,很辛苦啊,我不是让林场安排你多休息几天吗,怎么还惦记着工作呢?不懂得休息,就不懂得工作嘛。"

"鲁主任,我找你是想谈个人问题。"

"好好好,小程,今天谈个人问题,不谈工作。个人问题和革命工作要统筹兼顾嘛。你终于想通了啊,太好了!我正要找你谈谈你的个人问题呢。我让妇女主任石春娥同志去调查了一下,觉得春山村的雇农何大国师傅,家庭是个革命家庭,他的小儿子何缽得目前也没对象。我想,你的个人问题解决了,也就彻底安心了,这对你扎根农村很有利……"

程南英打断鲁韦昌的话:"鲁主任,推荐上大学的名单定了吗?有我的名字吗?"

鲁主任吃了一惊,小程怎么突然关心这个问题?鲁韦昌说:"上大学?小程啊,你打听这个事情干什么?你不要去上大学。你要扎根农村干革命。你是知识青年的标兵。你将来要当革命化的干部,领着贫下中农奔共产主义……"

程南英再一次打断鲁韦昌的话,严肃地说:"请你回答我的问题,推荐上大学的名单里有没有我的名字?最终名单确定了没有?"

鲁韦昌抬头看了看程南英的眼神,这才感到问题的严重性。他把茶杯放在桌上,站起来说:"小程啊,你怎么突然有别的想法呢?你可不能把这么重大的政治问题当儿戏啊!林场推荐的初步名单里的确有你。是我主张不要推荐你。因为我觉得,你有比上大学更重要的使命,那就是在农村这个广阔天地大干一番。你要为全县全省乃至全国的青年做一个表率啊!"

程南英当初化妆扮演农村妇女,是为了能在推荐上大学的时候加分,没想到鲁韦昌主任抓住她就要树典型。程南英又以为,树典型也许是推荐上大学的一条捷径,没想到大家都假戏真做,把自己当道具,越演越像真的了。怪只怪自己考虑问题不周全,做事过于轻率。现在真的是后悔已晚啊!但她不想放弃自己的初衷,那就是上大学,就是回到自己的故乡上海,就是要去陪自己的父母终老。

程南英说:"鲁主任,我想去大学里学一点本领,回来更好地为贫下中农服务。"

鲁韦昌说:"学习更多的本领,来为贫下中农服务,当然是一件好事,我完全理解,但不是现在。昨天县里来电话,说省报的记者正在跟县里联系,打算到春山来对你进行采访报道,你怎么能临阵脱逃呢?我想,学习书本知识的事情,还是先让别人去做,你可以在革命斗争的实践中边干边学嘛。"

对于鲁主任这种腔调,程南英已经听够了,她忍不住用质问的语调说:"我已经边干边学了好几年,是不是应该换一批人来干呢?"

"小程同志啊,你怎么突然变卦了呢?当初你是怎么说的?我记得你对我说,你要做'永久牌',不做'飞鸽牌'。你还说,小车不倒只管推,要把青春献农村。我还信以为真呢。没想到你在撒谎,在欺骗组织!"鲁韦昌想压住程南英。

"也就是说,今年我又没有上大学的机会了?"程南英继续逼问。

"名单已经报到县里去了,不能更改。明年吧。"鲁韦昌冷冷地回应。

程南英突然变了脸,扯开喉咙叫起来:"又说明年!又说明年!上一次刘登革副主任也说明年。你们都在耍我,都在欺骗我,都在捉弄我!"

鲁韦昌说:"程南英同志,请你冷静一点,怎么能这么说话!"

程南英说:"你让我怎么说话?你们只想打发我,然后什么事都不办,让你们的假承诺慢慢消失在空气里。你们说话就像放屁!"

程南英就像一个打足了气的皮球,鲁韦昌想把这个皮球压到水底下去,没想到它反弹得更高。鲁韦昌连忙说:"小程啊,不要着急,有话好好说。先喝点水。"

程南英一把将鲁主任手上的开水杯打翻在地,大声哭喊起来:"你张嘴革命,闭嘴革命,你的儿子怎么不到农村来革命啊?你把你的儿子安排在县政府办公室当通讯员,你当我不知道吗?你树我的典型,为自己邀功。你还想让我嫁给理发匠何大国那个癞痢头儿子,为什么不让你女儿嫁给那个流氓做老婆呢?你想让我嫁在春山,死在春山,你就是要让我永远不能回我的故乡!你的用心何其狠毒!"

季卫东和徐芳兵闻声赶来,试图为鲁韦昌解围。程南英转过脸说:"季卫东,你也是个伪君子。你通过拍徐水根的马屁当上了副主任,再从彭击修手上抢走了徐芳兵。你计谋很深啊!徐芳兵,你嫁给季卫东,其实是嫁给副主任这个职务的,我看你还不如直接嫁给正主任呢。季卫东,你为我写的那个讲用稿,全部是假话,欺上瞒下。我什么时候一边挑粪一边读毛主席著作了?你能做到吗?我休息的时候坐在场部门前读,你硬要改成一边挑粪一边读,说效果好。你就是个骗子。你们大家全部都是骗子!"说着,号啕大哭起来。

治保主任殷贵生躲在远处看笑话。范梅英不敢过来劝,季卫东朝她使眼色,她只好走过来。程南英叫她滚,说她利用色相谋取公社广播员的职位,骂得范梅英大哭起来。谷维世正在门口等候,他闻声赶来,用上海话把程南英劝走了。

谷维世开着拖拉机,在通往春山岭林场的路上突突突地奔跑。程南英坐在旁边直愣愣地望着车窗外,一言不发,默默流泪。剧烈颠簸的拖拉机不停地将她抛起又丢下,只见她腮帮子激烈地抖动,泪珠都挂不住了。目前正当春耕时节,农民都在水田里忙碌,犁田的农民对着牛大声吆喝:使劲干活,用力干活,不要偷懒,不要贪吃!想起刚来的时候见到这种场景,还视之为一幅田园牧歌耕织图。几年过去了,程南英看够了,她不想再见到这些场景了,她发誓要离开这里,回上海去!可是怎么回得去啊!程南英哗的一声将车窗关上,双手蒙住脸庞,眼泪从手指缝里流出来。

按照这一年的新政策,陆伊、姜新宇和游崇兵三人获得了参加考试的资格,争夺最终的一个名额,这个名额已经分配给了春山公社。也就是说,在政审合格的前提下,谁考分高谁就能去大学读书。只要招生大学在推荐表里填上成绩,再加盖基层单位和各级政府主管部门的公章就可以了。

陆伊他们正在争分夺秒地复习。但林场规定,原则上谁都不能因此影响春耕生产,这就苦了游崇兵。他是三个人中文化程度最低,离开学校时间最长的人,同时又是林场党小组长和生产骨干,身上担子重,任务多。陆伊和姜新宇只是一般性地参加劳动,把大量的时间挤出来用于复习。

游崇兵很想跟陆伊和姜新宇交流一下学习心得,但又不好意思,毕竟是竞争对手。他只好去请教顾秋林。他对顾秋林说:"小顾啊,跟你说句心里话吧,我一点信心都没有。感谢组织上看得起我,推荐我去参加上大学的考试,其实我不合适,陆伊他们才合适。我离开学校那么多年,把老师教给我的都还给了老师。我很少拿笔,很多字都不会写,笔画都想不起来了。我也想学习学习,提高提高,但我两眼一抹黑,不知从何入手。你帮帮我吧,只要不交白卷,不丢人现眼就行。"

顾秋林觉得游崇兵这个人不错,在同事面前谦虚谨慎,对集体乐于奉献,下地干活特别舍命,不计较个人得失。顾秋林很敬重他。加上他的话也说得特别诚恳,顾秋林就一口答应下来。每天晚上,游崇兵到顾秋林的房间里去复习功课,条件是,游崇兵偶尔要抽点时间来,听顾秋林朗诵诗歌。游崇兵说,那没问题。令游崇兵大惑不解的是,他只想学点本领,回到家乡来为贫下中农服务,为什么还要学英语呢?顾秋林说:"英语也得学啊,第三次世界大战说不定什么时候就要打起来,到时候抓了一个美国俘虏,你连

Hands up(举起手来)都不会说,那怎么办?"游崇兵点点头,默默学了几遍顾秋林说的英语,就像春山话"很吵吧,很糙吧"。

顾秋林当然也愿意帮助陆伊复习,但遭到了陆伊的拒绝。一是他们有约定,为了陆伊,近期尽量不要接触,二是陆伊并不认为自己需要别人辅导。彭击修毕业于黄埔农中,自称当年化学课学得不错,他主动要求为陆伊辅导化学,陆伊不敢推辞,隔三差五去彭击修房间补习。因为还有最后一道鬼门关,就是去大学报到前的离场手续,需要彭击修签署意见和加盖公章。且不说要接受彭击修的辅导,什么事也得依顺他啊!陆伊只盼尽快结束考试和推荐环节,那时候她就自由了。

当陆伊发现顾秋林在帮助游崇兵复习的时候,有点紧张。陆伊并不认为顾秋林的做法有什么错。但实际上,顾秋林就是在给自己找麻烦。因为游崇兵上去了,就意味着她下来了。顾秋林不知道这些吗?什么脑子啊?陆伊心里有些不满。

陆伊把顾秋林叫到一旁说:"你帮游崇兵复习,就是给他加分,给我减分,你知道吗?"

顾秋林说:"游崇兵有这样的要求,我不好拒绝,他是个大好人。而且他不可能影响到你。他的文化程度太低,短时间很难补救。我帮助他一下,以后也许对你还有好处,这些都是群众基础啊。他只是怕得零分丢人。"

每天清晨或者黄昏,程南英还是端着一张小凳子,坐在操场边学习毛主席著作,时而高声朗诵,时而念念有词,还停下来用铅笔在书上画杠杠。她永远穿着那件洗得发白的工作服,那双脏兮兮的解放鞋,脸上涂成褐色。大家以为她还在表演呢。细心的陆伊发现,程南英不像是在表演,她跟以前不一样了。以前她是一边假装读书,一边朝周边的人瞟,观察别人的反应。现在她沉浸在其中,像真的一样。脸上的褐色涂得也不均匀,像长了褐斑。从前灵动的眼睛,变得直愣愣的,没有了神气和光泽。

这天黄昏,程南英还坐在那里发呆。天渐渐黑下去了。初春的晚风吹拂着程南英蓬乱的头发。操场周边的杨树上,晚归的乌鸦在哇哇地叫唤。从窗口看过去,衣着单薄的程南英坐在树下,孤零零的身姿,像一只不肯归巢的小鸟。陆伊心生怜悯,就去劝她回宿舍。

程南英用冷冰冰的眼神跟陆伊对视,嘴巴里还在背诵《毛主席语录》:"下定决心,不怕牺牲,排除万难,去争取胜利。"陆伊拉着她的手送她回宿舍。走到门前,程南英突然盯着陆伊看,接着朝陆伊面前的地上吐了一口口水,然后咯咯咯咯地笑着走进了自己的房间。陆伊感到突兀,她没有恼怒,而是害怕、恐惧,不是怕程南英攻击自己,而是怕她那双空洞无物的眼睛,那魂飞魄散的眼神。程南英的目光那么陌生,那么不可理解。陆伊忍不住哭起来,为程南英,也为自己和春山岭林场的姐妹。

彭击修当然也感到了程南英的异常,这让他又恼火,又恐惧,心烦意乱,不知所措。彭击修担心事情没法收场,还会牵连自己,所以不敢硬来,只好憋着,什么也不说。但他还是觉得不能再这样下去。

这天早晨,大家还在梦里,挂在厨房门前的铁钟突然急促地响起,当当当当。程南英站在铁钟边上,头发乱蓬蓬地卷着,还是那身破旧的装扮,脏兮兮的脸。她对从窗户探出头来张望的同事说:"都来了没有?上课啊!大家坐好,开始上英语课,都跟我念!……"她不再扮演农民,而是表演上学读书。陆伊和几个上海知青把她半劝半拉送回房间。程南英一边走一边哈哈大笑。

彭击修思前想后,觉得棘手,一时不知怎么处理。他先在电话里向季卫东汇报了程南英的事,接着又骑自行车去公社面谈。赶到公社办公室的时候,鲁韦昌正在打电话。季卫东示意他坐下,说鲁主任在跟刘登革副主任通话。

"嗯,好的好的。……林场里的同志来了,我先了解一下,稍后再向你汇报。……嗯,好的好的,一定妥善处理。"

鲁韦昌放下电话说:"树个典型不容易啊,唉,失察,失察!她现在怎么样?"

彭击修说:"情绪不稳定,早晨出门的时候还听到她在无故大笑。我派陆伊守着她。"

鲁韦昌说:"知青中还有没有像程南英这样的人?陆伊是谁?"

彭击修想了想说:"其他人都正常。陆伊也是上海知青,团支书,性格比较沉稳,遇事更冷静,应该不会有问题的。"

鲁韦昌说:"不要掉以轻心啊!当初程南英看上去不也很正常吗?一个好好的典型,转眼间就变了质。刘登革主任表面上倒是很客气,没怎么批评我们。他指示,一定要把这件事处理好。首先,要好好安顿程南英,该休息就休息,该治病就治病。其次,要把影响减到最小。我想,瞒是瞒不住的,该怎么做就怎么做。现在当务之急,是要把程南英隔离起来,她在林场里待着不安全,甚至可能产生传染性。你先给卫生局打电话,让他们协调一辆救护车,把程南英拉走,之后看情况再做决定。"

下午,救护车开进了春山岭林场。雪白的车身,两边车门和车屁股上画着大大的红十字,顶上一盏灯在闪烁旋转,发出啾啾啾的叫声。车子里面坐满了穿白衣、戴白帽的医生。游家坳一带的农民都没见过救护车,站在路边张嘴观看。开始是几个年轻人追着车后面往林场跑,过了一阵,全游家坳的人都一窝蜂地追过来,把春山岭林场围个水泄不通。他们说要看到病人抬上救护车再走。村民们诡秘地交头接耳,散布各种谣言。有人说,林场里有一对上海知青偷偷地搞在一起,被人发现,吓得卡在一起分不开了,要抬到县里去开刀。

游仙桃竟然也出现在人群中。她挤到彭击修跟前,问那事是不是真的,被彭击修大骂了一顿。彭击修叫她滚回家去,不要出来丢人现眼。游仙桃悻悻躲开了。彭击修对村民们说:"真是破瓦罐离不开烂井绳,贱人专门想贱事!散了吧。你们想看什么呢?"有人喊道:"我们以为是彭场长跟上海佬搞上了呢。"彭击修怒吼:"快给我滚!"

彭击修指挥护工走进程南英的房间,要把她抬上救护车。知青们也被这阵势吓住了。

陆伊挤进程南英的房间,站在她的床边,厉声阻止那些正要动手的护工。她俯身到程南英的床头,抱住她,哭着对彭击修说:"为什么要把她送到医院里去?她是正常的,她只是需要安静地休养,很快就能恢复。你们这样会吓坏她的。再一刺激她就完了！我会通知她的家人，让她的爸爸妈妈来接她回家。我的父母就是康复医院的医生，我了解这种情况，她需要的不是治疗，而是安慰和爱！"

彭击修说："没有说去医院，只是先从林场拉走，再做处置。从现在开始，没有经过同意谁也不许接触她。隔离的指示，是公社领导做出的，我们必须执行。"

陆伊急得大喊起来："坚决不可以！把她隔离起来，那谁来照顾她？你们要把她一个人关起来，没有亲人，也没有朋友，相当于让她去死啊。我求求你们！"

彭击修也急了，挥着手说："怎么处理程南英，不用你们管，按公社指示执行。"

顾秋林挤过来，帮陆伊扶住程南英说："我们不会让程南英去别处，她得和我们大家在一起。我们照顾她，就在这里等她家人来接她。"

上海知青们都围过来了，顾秋林、姜新宇、孙礼童、谷维世、李承东、褚小花、殷麦莉在程南英的床前站成一排，跟陆伊一起，阻止护工将程南英抬上救护车。彭击修上去拽住程南英，被顾秋林挥手用力一挡，彭击修没防备，一屁股坐在地上。彭击修恼羞成怒，站起来指着顾秋林的鼻子大吼："你想干什么？反了你！我让你好看！"谷维世咬着牙说："彭场长消消气，回去歇着吧。"李承东冷冷地说："是啊，不要气坏了身子。"上海知青中的男孩子一个个怒目金刚，一触即发。围观人群里发出嘈杂的议论声，妇女们啧啧啧地叹息。现场就这么僵持着,谁也不知该怎么办。褚小花和林俪开始哭泣。程南英在床头挨墙坐着,双眼茫然,一点表情也没有。彭击修在心里权衡着,害怕事情闹大了,倒霉的还是自己,只好请救护车暂时先回去。

游家坳人讪讪地离开。有几个赖皮汉不甘心,在程南英的窗户前面转悠,一个劲儿往里瞅。姜新宇厉声驱逐他们,竟然还有人死皮赖脸不走。无奈之下,姜新宇冲进厕所,用粪勺舀来粪便朝他们身上泼去,他们才作鸟兽散。

陆伊安排殷麦莉等人轮流值班,守护着程南英,自己除了紧张地复习功课之外,也经常抽空来陪她。程南英还是被吓坏了,更加眼神恍惚,喜怒无常,一会儿哈哈大笑,一会儿泣不成声。陆伊并不怕程南英哭,而是害怕她笑。每一次程南英大笑的时候,陆伊就想哭。她怕程南英的灵魂,会从张大的嘴巴里飞出来,飘逝而去,不见踪影。程南英大笑的时候,陆伊就紧紧地抱着她。

三天之后,程南英的爸爸妈妈乘火车赶来。同行的还有刚结束假期的童秀真。王力熊开着吉普车把他们送到春山岭林场,季卫东和徐芳兵代表公社出面作陪。

程妈妈紧紧地抱着女儿说:"囡囡,宝贝,妈妈来了。"程南英扑在妈妈怀里默默地啜泣。程妈妈用手掌帮程南英抹眼泪,亲吻着她说:"宝贝,你有什么委屈,尽管跟妈妈说,不要忍着,不要怕,妈妈在这里,你想哭就哭出来。"程南英突然大声号啕起来。陆伊她们几个女孩子,围过来抱着程妈妈,也跟着痛哭流涕。

程妈妈泣不成声。她说:"傻女儿啊,过完春节就叫你不要来,爸爸会去帮你弄一张病假条,你就是不听,你说请假影响不好。现在好了,弄成了这个样子。"她转身怒视季卫东和彭击修说:"我女儿健健康康地来你们这里,你们为什么把她折磨成这样啊?"季卫东第一次陪知青回上海过春节的时候就认识了程妈妈。他说:"程妈妈,这件事我们也很意外,也很难过。你不要伤心,赶紧领着程南英走吧,回去好好调养。"

程南英跟随爸爸妈妈回上海去了。她刚离开,一位拎着黑色人造革手提包,脖子上挂着海鸥120相机的中年男子,从湖滨县开往春山公社的班车上走下来,径直进了公社院子。他说他要见春山公社革委会的领导。季卫东接待了这位不速之客。他摸出介绍信和记者证,说自己是《江东日报》的记者戴红兵。季卫东看了介绍信和记者证之后说:"欢迎欢迎,欢迎戴记者。"戴记者说:"我想采访扎根春山的标兵上海知青程南英。这是我们江东市的新闻,不能只让省报去报道,我们江东市革委会的机关报,也应该抢在第一时间进行报道。所以,我就故意绕开县委宣传组,直接到春山公社来了。"季卫东大吃一惊,嘴上说:"好好好。您先请坐,我去拿茶来。"然后连忙去找鲁韦昌汇报和商量对策。

鲁韦昌也大吃一惊,连忙给副主任刘登革打电话,说《江东日报》戴记者到春山采访程南英,请示刘主任该怎么办。

刘登革说:"什么?戴记者?不会是假的吧?我这里也有一个戴记者,是省报的。"

鲁韦昌向季卫东核实情况后回复刘登革说:"是真的,有《江东日报》的介绍信,还有省里颁发的记者证。"

刘登革说:"市里的戴记者太不讲规矩了,怎么不先跟县委宣传组联系,擅自做主去采访呢?省里的戴记者昨天刚到县里,被我留在招待所。记者都是急性子,眼神也是直勾勾不拐弯的,省里戴记者已经坐不住了,今天就要去春山采访。我正在设法稳住他。鲁主任,典型是你树起来的,你说现在怎么办?"

鲁韦昌说:"刘主任啊,千错万错都是我的错,我会检讨。眼下拦是拦不住了,阻拦记者只能把事情闹大,只有让他们到春山来。"

刘登革说:"到了春山怎么办,采访你啊?省市两级党报的大记者,你怎么交代?"

鲁韦昌想了想说:"他们没见过程南英,我随便找个上海女知青来临时顶一下。"

刘登革大吃一惊:"什么?顶一下?照片登在省报上,万一露了马脚怎么办?"

鲁韦昌说:"刘主任,我们没有别的办法了,只能先过这一关,以后再说。"

刘登革说:"行吧,你们尽快商量一个万全之策,一切都要周全,周到,周密,决不能再出任何差错,否则拿你是问!"

鲁韦昌放下电话就给彭击修拨过去,让他安排一位上海知青扮演程南英,先对付一下马上就要过来采访的省市两级党报的记者。鲁韦昌对彭击修说:"有困难要克服嘛。关键的时候不要找借口。我就看客观效果。"鲁韦昌接着跟季卫东商量了几句,如何预防和处理各种可能出现的情况,这才进了会议室。"戴记者啊,欢迎,欢迎。卫东同志,怎么不给戴记者安排住宿呢?领着戴记者到招待所去吧。"

戴记者说:"入住的事情不着急,还是先带我去见扎根标兵程南英吧。"

鲁韦昌说:"戴同志,采访不急。还有一个省里的戴记者,正要往这边赶。到时候两位戴记者一起采访程南英,场面也很有意思。"

市里戴记者急了,提前赶过来不就是想独家采访吗,把我们搞到一起,怎么抢得过省里戴记者?他说:"不等省里戴记者了,我想提前单独采访。"

鲁韦昌说:"卫东同志,你赶紧给林场打电话,问问什么时候采访比较好。"季卫东就出去了,回来跟鲁韦昌耳语一番。鲁韦昌对市里戴记者说:"戴同志啊,很抱歉,我们跟程南英同志沟通过,她认为还是两位戴记者一起采访比较好一些。主要是想节约时间。程南英同志是个劳动狂,一刻都不愿意离开劳动生产第一线。我路过她劳动的水田,叫她上来聊几句,都老大不乐意。"市里戴记者没有办法,只好住下,等待省里戴记者。

林场这边,彭击修正在做陆伊的思想工作,要她扮演程南英接受报社记者采访。程南英的事给陆伊带来的刺激还在,创伤还没有消失,又让她去扮演程南英。陆伊不干。彭击修软硬兼施,陆伊坚决抵制。最后,彭击修摊牌说:"你还想不想上大学?我可以让你的希望落空,你信不信?"陆伊也发狠说:"我也可以让你身败名裂,你信不信?"两人眼看就要撕破脸,事情一直处于胶着状态。这时候,季卫东赶到林场来为采访的事打前站。彭击修向季卫东求助。季卫东的口气不那么生硬,他巧舌如簧,轻声细语,摆事实,讲道理,听上去循循善诱,其实还是用推荐上大学的事做诱饵,让陆伊无言以对,无奈之下被迫答应了。彭击修紧接着组织召开了全场员工大会,安排接待记者的注意事项。彭击修说:"省市两级党报记者到林场采访,这是我们莫大的光荣,大家要用实际行动为林场增光。程南英同志因病休假期间,暂时由陆伊同志扮演程南英,接受上级记者的采访。大家一定要记住,不要说错了话。"

接受采访时,陆伊沉默寡言,半天也不回一句,即使开口也言语闪烁,很不自然。季卫东对两位戴记者说:"程南英同志是实干家,不善言辞。她心里还惦记着田里的农活呢。"省里的戴记者说:"没关系,这样很好,很真实。我们都是老记者,经验丰富。那种夸夸其谈的采访对象,也不一定好,给人一种虚假的感觉。"两位戴记者还分别采访了几位"程南英"的贫下中农同事代表:彭击修、游崇兵、游德宏。接着在彭击修的陪同下参观了"程南英"生活和劳动现场,拍了一些照片。采访闹剧顺利结束了。两个戴记者都满意而归。

一周之后,省报和《江东日报》几乎同时刊登了采访"程南英"的长篇人物通讯。市里戴记者的标题是《扎根农村的模范——记上海女知青程南英的事迹》。省里戴记者的标题是《春山岭上的雄鹰——上海女知青程南英的故事》。两家报纸都配发了"程南英"的照片,一张脸部特写,一张挑着粪桶赤脚走在田埂上的全身照。看到报道,陆伊哭笑不得。他们把女孩子"程南英"描写成一位老农的样子:"古铜色的面孔饱经风霜""目光坚毅""身子骨硬朗"。

他们需要的是这样的形象,难怪程南英会发疯呢。

这一年的工农兵大学生推荐入学考试如期进行。试题难度比往年加大了不少,基础好的陆伊得心应手,姜新宇也能对付,可怜难倒了劳动能手游崇兵。

没过多久,县里派人来实地考察。游崇兵是春山岭林场的党小组长,退伍军人,生产骨干。陆伊根正苗红,爸爸是工宣队的队长,妈妈的家庭出身也是城市贫民,陆伊还是春山岭林场的团支部书记。姜新宇是工人阶级的后代,现在又是入党积极分子。三位考生的群众基础都很好,政审都没有问题。县里调查组透露,陆伊的考分最高,成绩在湖滨县考生中名列前茅。政治条件最好的游崇兵,成绩却不理想,尽管没有交白卷。姜新宇的考分也不低,但不能跟陆伊比。最终到底录取谁,还要根据综合情况研究决定。县调查组顺便也征求了一下季卫东和彭击修的意见。他们说,这三个人都不错,重政治素质就是游崇兵,重业务素质就是陆伊,最终还请领导定夺。

游崇兵心态好,能去读书当然很好,不能去就继续在这里建设家乡。陆伊有一种稳操胜券的感觉。跟往年相比,今年政策有变化,在重政治素质的前提下,还要看考生的文化素养。陆伊想起老五苏南生在轮船上说的话,"增加文化素养考核的比重"。当然谁也不知道这个比重到底能占多少,想到这些,陆伊又焦虑不安。

更加焦虑不安的是姜新宇。他原本并不奢望短时间内能离开春山岭,他甚至做好了继续坚持下去的心理准备。现在,突如其来的希望彻底搅乱了他的心绪,他的心理防线被打破了。他想起上海,想起繁华而热闹的街市,想起自己在校园绿草坪上飞奔时的情景,突然有一种久违的激动,使他猛地战栗了一下,恨不得马上就离开春山岭林场。可他心里也清楚,无论看政治素质还是业务素质,这个上大学的名额都不可能落在他脑袋上。他开始懒洋洋不愿上工,没事就跟褚小花黏在一起。

看着姜新宇心神不宁的样子,褚小花有些心疼,又替他愤愤不平,她说:"你傻不傻啊,为什么理所当然是陆伊?为什么游崇兵去就合情合理?你姜新宇哪一点比他们差?游崇兵主要是本地人的身份占便宜。我发现陆伊其实挺鬼的,我看到她跟彭场长说话的时候,用眼神撒娇。就你傻里傻气,不知道变通。"

谁说姜新宇不知道变通?只是褚小花不知道而已。如果不变通,彭击修怎么会选中他?姜新宇只觉得自己变通得还不够。陆伊自然有她自己的变通办法,否则很难解释为什么她一路顺风上了推荐名单,而且排在前面。姜新宇想起陆伊平时严肃认真的表情,很有原则的样子,关键的时候才发现,那些都是表演。谁是什么德行,只有遇见大事才知道,无论怎么表演,都有露马脚的时候!可谁让自己的政治素质和业务素质都卡在他们中间呢?高不成低不就。想到这里,姜新宇又沮丧起来。还是焦康亮实在,已经到江东玻璃厂上班去了,自己还在这里挣扎,前途未卜。

褚小花继续唠叨着:"一想到回上海,我浑身直哆嗦,恨不得现在就走。姜新宇,你一定要努力争取啊!你不能退缩啊!如果你能去上海读大学,我立刻跟着你回去,我什么也不顾了,再也不来这个地方。什么时候是个头啊,我再也忍受不了了!"说着,褚小花就哭起来。

姜新宇说:"谁说一定是去上海呢？也可能去省城啊。"

褚小花说:"不管是哪里,只要你一走,我立刻就回上海。"

褚小花心里也知道,这些话不过是赌气说说而已。什么时候会发生实质性的变化,她不敢细想,也无法想象,一切都被命运之手操控着。褚小花无奈地抹了抹眼泪,起身帮姜新宇收拾房间。姜新宇复习期间不便打搅,其实她早就无法忍受房间里的脏乱。褚小花指着角落里散落的纸屑和旧报说:"你的屋子都快要变成狗窝了。"姜新宇说:"你不要瞧不起这些报纸,我的政治能拿分,全靠它们啊。"

褚小花抱起一沓报纸要出去丢掉,突然又愣住了。她从中拣出一张报纸说:"这不就是报道程南英扎根农村先进事迹的那一期吗？"

姜新宇凑过来看了看,说:"唉,'春山岭上的雄鹰',现在早就不知道飞到什么地方去了。"

褚小花说:"她不做雄鹰,回家做女儿,多好。我也想疯掉算了,让我爸爸妈妈来接我回上海去。我一个人在房间里,对着镜子装疯,怎么演也演不像。……你快来看看,报纸上这张照片,陆伊挑着粪桶,在演程南英呢,演得真像那么回事。她在林场里从来就没有挑过粪,竟然演得像模像样,真行,怪不得彭击修选中她来演。"

姜新宇脑门儿一拍,突然大叫一声"好",把褚小花吓了一跳。姜新宇正要往下说,停了一下,又把后面的话咽了回去。

褚小花追问:"好什么?你也想装疯啊?"

姜新宇说:"没有,没什么。"

褚小花嘟囔着,抱着旧报纸出门去了。姜新宇一个人在沉思。他想,只要把陆伊扮演程南英的事情说出来,陆伊上大学的路就要断了。游崇兵自己都说他考得不好,很多题目都没有做,不吃零蛋就不错了。那么,顺理成章就轮到我了!这,这是不是很卑鄙?是不是在损人利己?姜新宇的头有点晕。他端起桌子上的大搪瓷茶缸,咕嘟咕嘟地喝了一通。过了这村就没这店,今后还有没有机会都很难说。我甘愿在这山沟里一辈子?不行!管不了那么多了!我必须争取离开这里!这是改变我命运的大事啊!人生能有几次机会呢?!难道只有举报陆伊这一条路了吗?……没有别的办法啊!何况我说的又不是假话,我说的是事实,我举报的不是陆伊,而是春山公社的弄虚作假!陆伊不过是被迫服从而已……

姜新宇立刻写好一封匿名举报信,寄往省招生办公室。事情做得了无痕迹。姜新宇不像程南英那么傻,把告状弄得尽人皆知,不仅搞臭了自己的名声,还把自己逼疯了。姜新宇表面依然对大家笑脸相迎,对陆伊还特地显得更亲切的样子。

就在录取工作的关键时刻,分管知青工作的刘登革副主任接到了省招生办公室的电话。省招办质问湖滨县,为什么让"扎根农村标兵"程南英上大学?经过核对,报名材料上陆伊的照片,跟某一期报纸上扎根标兵程南英的照片,竟然是一个人。你们湖滨县在跟省里玩"狸猫换太子"的把戏吗?谁是陆伊?谁是程南英?真的程南英在哪里?真的陆伊又在那里?这到底是怎么回事?你们必须写详细说明。

刘登革说:"是吗？有这种事？我一定要彻底查处,坚决刹住招生工作中'走后门'的歪风。请你们放心,我很快就将查处结果和处理意见上报。"

刘登革知道坏事了,让陆伊扮演程南英的事情败露了。他当即决定召开紧急会议,商量对策。当事的春山公社派季卫东出席会议。首先当然是要取消陆伊上大学的资格。按照成绩,应该让分数排在第二的姜新宇替换。

刘登革气急败坏:"又是上海知青,他们麻烦真多,干脆推游崇兵算了。"

教委工作人员说,游崇兵的分数太低,数学38分,语文60分,理化13分。刘登革说:"不是有传言说游崇兵交了白卷吗？简直是胡说！他自己说出来的？这个游崇兵,那么谦虚干什么？过分谦虚等于骄傲。语文60分,出乎我的预料啊。数学38分,这已经不容易了。一位战斗在革命生产第一线的基层领导,党小组长,退伍军人,生产骨干,在几乎没有复习时间的前提下,竟然考了这么高的分数。不推荐他上大学推荐谁上大学？就这么定了,把陆伊的名字换成游崇兵。同时,让县教育组组长停职检讨,向省教委写出详细说明。春山公社分管领导和基层单位负责人,同样要深刻反思。"

季卫东回到春山公社,第一时间就把消息告诉了彭击修,并叮嘱一定要做好陆伊的思想工作,希望陆伊能够正确对待。今年不行不意味着明年不行,以后有的是机会。

彭击修一听慌了神。为了获取陆伊的信任,彭击修曾经拍着胸脯打包票,承诺陆伊今年她一定能去上大学。现在煮熟的鸭子飞了,到嘴的肥肉跑了,怎么跟陆伊交代?彭击修左思右想,不敢面对。陆伊会不会像程南英那样翻脸呢?陆伊平时低调沉稳,没有程南英身上那种张扬的个性。陆伊的眼神出现在彭击修眼前。貌似平静如水,实则深不可测。彭击修越想越拿不准,他去问游德宏怎么办。游德宏说:"事情迟早要传到她的耳朵里,与其那样,不如你先告诉她。至于她会不会像程南英那样发脾气,那就不好说了,毕竟事关重大,爆发一下也行,要不再憋出毛病来就更难办。总之你现在能选择的最好的方案,就是提前通知她。"

彭击修把陆伊叫到办公室,把事情的前因后果原原本本地说了一遍。他说:"事情真的很意外。程南英出事是意外,省市报社的记者突然来采访是意外,公社鲁韦昌主任奇怪的处理方法也是意外。事情过了两个多月,还有人将报纸和报名表格上的照片进行对比,那更是意外中的意外。人为的事情可以控制,意外就很难控制啊!……"

陆伊惊讶得说不出话来,一直呆坐在那里,过了一阵,一串泪珠不情愿地从她眼眶里滚了出来。彭击修还想继续劝解。陆伊缓缓地站起来,走到房门边,拉开门,用冰冷的眼睛盯着彭击修,盯得彭击修背脊发凉。彭击修说:"陆伊,今年的事情就算了吧,你放心,明年一定把你送走,我以我的人格担保。"陆伊抓着门把手,继续用零度以下的冰冷的眼睛盯着彭击修。

这究竟是怎么回事?是命运在戏弄这些青年吗?程南英因为

太想离开这里,便急着去扮演农妇,扮演"扎根派",最后假戏真做,断送了前程。接着又是陆伊,被迫假扮程南英,继续维护一个谎言。所有人都像是谜局中的一枚棋子,还没明白一切是怎么回事,就被命运的大手拨出了棋盘。陆伊上大学的理想,回故乡上海的希望,眼看要成为现实,却转眼之间化作梦幻泡影。无数个日日夜夜,心血就这样付诸东流。一切都不复存在了。四周静得可怕。陆伊感到天旋地转,屋顶也在旋转,好像随时要砸下来一样,瓦片嘎嘎嘎地在耳边响,一股酸水从胃里直往上冲,陆伊拉开房门,冲到了操场边,哇啦哇啦地吐起来。她一边吐一边哭,弄得动静很大。这不像陆伊的作风。但此刻她也顾不了那么多了。

陆伊浑身哆嗦着回到房间,换上一套干净的衣服,对着镜子把头发理整齐,然后转身关上门,朝河边奔去。早就被响声惊动了的顾秋林,见陆伊的房门开着,四处不见人影,便循声来到河边。只见陆伊站在河边,朝着东边喊了一声爸爸妈妈,然后一头扎进了水里。

顾秋林冲过去,跟着跳进水里,一把揽住陆伊,将她拖上岸,背着她往宿舍走。陆伊在顾秋林背上挣扎,又踢又扯,要顾秋林放她下来。快到宿舍,她却一点力气也没有了,顺从地听任顾秋林把她放在椅子里,用毛巾擦拭着。陆伊身子软软的,眼神直愣愣的没有神,好像魂儿都没了。

顾秋林用从来都没有过的严厉声音责问陆伊:"为什么?为什么要这样?不能上大学就去死吗?我也没上大学,我也要去死吗?那么多人都生活在山沟里,他们都要去死吗?只有上海能活,春山岭就不能活吗？你知道这样就要死有多不负责任吗？"骂得陆伊又大哭起来。顾秋林心疼地看着她，稍稍缓和了一下说："我理解你心里不好受，我心里也不好受啊，你看看我们这些人，这才多么短的时间，一会儿疯一个，一会儿又要死要活，这样的日子还要闹到什么时候算个头啊。你都忘了我们以前来到这里的时候，多么高的心气，累是累，可大家在一起总是高高兴兴的。现在呢？我们都成什么样子了？为了自己，真是什么事都做得出来，拍马屁的拍马屁，套近乎的套近乎，闹事的闹事，告密的告密，没有人敢跟别人说真话，到底是什么把我们都变成这样了？我简直不敢想！无论在哪，我就是想和你在一起，陆伊，我们在一起过好自己的日子，不好吗？"

陆伊觉得自己在那天晚上已经真真切切地"死"过一回了。她自己和顾秋林都绝口不再提这件事，大家也像不知道似的，好像什么都不曾发生。顾秋林天天收工回来就陪着陆伊，洗衣做饭，设法给她补充营养，对她说说话。看着顾秋林忙碌的身影，陆伊觉得愧对他。以往在他面前，自己总是故作清高，冷酷无情，患得患失，口是心非。这些年来如果没有他，自己真不知怎么才能熬过来。陆伊默默地呼唤着顾秋林的名字，却没有发出声音。

陆伊慢慢地恢复了正常生活。她不再整天想着离开，跟顾秋林的恋情也公开了，日子过得安宁而平淡，即使有时不出工，彭击修也不敢管她，甚至躲着她。那件事情发生之后，陆伊还没有找他对质。他突然感到世事难料，原以为铁板钉钉的事情，说变就变了。他通过季卫东得知，是内部有人告状。说不清为什么，彭击修这次感到前所未有的恐慌。

秋收结束后,上面有通知下来,林场分到了一个招工名额。上海远郊新办的一家大型化工厂招工,指标只分配给华东六省。彭击修想给陆伊机会,但又不敢擅自做主,特别是不敢在事情没有定下来之前,直接对陆伊提起上海,更不会给什么承诺。他吸取之前的教训,怕再刺激陆伊,做出什么极端的举动。他把这件事提交到场部管委会讨论。所谓管委会,现在也就彭击修、游德宏、姜新宇三个人。最终是二比一投票给了陆伊。但姜新宇不死心,频繁出没于彭击修房间,一边游说一边送香烟和副食品等各种礼物。

顾秋林把姜新宇约到后山上,指着姜新宇的鼻子大声警告:"你不要再捣乱。"

姜新宇说:"我不懂你在说什么。"

顾秋林咬着牙说:"你不懂谁懂?你心里比谁都清楚。"

姜新宇心虚,但嘴上还在强词夺理:"大家的机会是平等的,谁也不欠谁的。"

温和的顾秋林,突然目露凶光,这是姜新宇不曾见过的。姜新宇还想继续狡辩,心里却明显撑不住了。顾秋林猛地向姜新宇扑过来。顾秋林没有打过架,个子也没有姜新宇高,力气就更不是姜新宇的对手。但姜新宇被顾秋林爆发出来的气势惊住了,一时没有回过神来,被顾秋林扑倒在地。他们扭打在一起,互相撕扯,脸涨得通红,在地上打滚,一起滚下了山坡。两个人都精疲力尽,躺在地上大口喘着气。顾秋林站起来,他没看姜新宇,只是一边喘息一边对着远处说:"姜新宇,你给我老实一点,大家都有机会,都有活路,否则,后果就不好说了。"说完转身离开了。

接下来的日子,顾秋林明里暗里地盯着姜新宇,只要姜新宇跟彭击修或者游德宏接触,顾秋林就会出现在旁边。姜新宇失算了,因为这次彭击修也不想再出意外,他急忙就把陆伊的名字报了上去。陆伊就这样成了上海某化工厂的工人。

离开春山岭的时候,陆伊连招呼都没有跟姜新宇打,明显是要给他颜色看。姜新宇原本跟陆伊也是好朋友,最后却变得跟仇人似的。他觉得原因在自己,为达目的不择手段,伤害了朋友,姜新宇内心很痛苦。褚小花还在用"人不为己天诛地灭"的话来辩解,姜新宇说:"收起你那些害人害己的谚语格言吧!"对于离开春山岭这件事,姜新宇突然失去了信心,开始酗酒。有时候顾秋林也陪他一起喝。

陆伊终于回到了魂牵梦绕的故乡,并跟顾秋林保持频繁的书信往来。顾秋林又开始拉起他心爱的手风琴。顾秋林发誓,不再参与任何有组织的演奏,也不再拉自己不喜欢的曲调,不再为任何人拉琴,只拉给自己的心听。他拉起很久不曾练习的《思念华尔兹》,略带跳跃的华尔兹节奏中,盛满了思念和忧伤。思念陆伊的情绪,像烟雾在山间蒸腾。顾秋林想象,他的琴声正飘向远方,飘到陆伊的耳朵里。他的手指像心一样,在思念的键盘上跳动。

写诗,也是春山岭给予顾秋林的恩赐。顾秋林把几年来写下的诗歌整理了一下,有一百多首。刚开始的时候,他主要是写春山岭的生活,写春山岭的风景、花草树木、日月星辰、河流小溪,歌颂农耕劳动,歌颂自然,叙说内心的喜悦和痛苦,还有难以理解的梦境。自从陆伊离开之后,顾秋林的诗歌不再涉及那么宽阔的题材了,他只写对陆伊的思念,他把自己心爱的词汇、心声、梦想,全部献给陆伊。

这几天,顾秋林把已有的诗歌重新抄写了一遍,一式两份装订成册,还为两本诗集制作了牛皮纸封面,写上三个老宋体美术字:"春山谣"。顾秋林将其中的一册寄给陆伊。在给陆伊的信中,顾秋林说,他期待诗集能有机会出版,让所有正在爱着的年轻人读。

杉树林里的小鸟

——春山谣1号

杉树是我们种的
小鸟不是我们种的
杉树在长高
小鸟在变老
杉树的根越扎越深
小鸟的梦越来越沉
小鸟说它想飞高飞远
杉树上的老鹰
抓住小鸟飞翔的影子
狠狠地摔在地上
她在哭泣
我在发呆
老鹰在咯咯地笑

泥土里的汗珠

——春山谣6号

汗珠是从身体里
　　涌出来的吗?
　　　　它为什么不是眼泪?
　　　　　　赤裸的背脊里
　　　　　　　　流出苦涩。

汗珠是从泥土里
　　渗出来的吗?
　　　　它为什么不是清泉?
　　　　　　干涸的泥土里
　　　　　　　　渗出甘甜。

汗珠是盐是油是水。
汗珠是泪是力是泉。

梦中的姑娘

——春山谣18号

西岭沟酷烈的风,

从我们脸上掠过。

风沙在面颊上抚摸,

留下了岁月的刻痕。

梦中的荒野,

小石屋变成了水晶宫。

梦中的姑娘,

歌声变成呢喃。

西岭沟最好的风景,

镌刻在青春的纪念册上。

德宏师傅你好!

——春山谣26号

德宏师傅,你好!

德宏师傅,你早!

你为什么不睡得更晚一些

    起得更早一些?

你为什么不睡得更早一些

    起得更晚一些?

你的鼾声震天响。

你的梦呓彻夜不停。

你的旱烟管像大烟囱。

你的歌谣声像教唆犯。

你的汗臭在小屋飘荡。
你的床底下堆满垃圾。
你为我打水端饭。
你为我收拾屋子。
我什么也没为你做。
我来向贫下中农学习。
我在梦里发出毒誓：
一定要爱你爱你爱你！

青蛙之死

——春山谣37号

自你从冬眠中醒来，
喉咙就不曾停息，
日夜在用虚构的嗓音，
发出无意义的声响，
说着不知所云的废话。
在蜜蜂嗡嗡的劳作面前，
你咕咕的聒噪令人不安，
厌恶之外，你生产了什么？
青蛙把咽到喉咙半中的青虫
吐出来，羞涩地笑了一下说，
漫长寒冬是我沉默的操练，

春雷唤醒了我昏睡的喉咙,
谢谢您的恶意和善意,现在好了,
我将封锁我贪婪的食道,
我将关闭我迷惘的歌喉,
不吃不喝、不鸣不叫、不净不垢,
万籁俱寂,无声无息。青蛙说完,
一头撞死在田埂边的石头上。

冬天的变奏

——春山谣38号

风雨中树苗转眼苍老
枞杉和油松面黄肌瘦
老年斑一样的棕褐树皮
安静地恭候死灰的颜色

黄是绿的变奏
灰是褐的变奏
冬是秋的变奏
幸运是不幸的变奏

变易之美如此简易
掠过山巅和树梢

藏在内心隐秘的角落
伴随着孤独的爱人

梦里的家乡

——春山谣52号

春山上的寒风硬朗。
白云跟树苗和杂草柔软地摇摆。
草丛里觅食的母鸡在呼唤幼仔。
结实的泥土里冬眠的麦粒儿,
身子跟梦一起,变得酥松柔软。

我在春山下的小屋里昏睡,
长河尽头的家乡,在梦中流淌。
悠闲的牛乳、饼干、糖豆、素鸡。
急躁的衬衫,花裙,礼帽,阳伞。
街上行人面目模糊,身子柔弱无骨,
快步如风,身轻如燕,不用搀扶。

电车拖着长辫,嘴里吹着喇叭,
姑娘的鞋跟,敲击路面的花纹。
嘈杂的市声穿透弄堂和拱廊,
像母亲的啜泣和呼唤。

诗集的扉页《献诗——春山谣0号·给LY》,是写给陆伊的:

献　诗

——春山谣0号·给LY

我一无所有,
除了青春和诗,
我把我唯一的财产,
献给你。

我的青春和诗魂。
两个活泼的小鬼,
绊倒在山路上,遗弃在
岁月的褶皱里。

手风琴键和我的手指,
匍匐在春山岭的草地;
词语像我的手指,
在泥土的草纸上划过。

我替你诅咒荒野和污泥,
春山岭埋葬了我们的青春。

我替你感谢草地和山花，

春山岭收留了我们的心。

读着顾秋林的诗歌，春山岭的人和事在陆伊的脑海里浮现出来：顾秋林站在岭后的山路上向她挥手，长发在风中飘散，手风琴背在肩上，拉起了最优美的曲调，寒冷中两人依偎在木炭火盆边相互取暖……想着这些，陆伊彻夜难眠，泪水沾襟。

恢复高考的消息传来，陆伊立刻写信鼓励顾秋林，希望他考回上海，这是他们最后的希望。遗憾的是，这条路顾秋林一直没有走通。第一年是政审不过关，第二年是考试失手，第三年往后就越来越难考。顾秋林灰心丧气，说命运不肯眷顾他，他也认命了，他每天都在写作，内心特别平静。渐渐地，顾秋林的信越来越少了。

陆伊自然不甘心在工厂车间里干一辈子，但她两次高考也都失败了。顾秋林和陆伊高考双双失败，难道真的像顾秋林所说的那样，命运不肯眷顾他们？想来想去，心烦意乱。父母觉得陆伊年纪不小，顾秋林返城之事又渺无音讯，便隔三差五给陆伊介绍男朋友。陆伊一概拒绝，她要等待顾秋林，她要嫁给顾秋林。但眼看着青春逝去，陆伊心里着急。偶然的机会，朋友说只要花五万元就能去日本留学。陆伊决定试试，在日本等待和在上海等待都一样。她最终没有等到顾秋林依据"特困返城"政策回到上海，就远赴日本留学去了。

尾　声

　　国家形势发生了巨大的变化。春山公社所有还在农村里的单身知识青年，都回到自己出生的城市去了。春山岭林场人去巢空，只剩下游德宏和彭健彪两位老人看守着。彭健彪的大黑狗每天蹲在后山的路口，好像在等着谁似的，一蹲就是半天，像一尊雕塑。

　　知识青年大返城也不是想走就走的，得找个理由。知青们为自己找的理由五花八门，孙礼童是沙眼，殷麦莉是痛经，李承东有痔疮。回城之后，他们都被安排在街道工厂工作。改造世界、战天斗地的理想没有了，爱情也渐渐淡忘了。他们凭着对几年苦难生涯的回忆，把平淡无奇的日子过得不好不坏。姜新宇回上海后，连续两年高考落榜，就跟褚小花结了婚，在一家街道工厂混日子，一直混到双双下岗，在市场上摆摊过活。

　　谷维世考上了上海的一所名牌大学土木工程系，后来成了房地产老板，跟在春山岭林场的时候一样，不卑不亢。老朋友聚会，你不叫他不来，你叫他也不拒绝，一年总有几次凑在一起喝回忆酒。喝醉了就哭，说想念移民加拿大的老婆和女儿，说挣够了钱也要去那边生活。其实老婆在那边已经有人了。自己在这边也有了人,但只同居不结婚,他觉得半路夫妻不可靠,大概都是冲着他的钱和房产来的。

程南英回上海之后,在父母的精心照料下,身体慢慢地康复了,但性格也有了很大的变化,不再那么外向张扬,而是沉默寡言。她一边在工厂上班,一边在夜大里学习。老友聚餐的时候,她也端个外语单词本儿背英语单词。只有在学习的时候,程南英的眼里才会浮现出早已失去的昔日的光芒。

童秀真没有资格返城,因为她在知青返城的头一年被招工到了江东棉纺厂工作,不符合返城条件。后来,童秀真跟在江东玻璃厂工作的焦康亮结了婚。到了九十年代初,焦康亮辞职下海,挣了一些钱,但也染上了嫖赌的毛病。童秀真跟焦康亮离了婚,提前办了病退手续,一个人带着女儿回到上海,跟年老的父母一起生活。

隔壁砚坑公社的老五苏南生和胡甄妮,在大返城的那一年,一起回了南京,结婚又离婚。胡甄妮考上了南京的一所名牌大学中文系。老五没有考上大学,但他以一篇"伤痕"小说一炮走红,成了市作家协会的专业作家。胡甄妮在读大学的时候,就跟老五结婚了。后来她继续深造,考上了比较文学专业的研究生,毕业后留校当老师,事业芝麻开花节节高。老五在文学界红了几年,很快就开始走下坡路,才华耗尽,以至于写不出东西,整天跟文友聚餐酗酒,还跟流浪女诗人鬼混。胡甄妮跟苏南生离了婚,带着孩子出国访学没再回来。老五日子越过越落魄,开始想念青年时代的生活,把知青生活浪漫化,写了一些自我美化式的"青春颂歌",没有什么反响。后来他自己觉得写不下去,也就搁笔了。

王力亮考上了江东师专中文系,毕业后分配到湖滨县文化局工作。

马欢笑考上了江东市财贸学校,毕业分配在湖滨县财政局工作。

王力婉考上江东师范湖滨分校,毕业分配在湖滨县实验小学当老师。

王力熊和马欢畅结了婚,夫妻俩一直生活在春山镇。王力熊考大学没考上,又改考中专也没考上,就一直在春山镇开吉普车。前两年自己买了一辆大卡车,单干跑运输去了。马欢畅开始在医院当勤杂工,后来被派到县卫生局的"职工子女职业培训班"学习了一年,又在县医院实习半年,回春山医院当上了护士。

马欢笑的二姐马欢颜嫁给马家塆隔壁村的农民,经常遭到丈夫的打骂,一气之下喝农药自杀了,跟爸爸马约伯和妈妈李瑰芬葬在一起。

徐水根刚从农科所退下来就查出了胃癌,到上海化疗,几个月就瘦得不成人形,最后死在徐坊村老家。季卫东和徐芳兵退休后,本来也可以到徐坊村养老,但徐芳兵坚持要在城里生活,就到省城跟女儿女婿生活在一起。

彭击修被人秘密告发,给了个"破坏上山下乡"的罪名,判刑三年。他的父亲气急之下心脏病发作去世。彭击修刑满释放,在春山村务农,转了一大圈,像只无头苍蝇又飞回了原地。

游仙桃和彭击修没有离婚,但婚姻名存实亡,她带着两个儿子在游家坳村生活。

理发匠何大国师傅也罹患癌症去世。大儿子何罐得跟夏松珍成了家。小儿子何缶得还是单身,彭击修坐牢期间,他经常去帮助游仙桃照顾彭击修的儿子,借机混在游仙桃身边。何啰婆没有出嫁,在家里照顾年老的何师母夏向娥。何啰婆依然如故,不因世事的变迁而变化,还是那么天真,敏感,善良。

顾秋林和顾秋池受家庭出身的影响,回上海的时间比一般人晚一些。他们到街道办事处要求分配工作,居委会说:"你们来晚了,工作已经分完了,僧多粥少,请你们理解。"顾秋林说:"我们兄弟两个,至少要给一个人分配工作啊,否则怎么生活?我无所谓,求你们给顾秋池一份工作吧!"顾秋池就被分配到东山公园绿化队去种花种树,除草浇水。那时候,生活在江东市的童秀真已经跟焦康亮谈上了恋爱。顾秋池就跟东山公园对门的光明被服厂女工竺秀敏结了婚,育有一子,叫顾明笛。弟弟顾秋池有了工作,妹妹顾秋红也有了工作,父母平反之后有退休金。顾秋林跟父母住在一起,但也不想吃闲饭,在街边摆个小摊子,卖些香烟、烟斗、打火机之类的小东西。生活不是问题,只是烟瘾和酒瘾越来越大。

顾秋林返城的头一年,陆伊从亲朋好友那里借五万块钱去了日本,到那边才发现,是一所没有资质的野鸡大学。上海过去的一批同学,跟当地教育部门反复交涉,结果是,在日本的签证过期,回上海也是灰头土脸,一大笔借贷无法偿还。陆伊和另外几位同学一起,决定留在日本,打工挣钱偿还借贷。但他们无法探亲,甚至不敢出现在公共场所,害怕被遣返。后来消息越来越少,几乎与国内断了联系。

顾秋林返城之后,倒是经常去看望陆伊的父母。他称陆志钢作爸爸,称梅绣文作妈妈,叫得两位思念女儿的老人眼泪哗啦哗啦直流。

顾秋林孤单一人生活着。他的心一点也不孤单。他跟这个世界和爱相伴,内心充满了感恩之情。他写下的诗篇,是感恩的诗篇,感谢陆伊,感谢生活,感谢生养儿女的父母,感谢世界上的所有!

此后的十几年里,顾秋林每天都在做着同样的事。那是三件很小的事,但也可以说是三件很大的事:卖香烟,想陆伊,写诗歌。当年一起下乡的知青伙伴,有人发财了,有人亏本了;有人升迁了,有人下岗了;有人成功了,有人失败了。只有顾秋林没有变。他生活着,爱着,写着爱的颂歌。这个表面上沉默寡言,生活似乎了无生趣的男人,内心却总是被巨大的幸福所充斥,对陆伊的思念没有一刻停歇。九十年代末的一天,顾秋林像往常一样坐在街边做小买卖,忽然见到一位过路的女人,长得跟陆伊十分相像,他正要喊,却突然倒在路边。顾秋林因突发心肌梗塞去世,那一年他才四十八岁。

转眼到了二十一世纪初,王力亮担任了县文化局局长兼县政协文史委员会主任。马欢笑从县财政局到春山镇挂职,任副镇长,两年后转正,像当年的徐水根一样。马欢笑说最近一段时间,常有上海的和省市的知青,到春山岭来怀旧。春山岭的许多往事,许多人物,在王力亮的脑海里涌出,当年的大哥哥和大姐姐,神仙一样突然从天而降,来到春山岭,几年之后,他们突然又消失无踪。想起这些,王力亮感觉像做了一场梦,梦里的一幕幕,总是难以忘怀。

如今的王力亮和马欢笑,年龄比当年的知青还要大好些。王力亮很想知道那些已经老去的大哥哥和大姐姐们的下落。他们在哪里?在做什么?过得怎么样?后面一代又一代青年,已经、即将、正在度过他们的青春。这一代人的青春,跟那一代人的青春相比,有着怎样不同的命运?马欢笑说,完全可以在春山岭景区辟出几间小屋,建立一个小型"知青纪念馆",供旅游者参观,接待老知青们回乡怀旧联欢,顺便拉动一下春山岭景区的旅游业。

王力亮认为这个建议很好,但也不要只说纪念知青,还有那么多跟知青一起参与林场建设的农民呢,勤劳朴实的彭健彪、游德宏、游德善、游德民们。王力亮建议,纪念馆的名字就叫"春山岭林垦文化和知青文化纪念馆"。

"春山岭林垦文化和知青文化纪念馆"落成,正好赶上陆伊从日本回国。和多数春山岭知青成群结队来访不一样,陆伊是独自来的,身边只有一个看起来既陌生又多少有些眼熟的男人,那是顾秋林的弟弟顾秋池。王力亮亲自开车到江东,把陆伊和顾秋池接到春山岭,参加"纪念馆"落成典礼。还在春山镇生活的马欢笑、马欢颜、王力熊都来了。马欢畅拥抱着陆伊,一时间千言万语不知从哪里说起。

王力亮和陆伊站在当年林场宿舍的旧址上,追忆往事,感慨万千。陆伊含泪告诉王力亮,当年那位拉手风琴的长发哥哥顾秋林,因病早早地离开了人世。王力亮闻言,呆在那里好半天没有回过神来。山风扑面,人们不禁打着寒战,而眼泪却是滚烫的。